集人文社科之思　刊专业学术之声

刊　　名：中文论坛
主办单位：湖北大学文学院
主　　编：聂运伟

Forum of Chinese Language and Literature (2018 No.2) vol. 8

2018年第2辑·总第8辑

集刊序列号：PIJ-2017-195

中国集刊网：http://www.jikan.com.cn/

集刊投约稿平台：http://iedol.ssap.com.cn/

中文论坛

FORUM OF CHINESE LANGUAGE AND LITERATURE (2018 No.2) vol. 8

2018年第2辑　总第8辑

湖北大学文学院 《中文论坛》编辑委员会　编

社会科学文献出版社
SOCIAL SCIENCES ACADEMIC PRESS (CHINA)

SSAP

目录
CONTENTS

2018 年
第 2 辑总第 8 辑

1

"五四"研究

沙湖论坛

CONTENTS

Study on Contemporary Hubei Literature

Feature Essays

Study on Chinese Poetics

Study on May 4th Period

Shahu Lake Forum

当代湖北文学研究

主持人语

刘川鄂 *

　　作为地方院校的文学院，关注地域文学是应有之义。事实上，湖北大学文学院一直非常重视湖北文学研究。新时期以来，湖北大学已成为当代湖北文学和区域文学研究的重镇。当徐迟以《哥德巴赫猜想》奏响新时期报告文学的第一乐章时，湖北大学成立了报告文学研究会。当姚雪垠《李自成》（第二卷）问世时，湖北大学成立了《李自成》研究室。当熊召政《举起森林般的手，制止！》引发争议并受到不怀好意的恶评时，湖北大学中文系教师邹贤敏等挺身而出，为其点赞。20世纪80年代中期，以书代刊的《湖北作家论丛》开始编辑，至20世纪末出了7辑。先后负责编辑的有文振庭、范际燕等先生。他们均已驾鹤西去，但他们开创的事业后继有人。

　　面对新时期以来湖北作家强劲的创作态势，2000年，由在湖北大学文学院任教的李俊国、聂运伟和我策划，与本院另4位教师蔚蓝、程世洲、葛红兵、梁艳萍，撰写了"当代湖北作家研究丛书"的第一辑，对方方、陈应松、池莉、邓一光、刘醒龙、刘继明、叶大春7位有全国性影响的湖北作家展开研究。以个案分析的方式，对7位有代表性的湖北作家进行了深入剖析，诠释了他们个人的文学品格和精神追求，并对其作品的价值取向作了个性化的判断。通过对7个典型个案的追踪与分析，观照诸如池莉的市民写作、方方的知识分子写作、刘醒龙的现实主义文学、陈应松的精神还乡、刘继明的人文关怀、邓一光的"兵"系列和叶大春的笔记小说等热点理论问题，并将这些问题的研究放在一个开放的话语系统中，通过对一些文学思潮的发生、发展与流变轨迹的把握，站在当下社会人生、文化

* 刘川鄂（1961— ），博士，湖北大学文学院教授、院长。电子邮箱：723308385@qq.com。

价值转型的体认基础上，对作家、作品进行深入的剖析，考察他们与一些思潮流派的关系、他们的价值观念和创作立场、他们的优点与不足、他们对整个新时期文学所起的推动或制约作用以及他们在世界文学发展的背景下所表现出来的某些特色。以几位在学界较有影响的作家为对象，在对这些对象进行严谨而全面的个体研究的基础上，贯穿着学术界及文坛所感遇的普泛性、焦灼性话题，以及对新时期以来的湖北文学乃至文化和历史的深刻反思与剖析，对湖北文学以及中国当代文化的理性审视与批评。"当代湖北作家研究丛书"在分析了湖北作家创作的同时，超越了地域性研究范围，直接回应了20世纪90年代以来的政治和思想文化状况，可以看作湖北文学批评界对新时期文学的一个较好总结。"当代湖北作家研究丛书"首开全国学术界区域性作家群体研究的先例。

"当代湖北作家研究丛书"注重批评的独立性，不溢美、不隐恶，既不盲从学术界对这些作家已有的定论，也不因为他们与这些作家的私人友谊而放弃对其作品的"苛求"。无论是肯定、反思，还是有力度的解剖、批评，都是建立在学术运思和学术发现的基础上，对于7位作家在创作实践中存在的缺陷进行了直言不讳的批评，因而就避免了当代文学研究中的某些"唱和"式、"媚态"式评论现象的出现，为营造健康的文学批评环境、拓宽文学批评的空间起到了积极作用。

10年后，我又主编了"世纪转型期湖北文学研究丛书"4册，作为本人主持的2005年国家社科基金"世纪转型期湖北文学研究"的阶段性成果。计有刘川鄂《世纪转型期的湖北诗歌研究》、梁艳萍《世纪转型期的湖北散文研究》、阳燕《世纪转型期的湖北小说研究》、周新民《世纪转型期的湖北文学理论批评研究》，按不同文体对20世纪90年代至今的湖北文学进行全面的梳理和评价。"世纪转型期湖北文学研究丛书"探讨中国社会文化转型背景下湖北文学发展的现状及与当代中国文坛的关系、荆楚文化文学传统和地域文化意识在世纪转型期的表现、湖北作家队伍的构成与创作质量的关系、湖北小说诗歌散文创作的基本特色与主要成就等问题；既注意到生活和创作在荆楚大地上的作家的某些与地域文化相关的共性，也充分正视其多元繁杂的特点；充分展示近20年湖北文学的成就，指出其某些缺失，分析湖北文学未来的走向并对其发展提出建设性的意见。

以上回顾旨在说明，湖北大学在研究当代湖北文学方面是有基础、有传统的，亦是被学术界、创作界认可的。也许正因为如此，方方主席策划、省作家协会组编四卷本《湖北文学通史》之当代卷的编写重担就历史地落到了我们肩上。方方主席和省作家协会把这个光荣艰巨的任务交给我们，表明了一种信任，亦表明了对这个传统的认可。

一次集体写史的尝试，就这样开始了。从2010年动议，到2011年实施，再到2014年付梓，3年多时间，1000多个日日夜夜，当代卷成了我心中最重要的写作任务。当代卷写作组共有7人。我负责概论和新时期诗歌上下两章（第九章、第十章）。负责十七年湖北小说部分（第一章）的是湖北大学文学院副教授刘继林博士，他充分肯定了此时期湖北革命战争小说、生产建设小说和历史题材小说的成就，也客观公允地指出其历史局限性，体现了谨严的史家态度。负责十七年诗歌散文创作（第二章、第三章）的是副教授周少华博士，她注意到了以前的湖北文学研究论著中未曾提及的某些作家作品，归类清晰合理，评议平和。黄晓华教授负责第五章"'文革'时期的湖北文学"，他在对"文革"时代的整体否定的前提下，充分注意到个体作家的写作积极性和努力创新的尝试，注意到某些在新时期崛起的作家在此时期试笔的正面意义。描述真实具体，评价切实客观。本卷的重头戏是新时期湖北小说（第六章、第七章、第八章），占了全书1/4的篇幅。撰写者为副教授阳燕博士，她悉心研读，披沙拣金，数易其稿，她的良好的艺术感悟力和理论概括力在此得到了很好的展现。负责新时期散文部分（第十一章）的是梁艳萍教授。她在论及湖北散文创作特色及成就时具有自觉的全国视野和理性审视。第四章"十七年时期的湖北文学理论批评"和第十二章"新时期的湖北文学批评"的起草者为周新民教授。十七年时期以周勃为代表的湖北文学理论有很大的时效性且影响巨大，新时期以来被限定为与文学创作关系最为直接最为密切的文学批评之一，湖北的许多有重要建树的文学理论家和文学史家就不在本书收录之列。最后一章第十三章"当代海内外鄂籍作家"，撰写者为湖北省社会科学院助理研究员梁桂莲博士，这是迄今为止关于海外湖北文学最完整的描述之一。当代湖北文学时间跨度逾60年，不少作家已经仙逝，有关其生平与创作的文献极为缺乏。在世的众多湖北作家，大都没有定评，有的存有争议，还有很大一部分尚未进入评论界视野，相关资料也难搜集齐全。这些都增加了写作的难度。加之本卷作者都有繁重的教学科研工作，大家齐心协力，挤出时间，努力撰写能够经得起读者检验的当代湖北文学史。作为主编，我前后审阅修改多次，确确实实花费了大量精力。

我在当代卷"概说"中，从继承历史悠久的楚文化的文学精髓和艺术传统、创作题材特色鲜明、创作方法丰富多样、多种文体的齐头并进等方面总结当代湖北文学创作的特色与成就。中国文学圈内外普遍认为，湖北文学处于当代中国文坛的第一方阵，湖北始终是一个文学大省并已开始向文学强省跨越。我认为："在中华当代文学的大背景下，湖北文学以其独特的地域环境、文化传承，展现出开放的、丰富的文学个性。相较于农村题材的丰硕，都市题材的精品尚显不足；相较于现实主义的强势，现代主义文学还相对微弱；相较于主旋律文学和大众通俗文学的繁盛，在国内顶尖并有较大国际影响的纯文学经典还较为稀缺；相较于长中短篇小说的全面开花，诗歌、散文的一流大家尚属空白；相较于中老年作家的整体性创作成就和文学影响，中青年作家尚处零星闪耀、有待突破阶段。要解决这些缺憾，有待于作家的素养更加提升，表达的空间更加扩大，创作的环境更加优化。"

可以说，21 世纪以来，我和湖北大学文学院的同人们，全面介入湖北文坛的现场和前沿，为湖北文学尤其是理论批评出过一份力。为了这三个"更加"，从本辑起，《中文论坛》推出"当代湖北文学研究"专栏，旨在加强和深化当代湖北文学研究，本刊热诚欢迎省内外、海内外专家和青年学生踊跃投稿，为湖北文学的更加繁荣略尽绵薄之力。

Host's Words

Liu Chuan'e

About the Author：Liu Chuan'e（1961 – ），Ph. D. , Dean and Professor in School of Chinese Language and Literature，Hubei University. E-mail：723308385@ qq. com.

诗人不是要迎合而是要提升这个时代

——张执浩诗集《高原上的野花》分享会实录

张执浩　林东林　伍志恒[*] 等

摘　要： 2018 年 5 月 27 日下午 3 点，著名诗人张执浩的《高原上的野花》诗歌分享会在湖北大学图书馆思睿厅举办。围绕"诗人写出的诗歌，诗歌说出的诗人，人与诗的相遇与互证"这一主题，与会嘉宾对张执浩其诗、其人做了精练且恳挚的讨论，对当下湖北诗歌和中国诗歌的现状和未来亦有精彩的分析和展望。

关键词： 张执浩　《高原上的野花》　人诗互证

林东林： 尊敬的刘川鄂院长，各位嘉宾，还有热爱诗歌的同学们、朋友们，大家下午好！

非常欢迎各位嘉宾来参加张执浩老师最新诗集《高原上的野花》的诗歌分享会。一个人写诗，写了十几年诗，就是一个人和语言互相纠缠，互相打磨，又互相沟通的过程。打磨得好，人和诗合二为一；打磨得不好，诗还是诗，人还是人，语言还是语言，就像是衣服而不是皮肤。对张老师而言，写了 30 年的诗歌，早已经人诗合一。今天我们非常有幸地邀请到嘉宾张执浩老师，来这里和大家一起分享他的诗歌。大家欢迎！

---

* 张执浩（1965—），诗人，中国作家协会会员，武汉市文联专业作家，《汉诗》执行主编。电子邮箱：173533257@qq.com。林东林（1983—），诗人，《汉诗》编辑。电子邮箱：1971144934@qq.com。伍志恒（1992—），湖北大学文学院中国现当代文学专业 2018 级博士研究生。电子邮箱：1362047899@qq.com。

下面我先介绍一下今天到场的各位嘉宾老师——

著名诗人、《汉诗》执行主编、武汉市文联的专业作家张执浩老师；

著名批评家、湖北大学文学院院长、湖北省作协副主席刘川鄂教授；

著名作家、编剧、武汉市作协主席、湖北省作协副主席李修文老师；

著名诗人余秀华老师；

著名诗人、设计师、摄影家川上老师；

著名诗人、武汉理工大学华夏学院的副院长槐树老师；

著名诗人、《汉诗》编辑艾先老师；

著名诗人、长江诗歌出版中心主任谈骁老师；

著名诗人、湖北广播电视台音乐广播部的副总监余笑忠老师；

著名诗人、华中师范大学教授、《语言教学与研究》主编剑男老师；

著名诗人、长江文艺出版社副社长沉河老师。

到场的嘉宾还有：湖北大学文学院的梁艳萍教授、刘继林教授，另外我要介绍一下和我一起搭档主持本次活动的伍志恒，伍志恒同学是一个名字很硬、相貌很甜、文笔很赞的姑娘，同时也是湖北大学文学院的在读研究生。

伍志恒：各位老师、同学，大家下午好，十分荣幸和林东林大哥一起担任本次活动的主持。东林大哥是一位优秀的诗人、散文家，同时也是《汉诗》的编辑。他的才气和"肚量"相当，年纪虽轻，著作颇多。不知道熟悉张执浩老师的朋友们有没有留意过，张执浩老师在拍照时有一个小细节，他喜欢将双手插在裤袋里，像是在凭栏远眺，舒展身心，此时他视野辽阔，给人"卷帘梳洗望黄河"的感觉。为消解倦意，他也会抽支烟。空气因为烟草而变得清凉，令人振奋。在无数个他毫不自知的时刻，他眼里的无边是孤岛。那片刻难得的沉默像坟墓，像鱼，像深海底的鱼。诗歌亦如其人般厚道平和。"无所贪爱，每一刻却贯注深情"，是我对《高原上的野花》这部诗集的个人化释义。在张老师的诗里，有往事的缺口，有幻想的抚摸，有诺言的悱恻，有失望的痛痕，还有四处弥漫的太阳味、汗味。那些靠近他的人，和他肌肤相亲的人，和他彼此拥抱和倾诉的人，和他一同观望的人，都令他充满警觉，迫使他不断与之挥手告别——到底是一场没有终止的流浪。这大抵是由于诗人的个性里多有一种完全——一种简直让人灰心的完全。来自深层潜意识的，是一片黑暗的大陆。

铺垫了这么多，现在让我们以最热烈的掌声欢迎今天的主角，《高原上的野花》的作者，著名诗人张执浩老师给我们分享这本诗集的创作过程。

张执浩：我得先深深地向大家鞠躬，感谢湖北大学的同学们。12 年前我出版了一部长篇小说《水穷处》，在湖北大学做过一场活动，刘川鄂老师和他的高徒们还把它改编成了一场话剧，让人印象深刻，活动非常成功。我和湖北大学一直缘分不断，从 20 世纪 80 年代到现在，已经过去了 30 多年，我和这里的很多人都有非常深厚的感情。想当年我写诗的时候，和台下的你们一样，20 来岁，也不知道为什么会突然想到写诗，我想应该是内心深处对异性的渴求吧，估计是想示爱。所以，我第一首诗肯定是一首惨不忍睹的情诗。一晃过了 30 年，我成为一位职业的写作者，30 年的时光匆匆过去了，现在已经胡子拉碴，年过半百。

我前不久写了一首《被词语找到的人》，我应该就是被"慈祥""平静""慵懒""健忘""悲伤"这一个个词语找到的那个人，终有一天我也会被"死亡"找到。我曾经在一篇文章中写道：现在看来，顺应命运或许是获取智慧的另外一条途径，我已经放弃了反抗，但内心中仍有挣扎，每时每刻挣扎都在。

这本书是 2017 年 12 月出版的，一直没有精力做活动，刘川鄂老师说，要不先来湖北大学做一场，所以第一场活动我们就来到了湖北大学，真是要感谢湖北大学文学院对我的深情厚谊，谢谢！

一个月前，我在武汉市图书馆做过一场演讲，抬头看去，坐在下面的全是密密麻麻的老人。我问过他们一个问题："你们见过真正的诗人吗？"大家都摇头，我估计 80% 的人真的是从来没有见过诗人，在他们眼中诗人只是传说。有一句话说，隔壁的诗人是笑话，远方的诗人是天才。随着互联网的普及，现在诗歌的活动已经越来越多了，诗人们开始以一个正常人的形象出现在陌生的人群中，他们将慢慢发现，疯疯癫癫的人并不是真的诗人，真正的诗人，一定有正常人的体温，以及正常人的喜怒哀乐。诗人这种形象往往容易被放大，我们说李修文是一位小说家，没有人说他是小说人。我们说某某是音乐家，画家，书法家……只有诗人，是将他的工作与他的人合二为一的，有作品，也要有血肉形象，所谓诗人，就是通过不间断地写作诗歌，通过自己的作品塑造出一个个人物形象的人。譬如一说杜甫，我们马上就想到"天地一沙鸥"；一说李白，就想到了"天子呼来不上船"……诗歌和诗人的形象总能迅速地闪现在我们的脑海中。

每一个诗人都要通过他的作品呈现一个整体的形象，现在我把自己的这个形象呈现给大家，希望大家不讨厌这个人。

曾经有人问我，你为什么还要写诗呢？我也经常在心中问自己，我想可能我还有心跳，我还有能力倾听自己的心跳声。诗人是干什么的呢？就是把这种声音记录下来，最终在纸上定型的，这个过程其实就是诗歌的发生和形成过程，看似神秘，其实并不神秘。在今天这样的场合，我希望通过我们的交流，让诗歌祛魅，只要你还有心跳，还能够听到你的心跳声，还有半夜咬着被角抽泣的无助感，你的内心中还有柔软的一面，你就可能亲近诗歌。人人都是诗人，绝对不是一句空话，每个人都可以写诗，只要你不被那些固定了的、僵死的概念所框住，只要你还能真实地表达，你就可能成为一个诗人。所以，今天来到这里的不是我一个诗人，而是10多个诗人，我相信通过这一场活动之后，会有更多的诗人出现在我们的生活中，如果能这样，这次到湖大就不虚此行了。至于说我自己对诗歌的理解，从专业的角度来说当然比较深奥，因为写诗毕竟是一个很专业的事情，涉及诗歌的各种技艺，但我相信如果我们每个人能够通过今天的活动，对诗人有所认知，对诗歌有所了解，那么，你们也可能会写下发自内心的一行行文字来。谢谢大家！

林东林：感谢张执浩老师的精彩演讲。今天从钟祥穿越大半个湖北赶过来的，还有另外一名著名诗人，余秀华老师。余秀华老师，她的人、她的诗歌大家都知道。她的犀利、幽默，甚至是顽皮的一部分，我们大家应该都有所听闻。作为张执浩老师的荆门同乡，在余秀华老师还没有成名，还没有走红的时候，张执浩老师就对她关心、关注过。在余秀华老师成名之后，张老师对她的关心、关注也没有任何减损，下面有请余秀华老师给我们分享她和张执浩老师的故事、她对张执浩老师的理解，大家欢迎！

余秀华：今天是张执浩老师很看得起我，让我来参加他的诗歌分享会，因为我今天身体不舒服，所以提前把我的事做完，然后回去休息。

张老师真的是，在我还不为人所知的时候指导过我，这是我们的缘分。当时他觉得我诗歌写得还不够成熟，当然我现在的诗歌也不够成熟，我希望一个诗人能够不停地向上生长。诗歌的本质是顺从生命，很多诗人看起来像神经病，因为他们不了解诗歌的本质，诗歌是为生活服务的，如果不把诗歌放在生活中，人生会很惨。

这里有我的很多好朋友，谈骁是我特别好的闺蜜，而且交往下来，我感觉特别温暖。张执浩就差变成我的闺蜜了，我是把他当成一个真正的男人看的。我觉得很幸福，一个农村妇女，可能一辈子都在农村里，什么也不干，什么也不想，也没有好的生活条件，什么也没有，什么都没有的人也是幸福的。为什么呢？因为她没有想法。我们的勇气大部分来自我们的想法，现在我觉得乡村生活很幸福，我们在这里探讨人生，因为探讨了之后还会形成意识。

刘川鄂老师对诗歌的理解，几乎从一方面证明了我的说法，就是顺其自然，看了什么就写了什么。张老师把他的诗集寄给我，我回去读了之后感觉写得特别好，看起来非常简单，结构简单、词语简单，但是内在语言写得深入，当然这是诗歌批评家的事。

你们大学生要学诗歌的时候，首先要读张执浩老师的诗，其次要读我的诗。我觉得我越来越喜欢张执浩老师的诗，越来越喜欢张执浩这个人。下面我读一篇他的诗歌——

星星索引

回老家的目的之一是为了看星星
下了一天的雨傍晚停了
从山上淌下来的野水裹挟着浊气
经由高粱、芝麻、红薯地汇入岩子河
蛙鸣声中炊烟格外安静
斜长的草坡上相邻的坟堆
枣树、松柏和望子草隔开了它们
我记得母亲躺进棺材时脸上搭了张草纸
我记得我躺在草坡中央把夜空盖在脸上
星星附近总有星星
而入睡前的那一颗
我确信它是我见过的最遥远的东西
就像我对现实的处境深信不疑——

人世尽头大声尖叫却不期盼任何回音

伍志恒：感谢余秀华老师和张执浩老师的发言。我的搭档林东林大哥，他是一位著名的诗人和作家，也是《汉诗》的编辑。

在我看来，张执浩老师不是那种讳莫如深的作家，也不是严谨到密不透风的学者，翻开《高原上的野花》，读每一首诗都不需要去迎合，但总能心甘情愿妥协。在张老师用诗歌发酵出的空间里，你或许会感到时间在其中变得无限悠长，像永生的童年，你相当快乐。想象的可能性可以无穷无尽。一首好诗带给人的体味大概只能是这样，昨日已旧，来日全非。下面让我们同样以热烈的掌声，欢迎被张执浩老师誉为最具诗人气质的批评家，湖北大学文学院院长，教授、博士生导师刘川鄂老师谈谈他对张执浩老师创作的高见。

刘川鄂：感谢各位光临，像余秀华说的那样，在座的都读张执浩的诗，读余秀华的诗，在座的每一个诗人的诗大家都要读。今天下午是一个诗歌的下午，湖北大学因为有诗人的到来，有各位爱诗的朋友的到来，一片诗意盎然。我不是一个诗人，但是读大学的时候，曾经有一个每周一诗的练习阶段，坚持了一个学期，我不满意我的语言，所以没有成为诗人，但成为一个爱诗的人，成为一个评诗的人。中国大多数的评论家都有破碎的创作梦，我的梦也是破碎的，所以批评他们是替我们圆梦的。大概在20多年前，我和张执浩先生和李修文老师，我们三个人一起在湖北大学对面的大排档讨论了很多关于诗歌的话题。那个时候得知张老师已经辞去大学的教职，成了一个职业作家。修文老师曾经是湖北大学的学生。他跟我说过很多话，有句话我每次要转述一遍，今天我还要转述一遍——他最感谢的是湖北大学的图书馆。就是旁边这个大楼，前面还有老图书馆，他当年读书的时候是前面的老图书馆，在这里他看了大部分的古今中外的文学名著，他成为一个优秀的作家，与他在湖北大学图书馆攻读大师的经典著作息息相关。

这一点我要反复跟同学们强调，文学院门口有一个牌子，上面写的"眼里有大师，心中有经典"，就是我提议写上去的。我想到这一句话的时候，心里就想到李修文。这次来湖大的还有三个学长，一个是川上，一个是沉河，一个是谈骁，上一次我们在这里搞中德诗歌朗诵会，他们都出席并朗诵了作品。在这样一个诗歌的下午和诗歌活动的初夏，我应该感念他们带来的美好的诗意。我们常常说中国是诗的国度，但是诗歌所代表的飞扬、浪漫、自由的人生，往往与我们中国人的实际生活并不相关，这是我常常感到非常迷惑的一个问题。当下绝大部分中国人，都沉溺在位子、车子、房子、票子、孩子的人生境界。近几年有一个流行的说法叫"诗与远方"，今天下午的活动，就是张执浩老师带领我们走向诗意的生活、有价值的生活。我常常把生活分为两种：一种是真实的生活，一种是真正的生活。所谓真实的生活，就是我们现在不得不如此的生活，真正的生活就是理想中的应该如此的生活。张执浩老师和今天来的众多诗人，都是真实生活的批判者、审视者，是真正生活的憧憬者、创造者。

在张老师众多的作品中，从《苦于赞美》《撞身取暖》到今天这本诗集《高原上的野花》，不仅诗写得精彩，诗名也取得特别漂亮。朴素中有别致、习见中有哲思。

《高原上的野花》这部诗集是张执浩一个人的诗歌编年史，这种个人编年史是我感兴趣的形式，它拒绝了宏大历史的召唤，显示出诗人的写作细节，从这个角度确立了诗人的个人意义和写作意义。纵观张执浩这么多年的诗歌，有一种越写越随性、越写越朴素的感觉。这代表着一种诗歌伦理学，即每一首诗都应该是真诚的、从心而发的。在技术主义日益泛滥的当代诗坛，这种诗歌观念有着突出的醒世意义。同时，要强调的是，我并非否认张执浩诗歌的技术含量。我想用一个象征来说明这种写作状态。对于一个铁匠的学徒而言，他会想着怎么去操作每一个技术步骤，但对于师傅而言，他面对着熊熊炉火，则只有一句话：尽管拿来。

他的诗歌活动，跟最近20多年中国现代主义诗歌运动密切相关，他是当代中国现代主义诗歌作者中的优秀诗人，也是湖北现代主义诗歌的一个集大成者、一个诗歌活动的卓越组织者。我们今天一起来分享他的诗歌，就是一场诗歌的盛宴，就是对我们人生的一种提升。我常常觉得文学家、艺术家不是要迎合时代，而是要提升这个时代，我们今天这个活动就是一种提升。感谢张执浩，感谢各位诗人，感谢各位同学。

林东林：如果你们觉得刘院长仅仅是一位批评家，那你们对他的了解就太不深入了，刘院长是以评论的方式在写诗。就像著名的小说家李修文老师，如果你们仅仅以为他是一位小说家、编剧，不是一位诗人，我觉得你们对他了解得也不够深入、全面。21 世纪初，李修文老师和张执浩老师曾并肩写过小说，他自己可能也写过诗，可能我们不太知道，在很多次与修文老师吃饭的时候他会讲余笑忠的诗歌、艾先的诗歌，他能随口朗诵里面的很多句子。昨天晚上吃饭的时候，修文老师还在讲，苏东坡这个人一半是李白，一半是杜甫，他说杜甫那个人，可能比李白更能够入人的境界。他说张执浩老师的身上，可能就有杜甫那样的不抵抗生活，也不苟且生活，而是和生活水乳交融的东西，下面有请李修文老师。

李修文：特别多的感慨，我和老张并肩作战了 20 多年，我也在很大程度上参与过他的诗歌写作，我们一起度过这样的时刻，他有一些诗歌是写给我的，有一些诗歌是写给我女儿的。我相信在小说家眼里，我可能是最热爱诗歌的人。因为在我看来，无论从事什么样体裁的创作，诗歌作为一种对于世界本质的总结，我相信都是最精准的。

在这种个人美学的创造当中，我曾深受张执浩的启发，他那种知行合一的态度，很少在别的诗人或者小说家身上看见。每次我写到一个关口上的时候，总是停下来看看他在写什么，看看他又用他的生活和热情，重新挑选了哪一些词，又重新用自己的生活在验证哪一些词。毫无疑问，20 年前的张执浩是一个有天赋的、有才华的诗人，但我今天不这么想，经历了 20 年的写作，他已经变成了我心目中的一个当代中国意义上的重要的大诗人。确实是这样，为什么？我最最突出的感觉是，无论是张执浩个人生活，还是张执浩个人写作的历程，其实跟他的写作对象、跟这个世界的现实息息相关，他几乎不夸张。

我们看余秀华的诗歌，里面充满了巨大的灵魂的躁动，不驯服、不甘愿，肉身和世界所冲撞，是非常独立和触目的。但张执浩的诗歌，我从一开始认识他，一直到现在，在他的诗歌里蕴含着巨大的、中国文学史上很罕见的耐心，这个耐心，我只是在杜甫身上发现过。我们会很罕见地发现这样一种现象，包括他刚才讲的，对命运的顺从感，从对命运的顺从里，他一步步塑造出了他的个人美学，如果说 20 年前张执浩的诗歌还不是一眼就可以辨认出的，那么，你今天把他的名字蒙上，他的诗歌也是很容易被辨认出来的。他现在的作品删去了很多词，直面生活本身，就像溪水里浮现出来的生物一样，真是做到了水落石出，明心见性。实际上每一个人在写作中，包括我个人都会有一种慌乱，因为这个时代过于纷繁和复杂，过

13

多地强调纷繁和复杂，我认为是有一点"傻白甜"的，因为没有哪一个时代不是很复杂的。可是一个作家、一个诗人最终要建立自己的美学，那种和世界之间的平行的、水乳交融的那个部分到底在哪里？正是因为这个部分，才把你从众多的诗人当中区别开来。

我对诗歌的了解当然没有那么多，这只是我大概的印象，中国的文学里有一个非常突出的现象，当一个所谓的伟大时代到来时，并不会造成各种伟大的成就，这里面充分说明了一个现象和特征，就是中国所谓的大师、巨匠，传统的、文化的地标，全部都是靠一己之力，在一片孤独的个人的战壕里打转。一个诗人，尤其是他人到中年，当生活的很多真相水落石出的时候，如何真正地投入自己命运的战壕里呢？张执浩的写作，从头到尾，尤其是今天，包括我今天回头去正视我的个人生活，正视我的个人生活中的许许多多的可能性，这种可能性如何通过我们区别于他人的美学实践，来把它给呈现出来，这个必须要诚实地承认，张执浩给了我特别多特别多，从人生到美学上的启发。大概在 20 年前，我们每一年都会结伴出行，他坐过的"牢房"我也坐过，我们在"牢房"里所产生的东西成了他笔下的诗意，作为小说家、散文家、剧作家，我有时候是很悲哀的，因为反应没有诗人这么快。在今天的当代文学里，因为诗歌对于时代作出的反应特别迅捷和准确，所以当代诗歌的成就远远高于其他的门类，这是毫无疑问的。

在这个过程里面，尤其是近几年来我读了张执浩的很多诗，我经常要从朋友的诗歌里头吸气，最近两三年来他变得让自己不再纷繁复杂，而像老僧说法一样，这些他可能自己都感觉不到，当然他也许自己有一种直觉，但我认为他在对于身边事物不断地辨认当中，身上所背负的强大的生命感染力，他自己可能都不知道。这种东西最后以什么样的气息和境界呈现出来，当然依赖于太艰险的美学实践。我回想起来这么多年，包括在人生很多关键的时刻，我对于我自己个人生活和创作的端正，都跟他有很大关系。

就在我们现在说话的不远的地方，有一天他喝多了，抱着一棵大树痛哭流涕，叫着女儿的名字说："别害怕，爸爸回来了。"眨眼间这事也快 20年了。我们一起去长阳，去一个荒岛上，度过了荒谬的两个月，他当时一些即时反应类似于典型的画地为牢，牢底坐穿。这些东西在很多年后回想起来，才发现，这是一个天生的永远走在自己最正确道路上的人。他身上有极大的专注力，他很少为养家糊口、为所谓过多的欲望而偏离自己的方向，正是因为这种巨大的专注力才成就他今天的写作。而在这种专注里他既不大呼小叫，也不声嘶力竭，从来都是对生活有一种深情的凝望，无道不通，他和生活最终达成互相认证的关系。总之，我认为老张是给我带来了非常非常大启发的诗人。这么多年，我一直没有一个非常正式的场合向他表达我的敬意，的确是发自内心，因为我事后想起来，回顾我自己写作历程的时候，发现他其实也帮助、修正、端正了我自己的生活和写作。谢谢！

林东林：感谢李修文老师的精彩分享。余笑忠老师也是和张执浩老师并肩写诗很多年的人，他不仅仅是一个诗人，也是资深的音乐节目的主持人，我们很多人都是听着余老师的声音长大的，有请余笑忠老师为我们分享张执浩老师的诗。

余笑忠：感谢刘川鄂老师给我们提供这么好的机会。张执浩，我习惯叫他老张，他也习惯叫我老余，我们不知不觉都老了。这两天我精神上有一些恍惚，托儿子的福，去了一趟美国，走了十几天，现在正在倒时差的过程中。我现在就像今天凌晨看球，被守门员挡了一下，觉得莫名其妙。昨天晚上我本来不是很想看欧冠的，但对我来说那不叫熬夜，时间还在美国的时间里，就看下来了，我觉得还是有收获的。这个收获就是那一个漂亮的进球，会让我永远记住。就像张执浩的一些诗，会让我们读过之后记住张执浩这个诗人的名字一样。

先说一下我对美国的感受，美国的松鼠很多，松鼠是受到保护的。我朋友家里养了一条犬，他的犬是不能咬松鼠的，如果犬咬松鼠被发现了邻居会告发他。美国有很多的草坪，很多的高尔夫球场，很多的大树。中美确实有差距，主要是文化上确实有差距，我参观了一个小镇，那个镇叫莱森顿，那个小镇上的图书馆藏书非常丰富，包括大量中国文学的藏书，中国文学是比较通俗的居多，唐诗宋词也有。在音像作品之中，甚至有中国的《黄河大合唱》钢琴协奏曲。这个小镇是迪金森的故乡，它的书店有很多诗歌的书，很遗憾的是，我发现了一本唐诗英译的译本。很有意思的是，镇上一个七八十岁的长者主动用汉语给我们打招呼，他说下午有一节课，要去听量子力学的课程，然后他讲了一通对于东方文化，像日本文化、印度文化，道家、儒家、佛家的了解，还比画了几个太极的动作。文化教育上千万不要低估了这方面的软实力。我相信，也许在不久的将来，我们在美国的大一点的书店，也会看到张执浩老师的诗集。张执浩老师的诗肯定是在美国大书店选集当中出现的。在美国 10 步之内基本上可以看得到中国人，我遇到了一个藏族的朋友，17 岁的时候到印度待了 4 年，然后再回到中国待了大概半年，到美国闯天下。他说之前在美国很困难，现在世界上的很多地方，都可以看到华人，华人之间还会有相互的帮助，不像以前遇到很多困难，我也希望我们的汉语诗歌，能够传遍世界。

《诗经》里有当时各个小国家里的"风"，但是基本上没有楚风。后来考证原因是什么，有的人怀疑是被孔老夫子给删掉了，这个好像不太成立，也有可能楚国当时还不是很发达，属于蛮荒之地，所以不受重视，采诗官没有条件到楚国来采集诗歌，这是一个说法。《诗经》之后，楚文学在中国历史上拥有非常高的地位。在中国当代的诗歌史上，湖北、湖南成就突出，湖北更突出一些。特别是 21 世纪以来，我们有张执浩这样一个代表性的诗人，他是湖北诗歌的领军人物。

今天我看到有人在朋友圈转发了《弘一大师法书集》，从他早年到晚期书法的变化，脉络理得非常清楚，一幅一幅地展现下来。让人感觉和张执浩写诗上的变化有一致性，不断地参悟，基本上是可以关联起来的。弘一后来的字基本上倾向于童稚之心，像早年炫技、讲究力度的特点，在晚年的书法当中是看不到的，晚年的弘一更单纯，更具有童心。这和张执浩诗的变化脉络是非常贴近的，张执浩老师写的诗有一个特点，如果翻译的话，是比较容易翻译的，词汇越来越简单，但是他的那些词经过他组合之后，释放出来的那种诗意，有的近似于禅意，空间非常大。譬如那首《黑芝麻白芝麻》，自然天成，是让人非常羡慕的一首诗。

我和张执浩有多年的交集，他从我的诗当中提炼过一个细节，提炼得非常好：撞身取暖，那是我写童年生活一首诗当中的一个片段，他提炼得让我非常嫉妒。他诗中有很多的细节也是让我非常羡慕的。比如说在他母亲去世之后写的《与父亲同眠》那首诗，让我非常感动，其中一个细节，"我小心触摸着你瘦骨嶙峋的大脚/从你的脚趾上移，依次是你的脚踝和膝盖/最后又返回到自己的胸口/那里，一颗心越跳越快，我听见/狗在窗外狂叫，接着好像认出了来人"，就是写这只狗，痛苦给他造成的幻觉，写得非常好，这是一首非常痛苦的诗，把痛苦转化成诗，转化成让人难忘的诗。作为一个同行，这样的细节是让我难忘的，甚至是嫉妒的，尽管这是一首悲痛的诗。

我在电台工作，我们有一个微信公众号叫"遇见好诗歌"，在这个微信公众号里面，推荐了很多现当代诗人的作品，也包括国外的诗人作品。在当代诗人作品当中，我没有把张执浩当成湖北诗人来推，而是当成当代名诗人来推。除了这一首诗，还有《高原上的野花》，我读过，但是没有在微信公众号上发布过，还有他自己提到的《被词语找到的人》《终结者》等，水平非常高，和海子的篇幅差不多，并不是所有的好诗都适合去朗诵。当代诗歌的大师，譬如昌耀，他的诗经常借助古汉语的词汇，读起来有一点拗口，用现代汉语读起来并不是很顺畅。我啰啰唆唆地就讲到这里，是想说，我们为有张执浩这样的诗人感到荣幸，最近这几年，他作为一个领军人物，对湖北诗歌在全国的地位的提升，应该说是做出了很大的贡献，特别是在办刊物上、办活动上，在提携新人上做了很多的贡献。谢谢大家！

林东林：感谢余笑忠老师，余笑忠老师还在美国时间里。在 20 世纪 80 年代初的华中师范大学校园里，当然湖北大学也一样，那个时候凭一句诗可以让素不相识的人一见如故，这个时代已经远去了，剑男老师来自华中师范大学，和张执浩老师是大学的同窗，又是这么多年的诗歌兄弟，他见证了张老师的诗歌创作，也见证了张老师这么多年来的诗人身份，有请剑男老师。

剑男：谢谢大家，提起张执浩就说来话长了。刚才介绍的时候说今天的分享会在湖北大学，前天我还在和天无老师说，张执浩是华师的，诗歌分享会却在湖北大学搞，我有点不理解，实际上诗歌是不分校园的。刚才东林说到 20 世纪 80 年代是文学非常繁荣的时代，也是非常风雅的时代，那个时候会写诗歌的人都是受到追捧的，现在和那个时代比有差异性。

我跟张执浩从 20 世纪 80 年代开始写诗歌。进校园的时候，他是历史系，我是中文系，我知道他写诗大概是 1986 年，之前认识，不知道他在写诗歌，张执浩在 20 世纪 80 年代，一直是武汉市高校一个非常重要的诗人。我跟他在一个学校，包括这么多年跟他做校友，我是有阴影的，一直在他阴影下写作。我经常被人问，张执浩是我们中文系的吗？我很惭愧地说他不是中文系的，是历史系的，然后他们说我学中文的写诗歌还没有他写得好，这是一个很残忍的事实，但是必须要接受。刚才张执浩他自己介绍说，他现在已经变成一个老汉，年过半百，他年轻的时候很像王力宏，后来有人说他像李宗盛，今天变成一个满脸胡子的老汉，长相的变化，在某种程度上和诗的发展轨迹相同。年轻的时候他写那么唯美的漂亮的诗歌，慢慢地被生活打磨，开始有了生活的沧桑，最后变成现在的样子，完全和生活打成一片了。

川鄂老师、笑忠、李修文都提到张老师的诗歌，他在中国诗坛的地位没有必要在这里再做一个复述，读者都知道。今天是一个分享会，实际上我们每天都在分享张执浩的诗歌，我有一个朋友圈，有人说从前不喜欢诗歌的，你天天发，天天发，也逐渐喜欢上了诗歌。在这样一个智能时代我们不断地在分享，我的很多朋友都知道，我分享的最多的是诗歌，包括在座的张执浩、余笑忠、沉河。我是觉得朋友之间，只要微信更新的，我看到了就把它转一下，这也是朋友之间相互分享的一种方式。我分享最多的就是张执浩的诗歌，所以我很多朋友，都是通过微信公众号，问张执浩是怎么样的一个人，反过来说，我跟张执浩的诗歌就差远了，这是一个沉重的打击。但我想真正作为写作上的朋友，诗人之间，应该不存在这样互相瞧不起、互相轻视的东西。所有的文字，所有的语言都有它的基本事实，不是哪一个人怎么去评价，或者拔高，或者贬低就能够改变它存在的事实。

张执浩的诗歌，有一个非常好的评价，我也是这样认为的：他在 1997 年前后的诗歌还是有一些锋芒的东西在里面，但他的诗歌从来不以揭穿人的假丑为乐，在他的诗歌里面看不到愤怒的情绪。在他的诗歌里永远有日常生活中那种动人的部分、温情的部分，孜孜不倦地描绘。我觉得这一点是非常难以做到的。大家都在谈现代诗歌，或者当下的诗歌不断地回归我们的日常生活。我认为在回归日常生活的诗歌里面，张执浩的诗歌是当代诗人中做得最彻底的。这种彻底性体现在哪里？他真正地全身心地和生活打成一片。在我们不能够感受到的日常生活里的这些毫无诗意的东西中，他都能够感受到诗意。他的诗歌语言没有任何障碍，甚至词语都没有特别丰富，但是你会发现这些诗歌的词语被他整合在一起后，是非常有意义的整合，甚至我可以说他这种回归，拓展了当代生活表现的意义，这是非常大的说法。张执浩的诗，值得我们每一个爱好诗歌的同学，也包括我自己去好好阅读、好好学习。

林东林：跟华中师范大学一样，湖北大学也是诗歌的圣地，湖北大学毕业的著名诗人沉河老师，不光是一个诗人，还是长江文艺出版社诗歌出版中心的创始人，那么多年也策划、编辑、出版了很多优秀的诗集。长江文艺出版社也出版过张老师的诗集，我相信沉河老师对张老师的判断会在更为宽阔的诗歌背景里去展开，有请沉河老师。

沉河：这是我第三次站到这个讲台上，我是湖北大学毕业的，没有读研，也没有读博，所以它是我唯一的母校。张执浩老师，我们是 1988 年认识的，在湖大沙湖边他曾经说过一句话："朋友的好妻子是大家的幸福。"今天借他的这句话，我说："可以读到好大学是大家的幸福。"刚才听剑男说这个活动之所以没有到华师去做，而到湖大，就是因为湖大是一所好大学。

张执浩老师的诗歌我读得太多了，我编过他的两本诗集，每本都看了不下三遍。我想说下面几点。

第一，人算、命算不如天算，这是张执浩老师常常谈到的一句话。我为什么这么想呢？昨天晚上我开过两次会，也是关于张执浩老师的诗歌分享会。怎么开呢？做梦开的。我有一个习惯，明天要做什么，晚上就把它提前做了，屡试不爽，可能人到了老年之后，心态有一些急切。其中一个会是一个小孩子朗诵，朗诵完了到另外一个地方喝茶，然后我们的会议正式开始，那个时候开始分析，这个会议室到底是怎么回事。醒来发现今天还有一场会，就是今天这场会，这个会是出乎我的意料的，我以为都是我们这一帮老朋友，大家随便说说话、聊聊天，没想到我们已经不是年轻的时候了，不是在沙湖边上散步的时候了，我们确实老了，面对着一二十岁的年轻学生们，我也有走到讲台上的这一天，确实没有想到。

第二，谈到聊天，按照正常的时间，现在我很少聊天，比方说我的顺序是这样的，我们今天来聊一下张执浩老师的《高原上的野花》不如聊一下诗歌，聊一下诗歌不如聊一下人生，我们聊一下人生不如聊一下天吧。这是我们现在的一种生活方式，可能大家不是很清楚。但是今天给我们提供了这么好的场合，我们不能聊天就聊聊人生，我们不聊人生就聊聊诗歌，我们不聊诗歌就聊聊张老师的诗歌，这是正常或者有意义的事情。

第三，你的现实是我的虚拟。为什么这么说呢？互联网时代有这么多朋友，每天在干什么我们都知道。像余笑忠老师，余老师刚刚从美国回来，他什么时候去的我知道，什么时候回来我也知道，但是实际上我对知道的真实性感到怀疑。为什么呢？我就是相信，我们现在朋友圈里所有读的诗、看的话都是虚拟的。我非要面对面地跟他吵一架，才知道他在骂我，如果他写文字骂我，我就觉得好像没骂我一样。这个是我的第三个观点，我们在互联网时代，可能会失去个人真实的体验，其实这对于诗歌是重要的。我读到这句话，是想把它引到张老师的诗歌上来，张老师的诗歌不怎么反抗。为什么呢？他的狗去世了他写一首诗，他的花开了写一首诗，他把淘米水倒了也写一首淘米水的诗。他真正在提炼诗歌，没有通过外在的东西进入诗歌。所以我觉得我们从他的诗歌里，会受到一些启发，我们很长时间没有见面，我不知道他们在干什么。这是第三点，你的现实是我的虚拟。

第四，我们怎么样才能够读诗，也是刚才引发出来的，张老师的诗歌是在微信上看见的，包括余老师的诗歌都是在微信上看见的，而我所读到的诗歌都是书本，或者张老师说："这是我的一本新书送给你。"然后我拿来读。余笑忠说，他们以前读诗都是打印出来。然后毕恭毕敬地送到我的手上说："这是我最近写的一首诗，你来读一下。"我的第四点，也是我的感悟，诗是要见面读的，一定要送到你的手上，你才能读懂它。

第五，5 年前我们在编张老师《宽阔》的时候，我写过一篇文章，专门谈张老师诗歌，我的文章是《从"宽阔"一词看张执浩诗歌写作的方向》。张执浩的诗歌确实是一种"宽阔"，所谓的"宽阔"是横向的、无边无际的东西。我们有四维的方向，"宽阔"是什么方向呢？就是我们所说的真正的"四面八方"。还有两维是什么呢？上和下，不是说张老师的诗歌没有上的方向，也不是说它没有下的方向，我是说它在"宽阔"里面，他判定的、他挖掘的是向内，内是什么呢？内是我们的内心。也可以说是向下，向外也可以说它是向上。所以我觉得他用"宽阔"这个词应该是顺理成章的，实际上我觉得是他真正地面对我们写作的思维和方向。

林东林：感谢沉河老师，同样是毕业于湖北大学的川上老师，去年我们曾经一起去荆楚理工学院做过一次讲座，那一次讲座之前，川上老师找到了当年去拜访张老师时的房子，这么多年来作为一道写诗的兄弟，友谊和诗谊都没有丝毫的改变。有请川上老师。

川上：我也是大家的校友，我是1985级的，我跟张执浩老师是1986年认识的，因为诗歌我们生活改变了很多，它为我们的生活带来太多的东西。诗歌究竟是什么样的东西，或者它对我们而言，究竟是什么样，我写了一个东西，给大家读一下吧——

记忆里的尖叫与回忆时的心跳

对每位诗人的解读，大约都需要找到某种密码。有了这个密码，就能开启一扇门，进入一个让我们或心动，或惊讶，或疼痛，或领悟的世界。

我们可以说诗歌是一面镜子。

诗歌的这面镜子，可能并不照亮生活，但我们却可以通过它，照见自己。

从遥远的来路到踏入回归之途，在看似漫长实则短暂的生命体验中，我们在不同的人生阶段都可以从不同的诗歌中照见自己。它有时候照见的是我们的正面，有时候是侧面，有时候只照见背影。

所以，对诗歌的阅读，其实也可以看作是与自我的相遇。每个生命都伴随着一个最忠诚的伴侣，我们称之为"灵魂伴侣"，诗歌的这面镜子，正是在召唤着我们与自己的这位最忠诚的伴侣相遇。

诗人通过诗歌成为召唤者，这是诗人倾其一生的使命。

从意气风发的少年到不知不觉，华发已爬上鬓角，诗人就坐在诗歌这面镜子的面前，诗人也在镜中观看着自己。岁月易老，但他的眼神依旧专注、坚毅。

因为专注，他可以看到更多。作为等待者，他有足够的耐心。作为通灵者，他可以从看似庸常的生活中，发现惊喜。是的，诗人都是发现者，他在传递有关这个世界、有关这个世界与另一个世界的消息。

因为坚毅，他可以走得更坚定、更持久。来自生活的击打每一天都在磨砺着诗人的心智，这些击打物如同一块块扔过来的石头，而诗人，他要把这一块块石头磨成一面面镜子。

我们可以说诗人是一群孩子。

活到八十，有一副孩子的模样，这是天命使然，并不值得惊异。活到五十还能完好地保持着那份纯然的赤子之心，那这个人，大概就是一位诗人。

天真是一种境界。天地之"真"，或许就是这个世界最大的秘密。所谓"精骛八极，心游万仞"，必须以天真之心为前提；所谓"目击成诗，脱口而出"同样依赖于这颗天真的心。

"目击成诗，脱口而出"，正是诗人张执浩坚守的信条。三十多年的探索、精进与执守，在与生活的对峙与和解的反复淬炼中，他终于练就出一副"发现者"梦寐以求的"火眼金睛"。他看见，他说出。他从日常的、司空见惯的事物中发现隐藏于其间的秘密。能够做到这样的程度，不是用一个简单的才情所能够概括的。这可能首先需要一种自我清理，一种自我归零式的清理，因为只有这样，才可能返璞归真、慧眼独具。

自我清理的过程，就是一种自我净化也可以说是自我强化的过程，它可以让我们变得通透、纯朴、澄明。它可以让我们无限接近我们最初的那个样子。

最初的那个样子，便是老子所说过的那个"一"。

"昔之得一者：天得一以清，地得一以宁，神得一以灵，谷得一以盈，万物得一以生……"

这个"一"，是这个世界的创生之物，也是万事万物演变、演化的动力因子；它可能是"有"，也可能是"无"；它是最玄妙的存在，但它其实就潜藏在每个个体生命之中，潜藏在"记忆里的尖叫与回忆时的心跳"之中。

谢谢！

林东林：感谢川上老师精彩而又辛苦的朗读，以及我们大家辛苦地聆听。槐树老师是湖北诗坛乃至中国诗坛很特别的一位诗人。有请槐树老师以他特别的观点对张执浩老师进行解读。

槐树：在这个比较特殊的场合来谈张执浩老师。我从 2001 年到 2003 年，一个星期或一个月、周期性地跟张执浩老师一起聊诗、喝酒、搞诗歌的活动。差不多 20 年的时间，他作为我们谈话的主题之一，随时随地都会被谈到。我们可能 10 年前谈张执浩老师和几年前，包括昨天、今天都会随时改变对他的看法，因为他的写作的确很开阔，而且我们认识他差不多 20 年时间，他一直持续地在保持非常旺盛的创作，也非常高产地写，持续地在写，甚至他每一个作品出来之后，都会在周末喝酒的场合把它作为一个谈话的对象。今天把张执浩老师的写作做一个分享，我不知道该从哪个方面去讲，2018 年 4 月我拿到了《高原上的野花》这本诗集，我发自内心地觉得要写一篇文章，就做了一个跟他的虚拟对话，这篇文章有 5000 多字，我感觉还没有说完，这篇文章有一些缺憾。2018 年 5 月 25 日接到通知，在湖大有这么一个分享会，有一个 5 分钟的即兴发言，我在想讲什么东西，25 日突然又发现了一个概念，我觉得张执浩老师实际上是一个抒情诗人，他说过一句话，大意是所有的诗都是抒情诗，他把抒情的概念的外延做大了，不是我们狭义上理解的抒情，我们现在认为的所谓的现代诗人、后现代诗人，对抒情这个概念有一些抵触，甚至有一些贬义上的东西，但是张执浩老师把抒情淡化了，我在 25 日还写了一首诗，这首诗的名字叫《今天作为一个抒情诗人很难》。我现在如果念出来的话，有一些煞风景。

我一直在想上次做的虚拟对话，要找一个关键词来巩固和概括张执浩老师美学的倾向，没有找到，我很敷衍地找到一个词：画面。他的每一首诗都会营造非常独特的形象，包括披头散发的老父亲，有一个看得见的、非常慈祥的、非常可视化的形象。

我们一直在说，湖北的诗人很健康，健康也是一个关键词，其实这个健康不是一个人的身体健康，是一个写诗群体的精神健康，这个健康的形成，很大程度上来自张执浩老师这么一个大哥、领军人物，他带着湖北这一批写诗的人往健康的路上走，起到非常重要的作用。我刚刚在进这个会场之前，想一个概念，还想讲一下张执浩老师这么多年带着湖北与诗歌有关的人士开展的一些诗歌活动，我觉得他身上有着非常强烈的责任感，这个可能和他写诗没有关系，但这确实和诗歌有关系。他的第一本诗集的名字叫《苦于赞美》，他现在一直在苦于抒情，他认为他的内心有赞美的责任、抒情的责任，在当今的社会条件下，作为一个抒情的诗人，来正常地赞美一些东西、抒情一些东西，其实是很难的。所以在他的诗歌里有一些矛盾的东西、辩证的东西，其实他的内心还有一些抵抗的东西。

林东林： 下面是不想出名的艾先同志，艾先同志之所以不著名，是因为他把写诗的时间都用在看电影、看八卦、吃美食、看球赛上了，艾先老师自认为他的诗歌观念是一流的，下面我们请艾先老师以国际一流的观念来谈张执浩的诗。

艾先： 我具体地说一下老张的诗怎么好。我就具体说一首诗怎么好。这部诗集，每一首我都读过，有一首印象特别深——《树下听雨》，只有 8 行。我们现在写诗，如果是一个叙述的诗，我只陈述我所经历或者看见的事实，看到的东西不一定写出来，而是有所选择性的，这就叫写得简约。老张的这首诗，其实就是一个很小的场景，每个人都经历过，下雨的时候在树下躲雨，听见雨打着树叶，一般人刚开始写诗的时候，都会用很多抒情的词语，像树叶在雨中颤抖、树叶的命运等，张执浩写得不一样，他写得很准确。他说小叶榕有 47000 片叶子，概念上是准确的，而不一定是真的，这 47000 片肯定是诗人杜撰的，上面有 7 亿 4000 万滴雨水，上面有声响。而我会被蒙在鼓里。"被蒙在鼓里"在文化意义上我们都是知道的，这首诗没有说出它有意义的东西，把你限定住了，让你有更多的想法，很多人会想这个东西和人的命运相关联，你会联想到很多的东西。所有人的命运都是被蒙在鼓里，不可改变。在张执浩的诗和其他大量的作品中，我们可以看到真正的当代诗人在写什么，能写什么，已经写到什么地步。

林东林： 下面是"80 后"的诗人谈骁，谈骁是刘川鄂老师的高徒，又是张老师的责编，同时他也是一位优秀的青年诗人，有请谈骁谈一谈张执浩老师的诗歌。

谈骁： 各位老师，以及各位诗弟、诗妹大家好，刚刚在台上坐的大部分的老师是张老师的诗歌兄弟，他们的友谊是 20 年、30 年甚至更久，我是一个晚辈，是张老师在一群不经事的学生中挑出来的，大概 12 年前，2006 年 10 月，张老师新写了一篇长篇小说叫《水穷处》，在湖大做了一个分享会，那个时候我已经开始写诗了，其实是一个非常迷茫的状态，经常写诗，因为写诗才找到了我的女朋友。我在 2007 年看到了一个分享会，想一定要去看一下，那个时候张老师是湖北最著名的诗人之一。那是个星期二，有一堂马哲课，因为要点名所以没有去成。过了一年后，我在他的博客上面留言说，一年前您有一个分享会我没有时间去，其实就是想跟他套一个近乎，没想到他通过留言到我的博客里面去，挑选了一些诗，再给我留言说，我已经把你推荐给了我武汉的朋友们。由于这个原因，我走进了诗歌现场。虽然在私下里、酒桌上，我经常表达我的感激之情，但是没有一个正式的场合，今天在我的母校我要向张老师说一声：谢谢。

大概是 2017 年，张老师给我写了一篇文章，他说我的出现，一方面是幸运的，另一方面是悲哀的，因为我活在湖北一个数量庞大的"60 后""70 后"的阴影下，像台上坐的，大部分是"60 后""70 后"的诗人，每个人都有自己的风格，都有自己擅长的领域。我的出现在张老师看来有可能被他们遮蔽，但我并没有这么觉得，我进入诗歌现场之后，感觉到了湖北诗歌前辈对我的帮助和推动。

不久前，张老师他们面向湖北高校在校生做了一次黄鹤楼诗赛征文，我很欣慰地看到湖北大学也有学生投稿，虽然没有得一等奖，但有得三等奖的。我是 12 年前通过那场分享会和张老师建立联系的，今天的分享会仍然会有很多有志于诗歌写作的年轻人，也许从此喜欢诗歌。希望大家爱上诗歌，谢谢！

林东林： 希望湖大的朋友们成为下一个谈骁。

伍志恒： 诗歌的质地需要灵魂的重量。诗人写诗，就这么看着一吻即逝的欢愉在人间轻盈地舞跃，辗转了一寸又一寸瑟缩的皮肤，擦过一个又一个人的背影，像是看一出戏，人和人之间没有一线生机可以不落窠白，在座的各位老师不愧是张老师的知音。接下来，我们将一同进入诗歌的朗诵环节。首先要播放的这首歌，《爸爸》，是张老师在一次醉后写给女儿的诗，由著名音乐人冯大亚作曲并演唱。让我们伴着远兜远转的音乐，跃过诗人古老的肩头，怀想长日稀朗、寒宵兀坐的时光。

下面请四位同学朗诵张老师的诗歌。（略）

伍志恒： 感谢各位同学的朗诵，下面我把我手上三个宝贵的提问名额留给大家，希望大家踊跃提问。

提问 1： 张老师您好，您有一个观念叫"目击成诗"，是通过目击，通过自己的加工或者深化再成诗，什么叫"目击成诗"？

张执浩： "目击成诗"是我出版上一本诗集《宽阔》时对个人写作做

小结时提到的一个概念，后来在很多文章中引申和探讨过这个概念。所谓"目击成诗，脱口而出"，指的是写作者首先要建立一种与他所观察的对象之间的联系，我们在大部分时间里所看见的东西并不是真实的，每一件事物背后还有更大的事物，每一件事情也是这样。一个好的写作者要练就看见事物本质的能力，要有随时随地蹲下来深思的耐心。

另外就是和你被观察的生活形成互动的关系，没有互动的看见是没有意义的。我家住在武汉音乐学院，音乐学院里的自然环境非常好，每天早上我都被鸟叫醒，我通过鸟的叫声来辨认它们的身份。后来有一次我居然听到鸟叫出了我的名字：张执浩，起床了。其实，每个人只要认真地听鸟的叫声，一定会听到它们叫你的名字。所以我后来写了《仿〈枕草子〉》那样的诗，我和鸟已经产生那样的感情。譬如说看星星，只要你留意，你就会发现星星附近总有一颗星星。如果你能仔细生活，你就总有层出不穷的发现，文学写作不是漂亮的修辞，而是要用语言陈述这些生活的真相。观察者和被观察者之间要不断发生这样的互动关系，最好的互动是把个人情感独特的体验渗透进去。

还有一个词叫：脱口而出。其实这是一种简单表达的能力，却是我们现在逐渐丧失的。我一直主张写作者要主动生活、被动写作，我们现在很多人都是主动在写，所以越来越主观。而我要主动去生活，让生活来挤压我，让我不得不说。脱口而出大概就是这个意思，就像一个人被开水烫了，会发出条件反射似的尖叫，但这不是无病呻吟。只有这种被动的写作所体现出来的情感才是真实可靠的，我们诗歌中的很多情感都是虚情假意的。

我一直鼓励自己写作的时候尽可能用最简单的语言说话。一个人一辈子大概就用 3000 来个字，无穷无尽的词语在组合，真正有用的词语其实并不多，其他的都没有用。所以在写作中我们尽量要把一些假话、套话、废话去掉，不要总是在漂亮的修辞里打转。在生活里，很多语言如同安眠药，让大家昏昏欲睡。为什么在听某些报告的时候人会犯困呢？因为这些报告本身就是用陈词滥调写就的。而文学不是陈词滥调，文学是用来提神的，它能让昏昏欲睡的人醒过来。马一浮先生说，诗歌就应该让人"如谜忽觉，如梦初醒，如仆者之起，如病者之苏"。

提问 2：张老师，我非常激动来到这个现场，非常感谢刘川鄂老师。

我是武汉最东边一家书店的掌柜，花了很长时间写了 8 首诗，自己印了一本诗集。我比较喜欢走地下路线，在这里，既然是诗歌分享会，我把自己的作品也分享一下，希望能得到张老师的指导。

5 月，在置身室外

爱情是年轻人关于气味的拙劣游戏

孤独的人，像图画

生命不能置，安心死于幻象

张执浩：你说你是置身边缘的人，我们年轻的时候也是从边缘开始的，从来没想到有一天会成为主流，但问题是真的有这样的边缘存在吗？特别是湖北文学，边缘变成主流只是时间的问题，当然保持这样的警醒是有必要的，但不能说我边缘，就以这种姿态来抗拒文学本身。我们往往反抗什么就会成为什么，这是人生的悖论，你早晚会成为你曾经反抗的那样一个人，比如说我反抗成为一个碎嘴的男人，我就成为一个碎嘴的男人，无可奈何。

你这首诗试图写出你对人生的看法，爱情是什么，但还是太简单了，这样的判断本身就是不成熟的判断。写诗是一种表达和呈现，我们很容易陷入一种判断的误区里面。这首短诗的情感还不是特别丰沛，有情绪化的成分。我是主张像你这样的写作者要多看一些真正的好诗，或者扩大眼界，我认识很多写诗的人，从来不看任何别人的东西，至多看一看朋友圈的诗，而朋友圈就是固定的那些人。眼界很重要，写作者要有广泛的吸纳能力，坚持自我固然重要，更重要的可能还是超越和重新发现自我。

提问 3：张老师好，我首先和您分享一下看了《高原上的野花》的感受。看了这个题目《高原上的野花》，我在想高原上的野花到底是什么样的，然后再回忆曾经去过四川阿坝州，起初坐在车上只看见草原连绵起伏，其实是看不见野花的，就连羊群也只有一点点，但是走下车，走进草原的时候，才看到原来有那么多大大小小、五彩缤纷的野花，它们真的是按自己的意愿去生长，不为谁去开花，能够被我遇见就是我的幸运，所以我能够遇到您的诗也是我的幸运。在通读了您的诗之后，我就觉得，您对于生命时间的体悟让我有点难过，也就是说，您的诗触动了我比较柔软的部分，不能脆弱的部分。请您允许我朗读一下摘录的您的诗里面有关时间、生命的句子——

1999 年：我告诉自己，我仍然是从前的那个少年，只不过偶尔偏离了少年的梦境，但现在我必须承认，对自己撒谎，就是对时间犯罪。

2001 年：我是一个害怕成长的人，这里我过了 35 岁，肉体已经变形，再往下便是一个漫长的，让人心慌的下坡人生。

2006 年：一个年过 40 岁的男人，一个老儿子，老男人，我还在人世挣扎。

2007 年：生活的本质在于变形，老伙计，看看现在，你我都已无形可变，你是松散的，而我已变得弯曲。我今天变成了一个心口不一的人，一个色厉内荏的人，一个碎嘴的男人，而这恰恰是我用 40 年时间反对的人，我今天变成了我的敌人。

2012 年：诗歌写不出来，当年仍旧是一个老男人，一个自甘洗脑的人，门在你身后关闭了，也将在你身前关闭。

2013 年：我用衰老来延缓衰老，我用心体会肉体的善意，这在人世穿行的皮囊，这囚车、牢狱、刑具，这膝盖，这手腕，这是真的诗。

2014 年：在没有人愿意辗转反侧里面，50 岁了，没有痛苦，并不快乐，安逸中夹杂着惶恐。

日复一日，一边否定自己，一边赞美自己。

2015 年：我们坐在树下谈一谈消逝，谈一谈久别重逢。

2016 年：他从父亲脸上看见过的，现在已经被你全盘接收，终于可以垂下眼睑轻松地表达对我的称颂和厌恶。我曾经劝过一个轻生的人，像我这样活着，望着燃尽的香灰，默数体内的柴薪。人到中年，落日的方向传来一阵叹息，我们都有高远的恍惚，到头来却难免斋粉的命运。

2017 年：我已经活到欲哭无泪之年，不远处烟囱在冒烟，手持吹筒，蹲在教堂门前的人，从前是一个少年，现在什么也不是，因为我已经足够老了，仍然没有明白老究竟意味着什么。

读完你的诗之后，觉得人生何其短暂，让我越读越觉得悲泣，不管人生怎么样度过，都会有故事、遗憾还有无可奈何。可能生命的意义都需要每个人自己去追随吧，我想问的是，我们现在年轻人都很容易说，我们已经老了，在读到您的诗之后，我心里一直有一种凄凉的感觉，我希望您能说点什么，指导我一下，让我们释然一下，怎么面对这种不能回头的生命和时间。

张执浩：我经常挂在嘴边上的话和李修文经常说的一样：人是不值得一活。这是我来到人世，活了 50 年之后发现的，人生确实不值得一活，世界上没有什么真正值得一活的事。我问余秀华，为什么我们要死皮赖脸地活，既然知道吃了又要拉，为什么要吃，活了就要死，为什么要活。人生最后都是绝望的，生命的底色一定是灰色的，如果我们装聋作哑，不愿意面对这样一个残酷的事实，你就不可能真正懂得该怎样生活。

我的写作就是在这样一种悲哀的背景之下展开的，所谓置之死地而后生吧。刚才这位同学把我逐渐衰老的面貌分成了一条时间线，很有意思。从我年轻时候对衰老的恐惧感，到现在我正视自己的衰老，在我诗歌里都有清晰的体现。我年轻的时候认为一个人活到 30 多岁是可耻的，你怎么能活到 30 岁呢，而我现在恬不知耻地活到 50 多岁，我觉得还能往下活。如果正视了这样悲凉的人生，一切就会简单得多，吃要吃好一点，我买阿根廷龙虾自己做着吃。我喜欢吃泡菜，前不久就自己做了一坛泡菜，泡菜做了一个星期后，我听见泡菜坛发出了咕噜咕噜的声音，好像在跟我说话，我后来写道：世界上最好听的声音是泡菜坛子的咕噜声。有时候我真觉得我不是在写诗，而是在记录生活中真切感受的类似片段。看见了，听见了，感受到了，然后用我自己的语言尽可能精确地说出来，我以为那就是诗。总有人觉得诗歌离我们好远，但只要你是一个能逼近真实生活的人，你就是诗歌的邻居。而发生在我们日常生活里的这些点滴，使我们的生活具备了热情。

一个人如果做不了一个高尚的人，就争取做一个清爽的人，我很喜欢清爽这个词：今天是很清爽的一天，见到了一些很清爽的人，这一点是非常重要的。我们反抗的目的终究是和解，我不喜欢整天愁眉苦脸的人，人生本来就很艰难，为什么还要看你的愁眉苦脸呢，文学要释放善意，如果连文学都看不到希望，看不到生活的勇气、愉悦和乐趣，那就真的完了。李修文的小说一直在写爱和怕的东西，余秀华的诗里也充满了人性中挣扎的力量，好的文学作品就是在爱与怕中、死与生之间灰暗的地段展开的，如果你想写些东西的话，不管是诗歌、小说还是散文，紧紧把握住这一点，就能写好。

伍志恒：感谢各位，如此推心置腹的对谈。看见了吗？诗人总在心如静水地自由写诗，安适得好似青灯古佛度余生的寂寥。感情沿着他的胳膊笔直地流下去，他写他心之所向，如此而已。最后让我们再次有请刘川鄂老师给本次活动做一个精要的总结。

刘川鄂：感谢各位同学，感谢大家，今天这个活动非常成功。大家对张执浩诗歌创作的特点做了精妙的阐述，他既是中国当代优秀的诗人，也是湖北诗坛重要的组织者，他主持的《汉诗》对我们湖北的诗歌起到了非常重要的推动作用，而其中有一个任务就是提携新人。各位如果对自己的诗歌创作有信心，可以请张老师指教。张老师不仅诗歌写得好，而且他的诗论也非常棒，刚才他回答问题大家有很深刻的感受。他是一个真正能与大家对话的诗人，很多人是凭着对生活的热爱在写作，但真正有美学观念的诗人是比较少见的，像李修文、张执浩，还有很多诗人都有这样的观念。我听他在回答同学问题的时候在想，下学期一定要请张执浩给爱好写诗的同学们谈谈怎么写诗。热爱诗歌，热爱生活，让我们每一个年轻同学的学业和人生过得充实，对生命对未来有更多的敬意。我们今天分享张执浩的诗歌，不仅得到一种审美的力量，而且还有思想的力量，我经常宣称音乐、诗歌、足球是我人生的三大爱好。昨天晚上，我看了冠军杯的决赛后发了朋友圈，有一句话是"何以解忧？音乐、诗歌、足球"。今天度过了一个诗意盎然的下午，这也是人生的美好记忆，让我们永远热爱诗歌，热爱生命。

（伍志恒整理）

The Poet is not Trying to Cater to but to Promote This Era: A Sharing Meeting on Zhang Zhihao's Collection of Poems *Wildflowers on the Plateau*

Zhang Zhihao, Lin Donglin, Wu Zhiheng, etc.

Abstract: At 3 p. m. on May 27, 2018, the sharing meeting on the famous poet Zhang Zhihao's *Wildflowers on the Plateau* was grandly held at Si Rui Hall in the library of Hubei University. Focusing on the theme of "poetry written by poets, poets spoken by poetry, encounters and mutual evidence between people and poetry", the guests at the meeting made a refined discussion on Zhang Zhihao and his poems. There are also wonderful analysis and prospects for the current situation and future of Hubei poetry and Chinese poetry.

Key words: Zhang Zhihao; *Wildflowers on the Plateau*; Mutual Evidence Between People and Poetry

About the Authors: Zhang Zhihao (1965 –), Poet, Member of the Chinese Writers Association, Professional Writer in Wuhan Literary Federation, Executive Editor of *Chinese Poetry*. E-mail: 173533257@ qq. com.

Lin Donglin (1983 –), Poet, Editor of *Chinese Poetry*. E-mail: 1971144934@ qq. com.

Wu Zhiheng (1992 –), Ph. D. Candidate in Chinese Modern and Contemporary Literature, Hubei University. E-mail: 1362047899@ qq. com.

论余秀华诗歌的疼痛书写

汪亚琴[*]

摘　要： 余秀华的诗歌，总能看见"疼痛"字眼，这说得出的疼痛，是她在场的有力证明，而那些说不出疼痛的诗歌，同样也让人感到强大的威力。无论是"说出的疼痛"还是"说不出的疼痛"，都以诗歌的形式，给读者以深刻的痛感。疾病的疼痛感是余秀华存在的确证，也是她一切不幸的开端，爱的缺失便源于这疾病。孤独者的疼痛感是余秀华心理孤独的写照，余秀华在诗中也塑造了一个痴情者形象，但爱而不得的疼痛，比无爱更具杀伤力。伴随余秀华一生的疼痛经验，被情不自禁地呈现在诗中，使我们看见了满目疮痍的余秀华。

关键词： 余秀华　疼痛　残疾　诗歌

基金项目： 湖北省高校人文社科研究基地"当代文艺创作研究中心"项目（17DDWY13）

疼痛，每个人都或多或少经历过。从生理学上来说，疼痛的来源必是一种疾病或一处伤口，不是伤在表面就是伤在内里。从心理学上来说，心理上的种种伤害，如孤独、忧虑、失去等一切心理创伤，依然会带来疼痛感，虽然不见伤口，找不到痛处，却会给心灵造成难以愈合的伤口。所以，有时心理上的疼痛威力，远远大于生理疼痛。

余秀华因出生时的不幸遭遇，导致脑瘫。庆幸的是，她活下来了，能正常思考，并能写出优秀的诗篇。但在过去的近四十年里，因脑瘫后遗症

---

* 汪亚琴（1992—），湖北大学文学院中国现当代文学专业博士研究生。电子邮箱：942141933@ qq. com。

造成的疼痛，是她生理和心理沉重的负担。走路摇晃，面部僵硬，双手抖动……这种种视觉上的反常冲击，给她的人生带来多少歧视、异样的眼光。对于一个爱美、渴望爱情的女人来说，脑瘫带来的一系列后遗症都是灾难，为此，她付出了沉重的代价。伴随而来的是，在近四十年的岁月里，她始终待在让父母"牵挂的地方"，没有选择爱情与婚姻的权利，性格上的自卑与乖僻使她没有朋友……和酗酒家暴的丈夫离婚后，父母是她最重要的支撑，但屋漏偏逢连阴雨，母亲被肺癌夺去生命。当得知母亲是肺癌晚期的那天，她在博客上写道："天崩地裂的感觉刹那遍布全身。我感觉到我身体的每一个部分都在破碎，疼，挖心挖肺地疼！我以前也疼过，为爱为情，为歧视，为婚姻……我这一辈子有太多太多的疼，快乐的时光少得可怜，仿佛我就是为了承担各种各样的疼而来到人间的。"（余秀华，2016a）她这一生最确信的，便是每一次刻骨的疼痛，这是余秀华人生形影不离的经验。

一 犯病者——疾病疼痛

脑瘫是余秀华一生都无法治愈的疾病，也给她的人生造成无可挽回的伤害。这不能治愈的如艾滋病般的疾病，使她在诗中不自觉地塑造了一个与自己高度契合的犯病者的形象。这位犯病者不仅残疾，还经常伤痕累累。生理疾病造成的疼痛，使余秀华无数次趋近死亡，但也成为她活在人世的证明。余秀华将与疾病有关的意象，如药、伤疤、床等都写进诗歌。她的诗歌常常弥漫着疾病和死亡气息，但是也伫立着一个疾病和死亡都打不倒的犯病者。

"我把自己的残疾掩埋，挖出，再供奉于祠庙/或路中央/接受鞭打，碾压。"（余秀华，2015a：144）正如黑夜无法掩埋黑夜，残疾也无法掩埋残疾。"我"的残疾被人们鞭打、碾压着，连"我"自己也反复折磨着"我"的残疾，持续的痛感使"我"对疼痛麻木不仁，做好了随时迎接死亡的准备，连墓地也选好了。这种对死亡的从容，不是因为"我"的豁达，而是残缺的身心，使"我"觉得死亡比活着来得更直接。死亡是"我"最后的所有，"我"的一生，除了死亡和残疾，一无所有。"我"的人生都被残疾荒芜耽搁，以致没有任何有意义的事值得被写上墓志铭，这是诗人余秀华绝望的人生写照。

"犯病者"余秀华的诗歌世界，就是由一点"药引子"，加一点天马行空的想象组成的。"炉子上的一罐药沉闷地咕噜，药味儿冲了出来/击打着一具陈旧的病体/她蹲在院子里，比一片叶子更蜷曲/……/光靠中药，治标不治本/但是她能闻出所有草药的味儿。"（余秀华，2015b：150）疾病使"她"成了"药罐子"，久病不愈的"她"变得无事可做。"她"对一切都能捕捉到，虽病恹恹，却心思细腻。连阳光退出院子的轨迹都看得到，风虽小，却也能感受到它小到翻不起杨树叶儿。暮光，北风，炉子上的药，一切都那么有气无力、陈旧、蜷曲，"她"是那么恹恹。这是一个久病不愈的犯病者，病到"她"熟悉所有草药的味道。

疾病总喜欢粘着脆弱的人，残疾的余秀华，对腰疼、胃疾这些小病也有深刻的体验。"油菜花开了？/是的，大片大片地开了，不遗余力地开了/可是我的腰还是疼，她说。"（余秀华，2015b：34）疾病若找上"她"，就如燕子安家般，不会轻易走了。年复一年，油菜花都开了几波，腰疼却还是没能缓解，以致整个院子，都充满了疼痛。"这是一只出走过的胃，遇见过江湖气味，也被一声哭泣/载回过唐朝/疼起来古色古香，有小文艺范儿。"（余秀华，2016b：128）余秀华以戏谑般的口吻，写出了胃疾的杀伤力。这只跟随女人走南闯北的胃，最终抵不过疼痛的威力。余秀华喜欢以诗意消解疼痛，以戏谑掩藏哀伤。油菜花搭配腰疼，古色古香、文艺范儿渲染的胃疾，似乎不再那么痛彻骨髓。但这在鸟语花香中旁溢的疼痛，更令人不免投去同情一瞥。

除了不可抵挡的疾病，伤疤也随时落在身上。"割草的时候，我却是安全的/食指上的第二个伤口已经结了疤"（余秀华，2015a：150）；"我不知道我肉体的溃烂会不会在一次次疼痛里/慢慢复原"（余秀华，2015a：77）；"手腕上的刀疤，月光照着会疼"（余秀华，2015a：41）。"食指上的第二个伤口"预示着，食指上已经有至少一个痛处，"一次次疼痛"也同样暴露了多次的肉体溃烂。"手腕"上的刀疤，柔软的月光照在上面的"疼"，是肉体的疼还是心灵的疼痛，我们不得而知。每一处疤痕都是一个故事，都隐藏着一个疼痛的过去和回忆。不论是残疾、病痛，还是伤疤，这些都在过去的时光中，在余秀华的身体和心理上，烙上了深深的痕迹。但余秀华的倔强与坚强就在于，在千万次疼痛中摸爬滚打，此刻却依然坚强地活着；就在于疼痛只是她的疼痛，却从不大呼"我好疼"；就在于在历经疼痛之后，依然对生活中的诗意饱含热情。

因为疾病，余秀华对"床"的体悟也很独到。"在这里，我度过了许多不该度过的时光/比如阳光好的中午，月季花在窗外啪啪打开/那只花猫在院子里打滚。""我"错过了太多美好瞬间，阳光、月季开花、花猫打滚、人与人的交谈，余秀华不遗余力地在诗歌开头，呈现一个充满生命力、热火朝天的生活镜头。"有时候我想把一张床占满/把身体捶打得越来越薄。这时候总是漏洞百出/心盖不住肺/这张床不是婚床，一张木板平整得更像墓床/冬天的时候手脚整夜冰凉。"（余秀华，2016b：145）生命在窗外悦动，而"我"却在床上深陷，这些热闹与此刻病在床上的"我"无关。"床"在这里成为疾病的象征，"在床上的时光都是我病了的时光"，为此"我"浪费了多少时光，但无能为力，这慢性病都已将人天生的惭愧心消磨殆尽了，"我"所能做的便是将这一整张床占满，以显示"我"仅存的占有欲。但是病体使"我"的计划失败，漏洞百出。长时间地病将婚床的喜气透支，布满死气的床如墓床般瘆人。冬天时候的"我"睡到手脚冰凉，如死人一般，已经做好迎接死亡的准备。"如同一个人交出一切后的死亡/但是早晨来临，我还是会一跃而起/为我的那些兔子/为那些将在路上报我以微笑的人们。"但人的求生欲，以及对一切热闹的向往，却使死气沉沉的"我"，依然在每一个早晨，为了见到那第一缕阳光，一跃而起。死寂的人生只需要一点点光亮，便能被点燃，只需要一缕温暖就能唤起濒死的求生欲，比如兔子和路人的微笑。"我"这一辈子都在与这疾病做此消彼长的斗争。"我"是"一次次复活的人"，"我""熟谙死亡"也"熟谙生活"，在"死亡"与"生活"间来回彷徨，这无数次死而复活，活又濒死的往复造成的疼痛感，使"我"也熟谙这在死与生之间的"心绞痛"。（余秀华，2015b：187）

在生死之间徘徊的犯病者，有比常人更多的幻想。"想和你，一起走过几颗大樟树/走过树下斑驳的阳光/……/想和你一起走出医院，丢下人间疾病。"（余秀华，2016b：216）这种在走出医院、丢下疾病后，去喝一杯咖啡的豁达，或许源于疼痛后对人生的格外珍惜。经历千难万苦之后，依然能在人生许下一个愿望的人，该具有多么强大的内心。"如果回到过去，我确定会把爱过的人再爱一遍/把疼痛过的再疼一遍/但是我多么希望没有病痛的日子，一年或者一星期/……/我只有一个愿望：生命静好，余生平安/在春天的列车上有人为我让座/不是因为我摇晃的身体。"（余秀华，2015b：83）她回望过去的人生，不再对疼痛惧怕，只愿能给她"一年或者一星期"没有病痛的日子。或许最疼痛的不是疼痛本身，因残疾而被视为异类的疼痛感，比疼痛本身更令人害怕。希望有人在火车上让座，"不是因为我摇晃的身体"。这简单的愿望，却是一个残疾人的奢望，这种难以拒绝的善意，对她来说，也是一种疼痛。但是，余秀华有"死皮赖脸"活下去的韧劲。在"每个春天""口齿不清地表白"，即使"他"听不清楚，她也依然会在"每个春天歌唱"（余秀华，2015b：81）；"即便病入膏肓，我依然高挂明月"（余秀华，2015b：163）。

余秀华1998年开始诗歌创作，2014年底因为《穿过大半个中国去睡你》红遍网络圈，带着两千多首诗歌走进诗坛，引起学术圈热议。罗兰·巴特认为只有作者死了，读者才能诞生。他的"作者之死"，同样适用于"诗人之死"的论断。海子、顾城、骆一禾等诗人以他们的死，成全了自己的诗。余秀华的走红虽没有完全符合"诗人之死"的论断，但她的诗歌以"诗人病了"的方式，在"读者的诞生"中得以进行，她的残疾成全了她的诗歌。余秀华走上诗坛的方式，不知是诗歌的幸，还是不幸。

疾病对余秀华来说无法选择，她的"残疾"，如"被刻在瓷瓶上的两条鱼"（余秀华，2015a：66），抹不去擦不掉，只能永远留在瓷瓶上，若要抹去，只有玉石俱焚。疾病造成的疼痛感，是余秀华与生俱来的，她将这种不幸调侃为，上帝在"种她的时候"太过"漫不经心"。对疾病，余秀华就是这种"调侃"的态度，希望在戏谑中能让自己释怀，却无意中加深了诗歌的疼痛感。在这场人生的"修行"中，她从出生开始便背负一场巨大的考验。很显然，在这场以残疾为开端的考验中，她被打倒很多次，但也站起来很多次，现在依然孤独地伫立着。

二 孤独者——心理疼痛

人是社会性的动物，最难忍受的就是孤独。我们可以忍受疾病、痛苦，却不能忍受一个人生病、一个人痛苦。人与人之间的陪伴，是我们活在世上最大的安全感。当失去这份安全感时，我们将对世上的一切都不信任，一个人的世界最难支撑。即使是一个健康的人被孤立、被遗忘，他也会从心灵开始患病，直到病至全身，孤独的杀伤力极强。余秀华曾多次被推向孤独的边缘，行动不便，口齿不清，她对外界关闭了自己的心，而别人亦没有义务帮她打开。于是，互不理睬，她尝到了孤独的滋味。她时常觉得自己就是"一个人唱戏，一个人写诗，一个人哭泣"的小丑。而人们却无动于衷地旁观着她的孤独表演，因为"人的孤独性在于：你不可能和任何人分担你的孤独，它只属于你个人，你越试图想淡化它，它就越往你的生命里面走，即使血肉模糊，你也无法把它拔出来"（余秀华，2016a）。甚至这样的孤独使她坚信，"每个人生来都是孤独的"，"孤独是一个人对自己最崇高的赞美"（余秀华，2018：238）。

对孤独者来说，时间就如慢性毒药，在缓慢流逝中，销蚀孤独者的身心。"如一颗雨后的水珠，悬挂在树叶边缘/身体慢慢弓成一个疑问/'我有足够的悲伤滴落，只是时间的问题'/而时间，在她的身体里也是缓慢的/一个量词需要多大的容器啊/好比孤独把一个人的身体变得无比广阔/一颗水珠坠落也是漫长的过程。"（余秀华，2015a：91）余秀华在此没有展现孤独的忧伤感，而是将一个人孤独老去的状态，比喻成一颗水珠滴落的过程。在细节的缓慢展开中，在时间的无限延长中，放大孤独。水滴的滴落在常人看来只是瞬间过程，但在这里以慢镜头方式，慢慢打开。好像在解剖孤独，将孤独的每一种属性放大示人，此时，抽象的孤独变得琐碎，充满及物性。这种直觉联想能力，余秀华是超群的。"慢"的状态，在诗中高频率出现，让人变得烦躁不安，"一个人"的孤独感漫上全身。对孤独的人来说，时间不是金钱，而是炼狱。因为想要急切跨过这漫长的孤独，所以连时间也变得比别人缓慢持久。余秀华在处理抽象的事物上，总能以极具敏锐性的眼光，恰到好处地将之具体呈现，诗歌的魅力在此发挥到极致。

同样，余秀华在一次避雨的经历中，也体会到了孤独的滋味。"雨，越来远大/避雨成为一个虚无的词/在一棵梧桐树下，我淋的雨和在任何一个地方一样多/我一直做着这样的事：/我吃饭，但是我永远饥饿，但是我不停地吃饭/我不停地说话，却无时无刻不在孤独着/我爱，却看不到爱/我活着，却分分秒秒死亡着……"（余秀华，2016b：51）雨太大，以致在梧桐树下避雨，和在别的地方淋的雨一样多，所以梧桐树下避雨的行为变得没有意义。在诗歌的开头，余秀华极力渲染"四野空旷"、寥无人烟的孤寂感，从而凸显出在梧桐树下避雨的"我"的形象。想方设法避雨却被淋湿，就如不停吃饭却"永远饥饿"，"不停地说话，却无时无刻不在孤独着"一样，吃饭、说话这基本的生理需求和人之常事，变成与避雨一样的虚无行为。因为孤独所致的心，漏洞太大，雨水会进去，吃饭也无法填满空虚的内心，爱却看不到爱的绝望被放大，就连活着也变得没有意义。孤独感使生与死也无限趋近，只相隔分秒时间。所以，"一个人在长久的孤独里"，是"分不清自己是死了还是活着"的。在避雨却被淋湿的经历中，余秀华感觉到自己与孤独的联系，循序渐进地展现"一个人"的空虚寂寥。这种孤独体验，是余秀华对人生的独到体悟。

余秀华诗中有许多反复出现的意象，其中尤为突出的是"秋"意象，在她的诗中，以"秋"命名的诗不下二十首，如《两只猫的秋天》《割不尽的秋草》《又一次秋风》《杀秋》等。正因为"秋"意象的反复出现，"秋风""八月""落叶"等伴随意象也接踵而至，所以我们能看到诗人的心，不是年轻而朝气蓬勃的，仿佛始终停留在秋天。"孤独的我"，"一个人"的形象，是这些关于秋的意象中，折射出的孤寂与落寞，这也是余秀华诗歌中最令人动容的一类诗歌。这种孤独是人间的"一场盛大的孤独"，但却"有时候也驮出一朵梅花"，不给你瞬间死亡的痛快，而是在持久的孤独里饱受折磨（余秀华，2016b：126）；是一个人"酒填不满"，连"河水也填不满"的影子，久治不愈（余秀华，2016b：184）；是"一个人浩荡的哭声"，最后在"绝望的渺小和轻薄里"变成"粉尘"，是声嘶力竭都无人听见的无力感（余秀华，2016b：87）。除此之外，量词"一"也多次出现在余秀华的诗中，甚至许多诗题中就直接以"一"命名，如《一个男人在我的房间里待过》《一只乌鸦正从身体里飞过》《一潭水》《一只蜘蛛游过的池塘》《一只飞机飞过》《一张废纸》《一朵在早晨摇晃的苦瓜花》《一座城，一盏灯》《一颗荆棘》……"一个人"的孤独体验，使余秀华对"一"的把握格外敏感，所以，她总能捕捉到孤独的单数意象。

余秀华将对"孤独"的体会，置于"一个人"避雨、说话、吃饭的经历中，并在诗中通过单数意象的呈现，反复强调弥漫于诗中的强大的孤独感。很少有人能将抽象的"孤独"，诠释得如此具体深刻。只有在长久的荒芜中，"一个人"的疼痛感，才会有余秀华这般深刻。所以，在种种寂寥的意象和情境中，我们总能看见一个孤独且悠长的身影。这种疼痛感，不是一刀见血的疼，而是不见伤口，不知痛处，却处处疼的慢性疼痛。孤独的始作俑者，是残疾造成的交流障碍，而孤独的罪魁祸首便是爱的缺失造成的内心的永恒空虚。

三 痴情者——爱情疼痛

爱情是幸福的重要源泉，爱情的不幸会造成一生的不幸。人可以没有婚姻，但不能没有爱情，而没有爱情的婚姻更是一场灾难。在爱情面前，每个人都是痴情者，痴情者好找，爱情却难求。爱情的号召力，使无数诗人曾拜倒在她的裙下，几乎每个诗人写爱情，爱与诗难舍难分。但似乎只有在爱情面前受伤，才能写出爱情充满疼痛感的一面。身体的残疾，以及残疾造成的颜值大跌，使余秀华在爱情面前是个自卑者，也是受害者，她是爱情里的"卡西莫多"。有过一段失败的婚姻，有要表白的对象，却无法说出口齿清晰的告白，命运在余秀华身上开了无数玩笑，以致这位痴情的诗人，只能在诗中完成爱的表白，拥抱她的爱人。她的爱情诗，虽想写甜蜜却常露哀伤，虽想写幸福却掩不住凄凉。爱情的疼痛感，是余秀华不自觉的意外表露。一个没有真正得到过爱情的诗人，又怎能写出幸福洋溢的爱情诗？

余秀华的爱情诗都是祭奠爱的逝去与不曾到来，都是幻想的爱人与自作多情。"爱是一场远方独自的焚烧，是用灰烬重塑的自我／是疼到毁灭之时的一声喊叫／是喊叫之后永恒的沉寂……／而爱，是你满头白发时，准确地叫出了我的名字后／比天空更深的／沉默。"（余秀华，2016b：121）本是一场错过一生的相遇，却在"独自的焚烧"，以"灰烬重塑"，"疼到毁灭"，在之后的"永恒的沉寂"中，消解了这场辨认的浪漫感。"我"坚持"以自己的方式"等待"辨认"，虽早已看见了"你"，却"混迹于人群"，即使"耗尽半辈子"，也"缄口不言"，"我"不会主动"辨认""你"，而是以倔强的姿态等待着"你的辨认"，为此，耗尽了半辈子。即使"满头白发"才等到"你"，但就在"你"于茫茫人海中，"准确地叫出了我的名字"的刹那，"我"会得到永恒的爱的满足。这是一场轰轰烈烈的爱情，以毁灭自我的方式，唤起深处的记忆。余秀华心中的爱，充满了遗憾，却无怨无悔，是等待，没有承诺，遥遥无期。

只有在爱情诗里，我们才能看见余秀华奋不顾身的一面。虽然被伤害无数次，却以痴情的姿态等待背叛者的归来。"遇见你以后，你不停地爱别人，一个接一个/我没有资格吃醋，只能一次次逃亡/所以一直活着，是为等你年暮/等人群散尽，等你灵魂的火焰化为灰烬/我爱你。我想抱着你/抱你在人世里被销蚀的肉体/我原谅你为了她们一次次伤害我/因为我爱你。"（余秀华，2016b：9）为守护痴心，"我"可以压抑自己的"欲望"。因为"我没有资格吃醋"，所以只能以痴情的等待获得"资格"。最后"我"能配上的，是"你在人世里被销蚀的肉体"。这是余秀华在爱情里，以一个不完美的残缺者姿态，对爱情的理解和态度。因为残疾，她对所爱的人始终报以歉疚和宽容的心态。背叛、伤害，是残疾人必须承受的代价，这是获得爱情的唯一途径。她没有遇见一个甘愿接受不完美，痴心以待的爱人。"我爱着的只有两个男人/一个已经离去/一个不曾到来。"（余秀华，2015b：142）逝去和不曾到来的爱，使余秀华的深夜只有两种声音，"冤鬼的嘶吼"和"余秀华的悲鸣"。在爱情里受过伤的余秀华，是悲观的，爱情疼痛使她没有纯粹的快乐，所以，在她看来，爱情都是疼痛的，一切快乐里都夹杂着悲伤，一切的快乐都是悲伤。虽然人生的意义在于爱与自由，但余秀华理解的"爱"，"从来都是让我们失去自由"。余秀华的爱情充满痛感，没有幸福可言。在余秀华的爱情观里，爱情里的人姿态卑微，是《我爱你》中，一颗"稗子"提心吊胆式的姿态。所以，在爱情里，连她自己也羞于表达，永远处于刻意的被动里，站在原处，等别人归来走近。

现实中缺失的爱与爱人，余秀华会痴情到在诗里幻想，会对这虚妄的爱极尽热爱。"我幻想尘世里一百个男人都是你的分身/一个弃我而去/我仅有百分之一的疼/我有耐心疼一百次"（余秀华，2016b：206）；她会幻想和一个"你""在无常的人世里庸俗地相爱/对坐饮茶，相拥而眠/对你一个不及时的电话伤心欲绝/如果送我一个小礼物，就欣喜若狂/我们的家很小。而你的国度辽阔/我给你马匹，给你月光，给你风一样的自由/你跑多远都不要紧/我就在这里"；在诗里的另一半会是温柔的，"会一起吃饭"，"偶尔把我嘴角的饭粒擦下来"（余秀华，2016b：209）；"会一直在我身后"，"不说我多聪明，多情或者善良/偶尔说一句：你这个傻女人啊"

（余秀华，2015b：33）。而"我"爱你的时候，"不是余秀华"，"想你的时候，不在横店村"，"我""举止端庄"，"口齿清晰"，"我"有"高跟鞋"，"擅长舞蹈"，跳舞的时候"不会踩着你"（余秀华，2016b：208）；余秀华幻想甚至相信，走到"你"面前的会是一个光芒四射的"我"，会因爱而口无遮拦，会嫉妒伤心，面对这样的爱，她"愿意在与你相遇的路上奔波"，即使"耗尽后半生"（余秀华，2016b：22）。但现实的疼痛摧毁了幻想，"总是来不及爱，就已经深陷"（余秀华，2015b：111）；我们"用一小时的生命相爱/也是多么奢侈的事情"（余秀华，2016b：225）；"我相信他和别人的都是爱情/唯独我，不是"（余秀华，2015b：69）；"为这相遇，我们走了一生的路程"（余秀华，2015b：128）。现实的婚姻状况更加紧张，没有温柔的丈夫，他只会不停嘲讽她"说话不清楚，走路不稳"，认为她"不在我面前低声下气"，面对这样的丈夫与婚姻，余秀华宁愿孤独，"这辈子做不到的事情，我要写在墓志铭上/——让我离开，给我自由"（余秀华，2015b：157）。在婚姻里的余秀华，倔强固执想逃离，想痴情等待她理想的丈夫，但面对无爱的婚姻，她宁愿孤独一生。

爱情缺失成为余秀华无奈而渴望摆脱的痛点，她无数次怀疑自己，放弃自己。对她来说，若没有爱过，便得不到来一场人世的证明。"那时候，我急切地想要爱情，与其说是爱情，不如说是一种偏执的证明。也许许多事物已经证明了我的存在，可是如果没有爱情的进一步证明，我对已有的证明依旧怀疑……我可以去看你一千次一万次，我可以优雅而不动声色地和你谈一辈子恋爱。"（余秀华，2016c）爱情的疼痛，使余秀华形成了隐忍而矢志不渝的爱情观。爱让一个狂妄的人比死亡更沉默。这个痴情者，不会如北岛般大声喊出"我是人/我需要爱"（北岛，1986：77），也不是翟永明笔下"当你走时，我的痛苦/要把我的心从口中呕出"（翟永明，2015：16）的女人。余秀华在爱情面前，隐忍而沉默，爱情是她在心中隐隐作痛，却永不放弃的追求。

疾病造成的生理疼痛，孤独与爱情缺失造成的心理疼痛，使余秀华一生都活在疼痛中，交替的疼痛感，使她成为一个不怕疼的人。对于一无所有的余秀华，她只能"以疼痛取悦这个人世"。"许多部位交换着疼：胃，胳膊，腿，手指/我怀疑我在这个世界作恶多端/对开过的花恶语相向。我怀疑我钟情于黑夜/轻视了清晨/还好，一切疼痛是可以忽略的：被遗弃，被孤独/被长久的荒凉收留。"（余秀华，2015b：101）这太多磨难铸造的一生，使余秀华对自己充满怀疑，是否因为自己曾"在这个世界作恶多端"，是否曾"对开过的花恶语相向"，是否曾"钟情于黑夜""轻视了清晨"。只因对这世界的一切爱得不够，被遗弃、被孤独，都是必须忍受的疼痛。这些曾做过的"坏事"，以疼痛的一生做代价，余秀华总算得到"报应"了。

因为在疼痛中度过了一生，疼痛经验成为余秀华熟悉的经验之一，所以对疼痛的敏锐书写，使我们在诗歌中看见了犯病者、孤独者和痴情者的形象。这三种形象在诗歌中若隐若现，也是余秀华主体情感和真实生活的间接呈现。余秀华的诗歌就如她艰难的一生，充满深深的疼痛感。这种疼痛感不是余秀华有意渲染添加，而是在无意识的作用下，意外的收获。或许，"诗人"本就是一个疼痛的称号，如舒婷所说"被岁月和感情蹂躏的"，是诗人；"苦痛的：沸水熬过三回，冷水浸过三回/为所挚爱的人们无限期地放逐/在失眠的绞架上像吊钟被敲打/以热情自焚，以忧伤的明亮透彻沉默/沉默在杀机四伏的阴影里的"（舒婷，2003：113），是诗人。余秀华是以疼痛的一生，换得一个"诗人"的称号，但这位被疼痛纠缠一生的诗人，何处是她的温暖与期待？

参考文献

北岛（1986）:《北岛诗选》，新世纪出版社。

舒婷（2003）:《致橡树》，江苏文艺出版社。

余秀华（2012）:《自杀者说》，新浪博客，http://blog.sina.com.cn/s/blog_61667c45010
　　14bqr.html，5 月 8 日。

—— （2015a）:《摇摇晃晃的人间》，湖南文艺出版社。

—— （2015b）:《月光落在左手上》，广西师范大学出版社。

—— （2016a）:《慢慢疼》，新浪博客，http://blog.sina.com.cn/s/blog_61667c450102x7d1.
　　html，3 月 23 日。

—— （2016b）:《我们爱过又忘记》，新星出版社。

—— （2016c）:《疯狂的爱更像一种绝望》，新浪博客，http://blog.sina.com.cn/s/blog_
　　61667c450102xf8m.html，6 月 16 日。

—— （2018）:《秋日一记》，载《无端欢喜》，新星出版社。

翟永明（2015）:《潜水艇的悲伤：翟永明集 1983～2014》，作家出版社。

On the Painful Expression of Yu Xiuhua's Poems

Wang Yaqin

Abstract: Yu Xiuhua always uses the word of pain in her poems, this kind of pain with the form of poems is the strong evidence of her interaction with poetry, while the indescribably pain also has tremendous power. Whether "the pain expressed by word" or "the indescribably pain" all make readers feel painful with the form of poems. The pain of illness is the real confirmation of existence and the beginning of Yu's adversity, such as her deficiency of love. The pain of lonely just fit for her identity of being a loner, she also shaped a spoony woman in her poems, but the love being not allowed is even more hurtful than loveless. The painful experience with her life is shown in Yu's poems unconsciously, then we see a wounded Yu Xiuhua in her poems.

Keywords: Yu Xiuhua; Pain; Disability; Poem

About the Author: Wang Yaqin (1992 –), Ph. D. Candidate in Chinese Modern and Contemporary Literature, School of Chinese Language and Literature, Hubei University. E-mail: 942141933@ qq. com.

本刊特稿

主持人语

刘继林*

文学史料之于中国现当代文学研究的意义不言而喻。20世纪30年代，由赵家璧主编、良友图书公司出版的《中国新文学大系》（十卷本）开了中国现代文学史料建设的先河，意义重大，影响深远。20世纪80年代，由中国社会科学院文学研究所主持编选的大型资料《中国现代文学史资料汇编》（甲、乙、丙三种，出版近100种）以及《1913—1983鲁迅研究学术论著资料汇编》（中国文联出版社，五卷本1000余万字）等，也为中国现代文学"史料学"建设作出了积极探索。20世纪80年代以来，中国当代文学研究在经历了"方法热""理论热""文化热"之后，从史料出发，重返文学现场的研究趋向逐渐加强，由此开启了建构"当代文学史料学"的尝试。

正是基于中国现当代文学研究对史料的重新重视，湖北大学文学院和长江出版社共同策划并启动了大型横向课题"曹禺研究资料长编（一至十一卷）"（后简称"长编"）编选工作，希望从史料的角度对中国现当代经典作家曹禺作一次全面的梳理与整合。曹禺，祖籍湖北潜江，出生于天津，20世纪30年代因《雷雨》而成名，后又因创作了《日出》《原野》《北京人》等戏剧作品，被誉为"中国的莎士比亚"。在《雷雨》之后的半个多世纪里，曹禺在话剧艺术的小舞台和社会人生的大舞台之间，辗转、奔波、跋涉、徘徊，给我们创作了一大批经典的戏剧作品。跟很多进入当代的现代作家一样，晚年的曹禺充满了矛盾，有诸多的怅惘、遗憾、反思和忏悔。其中，最为吊诡的是他写于1989年11月1日的那篇《我是

---

* 刘继林（1976—），博士，湖北大学文学院教授，研究方向：中国现代文学。电子邮箱：86041141@qq.com。

潜江人》。在文章中，曹禺与潜江建立起了血脉联系，将其视为自己漂泊一生的精神故乡，并确认自己是个"地地道道的潜江人"。曹禺及其创作，已成为百年中国新文学无法绕过的存在，也是湖北文学、湖北地方文化研究最为重要的对象。

关于曹禺的研究资料，此前学界已出版过一些研究著述。比较重要的有王兴平等编《曹禺研究专集》（海峡文艺出版社，1985），潘克明等编《曹禺研究五十年》（天津教育出版社，1987），田本相《曹禺传》（北京十月文艺出版社，1988），田本相、胡叔和编《曹禺研究资料》（中国戏剧出版社，1991），田本相、刘家鸣主编的《中外学者论曹禺》（南开大学出版社，1992），曹树钧的《曹禺剧作演出史》（中国戏剧出版社，2006），刘勇、李春雨编《曹禺评说七十年》（文化艺术出版社，2007），田本相、邹红主编的《海外学者论曹禺》（广西师范大学出版社，2014），田本相、阿鹰《曹禺年谱长编》（上海交通大学出版社，2016），邱霞编《曹禺戏剧研究资料索引》（文汇出版社，2016），等等。这些为我们今天的曹禺资料整理与研究提供了十分重要的参考。我们通过借助上海图书馆的"晚清民国期刊全文数据库"、中国国家图书馆的"民国中文期刊数字资源库"、"中国知网"等大型数据库，以及对《益世报》《庸报》《大公报》《申报》等民国报刊、《人民日报》《文艺报》《人民文学》等当代报刊的检索、阅读和梳理后发现，现今已出版的曹禺相关著述中的资料仍存在较大的缺漏，有重新进行系统辑录、增补和校正的必要。

"长编"作为一部大型学术类研究资料丛书，共分十一卷，选自1935年（个别特殊情况，可能提至1935年前）至2018年公开发表、出版的有关曹禺的研究资料。内容涉及曹禺的话剧创作、剧作演出、影视剧改编、批评接受、海外传播等方面的评论和研究资料。分卷情况如下：第一卷《〈雷雨〉研究资料》、第二卷《〈日出〉研究资料》、第三卷《〈原野〉研究资料》、第四卷《〈北京人〉研究资料》、第五卷《曹禺其他作品研究资料》、第六卷《曹禺话剧舞台演出研究资料》、第七卷《曹禺剧本改编研究资料》、第八卷《比较视阈下的曹禺研究资料》、第九卷《海外曹禺研究资料》、第十卷《曹禺综合研究资料》（含家世生平、他人回忆、文学史评价、文化影响等）、第十一卷《曹禺研究论著目录索引》。"长编"的编选坚持史料价值和学术价值统一的原则。在尊重历史客观事实的前提下，注意历史发展过程中作家思想、创作风格、批评接受的发展变化，力求真实、全面反映曹禺及其剧作的文学史意义、曹禺研究资料的学术史价值。

为了展示"长编"阶段性的研究成果，《中文论坛》特开辟关于曹禺研究的专栏，分期推出这些成果。按照"长编"的编写要求，我们要求每一卷都应有一篇一万字左右的"导言"。本期我们重磅推出的是"长编"前五卷的"导言"，分别是池周平的《"众声喧哗"论〈雷雨〉——〈《雷雨》研究资料〉导言》、周少华的《暗夜里的流萤引我们迫近清晨的太阳——以〈《日出》研究资料〉为考察对象》、张义明和黄晓华的《八十载风雨〈原野〉路——曹禺〈原野〉研究综述》、阳燕的《在争议中沉淀与丰富——曹禺〈北京人〉研究述评》和汪亚琴的《"剧情"的开始与落幕——〈曹禺其他作品研究资料〉导言》。这五篇导言对各自所涉及的曹禺剧作研究资料重新作出了系统的梳理、综合的评述和价值的判断。资料翔实，内容客观，评判中肯，对我们今后曹禺研究的进一步推进无疑有着重要的借鉴意义。

Host's Words

Liu Jilin

About the Author：Liu Jilin（1976 – ），Ph. D. ，Professor in School of Chinese Language and Literature，Hubei University. Research interests and specialties：Chinese modern literature. E-mail：86041141@ qq. com.

"众声喧哗"论《雷雨》

——《〈雷雨〉研究资料》导言

池周平 *

摘　要：《雷雨》发表及公演八十余年来，引发了读者、观众及研究者的广泛关注。《〈雷雨〉研究资料》是对《雷雨》研究一次较为全面和系统的梳理。在 1934 年至 2018 年的各个不同历史发展阶段，《雷雨》研究呈现出不同的时代特点：1949 年以前的《雷雨》研究大多停留在剧情介绍、阅读观感等层面，对《雷雨》的思想内涵和美学价值挖掘不深；20 世纪 50 年代至 70 年代，《雷雨》研究的代表性成果是钱谷融等关于《雷雨》人物形象的探讨，但由于时代政治原因的影响，《雷雨》研究不久就陷入停滞状态；20 世纪 70 年代末至 20 世纪末，《雷雨》研究逐渐转向哲学、文化、文本及接受史、艺术特征等方面的探讨；进入 21 世纪以来，《雷雨》研究得到了进一步的拓展，呈现出更加开放、多元、多维的特点。

关键词：《雷雨》　曹禺　中国现代戏剧

　　《雷雨》剧本发表及演出成功，引起了评论界及公众的广泛关注。八十余年来，《雷雨》剧本已然成为中国现代戏剧史上的经典，关于《雷雨》的研究资料可谓不计其数。编者在中国知网以"《雷雨》"为主题进行跨库查询，查询到的结果共计 6403 条，在中文期刊库查询到的文献资料共3132 条，其中核心期刊文章有 999 篇，CSSCI 期刊文章有 277 篇。关于一

---

　　* 池周平（1968—），湖北大学文学院讲师，研究方向：中国现当代文学。电子邮箱：2913307575@qq. com。

个作家的单篇作品研究如此蔚为大观，在中国文学史上，的确是一个较为罕见的现象，这也充分证明了《雷雨》的巨大影响力与文学史地位。

一

1933 年暑假，临近毕业的清华大学外文系学生万家宝，在青春的冲动和热恋的激情中，整日待在学校的图书馆里，开始了已经构思五年之久的话剧《雷雨》的创作。剧本创作完成后，万家宝将稿子交给自己的好友靳以，当时靳以正与郑振铎、巴金等人主办《文学季刊》杂志，为了避嫌，靳以将稿子放在抽屉里压了一年之久。后来他把稿子转交给巴金，巴金读完后，感动得落了泪，于是极力推荐，剧本全文得以一次性在《文学季刊》1934 年第 1 卷第 3 期上发表。

1934 年 12 月 2 日，浙江上虞春晖中学学生在学校的大礼堂首次演出了曹禺的《雷雨》全剧，虽然设备简陋，学生的表演技巧比较稚嫩，但剧本的脍炙人口和同学们的认真演出，也使观众流下了不少眼泪。这是《雷雨》剧本的首次演出，但演出的影响十分有限。1934 年 8 月，日本学者武田泰淳和竹内好在读到《雷雨》剧本以后，深受感动，将剧本推荐给正在日本学习戏剧的中国留学生杜宣。杜宣又邀请吴天和刘汝醴，三人共同执导《雷雨》。1935 年 4 月 27 日至 29 日，《雷雨》以中华话剧同好会的名义，在东京神田一桥讲堂公演，这是《雷雨》演出史上影响较大的一次演出。此次演出在中国留日学生中引起很大的反响，正在东京的巴金、郭沫若等人都观看了演出。巴金署名"余一"于 1935 年在上海《漫画生活》杂志相继发表《〈雷雨〉在东京》和《再说〈雷雨〉》，记录了自己的观演感想以及《雷雨》在东京被禁演的情况，同时还注意到观众的观演反应与剧本所表达的精神内涵之间的巨大落差。

吴天的《〈雷雨〉的演出》类似一篇导演说明，文章简单介绍了对剧本的个人理解，以及在演出过程中对剧本所作的加工处理等。我们可以从中了解此次演出的具体情形。在这次东京公演之前，导演杜宣、吴天等人也致信曹禺，告知因剧本的演出时间太长，不得已只好将"序幕"和"尾声"删去了。就此曹禺给导演组写了一封回信，这封信后来被披露在东京出版的《质文》杂志上。在信中，曹禺对自己的创作意图进行了解释，并特别提示导演组自己的这个剧本"写的是一首诗",而不是剧组及大部分观众所理解的"社会问题剧"。(曹禺,1935)这两篇文章同期发表在《质文》1935年第2号上。方海春的《雷雨》从当时"普罗文学"盛行的格局出发,对《雷雨》的社会现实意义进行了批判,并对其中的戏剧结构、戏剧语言、舞台效果、故事情节设置上的缺陷进行了分析论述。(方海春,1935)由此开始,关于《雷雨》主题的纷争就在作者与演出者、观众及评论者间渐次展开。

在此期间的《雷雨》研究中,文学批评家刘西渭的《〈雷雨〉——曹禺先生作》一文是十分重要的一篇研究文献。该文从学理的角度对剧本进行了深入细致的探讨,认为《雷雨》是"一出具有伟大性的长剧",并重点就剧本的两个核心问题,即"命运观念"和剧中人物繁漪的评价问题进行了深入的分析。文章认为《雷雨》里"最有力量的一个隐而不见的力量",是"命运观念"。这命运"藏在人物错综的社会关系和错综的心理作用里"。剧中的繁漪是一个"反叛者"和"被牺牲者",富有"内在的生命"。同时,文章还指出《雷雨》在情节上"过了分",需要"删削""无用的枝叶"。(刘西渭,1935)1935年12月,由复旦剧社排演的《雷雨》在上海公演。公演前,文干与白榴曾就该剧展开过讨论。文干认为有必要对曹禺的《雷雨》作一次系统的检视,并注意到剧本内容与现实生活之间的差异性。文干认为《雷雨》剧本存在"空气过于阴郁"及"罗曼蒂克气息过于浓厚"而"忽视了它的社会价值"等遗憾。而白榴则针对文干的观点提出了不同意见,并认为这正是《雷雨》与一般的"社会问题剧"的区别所在。(文干,1935a;白榴,1935;文干,1935b)针对《雷雨》发表及公演后所引发的评论及争议,曹禺在《大公报》的《文艺副刊》发表了《我如何写〈雷雨〉》一文。文章详细介绍了《雷雨》的酝酿及创作过程,对《雷雨》的创作意图进行了重点阐释,该文后来收入文化生活出版社1936年版的《雷雨》单行本中,就是著名的《雷雨·序》。针对曹禺的这篇《我如何写〈雷雨〉》,王其居作了细致的解读,认为"《雷雨》一剧,以深重的步伐,迈入中国剧坛,其精练过的创作技巧,及浓重的悲剧成分,无疑地收到了艺术的效果","《我如何写〈雷雨〉》这篇文字,也就乖觉地,只将那创作的'骨',依了作者的认识,提出在读者面前"。同时指出:"在宇宙观上无出路,充塞满了世纪末的悲哀,《雷雨》代表着中间

阶层的哀嚎（号），这里，有着它的社会意义。"（王其居，1936）

除此之外，海流认为"《雷雨》的产生，确实为目前中国艺坛一个极大的收获。剧作者曹禺先生，用着精密老练的手法，写出宇宙里的'残忍'与'冷酷'，在这一点上，作者是极端成功的"，并对剧中的悲剧情节及人物形象也进行了简要的分析，认为刻画最为成功的人物是蘩漪，其他人物如鲁贵、鲁大海、周冲、鲁妈尤其是四凤，"无不是被刻画得一个一个活跃纸上，总之，这确实是一个成功的剧本"。（海流，1936）王运成充分肯定了《雷雨》在话剧本土化方面所作的努力，"惟有中国的剧本，才能使中国人感觉到更大的亲切与兴奋，所以它的产生，也形成社会自身的要求"，认为"《雷雨》在时代的大'雷雨'前出现，它暴露的只是黑暗的一角落。但是这部分的黑暗，已是现社会中很严重的问题——家族问题。作者巧妙地以一个大家庭的崩溃做题材，轻松地将它描画出来"。（王运成，1936）郭沫若认为"《雷雨》的确是一篇难得的优秀的力作。作者于全剧的构造，剧情的进行，宾白的运用，映画（电影）手法之向舞台艺术的输入，的确是费了莫大的苦心，而都很自然紧凑，没现出十分苦心的痕迹"，"作者所强调的悲剧，是希腊式的命运悲剧"，并从中国戏剧发展史的角度肯定了《雷雨》对中国古典戏剧传统的重要突破，给予《雷雨》很高的评价。（郭沫若，1936）

在肯定《雷雨》创作成就的同时，霍威指出剧本存在的问题："故事是生动的和紧张的，然而是虚构的和不合理的；情节是惊心而又吸引人的，然而却是离奇的和巧合的。戏剧的气分（氛）是非常浓厚的，然而场面却又是十分简单的（一切故事的展开，都在一个客厅里面）。剧中人物的描写是颇为深刻而细腻的（如周朴园，鲁贵，四凤）。然而又不免流于过分的夸张（如周蘩漪），流于虚构（如周冲）和美化（如鲁侍萍）。"霍威从文学的社会功能是教育读众出发，对《雷雨》创作的浪漫主义手法颇有微词，认为作者的"浪漫主义的写作方法，到最后竟完完全全破坏了他自己的中心思想，只成了一出无结果的悲剧，反而不自觉的（地）在意识上带到许多负的毒素与因子"，"如果在技巧和手法上，他脱下这件陈旧的浪漫主义的外衣，而彻底地走上写实主义的道路，那么，他所能供（贡）献给我们的，决（绝）不只是《雷雨》而已"。（霍威，1936）胡钟达在《谈〈雷雨〉》一文中，认为《雷雨》之所以伟大，就在于将"大家庭的

内幕，封建资产者的罪恶，旧道德对于人性的戕贼，都完全暴露出来了"。（胡钟达，1936）

张庚的《悲剧的发展——评〈雷雨〉》一文是《雷雨》早期研究中的一篇代表性文献，虽然其中也有一些时评的感性化阐释，但文章从戏剧理论与舞台艺术、剧本的人物塑造与思想内涵等方面，对《雷雨》作了较为细致的分析，并从整个世界悲剧艺术发展史的角度，考察了《雷雨》的重要价值。这些观点对后来的《雷雨》研究产生了较为深远的影响。罗山的《〈雷雨〉的故事思想人物》全面分析了《雷雨》的故事、思想、人物，从而肯定了郭沫若对《雷雨》的基本评价，认为"作者所强调的悲剧，是希腊式的命运悲剧"。但是"全剧几乎蒙罩着一片浓厚的旧式道德的氛围气，而缺乏积极性……作者如要受人批评，最易被人注意到的怕就是这些地方"。"作者的人生观和世界观，若仍然拘囿于'定命的观念论里面'，就是想更积极起来，把所强调的力点转移一个方向，恐怕也是很难的吧！"（罗山，1936）君君的《〈雷雨〉的人物与性格》分析了剧中蘩漪这一形象前后的性格"矛盾"，认为蘩漪的性格发展缺乏内在的逻辑性，因此对曹禺所解释的蘩漪具有"最雷雨的性格"这一观点提出了疑问。试工的《论〈雷雨〉中的八个人物》认为剧中人物都是"充满了生命力的"。（试工，1939）剧作家欧阳予倩的《〈雷雨〉与命运悲剧》从西方命运悲剧的角度，认为《雷雨》与席勒的《美那西的新娘子》和威勒的《二月二十四》等剧都有着19世纪初期命运悲剧的形式。

20世纪40年代，《雷雨》研究进入问题讨论和系统化阶段。林英鸣的《周蘩漪、鲁侍萍及四凤——〈雷雨〉三女性所带来的现实问题》从对三个女性人物的分析入手，探讨了现实生活中的女性问题。冼群的《曹禺作品研究》比较系统地研究了曹禺的剧作，《雷雨》其中一节以"曹禺为什么写《雷雨》？"这一问题切入，深入分析了曹禺的创作意图、剧本究竟有没有最后达成自己的创作目的以及剧本打动读者、观众的真正原因。文章对曹禺创作的世界观和创作方法，《雷雨》的"命运悲剧"问题也作了较为全面的分析论述。郑学稼的《论〈雷雨〉》（上、中、下）是一个重要的评论文献，种种历史原因，该文在以往的诸多研究资料中均没有被收入，以致被淹没在历史的尘埃中。但郑学稼的研究文章影响不小，可惜由于时间久远，该文的上篇文字漫漶，难以辨认，好多词句只能靠字形进行猜测。该文从三个方面对《雷雨》作了较为全面的分析。（1）关于《雷雨》的产生，文章认为《雷雨》所产生的巨大读者影响与剧本及作者的创作意图之间有着一定的距离，读者、观众从《雷雨》所获得的认识与作者在《雷雨·序》中关于创作过程的解释显然存在一定的差异性，所以"客观是固定的，但主观却不相同"。读者、观众所获得的感觉，"常不是作者所能预期的"。因此一般读者、观众对《雷雨》有关"阶级斗争"的主题不是作者的创作意图并不知悉，尽管作者后来迫于时代社会思想的形势追认剧本在于"暴露大家庭的罪恶"，但却不承认有"创造罢工人物的情感"。由于当时革命形势的发展，读者产生了对作品的社会化解读。（2）《雷雨》的剧情是一场典型的"命运悲剧"，全剧的剧情都是围绕着周朴园的"家庭"展开的，剧本中的人物之间有着错综复杂的血缘亲情关系，每个人都站在各自的位置上做着人生的挣扎，但最终都无法摆脱命运的安排，全剧以悲剧告终。《雷雨》中人物的生活，就是"造物主"对人命运控制的活证。（3）对于《雷雨》中的人物塑造，郑文给予了崇高的评价，认为"那些剧中人，没有一个没有显明的个性，和动人的行为与表现"。对剧中的繁漪、侍萍、周萍、周朴园、四凤、周冲、鲁大海及鲁贵等人物都作了较为中肯的分析与评价。文章最后总结说"《雷雨》是五四前后中国社会生活的素描"。它不是一个煽动阶级斗争的作品，"仅仅指出有那社会的现象"。（郑学稼，1943）

总体上说，中华人民共和国成立以前的《雷雨》研究除了刘西渭、张庚、郑学稼等人的文章比较注重对《雷雨》进行学理分析之外，其他大多还停留在剧情介绍、阅读或观剧的个人感受等层面，对《雷雨》的思想内涵及美学价值缺乏深入的思考。

二

中华人民共和国成立以后，《雷雨》研究进入一个新的历史阶段。

1958 年，《雷雨》在苏联莫斯科中央运输剧院上演，导演阿·柯索夫致函曹禺，提出了有关剧本的五个问题，请曹禺发表意见。曹禺复信表示感谢、祝贺，并就阿·柯索夫提出的问题给予答复。信中，曹禺基本认同阿·柯索夫对《雷雨》的主题、故事发生的年代、鲁大海所代表的时代精神等的认识，而对他提出的周朴园为什么隔绝蘩漪与家人的联系，作出了自己的解释。20世纪60年代初，沈明德的《谈谈〈雷雨〉的几个场面——戏剧结构学习札记》以《雷雨》中四个典型场面为例，对《雷雨》的戏剧结构进行了深入细致的分析，认为曹禺"创造了卓越的戏剧结构，将丰富的生活内容——尖锐复杂的冲突和鲜明饱满的人物性格——很'驯顺'地'嵌入'了舞台性所规定的有限的狭小的'框子'里去，并完满地体现了剧作家的社会见解和思想意图"。（沈明德，1962）

1962年，钱谷融发表了《〈雷雨〉人物谈》一文，这是钱谷融《雷雨》研究系列论文中的第一篇重要文献。该文对《雷雨》中的周朴园、蘩漪的形象进行了深入细致的分析论述，提出"蘩漪不但有'雷雨'的性格，她本人简直就是'雷雨'的化身。她操纵着全剧。她是整个剧本的动力"，并认为"他在写《雷雨》时，把剧中的一个最主要的人物，就是那被称为'雷雨'的好汉，漏掉了。其实，我认为他并没有漏掉，还是写进去了。那个人就是蘩漪"。（钱谷融，1962）该文发表后，胡炳光在《读〈雷雨〉人物谈》一文中，认为钱谷融的看法失之偏颇。他认为《雷雨》中漏掉的"第九个角色"应该是冥冥之中主宰着人们命运的一种力量。由此引发了关于《雷雨》主题内蕴与审美追求的深入探讨。但随着当时政治形势的变化，关于这个问题的讨论被粗暴地打断。钱谷融写于1963年的《关于〈雷雨〉的命运观念问题——答胡炳光同志》一直到1979年才得以公开发表。在这篇文章中，钱谷融肯定了"命运观念"对曹禺创作的影响，《雷雨》的悲剧结局，在客观上让读者、观众产生了神秘的宿命论思想，但这种效果并不是作者在创作时十分明确地设置的。

"文化大革命"期间，曹禺跟其他很多作家一样，受到了严重的迫害。北京师范学院革命委员会主办的《文艺革命》1968年第5期上曾推出了"打倒反动作家曹禺专号"。其中有两篇批判《雷雨》的"奇文"：署名"红卫江"的《响的什么雷？下的什么雨？——批判反动剧本〈雷雨〉》和署名"多奇志"的《中国赫鲁晓夫与〈雷雨〉》。这两篇文章运用政治斗争方式对曹禺和《雷雨》进行了批判，可以让我们对当时政治运动的态势和文学批判的方式有一个大致的了解。正是由于政治大环境的影响，这一时期，对曹禺《雷雨》的研究也基本处于停滞状态。

进入新时期，随着拨乱反正和思想解放的深入，关于《雷雨》的研究也逐步回到正常轨道。1979年曹禺应《收获》杂志的邀请，写了一篇《简谈〈雷雨〉》，回忆了自己创作《雷雨》的过程。1979年第3期的《人民戏剧》发表了王朝闻对曹禺的一个访谈记录。在访谈中，曹禺对《雷雨》的创作过程及戏剧创作技巧等问题进行了解释。这两篇文章是曹禺在新时期对《雷雨》创作的一个总结。但对照当年的《雷雨·序》，我们可以发现，曹禺为适应当时的社会形势，说了一些背离自己当年的创作意图的冠冕堂皇的话。

新时期《雷雨》研究极其重要的一个学术成果是1980年由上海文艺出版社出版的钱谷融的《〈雷雨〉人物谈》。该著作收集了钱谷融此前关于《雷雨》人物的研究系列论文，并补充分析了剧本中的其他人物，该书对《雷雨》中的八个人物进行了细致深入的分析，逻辑严密，论述透彻，对人物身份及性格的把握准确精致，显示了极强的学理性，其中的诸多结论在学术界产生了极其深远的影响。周音的《谈谈〈雷雨〉中的周繁漪——与钱谷融先生商榷》对钱谷融《〈雷雨〉人物谈》中对繁漪的人物形象定位提出了疑问，认为钱谷融的观点与曹禺本人对剧本的解释不符甚至是相反的。在对繁漪形象作了一番细致的分析之后，周音认为繁漪不是什么"雷雨"的化身，只是一个"来自封建家庭内部的，为追求个人爱情与幸福，不甘忍受欺侮，反抗和破坏传统道德，而又始终不能摆脱对封建势力的寄生与依赖，最后终于走上毁灭的资产阶级的妇女典型"。（周音，1981）针对《雷雨》研究中一直存在争议的诸多问题，辛宪锡在《〈雷雨〉若干分歧问题探讨》一文中，就主题思想、人物形象以及艺术技巧等进行了深入的探讨，对已有的研究观点进行了辨析，并提出了自己的独特理解，如认为剧本的主要人物不是繁漪而是侍萍，正是侍萍真正组织起了《雷雨》的戏剧冲突。《雷雨》的主题也不是曹禺"追认"的"暴露大家庭的罪恶"，而是"资产阶级由于其自身的罪恶，必然激起人们的觉醒与斗争，它无法避免衰亡的命运。这是历史发展的必然规律"。《雷雨》的结构是西方戏剧中的"锁闭式"结构的杰出范例。（辛宪锡，1981）这些观念虽不乏新见，但还是没有脱离"社会问题剧"的认识层次。

此间的另一个重要成果是曹禺研究专家田本相的专著《曹禺戏剧论》，书中的《〈雷雨〉论》曾发表在1979年《戏剧艺术论丛》第1辑，从雷雨式的热情和个性、深刻的现实主义悲剧、在话剧民族化和群众化上的突破三个方面，对《雷雨》的文学史价值和意义进行了深入透彻的分析论述。朱栋霖的《〈雷雨〉研究二题》集中探究了《雷雨》的戏剧冲突问题，朱栋霖首次提出《雷雨》戏剧结构的双重性观点：周朴园与侍萍的冲突和周朴园与繁漪的冲突共同构成了《雷雨》的主要戏剧冲突，同时，周萍与繁漪的冲突也参与推动了戏剧的发展。潘克明的《也谈〈雷雨〉戏剧冲突的主线》则认为在《雷雨》错综复杂的矛盾冲突中，繁漪与周萍之间的冲突，才是贯穿全剧的主线。王富仁的《〈雷雨〉的典型意义和人物塑造》从政治历史的角度对《雷雨》作了深入的剖析，从而肯定了"《雷雨》的杰出典型意义在于，它是稍后于《呐喊》《彷徨》的一个历史时期中国城市中进行的反封建伦理道德观念的斗争的一面镜子"。（王富仁，1985）这也是 20 世纪 80 年代中国现代文学政治历史研究中的一篇重要论文。

　　新时期《雷雨》研究的一个重要开拓是对曹禺剧作文化内涵的发掘，如宋剑华的《试论〈雷雨〉的基督教色彩》分析了基督教文化对曹禺剧作的深刻影响，并从三个方面论述了《雷雨》的基督教文化因素："一、《雷雨》的矛盾结构模式——体现了'上帝'的意志；二、周朴园性格的发展轨迹——从邪恶走向忏悔；三、《雷雨》的环境布局——基督教色彩的直接外现。"（宋剑华，1998）这在《雷雨》剧本内涵的重新发现中具有开创性的意义。

　　孔庆东的《从〈雷雨〉的演出史看〈雷雨〉》仔细梳理了《雷雨》的演出历史，对曹禺的创作本意与演出效果之间的"巨大差距"进行了细致的分析，认为演出过程中改编了的《雷雨》剧本已经不是当初曹禺创作的那个《雷雨》了，两者之间已经产生了根本的变化，因而导致观众对剧本的"误读"。吴建波的《情感的憧憬恐惧的表征——论〈雷雨〉的命运观》首先分析了过去关于《雷雨》命运问题的分歧主要在于对"命运"观念的理解存在误区，因此文章从哲学的层面对《雷雨》的命运观念及其文化内涵进行了深入的挖掘，探讨了《雷雨》命运观与儒家因果报应、人生的偶然性因素、对人的救助力量的怀疑等内容的关联，最后肯定了曹禺从艺术审美的角度对命运问题的诗性表达。廖安厚的《〈雷雨〉冲突结构模式论辩》对研究界长期以来存在争议的《雷雨》结构问题进行了专题探索，提出《雷雨》并非过去大家所讨论的某种单一结构，而是一种网状式冲突结构，因而形成《雷雨》主题的多义性。邹红的《"诗样的情怀"——试论曹禺剧作内涵的多解性》从《雷雨》的诗意特点出发，仔细考察了《雷雨》"说不尽"的原因是诗之为诗的突出特点就是其含义的模糊性和多义性。也正因如此，才造成了对《雷雨》主题解读的各种分歧与争议。

1949 年至 20 世纪 80 年代初期，关于《雷雨》的研究基本上还是在社会历史批评的框架内对《雷雨》的主题意蕴、人物形象、艺术结构、社会历史价值等方面进行论述，进入 20 世纪 80 年代以后，随着文学理论及批评方法的更新，《雷雨》研究才逐渐转向对其文化内涵、命运观念的哲学表征、文本及戏剧接受史和戏剧艺术特征等方面的探讨。

三

进入 21 世纪，随着《雷雨》经典地位的进一步确立，研究者分别从各自熟悉和擅长的领域对《雷雨》进行了多元性解读。刘家思的《〈雷雨〉与神话原型》运用神话原型批评方法对《雷雨》进行了深入分析，文章对东西方神话中的英雄原型及其文化内涵进行了细致梳理，并以此为切入点对《雷雨》中的人物形象进行分析比照，从而推定剧本中的繁漪和鲁大海比较集中地体现了东西方神话中英雄原型的精神特质。《雷雨》是人类远古英雄神话原型的现代性梦幻与回忆，正是这种原型心态，使《雷雨》获得了跨越文化与地域的艺术生命活力。陈思和的《细读〈雷雨〉》采用文本细读的方法对《雷雨》进行了细致的解读，文章围绕《雷雨》的问世及其读者接受的复杂性、繁漪与周冲代表的丰富复杂的人性内涵、繁漪的悲剧特征、周朴园对鲁侍萍究竟有没有爱情以及我们应如何解读周朴园和鲁侍萍的相会等问题展开了细致深入的分析探讨，正是精彩的、丰富的人性内涵，充满紧张感的语言，奠定了《雷雨》在世界文学发展史上的经典性地位。高浦棠从探讨曹禺创作《雷雨》的主观意图出发，对《雷雨》故事情节的设置、动作的展开进行了细致分析，将戏剧冲突定位在人与神的对抗和搏击这一层面上，最终推定《雷雨》的主题在于上帝的最后审判和对人的拯救启示，只有在这个意义上理解了《雷雨》所有人物的命运结局，我们才不至于偏离作者的创作初衷，因而剧本的主题不仅仅只是"暴露大家庭的罪恶"，而是神在惩罚"大家庭的罪恶"。上帝虽然没有正式出场，但他以隐秘的手段"时时操纵着场上的八个人物"。（高浦棠，2003）

杨敏、万春的《〈雷雨〉中"雷雨"意象及其原型分析》运用原型理论对曹禺剧作中的"雷雨"意象进行了整体性分析，从总体上归纳了"雷雨"意象的特点，分析了人类集体无意识中"雷雨"的原型文化意义对"雷雨"意象营构的内在影响，并对《雷雨》中的"雷雨"意象的深层意蕴作了深入的挖掘。"雷雨"意象传达的多层意蕴，如罪的意识、自我灵魂的审视及救赎精神，触及人类灵魂中的集体无意识，委婉曲折地表达了曹禺对人类生存困境的关注，从而使《雷雨》产生了不朽的艺术魅力。沈捷的《试论繁漪性格中的恶魔性因素》从欧洲传统文学的"恶魔性"观点入手，细致地分析了恶魔性因素对繁漪人物性格发展的推动作用。因此繁漪这一文学形象超越了中国古典文学中的叛逆女性形象，正确认识和解读繁漪性格中的恶魔性因素，我们才能真正理解《雷雨》主题。库慧君的《罪感与救赎——论〈雷雨〉中"序幕"、"尾声"的美学意义》将被诸多版本删除的"序幕"和"尾声"及全剧视为一个不可分割的整体，从文本的整体性角度对《雷雨》作了较为完整的解读，文章抓住"序幕""尾声"中的背景设置，以基督教文化的"罪感与救赎"这一人性内涵对全剧主题与意义作了重新审视，并以此为切入点，分析了《雷雨》对文本的有意割裂导致读者将蕴藏人性审美的剧本误读为一个"社会问题剧"。

钱理群的《大小舞台之间——曹禺戏剧新论》是一部关于曹禺剧作的接受学研究专著，该书对尚处于个体创作状态的曹禺创作《雷雨》的过程及意图进行了深入的揭示，对《雷雨》创造的"生命""郁热""极端""挣扎""残忍""距离""悲悯"作了细致的解读。郭运恒的《非理性世界中的人类生存困境——对〈雷雨〉主题的再认识》从《雷雨》特殊的话剧形式、复杂的人物形象以及神秘的戏剧氛围等方面探讨了曹禺对非理性世界和人类生存困境的体认，从而从更深层次上获得对《雷雨》主题内涵的重新把握。陈军的《论〈雷雨〉的超现实性》从《雷雨》中的浪漫主义色彩、表现主义因子、整体的象征世界等方面论述了曹禺剧作多元创作方法的融合，指出了我们过去对《雷雨》单一的现实主义方法解读的误区。朱栋霖的专著《曹禺：心灵的艺术》对曹禺戏剧创作进行了系统的研究，其中"'雷雨'中的第一声呐喊"一章对《雷雨》的创作背景、创作过程，曹禺的思想观念、创作意图、创作个性，《雷雨》的戏剧冲突、人物性格、戏剧结构及其与西方戏剧的关系，《雷雨》的美学价值及其文学史意义诸多问题进行了全面而完整的分析探讨，在前人研究的基础上提出了不少新见。

李扬的《论〈雷雨〉的形式意味》则对《雷雨》的背景音乐、情节结构、"序幕"及"尾声"的设置等诸多形式因素进行了分析，这些形式技巧与作家要表达的主题融为一体，两者互为补充，最终形成了剧作在内容与形式上的高度统一。段耀国、施旭升的《论〈雷雨〉的意象世界》紧紧围绕剧本中的戏剧意象进行了深入探讨，对剧中的"雷雨""家"等核心意象的内涵进行了深入分析挖掘。《雷雨》研究较新的一篇重要论文是陈国恩的《悲悯天地间的"残忍"——论〈雷雨〉的逆向构思》，该文发表于《文学评论》2017 年第 4 期。该文从文学作品的构思过程探讨了曹禺创作的《雷雨》，相较于一般现实主义文学的构思是从生活到艺术的典型化路径，《雷雨》却是曹禺从内心冲动出发去寻找恰当的生活表现的逆向构思，文章从"文本的裂隙"，即剧本中一些不真实的细节和"漏洞"推理出曹禺创作的逆向构思方式，进而推导出对天地间"残忍"的巨大悲悯才是曹禺创作《雷雨》的内在驱动力，这正是《雷雨·序》中曹禺所要表达的思想内涵。

进入 21 世纪以来，《雷雨》的文学经典地位得到了进一步的提升，相关研究也在对文本进行深入细致解读的基础上，有了更加学理化的分析阐释，研究者分别从曹禺的主观创作意图、《雷雨》创作的内在驱动力、人物原型、构思方式与内在结构、《雷雨》与西方戏剧的关系及其与西方现代主义哲学之间的关联、舞台表演效果等方面，对《雷雨》研究作了大胆拓展，并取得了一些突破性的成果，使 21 世纪《雷雨》研究呈现出开放性、多元性、多维性的特点。

本卷《〈雷雨〉研究资料》是对《雷雨》自发表以来八十余年研究成果的一次比较完整的系统梳理，本书所收录的都是《雷雨》研究过程中比较重要的文献，从中我们可以了解《雷雨》研究的发展历史和研究路向，为后续的《雷雨》研究提供一个基本的参照，同时也可以免去一些不必要的搜检之苦。除了本卷收集的《雷雨》专门研究文献以外，还有一些论述散见于其他的曹禺研究资料中，如周扬、吕荧、陈瘦竹、孙庆升等人的相关研究成果，因为本研究项目的分工不同，这些文献被收入其他的研究专辑中，在此不一一赘述。还有一些同题的论文，因为本专集的篇幅限制，也只能择其一二选录。特此说明，不当之处敬请批评指正。

参考文献

白榴（1935）："读《雷雨的检视》后"，《复旦大学校刊》，第 216 期。

曹禺（1935）："《雷雨》的写作"，《质文》，第 2 号。

方海春（1935）："雷雨"，《学术界》，第 1、2 期。

胡钟达（1936）："谈《雷雨》"，《中学生文艺季刊》，第 2 期。

高浦棠（2003）："'升到上帝的座'上重新审读曹禺的《雷雨》——《雷雨》本源真诠"，《陕西师范大学学报》（哲学社会科学版），第 5 期。

郭沫若（1936）："关于《雷雨》"，《东流》月刊，第 4 期。

霍威（1936）："评《雷雨》"，《嘤鸣》，第 1 期。

海流（1936）："雷雨"，《每周文艺》，第 4 期。

刘西渭（1935）：《〈雷雨〉——曹禺先生作》，《大公报》（天津）8 月 31 日。

罗山（1936）："《雷雨》的故事思想人物"，《清华周刊》，第 7 期。

钱谷融（1962）："《雷雨》人物谈"，《文学评论》，第 1 期。

沈明德（1962）："谈谈《雷雨》的几个场面——戏剧结构学习札记"，《安徽文学》，第 3 期。

宋剑华（1998）："试论《雷雨》的基督教色彩"，《戏剧研究》，第 1 期。

试工（1939）："论《雷雨》中的八个人物"，《文苑》，第 5 期。

王富仁（1985）："《雷雨》的典型意义和人物塑造"，《文学评论丛刊》，第 23 期。

王其居（1936）："《雷雨》及其作者"，《大公报》（天津）2 月 7 日。

王运成（1936）：《书评〈雷雨〉》，《南开高中学生》3 月 18 日。

文干（1935a）："《雷雨》的检视"，《复旦大学校刊》，第 215 期。

——（1935b）："戏剧与社会现实——《雷雨》再检视并答白榴先生"，《复旦大学校刊》，第 217 期。

辛宪锡（1981）："《雷雨》若干分歧问题探讨"，《中国现代文学研究丛刊》，第 1 期。

郑学稼（1943）："论《雷雨》"（上、中、下），《中国青年》，第 2、3、4 期。

周音（1981）："谈谈《雷雨》中的周繁漪——与钱谷融先生商榷"，《中国现代文学研究丛刊》，第 3 期。

All Voices on *Thunderstorm*：An Introduction to *Research Materials on Thunderstorm*

Chi Zhouping

Abstract：*Thunderstorm* has attracted widespread attention from readers, audiences and researchers for more than 80 years. *Research Materials on Thunderstorm* is a comprehensive and systematic summary of research on *Thunderstorm*. The study of *Thunderstorm* shows different characteristics in different historical development ageing from 1934 to 2018. Before 1949, the study of *Thunderstorm* pays more attention to the level of synopsis and reading perception with superficial exploration on ideological connotation and aesthetic value. From 1950s to 1970s, the representative achievements were mainly the character analysis of *Thunderstorm* from Qian Gurong, but due to the influence of the political environment at that time, the study of *Thunderstorm* quickly came to a stagnant situation . From the end of 1970s to the end of the 21st century, the study of *Thunderstorm* has gradually went deep into the aspects about the exploration on philosophy, culture, art and acceptance of communication. Since entering the 21st century, the research field has been further expanded with more open, diversified and multidimensional features on the study of *Thunderstorm*.

Keywords: *Thunderstorm*; Cao Yu; Chinese Modern Drama

About the Author: Chi Zhouping (1968 –), Lecturer at School of Chinese Language and Literature, Hubei University. Research interests and specialties: Chinese modern and contemporary literature. E-mail: 2913307575@ qq. com.

暗夜里的流萤引我们迫近清晨的太阳

——以《〈日出〉研究资料》为考察对象

周少华*

摘　要:《〈日出〉研究资料》审视过去八十多年对曹禺话剧《日出》的研究,揭示出《日出》研究的基本状况、特征和倾向,为学界提供借鉴。八十多年来,曹禺《日出》研究取得丰硕的成果,主要集中在《日出》的主题、结构研究和人物形象分析等方面。无可否认,曹禺《日出》研究整体上也存在缺失,诸如用抽象单一的理论命题去规范具体的文艺创作、遮蔽了这部曹禺早期剧作的原始意义等。如今学界需要开启新的路径去推动这个课题的研究。

关键词: 曹禺　《日出》　研究资料　检视

在中国话剧研究中,曹禺的剧作是研究的重镇,学界多聚焦曹禺的经典剧作,探析其思想艺术成就,取得了丰硕的成果。曹禺经典剧作研究历经一个由浅入深的理解认识过程,从感悟式的点评到条分缕析的理论阐释,从读(观)后感到学理性较强的论文再到系统的专著,不断突破思想的局限,拓宽和提升了曹禺剧作研究的视野和水平。目前在曹禺剧作研究中,《雷雨》研究成果数量最多,影响也较大,《日出》《北京人》等剧目次之,值得注意的是,《日出》的研究一直呈现出极为活跃的态势,因为报媒的介入(由萧乾组织的《大公报》两次"集体批评"),使得曹禺戏剧创作与批评之间形成紧密良好的互动,除"文革"期间被中断外,《日

* 周少华(1978—),湖北大学文学院副教授,研究方向:中国现代文学。电子邮箱:24665 44438@ qq. com。

出》在中华人民共和国成立后至新时期一再被热议，不同观点的碰撞引发论争。

一 《日出》研究的阶段性特征

《日出》是曹禺的"生命三部曲"之一，1934 年夏开始构思，写于 1935 年，1936 年 6 月 1 日至 9 月 1 日，在靳以和巴金主编的《文季月刊》的第 1 卷第 1 期至第 4 期分幕连载，11 月由文化生活出版社出版。与《雷雨》花费五年时间几易其稿写定不同，《日出》的创作较为仓促，"《日出》写得非常快，我一幕一幕地写，刊物一幕一幕地登，就像章回小说的连载，他们催着发稿，我还要教课，只能拼命写，有时，几天不得睡觉，我写戏从来没有这么干过，这是唯一一次"，历经艰险，"试探一次新路"。（曹禺，1981）《日出》并非完美，但它确实可看作曹禺的实验剧，探索的成分居多，并荣获 1936 年《大公报》文艺奖金（1937 年 5 月 15 日公布），当时各地纷纷排演《日出》。继 1938 年上海华新影片公司将《日出》搬上银幕后，1940 年元旦，《日出》在延安上演，由毛泽东亲自倡导并大力支持，充分肯定了该剧的进步性。1944 年在上海"孤岛"，费穆、黄佐临等名导合作编演过《日出》，风评如潮。纵观八十多年的《日出》研究大致经历了两个阶段，下面笔者将逐一加以评述。

（一）中华人民共和国成立前《日出》研究（1935—1949 年）：别开生面

中华人民共和国成立前的《日出》研究多为读后感式文章、书评和论文，生动活泼的短章居多，反应迅疾，有热情的赞扬，也有粗暴的否定，以时评为主，大多出自诚挚的内心，有感而发。《日出》的批评多集中在 1936 年至 1942 年，尤其以 1936 年至 1937 年这两年发表的文章居多，通过这些批评，曹禺的戏剧创作才能得以公认，从而激发了这位年轻剧作家在话剧园地里进行新的探险。中华人民共和国成立前《日出》批评成果极富成效，主要表现在《大公报》两次"集体批评"和张庚、周扬等代表性的左翼批评家的剧评上。

1. 《大公报》两次"集体批评"及曹禺对之的回应

1936 年底至 1937 年初，萧乾在他主持的天津《大公报》的《文艺副刊》上，先后组织了《日出》的两次"集体批评"，原题目为《谈日出》，但编者根据内容对标题进行了改动，谢迪克、茅盾、叶圣陶、孟实（朱光潜）、沈从文、巴金等 15 人参与了这两次"集体批评"，扩大了曹禺新剧《日出》的影响，同时也为《大公报》吸引更多读者，实现了二者的双赢。

1936 年 12 月 27 日，由萧乾主持，天津《大公报》的《文艺副刊》第273 期全版刊载一组《日出》的"集体批评"，六篇文章有褒有贬，眼光独到。其中，燕京大学西洋文学系主任谢迪克教授的文章《一个异邦人的意见》最富有洞见，该文总体上肯定了《日出》是一部"极伟大的作品"，"可以毫无羞愧地与易卜生和高尔绥华兹的社会剧的杰作并肩而立"，但是也指出了《日出》的不足，诸如结构上欠统一（第三幕可删），行文冗赘，犯了"重描"的错误。王朔的《活现的廿世纪图》指出了《日出》富有"诗意"的热情，"揭示了定命的现实，但也暗示了这现实的纠正"，盛赞陈白露这个形象，但论者没有揭示出她深刻的内心矛盾。李影心的《多方侧面的穿插》断定《日出》乃写实的戏剧但"想象生动"，追求着艺术的"永卓和真实"，故有"存在的意义和不易泯灭的位置"，识断精准。李广田的《我更爱〈雷雨〉》则高唱反调，认为《日出》不如《雷雨》，全剧没有一个可爱的人，把方达生写得太弱。与李广田的直露相反，陈蓝的《戏剧的进展》对于该剧的结构缺陷的批评，用语相当委婉，"《日出》是各个人物只是为了迷醉的生活才凑在一起。这凑合，造成了戏剧的进展"。继这次"集体批评"之后，萧乾于 1937 年 1 月 1 日，在天津《大公报》元旦增刊《文艺副刊》第 276 期整版刊登《日出》的又一组"集体批评"，九篇雄文，声势浩大，均为名家的精彩点评。茅盾、叶圣陶、沈从文、巴金、靳以、黎烈文大多为《日出》高唱赞歌，多为捧场之作，茅盾的《渴望早早排演》言简意赅地指明，《日出》创新之处在于社会题材的新鲜尖锐，全剧折射着半殖民地金融资本的缩影；靳以的《更亲切一些》对《日出》青睐有加，翠喜最让他感动，方达生这个阳光青年最为论者喜爱；巴金则不吝最高的赞语予《日出》，"它和《阿 Q 正传》《子夜》一样是中国新文学运动中的最好的收获"；黎烈文肯定《日出》第三幕的大胆手法，认为那恰好是曹禺对于自己的艺术有绝对信心的表现。这些捧场之作里，叶圣陶的《成功的群像》和沈从文的《伟大的收获》见解独到，叶文提出"它的体裁虽是戏剧，而其实也是诗"的重要观点，人物形象分析精妙，尤其是对陈白露内心矛盾深入阐释；沈文则褒中有贬，从中国话剧的发展历史来肯定《日出》孕育着"作者伟大的未来"，继而细致入微地指出了诸多缺失，如全剧四幕戏分配不大相称、场面复杂、细节失真等。对于《日出》存有明显的失望的则是孟实（朱光潜）、荒煤和李蕤。孟实的《舍不得分手》行文犀利，直指要害，失望于这出不相协调的多幕剧（第三幕适合电影而非戏剧），此剧中人物的性格没有发展，处处存有"打鼓骂曹"式的义气，以迎合观众为依归，破绽百出。荒煤的《还有些茫然》和李蕤的《从〈雷雨〉到〈日出〉》两文贬多于褒，都认为《日出》不如《雷雨》，前者认为《日出》突击一些"现象"，但不能透过这些"现象"看到现实，阅毕仍觉茫然，后者指责曹禺对于剧中人物过于护短，"重起轻落"，放纵他们躲入"无罪"中去。这两次"集体批评"共 15 篇书评，被摘录至《曹禺：〈日出〉》一文中，刊载在 1937 年 2 月上海的《书人月刊》的"评华"（书评的精华）栏目里，从天津到上海，无疑扩大了曹禺《日出》在南北两地的影响，吸引更多读者去剧院观看《日出》。

　　针对这两次"集体批评"，曹禺在《大公报》（1937 年 2 月 18 日）发表了自己的应答文章《我怎样写〈日出〉》，与其说是答辩，倒不如说是义正词严的申告，在诚挚的谦卑下保持着剧作者的自尊。对于全剧不见真正光明和找不到出路的指责，曹禺申明主题定为"损不足以奉有余"，为的是顺利通过国民党的严苛的审查。对于大多数评论家认为第三幕突兀的观点，曹禺重申第三幕戏之于全剧的重要性，回顾自己为第三幕的材料搜集所经历的种种艰辛，心难割舍。针对孟实不满于作者讨好观众，历来重视舞台演出的曹禺认为现实与趣味二者很难兼顾，坚持趣味优先的原则，为中国话剧事业考虑，先将观众留在剧院最为紧要。针对谢迪克所直陈的《日出》弊病，诸如剧本长、出场繁、对话多及"重描"等失误，曹禺深以为是，对于"重描"的指责，主要是考虑中国部分观众注意力浮散。针对李蕤指出的作者对于《日出》里的人物过于偏袒，曹禺则将罪过最终归于社会制度从而对笔下人物体谅多于谴责。针对荒煤指责作者仅仅突击"现象"而非突击"现实"，曹禺认为论者所言的"现实"之于作者的创作企图无疑是一种奢望。曹禺的应答驾轻就熟，不卑不亢。天津《大公报》的两次《日出》"集体批评"与曹禺的精彩回应，使得创作者、批评者、观众三者得以紧密互动。《大公报》的《文艺副刊》开展的两次"集体批评"和创作谈以及之后荣获的《大公报》文艺奖金，使得《日出》红遍大江南北，成为中国现代话剧的经典之作，奠定了曹禺在中国话剧史上一代宗师的地位，《大公报》的书评也获得读者的普遍认可，扩大了影响力。

2. 张庚、周扬等左翼批评家关于《日出》的剧评

《日出》一问世，就引起了左翼评论家的关注，张庚、黄芝冈、周扬等人对于曹禺的《日出》作出了迅疾的评论，周扬在张庚的批评基础上，对于黄芝冈的批评进行了反批评，纠偏了左翼文学界盛行的公式主义的错误，张庚、周扬的《日出》批评，实乃运用社会主义现实主义的理论方法进行戏剧批评的典例。

张庚在他的《一九三六年的话剧——活时代的活记录》一文里，点名批评了《日出》的细节失真，通过这个例子来证明"技巧的问题克服不了创作问题上根本的矛盾"（张庚，1936）。黄芝冈的《从〈雷雨〉到〈日出〉》，事无巨细地指出这两部剧作的失真之处，固守话剧创作完全真实地反映社会现实的观点，苛责"《雷雨》是说明并无雷雨，《日出》却等于日入"（黄芝冈，1937），主观臆断，以社会批评取代艺术批评。周扬随即撰文《论〈雷雨〉和〈日出〉——并对黄芝冈先生的批评的批评》纠偏黄芝冈的"前进"立场，在"国防文学"的背景下，认为从《雷雨》到《日出》是从家庭到社会，"作者的企图和题材的范围都是一种进步"，但《雷雨》的人物形象塑造要优于《日出》，《日出》的结尾不过是"廉价的乐观"，主题的揭示并不深入，"只有站在历史的法则上经过革命，这个'损不足以奉有余'的社会才能根本改变"（周扬，1937），运用社会主义现实主义的理论方法来探析曹禺的剧作。继周扬之后，张庚专门聚焦《日出》进行细致深入的分析，在他的《读〈日出〉》一文里，从曹禺单纯否定金八主义，分析了作者世界观与创作产生矛盾的深层原因，主要是"理性上的现代精神和他情感上的原始精神是不一致的"（张庚，1937），较之周扬的批评，张庚此次评论显得更为专业精辟，显露出左翼剧评注重理论分析的特征。

总之，中华人民共和国成立前的《日出》研究富有生气，报媒组织的两次"集体批评"和左翼代表评论家的批评交相辉映，呈现出立体化的特色，在创作者、批评者和观众之间形成紧密良好的互动。

（二）中华人民共和国成立后至今的《日出》研究（1949—2018 年）：在沉潜中精进

中华人民共和国成立后，在毛泽东《在延安文艺座谈会上的讲话》精神烛照下，《日出》研究多在革命现实主义的既定模式下展开，延安时期形成的戏剧艺术的政治化的观念成为指导中华人民共和国成立以后话剧研究的方针和政策。1956 年前后，苏联文艺界对于"社会主义现实主义"进行重新审视，在国内戏剧界也达成了共识。曹禺、老舍等人纷纷撰文批判戏剧创作中的公式主义和教条主义，批判戏剧批评中的庸俗社会主义。在苏联"解冻"思潮和国内"双百"方针的影响下，少数学者（陈恭敏等）大胆发表自己对于《日出》的见解，引发了关于陈白露的悲剧实质问题的论争。陈恭敏在《什么是陈白露悲剧的实质》一文里，将陈白露看作"折断翅膀的鹰"，认为"陈白露的悲剧实质上是复杂的内心过程，包含着尖锐的内在戏剧性"（陈恭敏，1957），其内心存在竹筠与白露的矛盾。徐闻莺的《是鹰还是金丝鸟——与陈恭敏同志商榷关于陈白露的悲剧实质问题》火药味甚浓，认为白露之死"似乎应该死了"（徐闻莺，1960），她不过是"关在笼子里的金丝鸟"，斥责陈恭敏具有主观主义倾向，过于希望肯定陈白露，文章末尾将对于白露的态度提升至批评者的阶级立场。甘竞的《也谈陈白露的悲剧实质问题》不赞同陈、徐二人的观点，提出应该从阶级分析、时代特征和女人三个点去分析陈白露（甘竞，1960），认为她是堕落的娜拉或子君，是个充满矛盾依附于剥削阶级的小资产阶级知识分子，对陈白露的个人主义人生观必须予以批判，对个人奋斗道路予以否定，以便使读者从她的悲剧中吸取教训。从这次论争可知，在十七年的特定历史语境下，阶级分析成为批评过去时代的文艺作品的首要方法。针对甘竞、徐刚等人对于曹禺的世界观的肯定，刘正强提出疑问并认为，不仅应该根据作家的思想观点而且更要根据他的创作实践来分析之。（刘正强，1958）十七年时期也有优秀研究成果，如欧阳山尊的《〈日出〉的导演分析》、陈瘦竹和沈蔚德的《论〈雷雨〉和〈日出〉的结构艺术》等文。欧阳山尊一文回归历史语境，分析《日出》所具有的"战斗性"特质（欧阳山尊，1957），虽受阶级论的局限，却也不乏灼见；陈瘦竹、沈蔚德虽也不免带有时代的局限，但在文本细读基础上得出了颇令人信服的结论，即《日出》在结构上比《雷雨》新颖，主要在于它的"横断面的描写"，统一于"损不足以奉有余"的主题（陈瘦竹、沈蔚德，1960），行文显示出深厚的专业理论功底。

20世纪80年代初，在不断解放思想的时代背景下，新时期《日出》研究取得可观的学术成果，主要以卢湘、程中原、晏学、钱谷融、田本相、朱栋霖、马俊山等人为代表。晏学的《论陈白露的悲剧》认为白露是大革命失败后的知识女性的典型，仍旧是围绕陈白露的悲剧实质问题展开论述，从她所经受的三次精神危机来阐述其悲剧命运。（晏学，1979）程中原的《〈日出〉的艺术独创性》条分缕析地展开论述，《日出》民族化表现方法的运用这一论点富有创见，认为这部剧"通过各种各样人物的各种民间、民族形式的歌唱来表现富有民族特点和地方色彩的环境，渲染人间地狱的复杂氛围"（程中原，1979），暗合了当时左翼戏剧大众化的倡导。田本相一直致力于曹禺研究，他的《〈日出〉论》力证《日出》结构的创新，强调应联系主题来评价这部剧的结构问题。（田本相，1980）朱栋霖在《论〈日出〉与陈白露的悲剧形象》中对于《日出》中的陈白露的悲剧形象进行了深度探研，指出陈白露的内心冲突是该剧戏剧冲突的基本骨架，个性解放对于白露而言是双刃剑。（朱栋霖，1981）马俊山的《"新女性"个性解放道路的终结——论陈白露的悲剧》则从妇女解放的角度，将陈白露放置在时代新女性的形象系列里比较分析，将之与俄国文学中"末代多余人"相比较，探究陈白露悲剧的社会历史原因，总结陈白露在中国现代文学史的意义。（马俊山，1984）20世纪90年代之后，学界也涌现出较为可观的成果，如宋剑华的《灵魂的毁灭与再生——〈日出〉新论》，从题词切入，考察基督教文化对于曹禺的影响。（宋剑华，1991）钱理群研究专著《大小舞台之间——曹禺戏剧新论》设置专章探研《日出》，见解精辟深邃，立论严谨。（钱理群，2007）20世纪90年代以来，金宏宇、刘家思、缪荣军、李群等年轻学者分别从版本学、神话原型、空间学、传播学等角度多方位解读《日出》，也取得不俗的研究成果。21世纪以来《日出》研究逐渐走向开阔，在沉潜中精进。

总体而言，八十多年的《日出》研究经历了从生动精悍到开阔丰硕的过程，从偏印象感悟的札记到言简意赅的书评再到条分缕析的论文或体系化的著作中的专章或专节，理论视野逐渐被打开，方法变得多样，学理化在加深。八十多年《日出》研究之所以能取得不俗的成果，主要在于研究的承继性。谢迪克指出《日出》犯了"重描"之病。姚溱通过文本细读将"重描"之病症一一探明。周扬在张庚基础上熟练运用社会主义现实主义的方法来评析《日出》。振甫在 1951 年就开始探讨《日出》版本问题，20世纪 80 年代后期，潘克明对于《日出》初版本时间问题提出疑问，21 世纪金宏宇等学者开始探究《日出》的版本变迁史，通过剧作者对于原作的不断改动变化来阐述时代风潮对于剧作家的影响。与版本问题研究具有承继性一样（也暗合对于传统的文献学方法的激活），陈白露的妇女解放意义的研究也是一脉相承的。20 世纪 40 年代初，笔名为翘的论者从妇女解放角度考察陈白露这一形象，晏学在 20 世纪 70 年代末将陈白露放置在时代新女性的序列中来分析其悲剧命运，马俊山将陈白露放置到中国现代文学史上追求妇女解放的时代新女性的形象系列和"末代多余人"的形象比较中，阐发陈白露形象的文学史意义。关于文学作品里特殊群落的女性的关注也是如此，田本相则将陈白露、翠喜和小东西看作一组形象系列，由此探究陈白露的悲剧的多重原因。许子东将《日出》中的陈白露、《啼笑因缘》中的沈凤喜、《沉香屑·第一炉香》中的葛薇龙这三位在都市中沉沦的女性进行比较分析（许子东，1995），精彩绝伦。王桂妹则将《日出》中的陈白露与《永远的尹雪艳》中的尹雪艳这两位交际花进行对比分析，揭示出时代变迁之于交际花命运的影响。（王桂妹，2007）如前所述，《日出》的论者正是这样环环相扣地推动着《日出》研究在沉潜中精进。

二　对《日出》研究的整体反思

　　《日出》自问世以来，吸引了众多的评论者和学者的关注，它并不是曹禺艺术性最强的剧作，但这部实验剧因其创作的难产、题材的尖锐性、人物形象的复杂性及艺术结构上的突破（未必完美）为世人所瞩目，浓黑的暗夜下投射出斑斑点点的光影，虽不成熟，但是可看作时代心灵的生动诚挚的记录，反映社会的黑暗，被左翼界认为较之《雷雨》，更为进步。整体而言，《日出》研究主要集中在三个方面。

第一，《日出》的结构，尤其是第三幕与全剧的关系问题。大部分批评者和研究者都肯定《日出》采用横断面的结构是新的尝试（相对于《雷雨》而言），但对于第三幕与全剧的关系看法不一，存在争议。谢迪克、孟实、杨刚、徐运元、姜贤弼等人直言不讳地指出《日出》结构上的缺陷，对于第三幕提出批评，认为第三幕与全剧不相称，过于独立，欠缺统一，孟实、徐运元等人主张删除第三幕，全剧更为完整，姜贤弼更是将第三幕看作"不可雕的朽木"（姜贤弼，1940），无法原样不动地搬上戏剧舞台。沈从文、陈蓝、雷紫英、辛宪锡等人委婉指出《日出》结构的弊病，陈认为有些凑合；沈觉得更像散文，不适于戏剧舞台演出。黎烈文、刘念渠、欧阳凡海等人则肯定第三幕的价值，认为第三幕戏与全剧是统一的，欧阳凡海更是第一个站出来为《日出》的结构辩护。（欧阳凡海，1937）此后，陈瘦竹、田本相、钱理群、王富仁、陈坚等人深入细致地分析了曹禺《日出》在结构上的创新之处。

第二，《日出》的主题。学者们对于《日出》的主题有两种看法，黎烈文等认为主题是陈白露所言的"太阳升起来了，黑暗留在后面，但是太阳不是我们的，我们要睡了"；叶圣陶等认为"损不足以奉有余"才是《日出》的主题，叶的观点为后来曹禺回应"集体批评"所认可。对于曹禺运用隐喻、象征手法来表现主题，孟实、张庚、钱理群等人见解独特，孟实认为采用象征手法并不能较好表现主题，张庚则探究曹禺采用虚化主题的深层原因，主要是曹禺"对于原始东西的单纯的偏爱和信任"（张庚，1937），导致剧作者理性上的现代精神和他情感上的原始精神不一致。钱理群则从创作主体的角度进行深度剖析，时代戏剧对于曹禺的影响与曹禺坚守艺术性而有所保留的矛盾，使得《日出》的主题最终虚化表现。（钱理群，2007：69）周扬、姜贤弼、徐运元等人对于该剧结尾颇有微词，认为它影响了主题的显现。周指出该剧结尾显示出"廉价的乐观"。徐觉得该剧的结尾并非光明的，正是和世界一样旧。（徐运元，1937）

第三，《日出》的人物形象。学界提出了许多有价值的问题，诸如剧中的主要人物是谁，对于陈白露、方达生的结局的评价，陈白露的悲剧实质问题，幕后形象设置的意义，等等。《日出》的人物形象的塑造得到大家的普遍认可，尤其是陈白露、李石清、翠喜这三个形象，方达生多为人所诟病，认为写得比较生硬，仅有靳以、欧阳山尊、徐闻莺、刘家思等少数人肯定了方达生这一形象。靳以主观偏爱这类阳光青年，欧阳山尊、徐闻莺从思想倾向性上肯定了方达生，刘家思则从英雄原型角度将之视为"狂人"（刘家思，2000），陈瘦竹等人对于此剧幕后形象（金八、打夯工人、诗人）有着精彩的评析。陈白露这一女性形象最令人关注，与徐运元、刘念渠等人认为陈白露在剧中仅仅是个串联故事的线索性人物不同，众多论者认为陈白露是全剧的灵魂，但对之看法不一，争议不断，完全赞美的有之（以谢迪克为代表），完全诋毁的有之（以徐闻莺为代表），客观中立的有之（以辛宪锡、甘竞为代表），褒中有贬的居多（以陈恭敏、钱谷融、马俊山为代表）。晏学、田本相、钱谷融、朱栋霖、马俊山、陈留生等人聚焦陈白露的矛盾心理来剖析这一复杂的女性形象，精彩纷呈，均是回到人性本身来解读陈白露。在 20 世纪 50 年代末 60 年代初，陈恭敏、徐闻莺等人，围绕陈白露的悲剧实质发生论战。陈恭敏指出分析陈白露的内心矛盾方能正确认识到《日出》的主题，对白露的小资产阶级批判，也只有在揭示她的复杂矛盾的前提下方显可能。徐闻莺却认为白露是应当批判和否定的形象，末尾以正视听，对陈白露采取什么立场，实质上就是一个批判者的阶级立场问题，秉持《在延安文艺座谈会上的讲话》精神，采用阶级分析方法来评判过去的经典作品，以政治标准取代艺术标准。新时期，晏学、马俊山等人从时代新女性的角度对白露的解读更为精辟。其实，白露的形象的分析，是与《日出》的主题、结构环环相扣的问题，彼此缠绕。

综上，《日出》研究主要集中在艺术结构、主题、人物形象三个方面，其实在特定时期，这些方面均统一于要符合"革命现实主义"总体要求，偏重作家作品的思想倾向性，所秉持的"现实主义"，不仅仅是创作原则，也是美学原则，更重要的是政治原则。除这三大方面外，对于该剧的悲剧性或喜剧性问题、版本问题、西方戏剧影响、舞台演出等方面均有所涉猎，取得了不俗的成绩。程中原、田本相、胡叔和等人专业地概括出《日出》悲喜剧结合的观点，结论令人信服。振甫、潘克明、金宏宇等人对于《日出》版本问题进行论证，尤其是金宏宇从版本变迁的历史折射出时代风潮的解析精辟，文献学方法的应用无疑增强了学理性。

21 世纪我们重新编选《日出》的研究资料，一方面查漏补缺，另一方面也是关注新的研究动向，有利于我们总结《日出》研究的经验教训。八十多年曹禺《日出》研究，呈现出两大特点。

首先，"集体批评"凸显批评的活力。1936 年 12 月至 1937 年 1 月，萧乾在《大公报》的《文艺副刊》上，组织两次《日出》的"集体批评"，末尾附有编者补白，随即 2 月中旬，《大公报》又推出了曹禺的《我怎样写〈日出〉》的创作经验谈，作为对于前面两次"集体批评"的回应。在《文艺副刊》上用三个版面隆重推荐曹禺新剧《日出》（两次关于《日出》的"集体批评"及曹禺的回应），算是一个颇为成功的尝试，反映出主编萧乾的远见卓识和良苦用心，不甘于将报纸的《文艺副刊》登杂文挑笔仗，在这个逼仄的园地上架起一座桥梁，将尚在成长的作家的作品驮载到读者手中，主要借助集中刊登系统的书评扩大报刊和作家的影响力。批评主要围绕剧本意义（作者态度归根到底也属于剧本意义的范畴）、剧本结构、人物性格等方面展开，主要通过书评和创作谈的方式，生动又富有深意，编者拟定的标题醒目，行文富有文采，识断独到，书评为短章，但言简意深，创作谈篇幅较长，但情深意切，有助于我们深入年轻的剧作家的丰富的内心世界，评论者与剧作者在平等交流的气氛中真挚地倾吐自己的看法，没有门户之见，也没有意气之争，"有赞赏，然而是出诸喜悦；有指摘，然而存心鼓进"①，甚至评论者与编者通信内容中涉及关于剧作的关键性评断也和盘托出，见诸编者按语中，如谢迪克这位异邦人士跟编者的书信交流，"最近，在他给我的信中，（写完这评文后）提及《日出》，他说：'在社会资料的丰富和露露这个人物的创造上，作者显然比在《雷雨》中进步多了，但在结构上则不如。如果他第三出戏能包容《雷雨》和《日出》的共同优点，我确信我们将有一部伟作可读了……'"②《大公报》关于《日出》的批评，显示出天津《大公报》主编萧乾的自由主义的编辑方针（秉持文人办报的民间立场），《日出》的评论者有京派文人，也有左翼倾向的人士，但编者起到了"守门人"的文化筛选功能，建构起自由主义色彩浓厚的公共领域，这些书评更多是从文学观点出发，重视文学本体。批评收到良好的成效，有利于推动评论"立体化"，免于一尊之论，有效地实现了作品、书评家和作家之间的"对话"，以致编者萧乾为

① 参见《大公报》（天津）1937 年 1 月 1 日第 16 版"编者补白"。
② 参见《大公报》（天津）1936 年 12 月 27 日第 13 版"编者按"。

之感到振奋，"关于本剧，编者不想另外饶舌，一切留待二月初曹禺先生自己的'供状'文章吧，这里编者感到不可忍耐的快乐的，是这种集评至少证明'超捧场''超攻讦'的批评是可能的了……一个月后，还有作者虚心的然而是诚实的答辩。谁说批评不是阿谀便是中伤？心放得端正的人还有理由乐观下去"①。当时的读者也很欢迎这种"集体批评"，读者潘琳《"集评"更理想些》认为"集体批评"是比较理想的方式，像《日出》的两次"集体批评"专辑一样，不过还得扩大，包括理论不同的各种批评文章②。曹禺对于萧乾先生在天津《大公报》的《文艺副刊》上组织两次关于《日出》的"集体批评"来推荐自己的新剧《日出》，相当感激，他在与田本相的对谈中回忆："他到《大公报》主持文艺副刊，很有想法，很有朝气，颇有初生牛犊不怕虎的劲头。我记得，我在天津演出《财狂》时，他就编辑了《财狂》的特刊，请了不少名家撰文批评，他自己也写了评论。我很佩服他，他对我的表演所作的评论，写得好极了，那是连专业评论者都望尘莫及的。后来，就是他主持了对《日出》的跨年度的两大版的评论，那个阵势，真叫我感动。再加上我的关于《日出》的一篇长文，就是《日出·跋》；他那种魄力，那么办文艺副刊的，恐怕现在都难找到了。"（田本相、刘一军，2010：84）有意味的是，这两次"集体批评"发生在张庚等左翼评论家的《日出》批评之后，倒是无意间形成与左翼批评的暗自角力，"集体批评"的开放包容与左翼批评的偏执苛责，对比鲜明。对于年轻的曹禺而言，他受到"集体批评"的鼓舞，对于《雷雨》《日出》的评论，曹禺积极回应，《原野》及其之后的剧作发表后时评紧随而至，这位年轻的剧作家面对苛责保持沉默。萧乾主持的两次《日出》的"集体批评"如此富有成效，以致在《日出》之后又打算策划关于叶紫小说《星》的"集体批评"，"这里应宣布的是我们第二次集体批评的对象：《星》，叶紫作，一九三六年十二月文化生活社出版，实价三角，凡曾读过这本小说的朋友们，盼都将意见简单爽直地吐露出来。一俟稿齐，随时发刊"③，遗憾的是后来未果。在萧乾的努力下，书评成为天津《大公报》推行的主要批评方式，在该报上经常发表书评的主要有李健吾、常风、李

---

① 参见《大公报》（天津）1937 年 1 月 1 日第 16 版"编者补白"。
② 参见《大公报·文艺》（天津）1937 年 7 月 5 日第 358 期"读者论书评"特辑。
③ 参见《大公报》（天津）1937 年 1 月 1 日第 16 版"编者补白"。

影心、杨刚等人，对于当时的新作作时评，为新文学赢得更多的读者群，而《日出》的"集体批评"无疑是萧乾最为成功的策划，随后的剧作者的创作谈和《大公报》文艺奖颁给曹禺《日出》，轰动一时，为提携年轻的话剧作家不遗余力。对于这两次"集体批评"的起因，周木斋曾撰文分析，"大概多半因为作者曹禺的前一个剧本《雷雨》引起了注意和兴奋，小半因为中国的创作剧本的缺乏，所以有这'集体批评'，所以这'集体批评'又几乎全是鼓励作者。自然，有分析和批评，结果也就关到读者，可以从比较中认识原作"（周木斋，1937）。《大公报》的《文艺副刊》上的两次"集体批评"，开创了客观公正、诚挚新鲜的文学批评之路，这种"比广告要客观公允，比作品论浅显实用"的"集体批评"对于纠正当代文学批评常见的肉麻的捧杀和严苛的审判的两级化倾向，无疑是具有借鉴作用的，同时也有利于当前学院派研究对于媒体批评的吸纳和应用，在严谨系统的基础上适当借助新媒体向社会推出自己的研究成果，以团队方式扩展专业的影响力，使得研究深度和研究广度得以紧密结合。

其次，《日出》研究方法尚需进一步开拓。众多论者从美学、哲学、心理学、文化人类学、语言学等多学科视角来解读《日出》，有印象式的文本细读研究，也有社会思想的研究，还有系统论式的研究，甚至有多种研究方法的混合应用。马克思主义文艺理论一直是论者经常采用的理论视角，从《日出》一问世到 20 世纪 80 年代初，大多采用革命现实主义来研究《日出》。黄芝冈等用世界观取代创作方法，粗暴否定《日出》，遭到左翼内部其他权威的评论者的纠偏，如周扬对于黄芝冈的错误观点的有力反驳，20 世纪 40 年代政治批评取代文艺批评，刘念渠等人从社会阶级角度来解析《日出》（刘念渠，1940：26），指出其戏剧主题模糊的缺陷。徐闻莺等人在中华人民共和国成立后更是直接用阶级分析取代艺术分析，实际上是用政治标准取代艺术标准，机械生硬，思想教条僵化。这种教条化和单一化的批评观念一直延伸至 20 世纪 70 年代末，20 世纪 80 年代初阴魂还未散去。值得一提的是，20 世纪 80 年代初期，刘绍铭研究曹禺的文章或专著被引入内地，引起轩然大波，刘从比较文学角度，将曹禺的《日出》与柴霍甫（现通译为契诃夫）的剧作进行对比，崇西抑中，认为柴霍甫采用的是表现手法，曹禺则是述评方法，自有高下之分（刘绍铭，1967），刘对于曹禺的戏剧创作的酷评引起部分学者（忆扬，1980）的驳斥，新时期的这次论争也是属于偏向意识形态的批评。《日出》研究长期以来与庸俗社会学的阐释作坚韧的抗争，在"现实主义"的理论视野下，深掘作品的社会功用价值，导致艺术批评长期受到压制，逐渐使得文艺批评与政治时事批评的界限模糊化了，批评文风枯涩板滞，失去早先的自由活泼的灵气，最终使得《日出》研究视野受到局限，"忽略了除苏联以外的国外更广阔的文艺创作和文艺理论的视野，这就不能不影响到文学理论批评在观念、思维方式、类型、方法和流派等方面都被拘囚于一个狭小的天地里"（黄曼君，1993：30）。随着第四次文代会的开展，在解放思想的大背景下，论者们再次开眼看世界，坚持以开放的态度来对待全人类的精神文化财富，尤其是当代的理论思维成果，重视学习西方文化理论，重视文学对于复杂人性的揭示，《日出》研究才得以开拓新局，20 世纪七八十年代，晏学、朱栋霖对于陈白露形象的分析，一扫陈腐。20 世纪 80 年代中期，信息论、系统论、控制论等西方理论被译介到国内，使得这一时期的《日出》研究也不免受到三论的影响，史实的《角·圆·多面体及其他——论曹禺的话剧〈日出〉》（史实，1985）最为典型，还有马俊山的《"新女性"个性解放道路的终结——论陈白露的悲剧》、王富仁《〈日出〉的结构和人物》等。西方理论尤其是文艺理论的引进，冲破教条主义研究，有利于学界更深入地"回到曹禺"、回到戏剧本身，无疑会丰富《日出》研究，但是过于倚重西方理论又有丧失民族化的惘惘的威胁，这也正是目前《日出》研究存在的问题，在坚持现代化的"当代形态"的同时如何保持民族化特色。研究方法不仅仅是西式的，中国传统的戏剧研究方法也值得借鉴，中西结合，才是 21 世纪《日出》研究走向成熟并富有创造性活力的有效途径和重要标志。《日出》的版本研究，将版本研究方法与文艺思潮的历史方法相结合，不失为一条可资借鉴的路径，成功突围，这仅仅是开始，前路漫长。

综上所述，《日出》研究成果丰硕，从粗浅生动到丰富开阔，从主观感悟到逻辑思辨，从短章小文到著作的专章专节，有高峰也有低回曲折的波谷，但基本没有中断过，而且热点不断，中华人民共和国成立前有周扬与黄芝冈的论争，中华人民共和国成立后又有陈恭敏和徐闻莺的论战，这些论争的实质还是话剧的本质问题和评价标准问题（社会功用与艺术审美何者为先）。虽然中华人民共和国成立前的研究成果数量不及中华人民共和国成立后，但是这些研究文献更具有史料价值，见解独到精辟，文笔别具一格，尽显论者个性，尤其天津《大公报》两次《日出》的"集体批评"极富活力，客观公正，对当下的文艺批评也有借鉴作用。当下的《日出》研究队伍主要来自报刊媒体、剧院、高校等，媒体批评富有开创性，又有着追逐时潮而轻漫随意之弊，舞台派研究以本色当行的专业性而著称，但一直备受庸俗社会学批评的压制，学院派研究系统严谨有余，新锐灵动不足，这三派研究应该相互渗透、取长补短。我们需要媒体批评的生猛鲜活，也需要在不断对外保持开放的同时，坚守本土化的底线，融合中外，统摄古今，方能拓深《日出》研究的新境界。八十多年来，学者们的真知灼见如暗夜里的流萤，点缀在不同时代的历史的天空，指引我们直叩真理，迫近那一轮赤赤的清晨的太阳。

参考文献

曹禺（1981）："我的生活和创作道路——同田本相的谈话"，《戏剧论丛》，第2期。

陈恭敏（1957）："什么是陈白露悲剧的实质"，《戏剧报》，第5期。

陈瘦竹、沈蔚德（1960）："论《雷雨》和《日出》的结构艺术"，《文学评论》，第5期。

程中原（1979）："《日出》的艺术独创性"，《淮阴师专学报》，第1期。

甘竞（1960）："也谈陈白露的悲剧实质问题"，《上海戏剧》，第5期。

黄曼君（1993）：《中国近百年文学理论批评史》第1卷，湖北教育出版社。

黄芝冈（1937）："从《雷雨》到《日出》"，《光明》，第5期。

姜贤弼（1940）："评曹禺的《雷雨》与《日出》"，《公教学生》，第1期。

刘家思（2000）："《日出》与英雄原型"，《宜春师专学报》，第4期。

刘念渠（1940）：《抗战剧本批评集》，华中图书公司。

刘绍铭（1967）："从比较文学的观点去看《日出》"，《明报月刊》，第9期。

刘正强（1958）："曹禺的世界观和创作——兼评《也谈曹禺的〈雷雨〉与〈日出〉》"，《处女地》，第6期。

马俊山（1984）："'新女性'个性解放道路的终结——论陈白露的悲剧"，《中国现代文学研究丛刊》，第4期。

欧阳凡海（1937）："论《日出》"，《文学》，第1期。

欧阳山尊（1957）："《日出》的导演分析"，《戏剧论丛》，第1期。

钱理群（2007）：《大小舞台之间——曹禺戏剧新论》，北京大学出版社。

史实（1985）："角·圆·多面体及其他——论曹禺的话剧《日出》"，《东疆学刊》，第1期。

宋剑华（1991）："灵魂的毁灭与再生——《日出》新论"，《中国文学研究》，第3期。

田本相（1980）："《日出》论"，《文学评论》，第 1 期。

田本相、刘一军（2010）：《曹禺访谈录》，百花文艺出版社。

王桂妹（2007）："从陈白露到尹雪艳：对交际花的不同审美书写"，《名作欣赏》，第 1 期。

徐闻莺（1960）："是鹰还是金丝鸟——与陈恭敏同志商榷关于陈白露的悲剧实质问题"，《上海戏剧》，第 2 期。

徐运元（1937）："从《雷雨》说到《日出》"，《文艺月刊》，第 4、5 期。

许子东（1995）："重读《日出》、《啼笑因缘》和《第一炉香》"，《文艺理论研究》，第 6 期。

晏学（1979）："论陈白露的悲剧"，《戏剧学习》，第 3 期。

忆扬（1980）：《从刘绍铭博士〈论曹禺〉谈起》，载良友图书公司编辑委员会编《曹禺、王昭君及其他》，良友图书公司。

张庚（1936）："一九三六年的话剧——活时代的活记录"，《光明》，第 2 期。

张庚（1937）："读《日出》"，《戏剧时代》，第 1 期。

周木斋（1937）："《日出》与集体批评"，《读书半月刊》，第 1 期。

周扬（1937）："论《雷雨》和《日出》——并对黄芝冈先生的批评的批评"，《光明》，第 8 期。

朱栋霖（1981）："论《日出》与陈白露的悲剧形象"，《南京大学学报》，第 2 期。

Fireflies in the Dark Night Lead Us to the Morning Sun: A Review of *Research Materials on Sunrise*

Zhou Shaohua

Abstract: This paper is a review of the research literature on Cao Yu's classical *Sunrise* in the past eighty years, which aims to disclose the key features of the research literature, to show the trend on the study of *Sunrise* and to serve as a reference and guidance to those who are interested in this field. The research literature is mainly focused on the analysis of the theme, the structure and the people in *Sunrise*. As a whole, great achievement has been made on the study of *Sunrise* in the past eighty years. However, those researches are restrictive in some aspects, such as using a single theoretical proposition to restrict the abundant literary and artistic creation, and hiding the original meaning of this Cao Yu's early drama. Nowadays new approaches are needed to push the research of this subject further on.

Keywords：Cao Yu；*Sunrise*；Research Materials；Review

About the Author：Zhou Shaohua（1978 - ），Associate Professor at School of Chinese Language and Literature，Hubei University. Research interests and specialties：Chinese modern literature. E-mail：2466544438@ qq. com.

八十载风雨《原野》路

——曹禺《原野》研究综述

张义明　黄晓华[*]

摘　要： 被视为曹禺第三部重要戏剧作品的《原野》，在不同时期所受的评价迥异。1937 年问世至 1949 年，批评界对其多持批评意见，但也不乏赞誉之声；1949 年至 1978 年，除境外研究界涌现的少量成果以外，《原野》境内研究几近销声匿迹；1978 年以来，随着思想解放和学术研究的日趋深入，批评界对《原野》的评价日趋客观、理性，在肯定其具有深刻艺术价值的基础上，指出其存在的缺陷。《原野》研究八十年来，对其评价几经沉浮，但不可否认，其成就是主要的。

关键词：《原野》　表现主义　人物形象　农村图景

1937 年 4 月，《原野》在广州出版的《文丛》第 1 卷第 2 期开始连载，至 8 月第 1 卷第 5 期续完。同年 8 月，由上海文化生活出版社出版单行本，收入巴金主编《文学丛刊》第五集，《曹禺戏剧集》第三种。时年，曹禺 28 岁。

自《原野》问世以来，其评价几经沉浮。《原野》发表后不久，华夏大地便陷入了旷日持久的战争。此时的批评界，对《原野》的评价虽不如《雷雨》和《日出》，但在批评中仍不乏赞许之声，尤其曹禺自己对其表现出高度肯定。"虽然《原野》在中国批评界似乎是不及《雷雨》和《日

---

* 张义明（1995—），湖北大学 2017 级文艺学硕士研究生。黄晓华（1973—），湖北大学文学院教授，博士生导师，主要从事叙事理论与中国现当代文学研究。电子邮箱：70491033@ qq. com。

出》的，然而曹禺却说他偏爱《原野》胜过了《雷雨》和《日出》——因为他爱人类的愤恨，人类的矛盾的心理。"（回春，1942）中华人民共和国成立后，随着政治氛围的变化，《原野》逐步淡出舞台与批评家的视野。"文化大革命"期间，曹禺被打成"资产阶级反动作家"，《原野》更是无人提及，可谓"销声匿迹""不见天日"，足见其影响、传播之凋敝。进入新时期以来，《原野》又重新回到了舞台和研究批评者的视野。随着改革开放后文化语境的变化，《原野》作为作者曹禺最喜爱的作品之一，也被"经典化"，在话剧舞台上大放异彩，成为中国现代话剧作品演出长盛不衰之作。《原野》剧本也成为曹禺研究的热点之一，对《原野》的批评研究日趋理性客观，呈现出多元化的特点，涌现出一大批优秀的研究成果。

一

1937 年《原野》问世以后，与批评界对《雷雨》等作品一边倒式的赞赏不同，虽然也有批评家认为，《原野》"是作者写的剧本里顶好一个"（阿茨，1940），但更多的批评家对其持批评意见，尤其是其中对西方戏剧技巧的借鉴与吸收方面，成为批评界的焦点之一。

1938 年，南卓便在文章中指出："作者有一个癖好，就是模仿前人的成作。《原野》很明显的同欧尼尔的《琼斯皇》（*The Emperor Jones*）非常相像，都是写的一个同自然奋斗的人怎样还是被一座原始的森林——命运的化身——给拿住了。"的确，曹禺在之前的戏剧创作中，已有许多向前人（如易卜生、莎士比亚）戏剧借鉴的成分，而《原野》更集中体现了曹禺对前人成作的模仿。在 1937 年《原野》的最初版本中，第三幕丛林中剧情与《琼斯皇》的剧情如出一辙。南卓将这种模仿看作一种脱节的，"不必要的"，"为了制造空气，作者把原始的森林，黑人的鼓声，固有的阎罗，判官，牛头，马面等等，放在一起。由于根源背景的不同，这实在是不调和的"。（南卓，1938）在南卓眼中，不仅《原野》模仿外国人不甚成功，其模仿中国传统作品同样不成功，"还有仇虎用故事的形式将他同焦大星的关系讲清，这是模仿《八大锤》的《断臂说书》。也同前面说过模仿欧美的作品一样，这也是不必要的"（南卓，1938）。南卓可被视为对《原野》技巧，尤其是"表现主义技巧"进行阐释批评的先驱。

与南卓相似，大星友对《原野》的批评也主要集中在其与《琼斯皇》的关系上，"显然地，曹禺先生是受了欧尼尔的影响，他无意中借用了欧尼尔在琼斯皇帝一剧中所用的回音"（大星友，1941）。大星友的"无意"二字似乎与前文中南卓的"模仿"有着不同的感情倾向和态度，对于曹禺是否拿捏好"借鉴"的度有着自己不同的阐释。这种比较文学的视野给《原野》的研究提供了一条重要思路。

对《原野》技巧的批评热点，一方面集中在对其舞台技巧借鉴的评价，另一方面则集中在对其电影艺术借鉴的评价。1937 年《原野》问世之初，报刊在对《原野》的报道批评中提及，其最后一幕"将以电影化的手法演剧，实为近年来中国舞台剧新发现"（无名氏，1937），还是明显表现出肯定；而到了 20 世纪 40 年代的批评者眼中，这种"电影化"却成为一种弊病，"宜于做电影，在简单之舞台上，殊不易作，另有几幕原本均须出现幻象，此次演出，酌有删改，实属不得已"（《新天津画报》，1941）。

这一时期研究者关注《原野》的另一个焦点就是对其主题的评价。在司徒珂看来，"在《原野》依然存在着很浓厚的反封建意识"（司徒珂，1939），阿茨则更进一步肯定，相对于《雷雨》与《日出》，"《原野》是更进步的"（阿茨，1940）。但对于《原野》潜含的复仇精神，其评价则出现了分化，"有人说仇虎的复仇与目前中国抗战精神相结合，所以在这时上演《原野》是有意义的，但又有人认为私人仇怨的报复没有什么价值，不值得提倡"（冠英，1939）。这种内容的讨论往往与中国所处的政治、文化环境密切相关。

这时也有一些批评者注意到曹禺所想要表现的对人性、命运的思考，有的只是一笔带过，并不深入，如司徒珂所言"可以发现一个理想和一种精神"（司徒珂，1939）；有的则针对作家的剧本做了大胆的猜想，如竺磊便撰文指出："《原野》，在如这名字所示，是充分地表现出来人类的'原始的野性'。心理学家解释人类的一切行为完全出于性的驱使。《原野》里的一切人物便是这样。"（竺磊，1940）虽然这一解释失之偏颇，但与此时期的批评者多关注剧情本身以及人物塑造相比，能触及曹禺对人性的思考已实属不易。

此外，关于《原野》的现实性与群众性、人物形象的真实性等问题，批评家们也进行了多重批评探讨，但这并不妨碍《原野》被搬上舞台，成为广受欢迎的作品。唐弢在 1947 年作了简捷动人的描述："大江南北，多少剧团演过《原野》，多少人读过《原野》，《原野》是百看不厌的剧本。"（唐弢，1947）

二

1949 年中华人民共和国成立以来，由于政治意识形态色彩在文学批评与研究中的强化，针对《原野》的批评几近销匿。1951 年夏，《曹禺选集》被列入中央人民政府文化部、开明出版社出版的"新文学选集"丛书中，曹禺对《雷雨》《日出》《北京人》三部作品做了大量修改（田本相，1985），但《原野》未收入其中。1952 年曹禺就任北京人民艺术剧院院长一职后，重印出版了《雷雨》《日出》等剧作，但《原野》亦不见重版。1957 年，曹禺应人民文学出版社之约，对《原野》《蜕变》《家》进行修改，拟将这三剧收入《曹禺剧本选》第二集，但终未能出。（夏华，1957）

比较几种不同版本的现代文学史，似乎能从中寻得研究者们对《原野》的态度。20 世纪 50 年代初期的几本重要的文学史著作，虽部分肯定《原野》的成就，但着力点仍在批判其缺陷上。杨晦先生认为，作者本来"由《雷雨》的神秘象征的氛围里，已经摆脱出来，写出《日出》那样现实的社会剧了，却马上转回神秘的旧路"（杨晦，1985）。王瑶先生说："作者注视到农村也表示他视野的扩大，但他处理题材时，却渗入过多的神秘象征色彩。"（王瑶，1953）刘绶松先生也认为："《原野》同《雷雨》一样，过于浓厚的神秘色彩遮没了它的社会意义。"（刘绶松，1956：397）

"文化大革命"爆发后，曹禺被视为"反动作家"。此时对其的丑化与批判主要集中在《雷雨》《蜕变》和中华人民共和国成立后所写的《明朗的天》《胆剑篇》等。《文艺革命》1968 年第 5 期《曹禺反革命罪恶史》一文只蜻蜓点水地批评《原野》是一部"美化地主阶级、丑化农民"的"反动剧本"。（人艺齐学江，1968）在这一时期曹禺的《原野》彻底从大众的视野中淡化消失了。

而在这一时期，境外对《原野》的批评与研究出现了刘绍铭等代表人物。1969 年，刘绍铭在《纯文学》发表了《〈原野〉所倡导的原始精神——兼论其舞台技巧》一文，更深入地从曹禺向西方的借鉴入手，分析了《原野》中所蕴含的"精神"。这是这一时期难能可贵的《原野》研究论文。

刘绍铭继续对"表现主义"的道路作了更进一步的探讨。他在文章中指出："《原野》在技巧上……沾染了若干表现主义的色彩。但曹禺在此剧中揉（糅）合了若干中国传统舞台艺术，使新学来的西方技巧，更是相得益彰。"（刘绍铭，1969）刘绍铭从配乐、舞台效果等角度，指出曹禺在布场时打造的表现主义"气氛"，巧妙地和中国传统民俗符号搭配起来。这是对于《原野》的表现主义为数不多的赞许之声。在分析《原野》的人物形象塑造时，刘绍铭对仇虎和焦大星这两个角色进行了细致入微的分析。"从《雷雨》和《日出》两剧我们看到，曹禺描绘人物的基本手法就是倒装手法……从曹禺惯用的字眼中，亦可看出他对某些人或事的好恶。'原始'两字，在曹禺的词汇中，是美好的字眼。"曹禺认为仇虎拥有着"原始"的野性，不同于所谓的伪君子式的"好人"。这种人物的形象塑造最终落脚点则是作者向"原始"精神的回归，仇虎在这里更是一个象征式的符号，体现着作者对国家民族精神"一厢情愿"的思考。刘绍铭在其研究论文中明确地告知读者："单就技巧来说，《原野》是曹禺所有剧本中最适合比较文学研究范围的了。"（刘绍铭，1969）刘绍铭将《原野》和《琼斯皇》明确纳入比较文学的范畴中来。刘绍铭指出："可说是曹禺青出于蓝也实在是他第一次摸索到自己的路子了。"（刘绍铭，1969）通过对曹禺剧本中恐怖效果的营造、音乐等环境因素的使用，以及角色动作神态的"气象"，刘绍铭较为细致地论述了《原野》是如何"青出于蓝"的。

更可贵的是，刘绍铭也从人物的形象中触摸到了曹禺想要在《原野》中表现的"原野的野性"和人性观点。曹禺所勾勒出的"原始人"有着"雄健的体格和丰盛的性功能"，刘绍铭因此谈道："除郁达夫和丁玲两个较显著的例子外，中国五四时代文学用性爱眼光来探讨人类行为的，实不多见。《原野》可说是大胆的尝试了。"（刘绍铭，1969）

三

"文化大革命"结束后，得益于拨乱反正、思想解放，文学研究日趋兴盛繁荣。20 世纪 70 年代末，曹禺对《原野》又进行了适当的修改和增删。1950 年文化生活出版社最后一次再版后数十年间，《原野》几近销声匿迹，"作者始终不置一词，原作也未作过文字的改动"（秦川，1983）。1983 年，曹禺重新修改润饰这部作品。这一次修改除了删除枝蔓、改造人物形象和设定以外，也对一些场景布置进行了"生活化"的处理，尤其是对第三幕中不符合中国传统文化的、来源于《琼斯皇》的符号进行本土化的处理。"将剧本第三幕中的小土庙一律改为土庵，鼓与鼓声一律改为木鱼、磬与木鱼磬声。因为这样符合生活的真实，道姑子住持处称庵而非庙；庵里做法事是敲木鱼、击磬，而非打鼓。同时，这样的修改也更具有传统的民族的特色。"（秦川，1983）这样的修改更符合中国观众的文化背景与生活习惯，从而减少了观众观剧时的疑惑，也在一定程度上弥补了舞台表演的某些缺陷。

此外，修改后的《原野》在语言文字上加工锤炼，对话更自然、更精练，剧本结构更完善。在描写人物的形象特征时，用语更明确、恰当，克服了以往不合理的成分，在服装衣饰方面的陈述更为直白、准确，打造出了更真切的人物形象。比如对焦大星人物形象的描写，修改了原版中"短打扮"这种不尽详细的表述，并将其身材写得不那么健硕，"中等个"及"脸色不好"，更符合焦大星人物的性格特征；而在仇虎的部分，重点改造有悖于真实、令人难以置信之处，如"丑陋的人形"被彻底改造为"充满强烈的生命力的汉子"等。部分研究者对仇虎和焦大星角色形象的修改赞誉有加。"这两个人物的修改，反映了作者在艺术上不同的追求，是一次成功的修改。它既没有离开原剧的基本精神，两个人物形象都是原有的，但却又使之经过琢磨而更加合理、突出，更富有光彩。"（秦川，1983）

1979 年唐弢、严家炎主编的《中国现代文学史》对《原野》的评价相较"文革"时期具有拨乱反正意义，比中华人民共和国成立前的评价也更趋于全面，有一定提升。唐弢是文学史家，也是自 20 世纪 40 年代以来便热情关注《原野》的研究者。在 20 世纪 40 年代的《〈原野〉重演》和 20 世纪 80 年代的《我爱〈原野〉》两篇文章中，唐弢表现出了他对《原野》一以贯之的热爱，这在一定程度上使得他能突破前人对《原野》的评价。在《中国现代文学史》中，唐弢、严家炎认为"《原野》的前部分写得比较成功"，肯定曹禺将视野拓展"到了农村阶级斗争方面"，同样唐弢也指出了《原野》的不足，"由于对所描写的生活不熟悉，剧本在农民形象的塑造上却不成功"，"把许多神经质的、知识分子的东西加在仇虎身上，损害了这一形象的真实性"。（唐弢，1979：189）这一时期之初，批评家的批评风格仍带有"十七年文学"和"文化大革命"时期的余波，仍带有阶级斗争的色彩，因此对《原野》评价并不高。

进入20世纪80年代，文学研究者对《原野》的关注热度逐渐上升。田本相是曹禺话剧研究中的重要代表人物，他于1981年所作的《〈原野〉论》一文，成为新时期《原野》专题研究的先声。在该文中，他指出："就《原野》的创作意图来看，他本在积极探求农民的悲剧命运，在艺术上追求创新，但结果却落进了表现主义文艺思潮的圈子，这确是一个深刻的教训。"（田本相，1981）田本相对表现主义所赋予的神秘感与《原野》背景的不相符作出了批评，并站在中国的"现实主义立场"上，批评"《原野》对于《雷雨》《日出》的现实主义来说是一个明显的倒退。这是作家始料不及的。但这恰好说明了，现实主义创作有它自身的规律，它不管作家的主观愿望如何，谁要违反了它都会导致挫折"。"表现主义或者称作象征主义都是资本主义进入帝国主义阶段后产生的文艺思潮……《原野》不过是作家现实主义创作道路上的一个小小的插曲。"（田本相，1981）田本相此时的批评虽然还带有一定的意识形态色彩，但已经开始摒弃将表现主义与资本主义等同的错误思想。

1982年胡润森所撰《〈原野〉简论》扭转了以往对表现主义的认识。文中着力批判了将表现主义划归为"腐朽的资本主义"的一部分的错误思想，并摘掉了前人"扣上'反动的'、'腐朽的'、'颓废的'等帽子"。（胡润森，1982）胡润森进一步指出，在人物形象塑造方面，表现主义不仅增添了仇虎的性格的色彩，而且也加强了它的真实性和现实性。这一文章的出现，不仅打破了以往对表现主义的错误认知，更影响了后来的研究者在表现主义的视域内洞察《原野》的倾向。后续的一些研究者认为，曹禺《原野》中的缺陷并非来自表现主义本身，而是来自"较多地运用表现主义的象征手法，刻意讲求奇幻的舞台景象所产生的艺术效果"（华忱之，1983），对象征手法和戏剧技巧的过度使用，导致故事现实意义的萎靡。而《原野》不仅借鉴了《琼斯皇》，更超越了《琼斯皇》，"《原野》所追求、所探索的远远比《琼斯皇》深广得多"（华忱之，1983）。此外，研究者还认为，对《琼斯皇》表现主义的批评不能直接套用于曹禺的《原野》，这两者之间有着根本的区别。不可把曹禺和欧尼尔的哲学观点、文艺思想混为一谈，也不可把作品中人物的思想和心理活动和作家本人的思想和心理刻板地等同起来。此后，朱栋霖在指出《原野》存在缺陷的同时，充分肯定《原野》运用表现主义是"成功地进行了一次艺术尝试"（朱栋霖，1985）。

这一时期，研究者普遍走出阶级分析的桎梏，不再将表现主义视为"资产阶级反动文艺"的组成部分，而从文学技巧本身分析得失。除了艺术技巧，这时的研究者对《原野》的研究范围日益扩大，对《原野》中内容的关注度也大幅提升。围绕《原野》的内容，研究者们延续民国时期的研究主题，继续深入发掘其人物形象塑造和农村图景塑造的亮点与缺陷。新时期之初，一些研究者强化了仇虎的"农民"定位。部分研究者将仇虎的复仇与农民的革命联系起来，"仇虎的悲剧……深刻地证实了，农民如果不克服个人复仇的狭隘观念和某些落后的弱点，不组织起来追求集体斗争的道路，那么他们的反抗最多只是演出一场仇虎式的英雄末路的悲剧"（胡润森，1982）。但也有作者认为："通过农民向恶霸地主复仇的故事，表现'受尽封建压迫的农民的一生和逐渐觉醒'。"（华忱之，1983）对于仇虎的农民身份，吴建华提出了反对意见，从仇虎本身的人物设定、花金子的人物设定两个方面，一正一侧详细论证了仇虎并非农民形象。（吴建华，1983）但这种观点在学界并未成为主流。更多的人可能还是认为，"仇虎也不是觉悟了的农民起义的代表者，而是被黑暗社会扭曲了的'仇虎式'的人物"，他的复仇过程并非阶级斗争，而是个人报复。因此，他"背离了农民的本质"。（文豹，1983）

批评者对《原野》脱离大众和现实的质疑，逐渐被新时期的"缺陷"论调所取代。剧作家曹禺"熟悉的是城市中封建性旧家庭和知识分子生活，他能够得心应手，深刻细致地描写他们的生活风貌，但在自己不熟悉的农村生活面前，他一贯的（地）准确把握事物的能力就失去了平衡"（朱栋霖，1985）。在主观设想和客观事实之间，曹禺更多地借助艺术技巧进行主观创造，一定程度上黯淡了它的现实主义与时代色彩，但这并不能说明《原野》是一部脱离大众和脱离现实的作品。

此外，不少论文从宗教精神、剧本结构、悲剧性、文化研究等多元视角对《原野》进行研究，极大地拓展了《原野》的阐释空间。

黄健、张耀杰等人撰文谈及《原野》的宗教内涵。黄健指出，青年曹禺受基督教善恶观的影响很深，"在《原野》这部剧作中，作为创作方法的象征主义和表现主义与作为思想内核的基督教的善恶观念及作家对宗教的反叛这三者构成了三位一体的关系"（黄健，1988）。李树凯则从剧本结构的角度，指出《原野》是一部"佳构剧"。文中指出："《原野》既是佳构剧这种戏剧艺术对曹禺的长期吸引与影响的结果，也是他戏剧创作中这一特殊现象的结束。"（李树凯，1993）张福贵从《原野》悲剧性的角度切入，旨在说明《原野》是一部生命悲剧和文化悲剧，其旨在"展示灵魂深处的冲突"（张福贵，2000）。李扬的论文则从"对中国文化传统的反思与批判"这一曹禺前期创作的整体语境入手，探讨《原野》的"潜在世界"，论文指出："生命类型与沉郁的蕴藏着生命野力的大地融为一体，构成了《原野》中富有诗意的象征结构。"（李扬，2001）诸如此类的许多论文，或从不同角度切入，或有新颖的观点，是《原野》新时期以来研究的重要成果。

最后，值得指出的是，进入21世纪以来，作为话剧的《原野》依托其他剧种的改编，将自己的生命进一步延展。《原野》的同名歌剧受到文艺界的广泛关注，而带有中国地方特色的川剧《金子》也独树一帜。这些艺术形式都是《原野》历久弥新的体现。对于这类衍生剧作，批评者们也根据其艺术样式的不同作了不同层次的批评与分析，别开生面。

四

《原野》研究八十年来，对其成就的评价虽然经历了几番起伏，但毋庸置疑的是，曹禺不仅深刻地刻画了"原野"上人与人的矛盾、人内心的矛盾，更通过剧作展现了他对人性的思考、对命运的思考。通过对"原野"的塑造和对仇虎等人形象的塑造，《原野》展现了一幅深邃广袤的农村人生图景。仇虎这一形象不仅是辛亥革命后农村反封建精神的延续，亦是普罗大众崇尚自由、崇尚解放的写照，具有超越时空的典型性和社会意义。曹禺借助表现主义手法，表现人物内心的挣扎，展现人物的内心世界，这种手法最终回归到了曹禺对人物内心世界的探索上来，并未喧宾夺主。这种对心灵的探索，也值得观众深思、体悟。

《原野》是一部既具有深刻的社会意义和鲜明的艺术特色,同时也存在明显缺陷的作品。但瑕不掩瑜,它的成就是主要的。正如评论家唐弢大声疾呼的"我爱《原野》"一样,这部剧作历久弥新,受到广大观众的赞扬与喜爱。

参考文献

阿茨(1940):"原野的故事和人物",《辅仁文苑》,第 3 期。

大星友(1941):"《原野》观后感",《三六九画报》,第 2 期。

冠英(1939):"谈《原野》",《今日评论》,第 13 期。

胡润森(1982):"《原野》简论",《四川大学学报》,第 2 期。

黄健(1988):"基督教、象征主义、表现主义的三位一体——《原野》创作论",《徐州师范学院学报》,第 3 期。

华忱之(1983):"重评曹禺的《原野》",《江西师院学报》,第 2 期。

回春(1942):"电影与戏剧:银幕与舞台上的原野",《工商生活》,第 7 期。

李树凯(1993):"《原野》是一部佳构剧",《西北师大学报》,第 2 期。

李扬(2001):"文化与心理:《原野》的潜在世界",《文艺理论研究》,第 3 期。

刘绍铭(1969):"《原野》所倡导的原始精神——兼论其舞台技巧",《纯文学》,第 6 期。

刘绶松(1956):《中国新文学史初稿》上册,作家出版社。

南卓(1938):"评曹禺的《原野》",《文艺阵地》,第 5 期。

秦川(1983):"谈曹禺对《原野》的修改",《四川大学学报》,第 2 期。

人艺齐学江(1968):"曹禺反革命罪恶史",《文艺革命》,第 5 期。

司徒珂(1939):"评《原野》",《中国文艺》,第 3 期。

唐弢(1947):《〈原野〉重演》,《大公报》8 月 29 日。

——(1979):《中国现代文学史》第 2 卷,人民文学出版社。

田本相(1981):"《原野》论",《中国现代文学研究丛刊》,第 4 期。

——(1985):《曹禺年谱长编》,南开大学出版社。

王瑶(1953):《中国新文学史稿》上册,新文艺出版社。

文豹(1983):"仇虎式的农民和仇虎式的复仇",《艺谭》,第 9 期。

吴建华(1983):"《原野》中的仇虎并非农民形象",《湖南师院学报》(哲学社会科学版),第 4 期。

无名氏(1937):"《原野》导演电影化",《星华》,第 10 期。

夏华(1957):《阳光照耀着〈日出〉诞生的地方》,《新晚报》1 月 23 日。

《新天津画报》(1941):《原野在津首次上演》,第 27 期。

杨晦(1985):《杨晦文学论集》,北京大学出版社。

张福贵(2000):"展示灵魂深处的冲突:生命的悲剧与文化的悲剧",《戏剧文学》,第 4 期。

朱栋霖（1985）："论《原野》"，《文学评论丛刊》，第 2 期。

竺磊（1940）：《谈曹禺的戏剧》，《燕京文学》12 月 20 日。

A Summary of Researches on *Wilderness* in the Past 80 Years

Zhang Yiming , Huang Xiaohua

Abstract：The *Wilderness* is considered as Cao Yu's third important work, which has been evaluated differently at different times. From 1937 to 1949, most critics criticized the work, but there was no lack of praise; from 1949 to 1978, it was almost disappeared in the mainland academic circle except few researches from the overseas; since 1978, with the ideological liberation and the academic research getting deeper, criticism on the evaluation of *Wilderness* has been more and more objectively. In the past eight decades, the study of the *Wilderness* has been ups and downs, but it is undeniable that its achievements are the main ones.

Keywords：*Wilderness*；Expressionism；Character Image；Rural Scene

About the Authors：Zhang Yiming (1995 –), M. A. Candidate in Theory of Literature and Art, Hubei University.

Huang Xiaohua (1973 –), Professor and Ph. D. Supervisor at School of Chinese Language and Literature, Hubei University. Research interests and specialties：narrative theory, Chinese modern literature. E-mail：70491033 @ qq. com.

在争议中沉淀与丰富

——曹禺《北京人》研究述评

阳　燕[*]

　　摘　要：《北京人》是继《雷雨》《日出》《原野》之后曹禺的又一部重要戏剧，该剧以一个封建世家的没落崩溃为故事，以远古北京人为未来之象征，风格朴素，自然流利。《北京人》创作、出版于1941年中国抗战的危亡时刻，题材与风格上的"不合时宜"令其在接受上备受争议。本文以时间为线索，分20世纪40年代、20世纪50年代至70年代、20世纪80年代迄今三个时段评述《北京人》的研究，梳理其在争议中被解读、诠释、开掘而逐步沉淀、丰富的历程，从研究的角度呈现《北京人》的经典化路径。曹禺《北京人》的研究成果与中国政治、社会、文化、文学的变迁相映照，折射出丰富的历史内涵。

　　关键词：《北京人》　曹禺　争议　丰富

　　1941年5月22日，曹禺的新剧《北京人》开始在香港的《大公报》上连载，引起各界关注。11月，重庆的文化生活出版社正式推出了《北京人》的单行本。在剧本正式刊行前后，中央青年剧社、上海剧艺社、旅港剧人、国防艺术社、西北文工团等多个演剧团体对此剧进行了紧锣密鼓的排练，相继在重庆、上海、香港、桂林、延安等地上演，引发了人们强烈的观剧热情，也成为评论界热议的中心，当时的《大公报》《新华日报》

---

　　* 阳燕（1971—），博士，湖北大学文学院副教授，研究方向：中国现当代文学。著有《我读李修文：青春的叙事》《世纪转型期的湖北小说研究》等。电子邮箱：oyyz2046@ sina.com。

《解放日报》《申报》《扫荡报》等主流报刊均有介绍、短评以及综论性评论刊出，香港的《大公报》和《华商报》还为《北京人》公演编发了专栏与特辑，使 1942 年"几乎成了《北京人》的评论年"（孙庆升，1982）。

《北京人》于艰难世事中面世，历经战争、中华人民共和国成立、改革开放三个不同的历史时代，迄今已有近 80 年的时光，沉淀为中国现代话剧史上一部不可或缺的经典之作。伴随着《北京人》的经典化过程的，一方面是该剧数次的重排、演出、传播，另一方面则是大量研究成果的出现。曹禺《北京人》的研究成果与中国政治、社会、文化、文学的变迁相映照，折射出丰富的历史内涵。

一 20 世纪 40 年代，时代主调下毁誉参半的评说

1941 年 10 月，中央青年剧社《北京人》首演，思丽、柳亚子、金若卯发表了最早的几篇评论。（思丽，1941；柳亚子，1941；金若卯，1941）金若卯的《挽歌与赞颂——略论曹禺的新作〈北京人〉》对曹禺新剧进行了细致分析，认为《北京人》既是"一曲旧社会的挽歌"，"写出了没落的人们的悲哀"，又是"一个新时代的赞颂"，"写出了光明的人们的成长"。（金若卯，1941）金若卯以"挽歌"与"赞颂"这两个关键词概括《北京人》的题材与主旨，可谓合理到位，也比较契合曹禺创作的主观意图，但如此的挽歌是否合于抗战的现实，赞颂是否真实有力，却见仁见智，引发评论界激烈的争论。20 世纪 40 年代的《北京人》研究已涉及诸多议题，诸如戏剧的时代性、戏剧的主旨与格调、"北京人"的象征意义、作者的世界观与创作方法等。由于时代环境的动荡复杂与思想理念、艺术趣味的参差多样，评论界对《北京人》的评价也是褒贬兼有，毁誉参半。

《北京人》以一个封建世家的没落崩溃为故事核心，从题材到主题与作者的处女作《雷雨》皆有相似之处，因此如何理解《北京人》与抗战现实的关系，如何理解曹禺创作的"回头路"及所蕴含的时代精神，便是当时评论界讨论该剧时首要回答的关键性问题。

针对《北京人》出现于民族危亡时刻却"无涉抗战烽烟和社会斗争"的"错位"现象，郑学稼的《评〈北京人〉》是较早发出怀疑之声的一文，认为"成名的曹禺先生，却回到他自己的《雷雨》以前"，"注目那

些不成为历史问题的琐事"，《北京人》"出现于'少奶奶的扇子'时，是超越时代的，可惜它产生于恰在我们粉碎整一世纪锁在肩上的铁链的今日"。鉴于对《北京人》立意的否定，郑学稼对该剧的艺术表现也不满意，认为"愫方和瑞贞的出走，究竟出走到哪里去，也有点模糊。原始之力的憧憬，既未画出一个完全无缺的理想：陈旧的势力之解脱，又没有一确定的指向，这是令人在内容上不能满意的"。（郑学稼，1942）持类似观点的还有 S. M.、苏雪林、江布、杨晦等。S. M. 遗憾于"生活在今天的曹禺却唱着古旧的挽歌，技巧那么优秀的剧作家却拥抱着非现实的枯朽了的东西"，认为"艺术这个东西，在主题上失败了的，在技巧上是无效的"，因而宣判《北京人》的主题是"旧的，非现实的"，其人物塑造也不合于现实，"没有一个可称为新人形象"。（S. M.，1942）苏雪林也认为《北京人》的反封建主题落后于时代，有"马后炮"之嫌，曹禺"有劲的拳头"指向的是"纸人与幻影"。苏雪林将讨论的重点落在对传统文化的辨析上，认为曹禺对传统文化的思考表现过于简单。她质疑道："现在曹禺也把琴棋书画，补药寿材，一切一切，来比拟旧文化，无非是他们观念的总和……这些是文化的全貌，还是文化的支（枝）节？是文化的精华，还是文化的渣滓？"（苏雪林，1942）

对《北京人》是否切近现实、是否蕴含时代精神的质疑，或可视为20世纪40年代"与抗战无关"理论争论的一个实例。否定者过于强调文艺创作对现实政治的追随与契合，而大多数的论者则持比较公允的态度，对"时代精神"的理解更为宽泛。金若卯即认为，曹禺的《北京人》"虽然没有直接的（地）反映抗战，却深刻的（地）反映了当前的现实的某一面"，"为转形（型）期的中国画就了一幅真实又亲切的图画"，是一部"向现实深处发掘"的"洗练纯熟"之作。（金若卯，1941）茅盾将《北京人》与曹禺之前的创作对照，认为"作者又回到了从来一贯的作风"是"可喜的"，虽然戏剧没能明晰展示"养心斋以外的世界是怎样的"，但"曾家一家人的无色彩的贫血的生活，就像一个锤子，将打击了观众的心灵，使他们战栗，当然亦将促起他们猛省（醒）"。（茅盾，1941）茜萍也认为暴露家庭黑暗的《北京人》同样具有社会改造的价值和意义，因为"抗战期间固然应该多写活生生的英勇战绩和抗战人物，但也不妨写些暴露旧社会黑暗面的剧本，去惊醒那些被旧社会的桎梏束缚得喘不过气来的人们，助之走向太阳，走向光明，走向新的生活"（茜萍，1942）。胡风从"历史本质"这个核心理念出发评价《北京人》，认为考量一部作品现实性的依据在于，看它是否"写出了那个时期的历史的真实"，而非是否写了"今天"。胡风前后撰写了《关于〈北京人〉的速写》和《论曹禺底〈北京人〉》两文（胡风，1941，1942），前者系 1941 年"为了介绍《北京人》的演出"而作，后者根据 1942 年 7 月在桂林海燕剧艺社和文化供应社文学组组员联合晚会上的谈话记录扩充而成。胡风认同《北京人》的反封建性，但认为这部戏对现实的历史内容的把握过于单纯，"只是关起大门来开演一个悲剧"，把复杂的社会因缘和激烈的时代洪潮都毫不顾惜地关出了门外，"结果是抹杀了小的社会和大的社会的交涉，旧的社会和新的社会的交涉"，将现实与理想"勉强缚在一起"，造成了艺术构造上的破裂。荃麟从"典型环境中的典型性格"的角度持论，也认为《北京人》中的各种矛盾"只是孤立地局限在一个家庭之中"，既没有表现出曾家与"当时整个封建社会的势力以及当时典型的政治与社会斗争的形势之间的关系"，也没有处理好个人命运的偶然性与社会命运的必然性之间的关系，结果"损害到艺术的真实性"。（荃麟，1942）

与戏剧的主题关联密切的，是人物的形象刻画与命运展示。大多数论者赞赏曹禺在刻画曾皓、曾文清、曾思懿、江泰等人物形象时达到的高度，但对于没落封建阶级的对照者的袁任敢父女及"北京人"的形象，则多持保留意见。茅盾在《读〈北京人〉》一文中较早触及这一问题，他认为《北京人》的优点在于成功刻画了"属于没落的封建阶层"的一群人，但"袁氏父女的外形虽然那么鲜明，他们的'内容'却颇费猜详"，"作为象征的'北京人'的身上，也似乎有些哑谜颇费猜详"。（茅盾，1941）"北京人"无疑代表了作者对未来的想象与理想，作者却又竭力张扬其身上近于"原人"的素质，使"北京人"的内在意涵变得复杂，如何理解"北京人"的象征意味，便成为研究者们争论的又一个焦点。

在质疑《北京人》"复归原始"倾向的文章中，文弓的《评〈北京人〉里的"北京人"》是较有代表性的一篇。文弓认为"北京人这面高悬的明镜并不光亮，它没有给该没落的该毁灭的一个有力的衬托，也未给有希望的有出路的一个有力的保证，它没有照出由毁灭到新生的必行之路"，反而引领了"一条回复到往古原始走的道路"。文弓将"北京人"视为生硬、夸张的"怪物"，破坏了画面的和谐，在艺术上"简直使剧本有了不可救药的疵病，并不能践行剧作家给予他的任务"。（文弓，1942）与激烈的否定之声相反，杨丹却将"北京人"视为"有血肉的立体"形象，盛赞其"是作者一个大胆的尝试，是一条沟通了艺术和科学两大领域的运河"，认为作者塑造"北京人"并非讴歌反动的复古运动，而是"预示着一个未来社会形态的概念"。（杨丹，1946）更多的论者持比较综合的看法，认同"北京人"是一"象征性"的形象，虽不简单斥之"复归原始"，但对这个形象"现实发挥"与"艺术完整"等问题上则多有商榷。例如，江布在《读曹禺的〈北京人〉》中所述，"'北京人'是作者把他当作一个光明憧憬来描写的对象，但是，显然，这描写并不现实"，"作者只凭着诗意的想象去歌颂和向往，而忘却了现实的感受"。（江布，1942）里野也认为："在剧情的铺排与意识的一点来看，这是一个别具匠意的苦心，对于艺术的制作来说，这是绝好的象征笔法，可是移植在现实社会当中，我觉得对这地球是太陌生了。"（里野，1942）

研究者对《北京人》的现实性、时代性、象征性等问题异见纷呈，对《北京人》艺术上的"自然生动""炉火纯青"则有更多的共识，对故事裁剪、人物塑造、结构安排、技巧表达诸层面均有更细致的解读。

较早对《北京人》进行全面论析的文章系李长之的《论曹禺及其新作〈北京人〉》。这篇评论重点分析了《北京人》"情感浓挚"、"近于小说"与"诗的律动"等特色，将曹禺在此剧中表现出的"优异天才"总结为："对人生所观察之细，所获印象之深，运用国语之熟，剖析心灵之锐，又复有理想，有热情，兼之巧于构思，富于诗意。"同时，作者也辩证指出了《北京人》"小说化而有时至于过当，写理想而有时有损于理想，书味（Bookish）太重而体验不够"的缺点，可谓中肯周到。（李长之，1942）方序的《〈北京人〉：献给石，纪念我们二十年的友谊》是一篇富有个性的"人物论"，论者对剧中的每一个主要人物形象皆有恰当的认知与分析，对其人生悲剧抱有深切的同情与感悟，认为《北京人》的价值在于"碰到了我们的心的深处"，因为戏剧的"故事存在我们广阔的人海里，那些人物却活生生地在我们身边"。（方序，1942）夏照滨的《〈北京人〉研究》分前言、故事、结构、技巧、人物、主题六个部分逐层论述，认为《北京人》"虽然仍是一幕大世家的悲剧，情调和气息以及作者所意欲表现的主题都是和以前任何一部戏异趣的"。夏文尤其细致分析了《北京人》的舞台装置、人物对话、音响效果与气氛设置，认为这些层面的精微刻描在烘托"北京气息"，"配合创造一个'北京情调'，'北京环境'和'北京人物'上是最有助益的"。（夏照滨，1942）这样的解读也堪称精微细致，有效展示了曹禺此剧的艺术精华。

丹公的《评〈北京人〉》是为南京的"学余"学生剧社的演出而作的剧评，阐述了作者对《北京人》的个性化理解。其一是曾思懿的形象，丹公认为"思懿的阴险，泼悍毒辣性格"是外在环境、历史渊源与个人认知合成的结果，"应该由这几千年来不断的堆砌而成的封建制度来负责"；其二认为瑞贞、愫方的出走"有逃避现实之嫌"，只在剧末装上这个半明半昧的尾巴，因此"对于'走'的正确性是值得考虑的"。（丹公，1943）俞漪的《〈北京人〉里两个女性》也是一篇别有新意之作，文章将曾思懿与愫方并论，认为二者地位不同彼此猜忌，但"受男性的轻视与折磨却是相同"。论者直言"思懿是冤屈的"，认为曹禺写其缺点"笔下得过重"，把一个旧的没落的必然结果归结于一个只是个性较强的女性身上，让她承受了一切，而使应该负罪的反而悠游自在生活。这，无论如何是不公平，同情其"也是一个人，当别人侵害到她时，她应该有反抗的权利"。（俞漪，1949）在20世纪40年代，俞漪的论述已闪烁出女性主义批评的光彩，新颖别致，也不乏深度。

二 20世纪50年代至70年代：单一视角的 经典化推进

1957年4月，由蔡骧执导、中央人民广播电台广播剧团排演的《北京人》面世，为中华人民共和国成立后人们重温曹禺这部名剧提供了重要契机，也迎来了20世纪50年代至70年代为数不多的一波评说该剧的浪潮，《人民日报》《文艺报》《戏剧报》等主流报刊都发表了相关评论。广播剧团版的《北京人》删节了剧本原著中的一些对话，演出中"北京人"不出场，这些改编反映了艺术家们对于传统经典的再创造，而评论者的评论也带有比较鲜明的时代印记。

姚莹澄的《〈北京人〉演出漫谈录》是一份会谈的详细记录，评论家、导演、演员等与会者各抒己见、坦率交流，对曹禺原著及广播剧团的演出展开了有一定建设意义的讨论。（姚莹澄，1957）冯亦代认为《北京人》是"技巧达到巅峰的作品"，"是一首诗"；作者"不是只想暴露旧的，也要表现新的"，但"表现得可能不太清楚，演出可以帮他突出些"。冯亦代对剧中的主要人物形象皆有同情和理解，认为曾文清是封建文化的牺牲品，"他懂得享受，不只是物质享受"，而曾思懿也"有她的委屈"，"演员应该在她尖酸刻薄的时候，也使观众谅解她"。孙维世也认同思懿形象的丰富性，且认为"瑞贞对曾霆可能有点感情"，强调对愫方的刻画应更立体，如此便能弥补剧本在处理愫方出走草率方面的缺憾，"会使她的出走显得是合理的"。侯金镜从"生活真实"的角度解读《北京人》，认为"生活，在这个戏里是慢慢流出来的"，观众进入戏里还可以跟着作者慢慢想，"这个戏里没有绝对的坏人，悲剧是时代的悲剧"。凤子的发言主要围绕"演出"，认为广播剧团"继承业余话剧演出的优良传统：真正爱戏，表演很严肃认真，诚恳朴素"，"不温、不油、不拖、不过。主要是不卖弄"。在艺术上，认为"《雷雨》接受外国的影响比较多，《北京人》是中国自己的东西"。

与漫谈相比，凤子、冯亦代、方琯德、戴再民的专文评论更加深入，同时也展现出了更明显的契合主流意识形态的姿态。冯亦代的《〈北京人〉的演出》在称扬"作家的技巧、诗意"外，强调"剧作者透过剧情，对于生活所表达的强烈鲜明的爱憎"，诠释作品内涵的信念，"让卑怯者烂在土里、霉在屋里，让大勇者跑出这囚笼似的小花厅走向宽广的生活去"。（冯亦代，1957）戴再民认为愫方是剧中"一个真实动人的艺术形象"，体现了"中国妇女的善良的天性"及戏剧作家技艺的"精湛"，但也遗憾于曹禺对愫方"精神世界的火花"表现不够，使愫方的出走缺少一些"依据"和"力量"，从而"不免替愫芳的出走感到担忧"。（戴再民，1957）方琯德回忆了曹禺创作《北京人》时的背景与细节，其文《看〈北京人〉忆旧感新》具有一定的史料价值。石伶讨论了袁家父女在戏剧上的衬托、象征性作用，从侧面诠释《北京人》的主题意义。华忱之的《一支深沉有力的旧社会的挽歌——重读曹禺的〈北京人〉》系20世纪50年代篇幅较长的一篇《北京人》专论，论者从主题思想与艺术审美互证的角度进行分析，挖掘作者在题材选择、冲突设置、性格刻画、气氛渲染等技巧中蕴含的思想意义；此外，论文还肯定了中华人民共和国成立后《北京人》"修订"的必要性，认为修订本"芟削了一些不必要的细节描写和过多的人物介绍说明，这样在情节安排上，就更显得简炼（练）集中，不枝不蔓，人物形象也越加鲜明跳脱、奕奕如生了"（华忱之，1962）。

总体上看，20世纪50年代至70年代的《北京人》研究数量不多，所论基本没有超出20世纪40年代的框架，甚至更加窄化；虽然对戏剧的艺术技巧与风格并不忽视，但依然将其严格置于思想主题的规范之下，少有别致新颖的言说。

三　20世纪80年代迄今：丰富而深入的论述

进入新时期，曹禺研究再度成为热点，对于《北京人》的研究也不断推进，量与质皆获长足发展，成果丰硕。20世纪80年代迄今，评论界以更公允、开放的姿态研讨《北京人》，政治功利的色彩逐步减淡，文化与艺术的价值愈益彰显，新理论、新方法、新视角得到广泛应用，一个丰富而深入的多维研究格局已然形成，且不断延伸。

随着研究者视角的变化及研讨的不断深入，新时期之后的论者不断突破"与抗战无关"与"复归原始"等"定见成说"，试图对《北京人》的主题内涵、价值定位、思想倾向等旧论题给予重新的审视。

在新时期从事曹禺研究的众多学人中，田本相可谓用力最大、成果最丰的一位。关于《北京人》，田本相在20世纪80年代初期已发表《〈北京人〉的艺术风格》《论愫芳的形象》《一部现实主义的喜剧——论〈北京人〉》等多篇论文，在1981年出版的《曹禺剧作论》专著中，以《〈北京人〉论》为题做了综合性的论述。（田本相，1981）田本相对《北京人》的研判主要集中在三个方面：其一是将《北京人》定位于现实主义戏剧的范畴，认为"《北京人》是曹禺解放前戏剧创作的高峰"，"标志着曹禺剧作的最高成就"，将该剧视为曹禺"坚实地沿着他的现实主义道路向前发展前进"的必然结果，"思想更加沉实，艺术也更为成熟"；其二强调"喜剧性是《北京人》的主要特征"，认为戏剧丰富多彩的色调皆在喜剧的基调上得到统一；其三是重视《北京人》的民族化风格，认为此剧"在探索话剧的民族化群众化的道路上又前进了一步，使《北京人》形成了浓郁的民族风格特色"。除田本相之外，辛宪锡、朱栋霖、钱理群、孙庆升、曹树钧、马俊山等也相继推出了研究曹禺及其戏剧的专著，在资料挖掘、作家研究、作品论析等方面皆有所突破，使"曹禺研究"真正成为一个专门的文学研究领域。在几乎所有的曹禺研究专著中，《北京人》都居"专论"之位，其重要性可想而知。朱栋霖的《论〈北京人〉》是 20 世纪 80 年代初相关研究的重要文献，认为"曹禺不是仅仅从经济的衰落与家庭内部的倾轧来揭示封建阶级灭亡的命运，而是从更深的意义上开掘主题"，即"着眼于从人类精神问题的角度观察社会与人生，从人们精神道德的堕落寻求社会问题的答案"，从而将《北京人》的主题研究从社会政治转向了精神道德。（朱栋霖，1980）钱理群不避《北京人》与 20 世纪 40 年代抗战背景的深刻联系，认为该剧是中国国统区与沦陷区话剧从广场艺术转向剧场艺术的标志，成就了"曹禺戏剧创作的第二个高峰"；同时，钱理群着力强调《北京人》的深度蕴意，认为此剧系"灵魂探险者"曹禺"对于生命沉静状态的开掘与思索"的结果，是作者"用自己的心灵、生命去创造独特的个人话语"，在思考民族传统文化之优劣、探索人类精神心灵之幽深中完成的一首"生命的诗"。（钱理群，1994）

在对《北京人》的主题思想、价值定位重审时，对人物形象、艺术特点、体裁类型等多个细节问题"论辩"的文章也随之出现，使《北京人》的研究获得更坚实的基础。辛宪锡的《〈北京人〉探疑》与唐纪如的《〈北京人〉三疑》直接标举"探疑"精神。（辛宪锡，1980；唐纪如，1995）前者力图从主题、人物、体裁三个层面作出新诠释，后者则就"他们在争抢着寿木"的象征意味、"这也是人类的希望"、"很可能是喜剧"三个问题提出异议。因为曹禺自述"《北京人》很可能是喜剧，不是悲剧"（张葆莘，1957），关于此剧的体裁问题争论较多，表述各异：有"喜剧性主导"论者（田本相），有"悲喜剧交融统一"论者（周靖波、韩日新等），也有持"正剧"论者（如辛宪锡所谓"一出兼备悲剧与喜剧情调的社会正剧"，唐纪如认为其是"悲喜剧因素相结合而以悲剧色调为重的正剧"）。段樱的《回答我，"北京人"！——论曹禺剧作〈北京人〉中的"北京人"》将论析对象聚焦于争议颇多的"北京人"，以古今中西的戏剧史为参照系评述曹禺的创造性表达，揭示"北京人"所具有的"深邃、丰富、广大的象征意义"。（段樱，1982）

因应时代的变化，新时期中国文坛的主导兴趣由现实政治转向文化与审美，论者对人性、文化、艺术等议题表现出了更浓厚的兴趣，《北京人》研究也大都围绕这些关键词展开。蔡骧的《〈北京人〉导演杂记》或可作为一个观察注脚。蔡骧系 1957 年北京广播剧团版《北京人》的导演，在《〈北京人〉导演杂记》中表达了一个曹禺戏剧热爱者对于《北京人》的个性化解读，他强调该剧"诗与戏交融、浑然一体"的"诗性"特质，将"愫方"这个形象视为戏剧的"诗魂"。（蔡骧，1980）显然，这篇迟了十多年才发表的《〈北京人〉导演杂记》更切合新时期人们的审美意识。

20 世纪 80 年代迄今，评述《北京人》人物形象的文章大量出现，李树凯《〈北京人〉人物论》、王育兰和罗炯光《空谷幽兰——话剧〈北京人〉中愫方的形象》、韩日新《向旧生活诀别的女性——愫方》、罗炯光《一对"废物"的审美价值——〈北京人〉曾文清、江泰形象并论》、邵庆中《"空壳"与"内核"：曾文清性格悲喜剧浅析》等，皆为专门的"人物论"；而在田本相、朱栋霖、辛宪锡等整体性、系统化讨论《北京人》的文章中，人物分析也是必不可少的组成部分。新时期论者的人物分析更为细致体贴，祛除人物的阶级性标签，强调人物灵魂的透视与灵魂深处的挖掘，从人性的角度探究人物性格的丰富性与复杂性。艺术形式是新时期《北京人》研究的另一重点。朱月谨的《〈北京人〉的戏剧冲突与艺术手法》是新时期较早的一篇专门讨论《北京人》"艺术手法"的文章，阐释了作者运用象征、对照、回溯等技巧组织戏剧冲突，运用无声的动作、自由的抒情、丰富的潜台词表现人物性格，运用声响、色彩等艺术手段渲染气氛、烘托意境，从而使戏剧"矛盾冲突错综复杂、尖锐严重，但表现形式却隐约闪烁，迂回曲折，给人以深沉幽远之感"（朱月谨，1979）。沈敏特《像人的人——从〈北京人〉谈曹禺戏剧艺术的辩证法》一文注意到了文清、江泰、思懿形象的多层面性，认为"从生活全部的丰富性、复杂性出发，是曹禺熟练深刻地掌握戏剧艺术辩证法的关键"（沈敏特，1982）。此外，韩云彤的《〈北京人〉艺术浅谈》、杨瑞雪的《〈北京人〉的结构艺术》、家坪的《谈〈北京人〉的人物塑造》、王希杰的《〈北京人〉的语言艺术》、赵江滨的《〈北京人〉的诗意与象征集合体的意蕴》、李光祚的《浅论〈北京人〉的变态心理描写》、仲雷的《论〈北京人〉的环境描写》等，皆瞩目于戏剧的艺术技巧及手法，通过结构、语言、象征等专题性的讨论，更清晰深入地展示了《北京人》的艺术魅力。

随着政治视角的逐步退隐，更具包容性的文化视角成为观照《北京人》的一个重要维度。罗成琰的《论曹禺〈北京人〉的文化哲理意蕴》从文化与人的角度进行研讨，认为该剧旨在"借助一个封建大家庭的解体，折射出对传统文化异化人的严峻批判，并通过讴歌原始时代'北京人'的生命强力，发出了人性复归的热切呼唤"；因为戏剧触及"人究竟应该寻求什么样的生存方式与生存价值"这个"亘古的哲学命题"，所以判定"《北京人》是最富于文化意蕴和文化丰彩（采）"的一部戏剧。（罗成琰，1987）宋剑华的《原始野性的呼唤：〈北京人〉新论》也认为《北京人》"自始至终都充满着一种带有强烈痛感的文化批判意识"，一方面以封建家庭的衰颓展示传统文化的现实困境，另一方面从袁家父女、"北京人"、愫方所表征的自由、力感、博爱，重建完美人格。（宋剑华，1991）李扬的《悖论与整合：〈北京人〉中的反传统与传统》力图辨析《北京人》对于传统的矛盾状态，也属文化探讨的范畴。此文认为，曹禺一方面在作品中高扬反传统的旗帜，另一方面又对体现传统美德的愫方赞美有加；一方面向往着"北京人"那种"敢爱敢恨"的生活方式，另一方面又推崇"为着自己受苦，留给别人一点快乐"的人生哲学，从而陷入悖论之中。悖论由作家灵魂深处的理智与情感的矛盾所决定，结果是，"作家在以寓言的方式宣告了传统的士大夫家族不可避免的衰败命运的同时，也在优美地向过去的'反传统'事业告别"。（李扬，2007）

除人性、艺术、文化几个主要研究要点外，还有一些角度独特、视点新颖的文章也值得关注。焦尚志从比较研究的角度研讨《北京人》，既看到曹禺"在契诃夫剧作艺术的启迪下，戏剧冲突重心内移所造成的审美形态上的新特征"，也强调戏剧的立足点"建筑在对本民族现实生活的深刻把握之上"，认为《北京人》"在话剧借鉴外来艺术经验，实现民族化方面所取得的成就，是特别值得称道的"。（焦尚志，1987）曹树钧则将《北京人》与《红楼梦》并置，从人物形象、风格韵调、象征手法等层面进行比较，强调《北京人》对中国古典文学的传承关系。（曹树钧，2018）张耀杰从作家的心理因素和精神特质切入，将"曾家"解读为"一个以曾文清为现任皇帝、曾皓为太上皇、曾思懿为管家军师、愫方为红粉知己的一男二女、一夫二妻的男权王国"，认为在丑化曾思懿、美化愫方及揭示江泰与曾文彩阴差阳错的夫妻关系的设置中皆潜藏了作者"根深蒂固的男权意识"。（张耀杰，2009）此外，李希《关于〈北京人〉的写作和首次演出的时间》、谢国冰《〈北京人〉两种版本的比较研究》、李晓东《能指与所指的悖谬——从语义学的角度看〈北京人〉的喜剧性》、张伟华《〈北京人〉中违反合作原则的性别差异研究》、王丹莉《情调：〈北京人〉文本叙述与舞台叙述的艺术契合点》均别致新颖、各有特色，论者从版本学、语言学、修辞学、性别主义等理论视角观照《北京人》，将研究拓展到开阔之地，增添了更丰富多元的观点。

参考文献

蔡骧（1980）："《北京人》导演杂记"，《人民戏剧》，第5期。

曹树钧（2018）："论《北京人》与曹禺《北京人》的艺术创造"，《汉语言文学研究》，第1期。

戴再民（1957）："替愫芳担忧"，《戏剧报》，第9期。

丹公（1943）："评《北京人》"，《中国学生》，第2期。

段樱（1982）："回答我，'北京人'！——论曹禺剧作《北京人》中的'北京人'"，《南充师范学院学报》，第4期。

方序（1942）："《北京人》：献给石，纪念我们二十年的友谊"，《现代文艺》，第6期。

冯亦代（1957）：《〈北京人〉的演出》，《人民日报》4月23日。

胡风（1941）：《关于〈北京人〉的速写》，《大公报》（香港）11月29日。

——（1942）："论曹禺底《北京人》"，《青年文艺》，第1期。

华忱之（1962）：《一支深沉有力的旧社会的挽歌——重读曹禺的〈北京人〉》，《成都晚报》5月10日。

江布（1942）：《读曹禺的〈北京人〉》，《解放日报》4月27日。

焦尚志（1987）：《植根于民族生活的土壤之中——话剧〈北京人〉论析》，载《南开学报》编辑部编《曹禺戏剧研究集刊》，南开大学出版社。

金若昕（1941）：《挽歌与赞颂——略论曹禺的新作〈北京人〉》，《大公报》（重庆）10月24日。

李长之（1942）：《论曹禺及其新作〈北京人〉》，《大公报》（重庆）1月26日。

李扬（2007）："悖论与整合：《北京人》中的反传统与传统"，《广州大学学报》，第11期。

里野（1942）："读过《北京人》漫谈多余"，《新动向》，第28期。

柳亚子（1941）：《〈北京人〉礼赞》，《新华日报》10月30日。

罗成琰（1987）："论曹禺《北京人》的文化哲理意蕴"，《中国文学研究》，第4期。

茅盾（1941）：《读〈北京人〉》，《大公报》（香港）11月29日。

钱理群（1994）：《大小舞台之间——曹禺戏剧新论》，浙江文艺出版社。

荃麟（1942）："《北京人》与《布雷曹夫》"，《青年文艺》，第 2 期。

S. M.（1942）："《北京人》一论"，《力报》，第 22、23 期。

沈敏特（1982）："像人的人——从《北京人》谈曹禺戏剧艺术的辩证法"，《艺谭》，第 1 期。

思丽（1941）：《谈〈北京人〉》，《扫荡报》10 月 1 日。

宋剑华（1991）："原始野性的呼唤：《北京人》新论"，《海南师范学院学报》，第 1 期。

苏雪林（1942）："评《北京人》"，《妇女月刊》，第 2 期。

孙庆升（1982）："解放前曹禺研究述评"，《北京大学学报》，第 4 期。

唐纪如（1995）："《北京人》三疑"，《浙江学刊》，第 5 期。

田本相（1981）：《〈北京人〉论》，载《曹禺剧作论》，中国戏剧出版社。

文弓（1942）："评《北京人》里的'北京人'"，《戏剧岗位》，第 5、6 期。

茜萍（1942）：《关于〈北京人〉》，《新华日报》2 月 6 日。

夏照滨（1942）："《北京人》研究"，《力行》，第 5 期。

辛宪锡（1980）："《北京人》探疑"，《天津师院学报》，第 4 期。

杨丹（1946）："论《北京人》"，《骆驼文丛》，第 2 期。

姚莹澄（1957）："《北京人》演出漫谈录"，《文艺报》，第 10 期。

俞漪（1949）："《北京人》里两个女性"，《妇女》，第 2 期。

张葆莘（1957）："曹禺同志谈剧作"，《文艺报》，第 2 期。

张耀杰（2009）："《北京人》的男权梦想及其破灭"，《艺术百家》，第 3 期，

郑学稼（1942）："评《北京人》"，《中央周刊》，第 24 期。

朱栋霖（1980）："论《北京人》"，《文学评论》，第 3 期。

朱月谨（1979）："《北京人》的戏剧冲突与艺术手法"，《南京大学学报》，第 3 期。

Become Broader and Richer in Controversy： A Review on the Study of Cao Yu's *Peking Man*

Yang Yan

Abstract：*Peking Man* is the major drama of Cao Yu that appeared after *Thunderstorm*, *Sunrise*, *Wilderness*. The main story line was the collapse of the feudal family, the future was symbolized by Beijingers of ancient times, and the style of drama was simple and natural. *Peking Man* was written and published in 1941 at the critical moment of China's Anti-Japanese War, as a result, it was controversial for its "inopportune" theme and style. This paper takes the time as the clue, and divides the 1940s, the 1950s to 1970s and from the 1980s to now to review the study of *Peking Man*, to summarize the process of being interpreted, excavated, debated and gradually precipitated and enriched, as well as to present the classic path of *Peking Man* from a research perspective. The research results of Cao Yu's *Peking Man* reflected the changes of Chinese politics, society, culture and literature, which has rich historical connotation.

Keywords: *Peking Man*; Cao Yu; Controversy; Enrich

About the Author: Yang Yan (1971 –), Ph. D. , Associate Professor at School of Chinese Language and Literature, Hubei University. Research interests and specialties: Chinese modern literature. Magnum opuses: *I Read Li Xiuwen: The Narrative of Youth*, *The Study on the Novels of Hubei's Writers in the Transition Period of the Century*. E-mail: oyyz2046@ sina. com.

"剧情"的开始与落幕

——《曹禺其他作品研究资料》导言

汪亚琴[*]

摘　要：曹禺发表作品的时间，最早可追溯到 1926 年，所以曹禺的"戏剧情结"至少有 70 年之久。但作为中国戏剧界首屈一指的人物，曹禺并不是个多产的作家。与《雷雨》《日出》《原野》《北京人》相比，其他作品稍显逊色，读者评论家也关注较少。所以这本有关"其他作品"的研究资料，也可称为"非经典"作品研究资料。要还原一个立体完整的曹禺戏剧研究情况，对曹禺"非经典"作品的研究，亦十分必要。对曹禺"其他作品"研究资料的梳理，至少能解决以下几个与曹禺有关的问题：评论界对"非经典"作品的评价史；创作和思想转变轨迹；如何与戏结缘；为何痴迷戏剧一辈子，却只写出寥寥九部作品；为何前期注重个性、原始情绪的表现，之后又走上前期创作理念的殊途；等等。相较于"四大经典"作品的研究情况，学者对曹禺"其他作品"的研究还很不充分，这也是日后曹禺研究大有可为之处。

关键词：戏剧情结　其他作品　研究现状　非经典

无论是读者还是学者，都视《雷雨》《日出》《原野》《北京人》为曹禺的"四大经典"，这四部最为读者所知所爱，也被学者研究最多最深。然而这卷收集的恰是"四大经典"之外的其他作品研究资料，包括曹禺早

---

[*]　汪亚琴（1992—），湖北大学文学院中国现当代文学专业博士研究生。电子邮箱：942141933@qq.com。

期发表在《玄背》上的小说、诗歌，在写经典的夹缝中改编的戏剧，抗战中所写的《家》《蜕变》《艳阳天》和中华人民共和国成立后三部作品的研究。所以和"四大经典"相比，这一卷也可称为曹禺"非经典"作品研究资料。虽然"非经典"之说过于草率，并且对曹禺这样一位产量不高的戏剧大师而言，他的每部戏剧都极为珍贵，可令人遗憾的是，这类"其他作品"确实在研究界和读者群中遭受了冷遇。

要研究曹禺这样的中国现当代戏剧大师，除了向他的经典作品致敬外，对"非经典"作品的研究也十分必要。因为戏剧大师不是一朝一夕速成的，他必在经典铸成前，将众多非经典写作实践作为经典的垫脚石。所以，并非每个文学大师写的每部作品，都会成为经典。同样，曹禺也在晚年遭遇过创作的枯竭，甚至写了些连他自己也不愿重提的作品。无论是曹禺"戏剧情结"的开始还是落幕，都不是遽然而成或突然停止的。对于大师和经典，不能只看结果，过程中被忽略的"沙子"与"金子"的发掘同样重要。研究"其他作品"，可以更清晰地勾画曹禺整个创作的心路历程。

一

1926 年 9 月《玄背》第 6 期开始连载小说《今宵酒醒何处》，第 10 期载完，作者署名曹禺，这是目前所见其最早以曹禺为笔名发表的作品。这一年曹禺 16 岁，还是南开中学的一名高中生。这个小说是曹禺受其偶像郁达夫的影响所创作的，带有明显郁达夫《沉沦》的感伤浪漫主义气息。"一些研究者都以为曹禺是现实主义作家；但是，从他早期的文学倾向来看，他对浪漫主义，特别是感伤浪漫主义是曾有一度热烈追求和向往的。早期作家的美学追求和倾向并不一定在他后来的创作中原封不动地保持下来，但它却是未来创作美学倾向的基因，这是任何作家的创作实践都证明了的。"（田本相，1986）《今宵酒醒何处》中流露的抒情特质和浪漫情调，在之后《玄背》上的几首诗中，表现得更充分，而且对其后的戏剧创作也影响深远。《雷雨》等剧中运用的诗化语言，《家》中觉新和瑞珏新婚之夜曹禺以细腻的心理描写营造的诗境，都有早期小说和诗歌的遗风。

高中时期的曹禺，不仅只会写些"小女人"气质的感伤文字，而且对当时社会和身边人事以利眼观之。1927 年曹禺担任《南中周刊》"杂俎"

栏目的编辑，在第20、25、30期上，以万家宝或小石为名发表了《杂感》《偶像孔子》《听着，中国人！》。他以犀利的言辞和极富才气的文字，表达了他对当时社会的看法，且看他《杂感》中的部分文字：

> 转到自己，假若生命力犹存在躯壳里，动脉还不止地跳跃着的时侯（候），种种社会的漏洞，我们将不平平庸庸地让它过去。我们将避去凝固和停滞，放弃妥协和降伏，且在疲弊困惫中要为社会夺得自由和解放吧。怀着这样同一的思路：先觉的改造者委身于社会的战场，断然地与俗众积极地挑战；文学的天才绚烂地造出他们的武具，以诗、剧、说部向一切因袭的心营攻击。他们组成突进不止的冲突与反抗，形成日后一切的辉煌。然而种种最初的动机，不过是那服从于权威，束缚于因袭畸形社会的压制下而生的苦闷懊恼中，显意识地或潜意识地，影响了自己的心地所发生杂乱无章的感想。那种纷复的情趣同境地是我们生活的阴荫，它复为一切动机的原动力，形成大的小的一些事业。

> 不过在我们这"礼义之邦"，这种文字却常与狗吠一般地（的）无价值。因为它藏着破坏、爆发、攻击，同一切跳出所谓"圈子外"的危险性。我华夏民族酷嗜和平，淡泊潇洒；一日和尚一日钟。过足烟瘾，横在热炕上晕谈一阵。哼，我们"孝悌忠信，礼义廉耻"，这是"古有明训"。有长远历史的国度的百姓，岂能随随便便干这些没头没尾的把戏！

当时的曹禺还是个17岁的高二学生，这番辛辣老练、见解地道的措辞，实不像个愣头小子所写，他在《雷雨》《日出》《原野》《北京人》等戏剧中表现的批判意识，在当时已初露锋芒。

我们都知道曹禺是戏剧创作的高手，其实在《雷雨》之前，曹禺就已是个舞台经验丰富、演技出色的戏剧演员。在当年的南开，曹禺与伉霁如、张平群、吴京、李国琛合称为"南开五虎"，在1927年、1928年张彭春导演的《国民公敌》和《娜拉》中扮演女主角。可见在南开时，曹禺已小有名气。1929年南开校庆，张彭春准备将高尔斯华绥的《争强》搬上舞台，还将这次的改编重任交给已是南开大学政治系学生的曹禺，这是曹禺

第一次改编戏剧。之后受改编《争强》的启发，他陆续翻译了《太太》和《冬夜》（于 1929 年 12 月刊发于《南开周刊》上），在此之前，曹禺还翻译过莫泊桑的小说《房东太太》（1927 年）和《一个独身者的零零碎碎》（1928 年）。早期这些改编和翻译外国文学的经历，为曹禺打开了戏剧视野。很多研究者认为曹禺的戏剧受到了易卜生、欧尼尔等外国戏剧家的影响，这些推论不无道理，这一点也得到曹禺本人的认同。（曹禺，1982）

曹禺曾寄给田本相一份未发表的手稿，在手稿中曹禺谈到了写戏的缘起：

> 写《雷雨》，大约从我 19 岁在天津南开大学时就动了这个心思，我已经演了几年话剧，同时改编戏，导演戏。接触不少中国和外国的好戏，虽然开拓了我的眼界，丰富了一些舞台实践和作剧经验，但我的心像在一片渺无人烟的沙漠里，豪雨狂落几阵，都立刻渗透干尽，又干亢燠闷起来，我不知怎样往前迈出艰难的步子。
>
> 我开始日夜摸索，醒着和梦着，像是眺望时有时无的幻影。好长的时光啊！猛孤丁地眼前居然从石岩缝里生出一棵葱绿的嫩芽——我要写戏。（田本相，1991：142）

1929 年，曹禺改编了人生中第一部戏剧《争强》，那一年他的父亲逝世。丰富的演剧、导演经历，在旧家庭的生活经历，出生丧母、15 岁丧姐、19 岁丧父的苦闷情绪，加上《争强》中劳资纠纷关系的启发，以上种种使他有了创作《雷雨》的初衷，这些经历最后也的确成功爆发在《雷雨》里。《雷雨》并非一蹴而就的"经典"，而是曹禺在日积月累的实践中形成的，也正是受这些演戏、改编、翻译经历的影响，曹禺才开始与戏结缘。

二

1930 年暑假，曹禺考入清华大学西洋文学系，离开了南开——他"戏剧情结"萌芽的地方。清华是曹禺戏剧积淀集中爆发之处，在这里他排演过《娜拉》（1930 年冬）、《罪》（1932 年）等剧，1933 年又创作完成了戏剧处女作《雷雨》。不久,就受到恩师张彭春的邀请,一起改编《新村正》,并于南开校庆日在瑞廷礼堂公演。羊諿在《〈新村正〉的今昔》一文中,详细记录了当时《新村正》的创作演出情况:"总观这次改编本《新村正》的公演,和十六年前的老本比起来,无论从哪一方面说都有相当的进步。最显著的,就是结构的紧严,使观众的心情总在紧张,一幕演完想看下幕。"(羊諿,1934)可见,《雷雨》的创作训练,使曹禺的戏剧创作技巧更娴熟,对戏剧悬念的把握也非常精妙。一个有着丰富舞台经验、戏剧创作和改编经历的剧作家,当然知道什么样的戏最吸引观众。

1935年,曹禺再次和张彭春合作。他们将莫里哀的戏剧《悭吝人》改名为《财狂》并推上舞台,并于当年12月7日和8日在南开中学瑞廷礼堂公演。这次演出的导演是张彭春,舞台设计是林徽因,男主角韩伯康由曹禺饰演,幕前幕后的阵容都十分浩大,郑振铎和靳以特地从北平赶来看演出,《益世报》和《大公报》也报道评价此次公演。巩思文在《南开校友》上发表文章评价道:"喜剧和笑剧(Farce)最大的分别,便是喜剧的人物性格深刻,笑剧的人物性格肤浅。倘若剧作者只为落得喜剧的结局,忽略剧中人的性格,他的喜剧便不十分成功。《财狂》的改编本,要主角韩伯康的性格深刻化,所以就要他的股票完全变成废纸。实在说,这样写不仅没有拆毁全剧的统一性,却求得全剧的完整。本来,只有愚人才能过分吝啬;这样的人几乎一定遇到悲局。一个财迷的行为多么可笑,但他遇到悲局,却又多么可怜!只有可笑和可怜,才能描写尽韩伯康的真性格,只有这样的描述,才能入骨三分。"(巩思文,1936)巩思文充分肯定了曹禺的改编和表演,也可看出曹禺在这部戏里传达的喜剧观念,这次改编经历也为他日后从悲剧转向喜剧创作埋下伏笔。也正是在这一年曹禺开始酝酿《日出》,田本相认为《财狂》的改编,使曹禺对金钱有了深刻的认识,"对他即将创作的《日出》起到某种催生助产的作用"(田本相,1991:171)。

1936年《日出》问世后,曹禺由天津转往"南京国立戏剧专科学校"任教授。剧专期间,他创作的《原野》于1937年4月至7月在靳以主编的《文丛》连载,但这部"最曹禺"的戏剧,终因生不逢时,被淹没在抗战浪潮中。战争不仅淹没了《原野》,还中断了曹禺由《雷雨》到《原野》爆发的戏剧热情。抗日的战火使曹禺随剧专西迁,其间辗转天津、武昌、长沙、宜昌等地，于 1938 年 2 月抵达重庆。为配合抗战，1938 年曹禺改编的《全民总动员》于 10 月 29 日在重庆国泰大戏院公演，1940 年该戏以《黑字二十八》为名由正中书局出版。惠元在《评〈全民总动员〉》一文中肯定了《全民总动员》在"政治上的成功"和令人满意的演出效果，但也指出该剧"剧情缺乏真实性"、"带有神秘主义残余"及"群众与领袖关系，缺乏明确指示"等缺点。（惠元，1938）曹禺也将这部戏称为为政治服务的"速朽"之作。（田本相、刘一军，2010：55）这也是曹禺创作由个人世界转向社会与时代的初步实践。1938 年 7 月 25 日，曹禺在重庆小梁子讲演《编剧术》，将《全民总动员》中表现的创作观念在此予以确认，并号召青年戏剧爱好者们投身伟大的抗战，写出对时代有意义的作品。而他个人对这个号召的尝试，体现在 1939 年秋创作的《蜕变》中。

《蜕变》写于抗战时期的江安，在之前他一直致力于悲剧的创作，更擅长"家庭"和小人物关系的表现。虽然这些创作视野的转换，在之前的改编作品中已觅得踪迹，但是从《蜕变》开始，曹禺宣布了自己的"蜕变"，这是从感性到理性、从悲剧到喜剧、从有缺陷的小人物到完美英雄的转变，这些小人物大多是有缺陷的社会沉渣，而"英雄"无疑是有着完整人格的时代榜样。但生活在同时代的批评家们，似乎并没有意识到这种"蜕变"对曹禺戏剧质量的影响。他们批判过曹禺对《蜕变》中的"英雄"产生的时代背景介绍不到位，如谷虹《曹禺的〈蜕变〉》（谷虹，1941）；认为曹禺的《蜕变》脱离了时代的现实性，故事情节缺乏社会基础，如友秋的《蜕变》；指出曹禺对国民党政治抱有太多太好的幻想，导致没有歌颂好光明，反而暴露了过多的黑暗，如力扬的《我对〈蜕变〉的意见》（力扬，1946）。但大多数褒奖，都类似于端木蕻良"这是七年来最优秀的剧本之一"（端木蕻良，1946）的论调。同处于一个时代的作家和批评家，很容易形成时代的共鸣，这是可以理解的。溯而观之，能更清晰地反映当时的社会对文学创作和评论的影响。

令人惊喜的是，曹禺在投身时代洪流的同时，还反观、回归家庭，创作了《北京人》和《家》。但《北京人》已淡化了《雷雨》《日出》《原野》激烈的悲剧性和对抗性，《家》也因诗意氛围的过度营造导致悲剧的弱化。1942 年《家》的问世，可说是曹禺诗化戏剧的复活，他在《家》

中运用大量的诗化语言表现人物内心，方非认为这是一种"无韵诗"的处理，但也会令人产生"鬼话太多"的怀疑。（方非，1944）何其芳在《关于〈家〉》一文中，表达了对曹禺这种处理方式的不满，认为《家》因为在恋爱婚姻一面表现过重，而将觉慧等人反抗的一面压下去了，偏离了巴金《家》的主题。

这次《家》的演出，却又再一次地证明了这样一个真理：

——无论怎样艺术性高的作品，当它的内容与当前的现实不相适应的时候，它是无法震撼人心的。

应该有回答当前的观众和读者的要求的作品！应该有暴风雨一样，强烈的阳光一样，打破这闷人的气候的作品！

即使粗糙一些，幼稚一些，那也将是掌声紧接着掌声，兴奋紧接着兴奋的！

现在的艺术也只有被"逼上梁山"了。因为不如此，不与粗服乱发的老百姓相结合，艺术就将不能生存，不能发展！

不仅是《家》，《北京人》也遭受了类似的攻击。这就是时代，这就是时代令何其芳发出的声音和对"早期曹禺回归"的声讨。在特殊时代背景下，名戏剧家和普通戏剧家所承担的责任是不同的，"明星"要发挥示范作用，时代需要借助曹禺的名气达到更好的宣传效果。因此，曹禺在那样的时代成名后，就表示他必须在享受盛誉的同时以"身不由己"为代价。如果曹禺不处于战争年代，他《原野》之后的戏剧创作会不会有不同的走向？可惜的是，当1937年《原野》的热情被战争湮灭，就预示着那个喷薄而发的曹禺一去不复返了。《家》《北京人》的出现，可谓曹禺由《雷雨》爆发的艺术观念的折返。

在"早期曹禺回归"的过程中，曹禺曾在1940年改编了墨西哥作家约瑟菲纳·尼格里的剧作《红色绒线外套》，并将其改名为《正在想》，这是一部被人遗忘的独幕喜剧。有人说这是曹禺写不出作品的"自嘲之作"，"曹禺创作的成败变易中，我们看到了《正在想》所具有的作用，同时也感受到作家创作思想上经历过的苦闷。他为未能成功地驾驭抗战题材焦虑，而外界舆论的一些责难则使他心情更加沉重，难道他的剧作果真在回避民族解放斗争的主题吗？剧作家的良心促他反思，而反思的结果只能是自嘲"（廖超慧，1988）。但据曹禺回忆，《正在想》的主旨意在讽刺汪精卫。这种回忆不知是的确如此，还是响应时代号召的回忆偏差，但"创作枯竭自嘲说"也一语成谶。

自 1942 年《家》问世后，一直到 1945 年，曹禺都没有作品问世。其间，他翻译过莎士比亚的《罗密欧与朱丽叶》；更在时隔多年后，重登舞台在《安魂曲》（1943 年 1 月 9 日重庆国泰戏院）中饰演莫扎特；发表了《悲剧的精神》（1943 年 2 月 19 日）的重要讲话；却也经历了两部历史剧——《三人行》《李白和杜甫》的创作夭折。时代要求他紧跟时代，但一位旧家庭走出的知识分子，脱离了他熟悉的家庭生活经验，就不得不寻找新的创作资源。于是在 1945 年 2 月，曹禺到重庆一家钢铁厂调查，着手创作工业题材剧作《桥》。可惜《桥》于 1946 年《文艺复兴》第 1 卷第 3、4、5 期连载两幕后，无果而终。

1946 年 3 月曹禺与老舍结伴去美国讲学，1947 年 1 月回国后，曹禺创作了电影剧本《艳阳天》，这部电影，是时隔五年后，曹禺带着对国民党黑暗统治的控诉和失望之愤创作的，这次电影创作经历，是曹禺的一次跨界转型。对这次大胆转型，业内形成了褒贬不一、鲜明对立的观点。有人认为这部电影在当时的背景下，已是一次非常不易的尝试，为中国影坛带来一股别样之风。（熊佛西，1948）在 1948 年 5 月 23 日的一次《艳阳天》座谈会上，也有不少批判的声音，大多数集中在对"阴兆时"这个人物形象的塑造上，有人认为这是一个不真实的失败形象，是一个孤立的"烂好人"（曹荫堂，1948）。不知是同行们批判得太犀利伤了这位电影新人的心，还是电影实践令曹禺更明确了对戏剧的专爱，此后这位戏剧大师再未涉足电影界。从 1947 年《艳阳天》到 1954 年《明朗的天》出版，曹禺一直处于创作低谷中。

三

中华人民共和国成立后，曹禺积极参与新中国的文艺活动。面对焕然一新的环境，他明确感到自己与新时代的格格不入，他急切地想融入新中国的文艺氛围里，他成了新时代的落后"旧人"，这表现在 1950 年 10 月发表的《我对今后创作的初步认识》(《文艺报》第 3 期)一文中。在这篇文章中,曹禺对自己过去的创作进行了深刻的自我剖析和检讨。紧接着,在 1951 年,他又对《雷雨》《日出》《北京人》作了不同程度的修改,这也是曹禺创作危机的一次集中表现。针对这次创作危机,周恩来与曹禺进行了一次深谈,他建议曹禺就写熟悉的知识分子题材。在周总理的建议下,曹禺进入北京协和医院,着手搜集知识分子思想改造的素材,但直到 1954 年 4 月初才开始动笔《明朗的天》,历时三个半月完成。

《明朗的天》可说是曹禺适应新生活后写出的新作品,这个"新",是抛弃"旧"生活经验后孕育的新成果,也是面对新事物的新体验,是蛰伏近六年的戏剧大师创作的新进展。虽然《明朗的天》也如吕荧所说存在一些结构上的缺陷,但却反映出中华人民共和国成立初期的新生活,新人民,新气象。"曹禺的新作,写出了作者对工人阶级的热爱,对共产党的高度的敬爱和信任;满怀热情地歌颂了具有高尚品质的新英雄人物;以喜悦的心情描写了资产阶级知识分子经过曲折的、痛苦的道路而走到人民立场上来;作者喜爱一尘不染的红领巾,喜爱心灵纯洁的青年医生,喜爱解放后的明朗的天和一切明朗的新事物。这些地方,人们简直可以说,作者说出了他们心里要说的话,把他们心里的爱和喜悦提高了一步。"(张光年,1955)这确实如张光年所界定的,是一部社会主义现实主义戏剧,虽然那个感性、个性、尖锐、诗意的曹禺彻底消失了。时代创造人,时代也革新文学。

此前两部历史剧《三人行》《李白和杜甫》的夭折,并未使曹禺望历史剧而生畏。1960 年曹禺创作完成了历史剧《卧薪尝胆》,后改名为《胆剑篇》。《胆剑篇》算是对之前遗憾的小小弥补,这是应时代之运而生的作品。在"大跃进"之后带来的萧条、中苏关系紧张等内忧外患下,社会上急需一部作品温暖人心,激励国人在艰难岁月中砥砺前行。曹禺临危受命,与于是之、梅阡在北京西山脚下开始了《卧薪尝胆》的创作。但对《胆剑篇》,批评家们却表现出与《明朗的天》迥异的宽容态度,对这部戏的语言、冲突、人物性格和形象塑造都赞赏有加,如茅盾认为《胆剑篇》的"剧本的文学语言是十分出色的。它是散文,然而声调铿锵,剧中人物的对白,没有夹杂着我们的新词汇,没有我们的'干部腔';它很注意不让时代错误的典故、成语滑了出来。特别是写环境,写人物的派头,颇有历史的气氛"（茅盾，1961）。反而是周恩来在看了戏后有不同看法："《胆剑篇》有它的好处，主要方面是成功的，但我没有那样受感动。作者好像受了某种束缚，是新的迷信所造成的。"（周恩来，1979：112）对这种"新的迷信"，田本相解释为"勾践本来是处于情节中心的人物，但有时却没有或很少着重刻画他，而苦成并非处于情节中心的人物，又过多描写了他。这样，就使两个人物都不能在情节发展中得到应有的刻画，形成了二元的裂痕"，"《胆剑篇》的二元裂痕，正是由于作家部分地失去对人物的独立的审美评价造成的。失去'我的'诗意，就失去了'我的'统一热情统一态度。无论是勾践还是苦成的形象都因为'新的迷信'的影响而减却了性格的光彩"。（田本相，2010）周总理和田本相先生非常中肯地说出了批判者的心声，诗意、热情、性格的丧失，使曹禺后期的戏剧成了中规中矩的平庸之作。

1961 年春，周恩来在同戏剧界座谈时，鼓励曹禺创作一部以王昭君为题材的剧作，以倡导汉族和其他各民族的和谐。为此，曹禺曾在 1961 年夏天与翦伯赞等人，特地去内蒙古参观昭君墓，搜集写作素材。1962 年他开始写《王昭君》，但紧张的阶级斗争使曹禺不得不中断创作，他将写完的《王昭君》第一幕、第二幕悄悄锁在了抽屉里。1976 年，为了完成周总理的遗愿与嘱托，曹禺再访边疆，搜集素材，最终完成了这部被耽搁十几年的历史剧《王昭君》，并发表在《人民文学》1978 年第 11 期上。吴祖光在《人民日报》上以"巧妇能为无米炊/万家宝笔有惊雷/从今不许昭君怨/一路春风到北陲"（吴祖光，1979）一诗祝贺曹禺，茅盾亦赠诗"当年海上惊雷雨/雾散云开明朗天/阅尽风霜君更健/昭君今继越王篇"（茅盾，1979）。曹禺于"文化大革命"后创作的历史剧《王昭君》，避免了些许田本相所理解的"新的迷信"的束缚，在尊重历史真实的同时，运用了很多诗化语言的独白，被陈瘦竹、沈蔚德称为"抒情诗剧"，是一种"革命现实主义和革命浪漫主义相结合的方法"（陈瘦竹、沈蔚德，1979），算是曹禺对早期戏剧创作特色的一种继承。

从 1949 年中华人民共和国成立到 1996 年曹禺去世，在近半个世纪的时间里，曹禺只写了《明朗的天》《胆剑篇》《王昭君》三部戏，而当问及曹禺对中华人民共和国成立后几部作品的看法，曹禺说："至于我解放后写的这三部戏，就不必谈了……实在没有什么可说的。"（田本相、刘一军，2010：58）在大多数批评家看来，曹禺的创作激情和生命力，永久地滞留在了旧中国的阴影里，而留给新中国的这三部戏，不仅曹禺本人不愿提及，就连批评家也很少涉足。对热爱戏剧的曹禺来说，这半个世纪无疑是种漫长持久的折磨。想要完整地把握曹禺的创作路程，孤立地只谈那几个老生常谈的作品，既不关注曹禺"戏剧情结"的开始，也不探讨他"戏剧情结"落幕前的轨迹，无异于一叶障目，这样的研究视角，是无法深入理解曹禺的。虽然这三部作品脱离了"曹禺特色"，但不得不承认，在漫长的三十年，曹禺以融入时代的社会主义新人身份来写作，他对新中国的热爱，使他响应时代的号召，写出了符合时代要求、具有时代特色和时代精神的作品：具有明朗色调的 20 世纪 50 年代，急需"卧薪尝胆"精神的 20 世纪 60 年代和民族团结共建社会主义号召的 20 世纪 70 年代均有曹禺的作品。可以说曹禺写出了时代特色，虽然代价是时代也磨去了曹禺的棱角。

这三十年，曹禺经历了诸多波折，1974 年妻子方瑞去世，他自己也沦为"看大门的东方莎士比亚"。面对时代的挤压、政治的摧残，虽然曹禺遗憾没有写出像《雷雨》《日出》《原野》《北京人》那样的经典，但这依然没有妨碍曹禺成为中国现代戏剧史上的大师。

四

评价一个时代一个领域的标杆式人物，不是个简单的技术活儿，正如对于鲁迅的评价，似乎怎么评价都对，怎么评价又都不准确。一时代有一时代之文学，一时代也有一时代之文学批评。中华人民共和国成立前，在研究曹禺其他作品的队伍里，有大名鼎鼎的巴金、李健吾、张庚、胡风、杨晦、端木蕻良、熊佛西等人，他们作为文学同行，在评价彼此作品时，大多不顾及同行情谊，能在私下愉快结交，也能拿出不含糊的"非面子"批评。且看胡风对《蜕变》的一段评论：

> 我们知道艺术创造到底是统一在历史进程下面的人生认识底
> （的）一个方式。在别的作品里面，作者在现实人生里面瞻望理想，
> 但在这是，他却由现实人生向理想跃进。但据我看，他过于兴奋，终

于滑到（倒）了。

　　我们有权利指出这个剧本底（的）反现实主义的方向，但我们也尊重作者底（的）竟至抛弃了现实主义的热情，以及由这热情诞生的创造的气魄。因而也就不难理解，为什么读者或观众能够原谅夹杂在这作品里的人为的匠心的杂质和"善恶到头终有报"的最卑俗的宣传主义的成分。（胡风，1943）

　　中华人民共和国成立后，人们对曹禺戏剧创作的缓慢进展感到焦虑。所以，一旦曹禺的一部戏剧问世，评论便格外宽容，对曹禺发表新作品的兴奋劲，往往使批评家忽略了评论的客观性。这个时间段的评论，就作品谈作品的痕迹较重，较中华人民共和国成立前的评论少了热情与灵性。但即使是在 1949 年至 20 世纪 80 年代的时代背景下，这类文章依然能在文末来一个转折——"但是"，谈谈曹禺创作存在的不足，可是在 20 世纪 80年代至今的评论中，"但是"成了稀缺品。

　　20 世纪 80 年代后，曹禺研究界出现了几位曹禺研究专家，一个是北京的田本相，一个是上海的曹树钧。此外，20 世纪 80 年代初钱谷融的《〈雷雨〉人物谈》，20 世纪 90 年代钱理群的《大小舞台之间——曹禺戏剧新论》，以及辛宪锡、朱栋霖、邹红、马俊山等学者的曹禺研究都在学术界产生过影响。这些学者都有丰富的曹禺研究专著问世，其中都对曹禺的"其他作品"作过详细探讨。可是，真正作出新意，将曹禺作为一个研究对象，而不是一个文学偶像的研究者少之又少。也不乏求新者，如张耀杰的《曹禺：戏里戏外》，尖锐批评《胆剑篇》的"怪力乱神"，更将《正在想》和《蜕变》归为急功近利之作，为曹禺研究带来了一股锐利之风。

　　本卷收录的都是对曹禺"四大经典"以外作品的研究，这部分可能是之前研究者最不感兴趣，研究起来最枯燥的作品，但正因为前人的不感兴趣，也成全了这部分作品的研究前景。虽然之前田本相先生已对曹禺作品从《今宵酒醒何处》到《王昭君》作过连贯的全面分析，也提供了非常丰富的史料参考，特别是对曹禺《雷雨》前的小说、诗歌、改编作品、翻译作品的发掘作出了极大贡献，但后来者们似乎并未充分利用田本相先生为曹禺研究打下的史料基础，如对曹禺改编剧本的研究，大多评论都只谈了演出的观后感，但很少对剧本本身作学术探讨。除此之外，曹禺作为戏剧界的泰斗，曾写过很多戏剧理论和创作谈，还与很多人有过书信来往，这些都有很大研究空间。

对曹禺其他作品研究资料的搜罗，难度很大。而要搜集到好的评论，更是难上加难。更何况中华人民共和国成立前的报纸杂志数量繁多，大都难寻踪迹，中华人民共和国成立后对曹禺“其他作品”的研究热度、研究质量不增反降。这本《曹禺其他作品研究资料》，在文章选择上，除了有些难以识别、影响阅读效果的文献资料之外，都尽可能收入，我们愿尽己之力，为曹禺研究爱好者提供更全面的史料参考。但囿于本人见闻，资料收集的数量、收录的质量肯定也存在诸多不足，若有不妥，欢迎指正。

参考文献

曹荫堂（1948）：“本社与话剧系联合主办《艳阳天》座谈会”，《金声》，第 47 期。

曹禺（1982）：“和剧作家们谈读书和写作”，《剧本》，第 10 期。

陈瘦竹、沈蔚德（1979）：“读《王昭君》”，《钟山》，第 1 期。

端木蕻良（1946）：《〈蜕变〉铢求》，《大公晚报》5 月 29 日、30 日、31 日。

方非（1944）：“谈《家》的结构”，《杂志》，第 4 期。

巩思文（1936）：“《财狂》改编本的新贡献”，《南开校友》，第 4、5 期。

谷虹（1941）：“曹禺的《蜕变》”，《现代文艺》，第 3 期。

胡风（1943）：“《蜕变》一解”，《文学创作》，第 6 期。

惠元（1938）：《评〈全民总动员〉》，《新华日报》11 月 5 日。

力扬（1946）：《我对〈蜕变〉的意见》，《新华日报》6 月 9 日。

廖超慧（1988）：“《正在想》：一部不该被遗忘的剧本”，《江汉大学学报》，第 4 期。

茅盾（1961）：“关于历史和历史剧”，《文学评论》，第 5、6 期。

——（1979）：《赠曹禺》，《人民日报》1 月 28 日。

田本相（1986）：“关于曹禺的早期创作”，《中国现代文学研究丛刊》，第 1 期。

——（1991）：《曹禺传》，北京十月文艺出版社。

——（2010）：《〈胆剑篇〉论》，载《曹禺剧作论》，广西师范大学出版社。

田本相、刘一军（2010）：《曹禺访谈录》，百花文艺出版社。

吴祖光（1979）：《读〈王昭君〉》，《人民日报》1 月 14 日。

熊佛西（1948）：“《艳阳天》观感”，《文训》，第 6 期。

羊誩（1934）：“《新村正》的今昔”，《南开高中学生》，第 2 期。

张光年（1955）：“曹禺的创作生活的新进展——评话剧《明朗的天》”，《剧本》，第 3 期。

周恩来（1979）：《对在京的话剧、歌剧、儿童剧作家的讲话》，载文化部文学艺术研究院编《周恩来论文艺》，人民文学出版社。

The Beginning and Ending of "Dramatic Complex": An Introduction to *Research Materials on Cao Yu's Other Creations*

Wang Yaqin

Abstract: The publishing time of Cao Yu's work can date back to 1926, which means Cao Yu's "dramatic complex" has lasted at least 70 years till he died. But as the leading figure in the area of Chinese drama, Cao Yu can't be regarded as a fruitful author of drama. Compared with *Thunderstorm*, *Sunrise*, *Field*, *Peking Man*, other works are slightly inferior to this four, which were paid less attention by readers and critics. Therefore, the research materials on "other works", can also be called "non-classical" research materials. To restore a solid and complete research situation of Cao Yu's drama, it's necessary to understand the research situation of Cao Yu's "other creations". Summarizing the research materials of Cao Yu's other works, can at least solve the following problems: what is the critical history of Cao Yu's other works? What is the track of Cao Yu's creation and though transformation? How can Cao Yu be connected with drama? What is the reason of him so obsessed with drama all his life with only nine works? Why does he focus on the expression of personality and original emotional at the early stage, but then forward to the reverse side at his last years? Compared with the research materials of the four Classics, the study of Cao Yu's "other works" is comparatively not enough, which is the most promising area for future research on Cao Yu.

Keywords: Dramatic Complex; Other Creations; Research Status; non-classics

About the Author: Wang Yaqin (1992 –), Ph. D. Candidate in Chinese Modern and Contemporary Literature at School of Chinese Language and Literature, Hubei University. E-mail: 942141933@ qq. com.

中国诗学

中国诗学审美主义多元解释
方式及其成因研究

李有光*

摘　要：中国诗学审美主义解释方式滥觞于先秦诸子，形成于魏晋六朝，到唐达至成熟，在宋诗话中定型为评喻结合、互证互补的诗性阐释。中国诗学认为逻辑推衍的抽象技术性解释反而可能窒息理解的生命性，当然更会压抑乃至湮灭诗歌的生命力。唯有"以诗解诗"，以审美主义的态度对待诗歌阐释，才能最大限度地激发和释放理解者的审美冲动和生命力，也才能完好地保全和展现诗歌本身的美感与生命感。换言之，以诗性的方式去解诗，希冀读者能获得对诗歌文本和阐释文本的双重审美愉悦，正是审美主义多元阐释方式的特殊魅力和价值所在。当然，这些阐释特征与道家言意观的影响、诗论家的双重身份以及批评与阐释的非功利性等都有因果关联。

关键词：中国诗学　审美主义　诗学解释学　理解与阐释

一

本质上，在解释学看来，理解与解释应该内在统一于同一个接受者身上和同一次接受活动中，二者只有隐与显的形式区分，而没有实际所指的差别。就理解与解释的关系而言，"解释并不是一种在理解之后的偶尔附

* 李有光（1968—），文学博士，湖北师范大学文学院教授，研究方向为中外文艺理论，主要著述为《中国诗学多元解释思想研究》。电子邮箱：liyouguang1968@163.com。

加的行为，正相反，理解总是解释，因而解释是理解的表现形式"（伽达默尔，2004：399）。理解与解释可以看作一枚硬币的两面，或者说，人们一般是经由解释而呈现自己的理解。所以伽达默尔还认为，解释从一开始就潜在地包含于理解的过程中，正是解释才使理解得到明显的证明。解释甚至不是引出理解的一种手段，它本身就已经与理解同在。（伽达默尔，2004：514）不仅如此，按照西方哲学解释学的理念，只要有解释，就意味着新的理解不断涌现，伽达默尔说："理解和解释的内在统一可以由以下这一事实得到确实证明，即展开某一本文的含义并用语言的方式使之表达出来的解释，同既存的本文相比表现为一种新的创造，但它并不宣称自己可以离开理解的过程而存在。"（伽达默尔，2004：613）对于静止的文本及其意义而言，解释的生成就是创造的开始，这一过程始终以内在的理解为源泉。因此，解释所运用的话语和方法可以作为理解特性的直接表征。

无疑，中国古人早已将对诗的接受与理解作为自己精神生活的主要方式。但是，他们相信诗歌都是可以用语言进行解释的吗？对于一个深受道家美学思想影响的民族来说，对这个问题的回答显然不可能是肯定的。明代诗论家谢榛的意见集中凸显了中国诗学解释学极富民族风格的解释方法："诗有可解、不可解、不必解，若水月镜花，勿泥其迹可也。"（谢榛，1983：1137）原来，中国古人并不认为诗歌都是可以诠解或需要诠解的，有些诗，即使极尽阐释之能事，对于诗情、诗味、诗境的体会与理解反而是越描越黑。也就是说，有些诗是绝对不能用或根本不需要外在的语言解释的，只要有读者的沉潜体味、悉心理解足矣。清人吴雷发举例云：

> 有强解诗中字句者。或述前人可解不可解不必解之说晓之，终未之信。余曰：古来名句如"枫落吴江冷"，就子言之，必曰枫自然落，吴江自然冷；枫落则随处皆冷，何必独曰吴江？况吴江冷亦是常事，有何吃紧处？即"空梁落燕泥"，必曰梁必有燕，燕泥落下，亦何足取？不几使千秋佳句，兴趣索然哉？且唐人诗中，钟声曰"湿"，柳花曰"香"，必来君辈指摘。不知此等皆细参，不得强解。甚矣，可为知者道也！（吴雷发，1978：900）

吴氏所言"前人可解不可解不必解之说"不知是否就是指谢榛的诗有可解不可解不必解之论。然而他所列举的两个不可强解的名句，以及钟声曰"湿"、柳花曰"香"这样的用字，在古典诗词中确实是不可胜数。对于不可解不必解之字句硬要强解，只能是画蛇添足，如吴氏所言，必然令人"兴趣索然"。关于何诗宜解何诗不宜解，清季学者朱鹤龄说得很清楚：

> 诗有可解，有不可解乎？指事陈情，意含讽喻，此可解者也。托物假象，兴会适然，此不可解者也。不可解而强解之，日星动成比拟，草木亦设瑕疵，譬诸图罔象而刻空虚也。可解而不善解之，前后贸时，浅深乖分，欣忭之语，反作诽讥；忠剀之词，几邻怼怨，譬诸玉题珉而乌转舄也。（朱鹤龄，1979：301—302）

在朱氏看来，"指事陈情，意含讽喻"之诗可解且需要"善解"，否则，事情不明，讽喻之意难显；而"托物假象，兴会适然"之诗则不可强解，不然，牵强附会，"把这点意思说得没意思"，贻笑大方。

需要补充的是，所谓不可解、不必解只是强调摈弃外在的解释性言说和解释性方法，其内在的理解却同样是祈向深刻与丰富的。或者说，不可解与不必解其实是通过无言的体会与理解，最终指向不言之言、不解之解，这反而保留了更为多样的诠解的可能性，就像张隆溪先生在评析谢榛的上述诗有可解不可解不必解之论时所说："这意思当然并非要放弃评鉴的责任，但却的确表达了一种容纳和欣赏，一种阐释上的多元论主张。这段话暗含的意思，不仅是不应该把任何东西从理解和解释中排除出去，不仅是读者可以自由选择一切对他有利的东西，而且，更为激进的是，它认为读者不仅可以自由地选择，而且可以在并未彻底理解的情况下宣布自己获得了阅读的享受。"（张隆溪，2006：262）看来，不可解、不必解与多元主义的解释向度并不抵牾，它们可能是一种最大限度包容多元化理解的解释方式与理念。概言之，中国诗学解释学对于可解、不可解和不必解之诗，主要表现出一种祈向审美主义的解释方式，这种极富民族诗学个性的解释方式及其话语构成了中国诗学解释学的独特魅力。

二

按照一般的看法，文学解释应该如美国著名文论家艾布拉姆斯所言："就是通过分析、释义、评论确定作品的意义，通常侧重于对晦涩模糊或者具有比喻意义的段落进行阐明。"（Abrams，1999：127）依此定义，文学解释当以论述和说明为主，在语言表征上显然要与文学作品的形象性迥异。然而，在中国诗学解释学里，我们却看到许多如同诗歌语言一样优美形象的譬喻性解释，这些譬喻性解释运用大量的意象来比况诗歌的艺术风格和文本特征，且有意识地追求一种类似诗歌文体的整齐、对称的形式效果，这使得譬喻性解释自身也变成了富有美感效果的诗性文本。换言之，中国诗学解释学不喜欢以技术性的手段去对诗歌作条分缕析的解剖，更不擅长用抽象思辨和逻辑分析来诠释诗歌的内容与形式，而是主动选择了一种审美主义的诗性方式来批评和诠解诗歌的一切，张隆溪先生称此为"以诗言诗"的方式："中国批评家知道自己几乎不可能用诗外之语言谈论诗，因而要么引用一些典范性的句子来证明他们以为精妙或难以言传的性质或特征，要么试图凭借意象和隐喻来暗示这些性质和特征——总之，更多的是展示而不是言说。中国批评家不去分析和论辩而倾向于以诗言诗，许多有洞见的诗论不是出现在批评文章中，而是出现在诗歌中。"（张隆溪，2006：76）不错，即使对于那些"可解"之诗，中国古人也并非极尽语言阐说之能事，而是"以诗言诗、以诗解诗"，从而使解释本身如同诗歌文本一样具备了一定的审美价值，这就是中国诗学解释学一个引人注目的首要的理解与阐释特征。

利科尔说："解释是思想的工作，它在于在明显的意义里解读隐蔽的意义，在于展开暗含在文字意义中的意义层次。"（利科尔，2006：256）然而对于中国古人来说，解释不仅是思想的工作，更是艺术的工作，解释也是一项审美性的艺术创作。而且，在道家言意观的影响下，中国古人似乎不太相信语言对于意义的揭示作用，更何况对于那些"暗含在文字意义中的意义层次"。他们更偏好用意象譬喻的方法，对诗歌作点到即止的描绘，期于读者自悟自得。也就是说，解释者说得越多，可能离诗意和诗味越远；相反，利用意象的全息性，引而不发，刺激读者主动参与阐释，可能所获更多。叶维廉先生说："中国传统的批评是属于'点、悟'式的批评，以不破坏诗的'机心'为理想，在结构上，用'言简而意繁'及'点到而止'去激起读者意识中诗的活动，使诗的意境重现，是一种近乎诗的结构。"（叶维廉，1992：9）用"一种近乎诗的结构"来批评与诠解诗，还有比这更"言简而意繁"的方式吗？诗歌是需要读者"悟"的，而譬喻性解释也需要读者去"悟"，还有比这种双重的"悟"赋予读者多元理解的权利更恰当的方式吗？本质上，诗是最具美感和生命感的艺术形式，那些概念性的分析只会肢解诗歌的美感和生命感。狄尔泰说："理解和解释始终是这样活跃和活动于生命本身之中，只有通过对富有生命力的作品以及这些作品在其作者的精神中的联系的合乎技术的解释，理解和解释才达到其完成。"（狄尔泰，2006：88）中国古人想必不会认同这种"合乎技术的解释"，他们会认为技术性的解释反而可能窒息理解和解释的生命性，当然更会压抑乃至湮灭诗歌的生命力。唯有"以诗解诗"，以审美主义的态度对待诗歌解释，才能最大限度地激发和释放理解者的审美冲动和生命力，也才能完好地保全和展现诗歌本身的美感与生命感。

中国诗学解释学譬喻性解释方式滥觞于先秦诸子。《庄子》就是"寓言十九、以寓言为广"之作，而孟子、墨子、韩非子、荀子等人更是善譬、善喻的高手，其精妙的举类说理常常令对方无言以对。可以说，先秦百家思想的深入浅出、广为流传，某种程度上就与他们多用且善用譬喻、举类的表述方式有直接关系。《礼记正义·学记第十八》就有"能博喻，然后能为师"之论：

> 君子既知教之所由兴，又知教之所由废，然后可以为人师也。故君子之教，喻也：道而弗牵，强而弗抑，开而弗达。道而弗牵则和，强而弗抑则易，开而弗达则思。和易以思，可谓善喻矣……善歌者，使人继其声；善教者，使人继其志。其言也约而达，微而臧，罕譬而喻，可谓继志矣。君子知至学之难易，而知其美恶，然后能博喻。能博喻，然后能为师。能为师，然后能为长。能为长，然后能为君。（孔颖达，1980：1523）

君子之教，贵在善喻，唯能博喻，方可为师。而且，判断"喻"之优劣的标准非常明确，即"和易以思"。尤其是"思"，点出了譬喻之教的要义就是重在使接受者咀而咽之、思而得之，而不是像详尽的分析性解释那样使人可以毫不费力地全盘吸收。东汉思想家王符认为，譬喻性解释的形成与发达，不仅在于"喻"能够使听众和读者自悟，更主要的是很多事情与道理，非"喻"则不能显，以譬解之，不说而明。其《潜夫论·释难》云："夫譬喻也者，生于直告之不明，故假物之然否以彰之。"（汪继培笺，1985：326）看来，譬喻实有"直告"所不及之处。刘向《说苑·善说》篇记叙的先秦名家惠施的一则故事很好地道出了譬喻性解释的不可替代的言说作用：

> 客谓梁王曰："惠子之言事也善譬，王使无譬，则不能言矣。"王曰："诺。"明日见，谓惠子曰："愿先生言事则直言耳，无譬也。"惠子曰："今有人于此而不知弹者，曰'弹之状若何？'应曰：'弹之状如弹。'则谕乎？"王曰："未谕也。"于是，更应曰："'弹之状如弓，而以竹为弦。'则知乎？"王曰："可知矣。"惠子曰："夫说者，固以其所知谕其所不知，而使人知之。今王曰'无譬'，则不可矣。"王曰："善！"（刘向，1987：272）

事实上，惠子的"弹之状如弓，而以竹为弦"无意中为中国诗学解释学指出了一种理想的解释形式，即前为譬喻，后附直言或前为直言，后跟譬喻的言说方式。二者的巧妙搭配，颇似诗歌创作中的"点染"手法，前染后点或前点后染，言简意赅，相得益彰。例如，《世说新语·文学》中一段广为称引的作品评鉴："潘文烂若披锦，无处不善；陆文若排沙简金，往往见宝。"（余嘉锡，1983：261）钟嵘《诗品》"宋临川太守谢灵运"条则反其道而行之：

> 然名章迥句，处处间起；丽典新声，络绎奔会。譬犹青松之拔灌木，白玉之映尘沙，未足贬其高洁也。（钟嵘，1981：9）

对这种以优美的意象来喻示诗歌的艺术风格、气味神韵的方法，罗根泽先生称为"比喻的品题"（罗根泽，1984：238），郭绍虞先生称为"象征的批评"（郭绍虞，1979：152），而张伯伟先生则称为"意象批评"，他说："意象批评法，就是指以具体的意象，表达抽象的理念，以揭示作者的风格所在。其思维方式上的特点是直观，其外在表现上的特点则是意象。"（张伯伟，2002：198）这些显然都是从文学批评的角度着眼。邓新华先生则从诗学解释学的视域出发，称上述譬喻性解释为"象喻"式的诗性阐释方式。针对《诗品》"宋光禄大夫颜延之"条引汤惠休语"谢诗如芙蓉出水，颜如错彩镂金"（钟嵘，1981：13—14），他说："这些评语并不是直接对作品作出理性的分析和评价，而是用'象喻'的方式给读者描绘出一幅幅构象新奇、诗意盎然的画面，让人们通过联想和想象去体会作品的情趣和韵味，并使读者在一种审美的愉悦当中自然了悟阐释者所要表达的观点和态度，这就是'象喻'这种诗性的阐释方式的基本特点之所在。"（邓新华，2008：113）此论切中肯綮地点出了"象喻"阐释方式的奥妙不仅在于对理性分析和抽象演绎的放逐，更在于它能使读者在一种审美愉悦中去了悟阐释者的观点与态度。在笔者看来，以诗性的方式去解诗，希冀读者能获得对诗歌文本和阐释文本的双重审美愉悦，正是譬喻性解释的特殊魅力和价值所在。

三

大致而言，譬喻性诗学解释形成于魏晋六朝，以钟嵘的《诗品》为代表。"钟嵘的高明之处就在于：他善于精心选择和提炼一些生动具体、含蓄隽永的自然美意象和形象来喻示解释对象的内在风格和整体韵味，同时又借这些意象和形象委婉含蓄地传达出解释者对解释对象整体的审美感受和审美理解。这样一来，这些比喻象征性的意象和形象在诱发读者审美联想和想象、给读者以审美的享受的同时，其自身也显示出浓郁的诗意。"（邓新华，2008：115）但钟嵘时期的审美性和诗性批评与解释所运用的意象还略显单薄，描述还比较拘谨，对作家作品的风格与特征的认识还只限于单一视角。到了唐代，在唐诗创作高度繁荣的熏染下，譬喻性解释变得更加摇曳多姿、铺张扬厉，其唯美色彩更浓，表意也更为丰赡。这是中国诗学解释学审美主义解释特征的定型与成熟期。我们来看杜牧对李贺诗歌的意象阐释：

贺，唐皇诸孙，字长吉。元和中，韩吏部亦颇道其歌诗。云烟绵联，不足为其态也；水之迢迢，不足为其情也；春之盎盎，不足为其和也；秋之明洁，不足为其格也；风樯阵马，不足为其勇也；瓦棺篆鼎，不足为其古也；时花美女，不足为其色也；荒国陊殿，梗莽邱垄，不足为其怨恨悲愁也；鲸吸鳌掷，牛鬼蛇神，不足为其虚荒诞幻也。盖《骚》之苗裔，理虽不及，辞或过之。（杜牧，1977：3）

一组由自然物象和社会形象构成的意象群分别从多个侧面和角度对李贺诗歌的各种艺术特色进行全方位的扫描与透视，读此段文字者，不仅对李贺诗歌的理解会更为丰富，其所得之美感也必定更为强烈。如果这种博喻式的解释所选意象大致相类，则很容易营构出某种富有感染力的意境或境界。有人就将唐司空图的《二十四诗品》对二十四种不同诗歌风格的意象阐释法称为"境界描述"，罗宗强先生说："用境界描述的方法说明一种诗歌风格类型，说明它的境界的多层次的特点，是司空图的创造。"（罗宗强，1986：420）我们可以随手举出两例司空图所用的这种境界描述法：

绿杉野屋，落日气清。脱巾独步，时闻鸟声。鸿雁不来，之子远行。所思不远，若为平生。海风碧云，夜渚月明。如有佳语，大河前横。——《沉著》（司空图，1981：39）

娟娟群松，下有漪流。晴雪满竹，隔溪渔舟。可人如玉，步屧寻幽。载瞻载止，空碧悠悠。神出古异，淡不可收。如月之曙，如气之秋。——《清奇》（司空图，1981：42）

二十四种艺术风格，如果用抽象分析的方法将它们解释明白，即使写作二十四本专著也难以廓清，且让人看完一头雾水，了无印象。司空图非常聪明地选用了与每种诗歌风格相一致的系列意象，组成一个视觉效果盎然，使人不由置身其中的意境。在这种意境里，读者闻花香鸟语，看月落日出，自身的想象力和生活经验被最大限度地激活、唤醒，所谓的艺术风格其实已与眼前的境界同化，用不着多余的阐述与解释，每种风格所包蕴的丰厚内涵已经了然于胸。再加上整齐的四言句式、自然成对的组合以及和谐的音韵,没有人不觉得这既是一种对艺术风格的独特解释,也是一首首意象优美、境界浓郁的诗作。

宋代诗话大兴,诗论家对前人诗作的譬喻性解释运用得更加娴熟与灵活,而且这种象喻式的品评方式也逐步扩散到评曲、评词、评画等领域,影响更大。明人王世贞曾说:"汤惠休、谢琨、沈约、钟嵘、张说、刘次庄、张芸叟、郑厚、敖陶孙、松雪斋,于诗人俱有评拟,大约因袁昂评书之论而模仿之耳。其宋人自相标榜,不足准则。吾独爱汤惠休所云'初日芙蕖',沈约云'弹丸脱手',钟嵘云'宛转清便,如流风白雪;点缀映媚,如落花在草'。"(王世贞,1983:1031)由王氏所说的"独爱"之例,可知宋人竞相"标榜"的就是上述譬喻性的诗性解释与批评方式。其中所提到的宋人敖陶孙,就有一段颇受后人称道的气势恢宏的意象阐释:

> 魏武帝如幽燕老将,气韵沉雄。曹子建如三河少年,风流自赏。鲍明远如饥鹰独出,奇矫无前。谢康乐如东海扬帆,风日流丽。陶彭泽如绛云在霄,舒卷自如。王右丞如秋水芙蕖,倚风自笑。韦苏州如园客独茧,暗合音徽。孟浩然如洞庭始波,木叶微脱。杜牧之如铜丸走坂,骏马注坡。(敖陶孙,1979:135)

尽管对二十八家诗风逐一比况,令人叹服,不过,像这样只从诗人作品的一种风格或特征上作喻,毕竟表意单薄,读者美感有余,而所获不足。因此,宋诗话对前人诗作更多的是运用博喻式的阐释方式,或者是"有喻有评"这种评喻结合的最佳解释方法,如宋蔡绦所评唐宋十四家诗风:

> 柳子厚诗,雄深简淡,迥拔流俗,至味自高,直揖陶谢;然似入武库,但觉森严。王摩诘诗,浑厚一段,覆盖古今;但如久隐山林之人,徒成旷淡。杜少陵诗,自与造化同流,孰可拟议,至若君子高处廊庙,动成法言,恨终欠风韵。黄太史诗,妙脱蹊径,言谋鬼神,唯胸中无一点尘,故能吐出世间语;所恨务高,一似参曹洞下禅,尚堕在玄妙窟里。(胡仔,1962:257)

前评后喻或前喻后评,评喻互证互补,实为一种成熟得当的解释模式。事实上，在宋以后的诗话中，我们可以看到这种解诗模式一直占据主流。随着诗歌批评与解释思想的日渐深入，人们越来越不满足于过去那种"某人诗如某某"的单纯比拟与罗列，越来越注重将自己的意见直陈于比况的前后，使二者难分主次，相得益彰。清叶燮曾说："夫自汤惠休以'初日芙蓉'拟谢诗，后世评诗者，祖其语意，动以某人之诗如某某，或人，或神仙，或事，或动植物，造为工丽之辞，而以某某人之诗，一一分而如之。泛而不附，缛而不切，未尝会于心，格于物，徒取以为谈资，与某某之诗何与？明人递习成风，其流愈盛。"（叶燮，1978：600）的确，如果仅仅是"以某某人之诗，一一分而如之"的形式去解诗，很容易产生"泛而不附，缛而不切"之弊。需要强调的是，除了以评喻结合的办法来克服单纯譬喻性解释的局限性之外，中国古人还运用"摘句褒贬"的方式来加强批评与解释的针对性和具体性，如司马光如此阐发杜甫《春望》一诗：

> 近世诗人，惟杜子美最得诗人之体，如"国破山河在，城春草木深。感时花溅泪，恨别鸟惊心"。山河在，明无余物矣；草木深，明无人矣；花鸟，平时可娱之物，见之而泣，闻之而悲，则时可知矣。他皆类此，不可遍举。（司马光，1981：277—278）

像这样对具体诗句之意的详解，已经接近现代文学解释学的文本阐释。但多数摘句之法并非如此。"古代诗学批评中，摘句是相当突出的现象，即不作细致的解说分析，而惟摘录能说明己意的诗句，罗列之，使观者自明。其思想根源即在于整体直觉。人们认为诗歌的意味，或佳妙处，往往很难以明确的言辞加以解说，最好的办法莫过于让读者直接从原作中领会。"（刘明今，2000：300）应该说，在整体直觉和期于读者自我领会这两点上，摘句之法与譬喻性解释还是相通的。由摘句褒贬再往前推进一步，就是以杜甫的《戏为六绝句》和元好问的《论诗三十首》为代表的特殊批评与解释文体——论诗诗。学界对此研究和论述颇多，这里只想指出，中国诗学在批评与解释的方式上，似乎始终浸淫在一股审美主义的冲动中。无论是以象喻诗，直接摘取诗句以褒贬之，还是干脆以诗论诗、以诗解诗，都让我们体会到一股浓郁的诗意和美感，让我们不由自主地将批评、解释与诗歌创作融为一体，难分彼此。

四

施莱尔马赫说:"譬喻性的解释开始于这样一个前提,即意义在直接的语境中是缺乏的,所以我们需要提供譬喻的意义。"(施莱尔马赫,2006:56)但是,中国诗学解释学对譬喻性解释的偏嗜与执着主要不是因为意义在直接语境中的阙如,而是首先缘起于古人对诗歌的独特艺术魅力的深度体认。简言之,诗歌的艺术特质注定了它不宜于采用西方那种抽象的条分缕析式的逻辑推衍,而更适合运用"象喻"的诗性解释方式来与诗歌的形式和内容保持一种契合同构。清叶燮的一段话比较集中地反映了中国诗学对诗歌本质和解诗妙谛的深刻认识:

> 诗之至处,妙在含蓄无垠,思致微渺。其寄托在可言不可言之间,其指归在可解不可解之会;言在此而意在彼,泯端倪而离形象,绝议论而穷思维,引人于冥漠恍惚之境,所以为至也。若一切以理概之,理者,一定之衡,则能实而不能虚,为执而不为化,非板则腐,如学究之说书,闾师之读律;又如禅家之参死句,不参活句,窃恐有乖于风人之旨。(叶燮,1978:584—585)

实际上,叶燮已经说明了为什么诗歌不能"以理概之",即用抽象的意义分析去诠解诗歌的根本原因。一言蔽之,对于"寄托在可言不可言之间,其指归在可解不可解之会"且"妙在含蓄无垠……言在此而意在彼"的诗歌而言,任何貌似周全的理性解析都只能是一管之见,都有不尽如人意之处,而且"非板则腐",不如索性放弃抽象演绎,以象喻之,将实际的理解与阐释全部交给读者个人去意会,使读者自由徜徉在诗歌与譬喻的双重理解语境中,也许所获更多。

从哲学的层面上看,显而易见,中国诗学对譬喻性解释的青睐和对分析性阐释的疏远当然是道家语言哲学深刻影响的结果。[1] 老庄对语言表意

---

[1] 关于道家言意观对中国文学解释学多元理解与阐释取向的深度规约与影响,可以参见李有光(2016)。

功能的极度不信任不仅在文学创作中被广泛表征，在文学接受和阐释的场域，以意象解释而不是以语言解释为主本身就是对因言求意之法的怀疑。就像《庄子·天道》篇中轮扁所说的那句千古至言："然则君之所读者，古人之糟粕已夫！"无论是文本写作还是文本阐释，万物之道和世间真理都不可能凭借语言得以本真的显现与保全。明人徐祯卿结合诗歌的特质和言不尽意论说得很好：

> 诗者乃精神之浮英，造化之秘思也。若夫妙骋心机，随方合节，或约旨以植义，或宏文以叙心，或缓发如朱弦，或急张如跃楛，或始迅以中留，或既优而后促，或慷慨以任壮，或悲悽以引泣，或因拙以得工，或发奇而似易。此轮匠之超悟，不可得而详也。《易》曰："书不尽言，言不尽意。"若乃因言求意，其亦庶乎有得欤！（徐祯卿，1981：765—766）

既然对诗这种特殊艺术文本的解释不能相信因言求意的有效性，干脆反其道而行之，以象释象，以诗解诗，在激发读者自身妙悟潜能的同时，增加其双重审美愉悦的效果。张隆溪先生说："对语言的这一激进怀疑，似乎是中国人头脑中一个根深蒂固的文化见解。这很可能就是中国传统文论为什么大多用诗一般的形象语言来写的缘故。"（张隆溪，2006：76）这种推测无疑是有根有据的。对于诗学解释学而言，所谓"诗一般的形象语言"主要体现为譬喻性的解释，一种如同诗歌语言一样唯美的象喻式审美主义解释。

事实上，中国的诗论家和诗歌阐释者多数是诗人兼之，就像罗根泽先生所言："中国的批评，大都是作家的反串，并没有多少批评专家。"（罗根泽，1984：14）作为诗人的解释者和批评者既不擅长，也不喜欢运用逻辑分析的方法对待诗歌文本，诗人须臾不离的审美情结以及对意象性语言的天赋注定了他们不由自主地选择了譬喻性解释与批评，独特的诗人气质也使得他们将解释与批评的注意力主要集中在诗歌的艺术风格、神韵趣味而不是意义的诠释上。其实，中国古代的诗歌批评与解释不仅多数是诗人为之，而且是诗人无意为之，是兴之所至、自然而然的结果，并非有什么预设的理论构架和研究目的，也没有什么很具体的功利目标和现实压力。

相比之下，在现代社会中，"从事文学批评的学者大多集中在高等院校，由于对高校教师在职称评聘、业绩考核和学术奖惩等方面越来越严格的'数字化'管理，使得包括文学批评在内的学术研究成为一种越来越'规范化'或'模式化'的文字制作。在这样一种学术背景下，文学批评的写作，无论是文体样式、话语方式抑或语言风格均趋向单一、枯涩甚至冷漠。中国古代文学理论和批评那种特有的灵性、兴趣和生命感被丢弃，古代文论批评文体所特有的开放、多元和诗性言说的传统亦被中断"（李建中，2005：91）。当然，我们感到遗憾的并不是规范化的学术研究，而是由此导致的诗性言说传统的断裂。

从"论诗诗"这种诗歌批评与解释的极致追求不难看出，古人完全被裹挟在一种审美主义的时代症候中，他们似乎总在努力把诗歌写作和诗歌评论合二为一，倘不能也要退而求其次——用同样唯美的譬喻性批评来保持与诗歌的美感和诗性相一致。无疑，任何些许的现实功利目的都会破坏这种自由而又自然的诗性言说。"与古代西方的文学理论家相比，中国古代文论家既缺少一种对'理论家'身份的自我确认，也缺少一种理论意识的自觉。而正是这些'缺少'成全了中国古代文论的诗性，铸成了古代文论的诗性外观。"（李建中，2005：6）同样，对于诗歌解释而言，没有外在的解释规范束缚，也没有硬性的解释任务要完成，率性而发，随意而成，诗人笔下的诗歌批评与解释不是诗性的象喻方式倒是奇怪的。

美国当代著名美学家朗格认为，成功的艺术作品表达的是一种"生命意味"，鉴赏者是否把握了艺术文本中的意味或表现性，是不能通过语言来说明的，只能靠"艺术知觉"，即一种艺术洞察力或顿悟能力，从艺术符号排列和组合起来的全部意象中去捕捉艺术品内蕴的"生命意味"。（朗格，1983：56—57）无疑，中国古代那些兼具诗人和批评家双重才能的解释者既有敏锐的艺术知觉，又深知诗歌所表现的生命意味是不能用分析性的语言去肢解的。他们非常聪明地选择了一条"以象释象"的诗性批评与诠释的途径，借助读者在长期的诗歌阅读中养成的直觉和顿悟能力来实现对诗歌艺术风格和文本意义的理解。显而易见，中国诗学审美主义解释得以成立的首要条件就是它自身的具象性和读者的自得性。依象而得义，悟象而识诗，具象性和自得性也是譬喻性解释的显著特征。

可以说，譬喻性解释是中国文化天人合一的整体性思维方式作用的结果。面对诗歌的各种艺术特性和文本内涵，从来没有西方那种主客二分型的分析性思维模式的解释者首先想到的是如何完整地表达诗歌的神韵，完整地呵护诗歌的生命意味。实际上，"对于具有含蓄蒙（朦）眬、恍惚悠渺、不受道理言语障蔽特点的中国古典诗歌，解释者如果硬用分肌擘理的逻辑方法只能是割裂它、肢解它，而且解之愈细，离之愈远，最后像西方解释学所做的那样使解释对象失却其活泼泼的生命而成为一种僵死的语言堆积。正是基于对中国古典诗歌含蓄蕴藉、富于暗示、只可意会不可言传的特点的深刻认识和把握，中国古代诗学解释学有意识地摒弃了概念性的分解活动，而采用'象喻'这种极富创造性和暗示性的文本阐释方式来传达解释者对于作品风神韵味的心灵体验和整体把握"（邓新华，2008：124）。我们可以随手举出一例来展示譬喻性批评和解释对诗歌某种风韵的整体性传递与维护：

> 自古诗人养气，各有主焉。蕴乎内，著乎外，其隐见异同，人莫之辨也。熟读初唐盛唐诸家所作，有雄浑如大海奔涛，秀拔如孤峰峭壁，壮丽如层楼叠阁，古雅如瑶瑟朱弦，老健如朔漠横雕，清逸如九皋鸣鹤，明净如乱山积雪，高远如长空片云，芳润如露蕙春兰，奇绝如鲸波蜃气，此见诸家所养之不同也。学者能集众长合而为一，若易牙以五味调和，则为全味矣。（谢榛，1983：1180）

就像这些优美的自然意象自身的整体性不可分解一样，诗歌文本的某种特征和风格也是不能用条分缕析的语言去抽象演绎的。张伯伟先生认为，这种"意象批评法具有审美经验完整性的特点。它是批评家对于作品风格的整体把握，是在作品的实际体验中所得到的完整印象，是想象力对于理性的投射。因此，这种用意象的语言所传达的经验就不是理性的分析所可以取代的。艺术作品本身是一个整体，纯理性的分析可以使人们得到'片面的深刻'，却往往肢解了艺术作品之美"（张伯伟，2002：271）。同样，对于诗学解释学视域中的审美主义解释而言，譬喻性解释所表达的审美经验和文本意义的完整性也是它的重要特征之一。

当然，象喻性解释中络绎缤纷的审美意象给我们最深的感受还是它的诗意化和审美化。本质上，譬喻性批评与解释就是中国诗学审美主义泛化的产物，是中国文化源远流长的诗性思维和诗性精神的体现。"何为诗性？日常话语中的'诗性'，狭义地讲是指'诗歌的特性'，广义地说是指与逻辑性相对的艺术性和审美性。"（李建中，2005：6）如上所述，对于没有理论自觉和现实压力同时又兼具诗人才华的批评家与解释者来说，赋予诗歌评论与阐释浓郁的诗性气息和高度的美感形式几乎就是毫不费力的事，再自然不过的事。仅从批评的视域观照，"中国古代批评不惟批评的形式审美化、艺术化，诸如以论诗诗、骈体论文、诗话词话等艺术形式进行批评，而且在批评内容、境界、精神上也呈审美化、艺术化倾向。从读者接受角度看，也从中获得审美享受和艺术享受"（张利群，2001：221）。如果从诗学解释学的理解与阐释取向出发，我们需要特别指出，除了上述一再强调的，在诗性的审美主义解释中，接受者能够享受到诗歌文本和象喻性阐释的双重审美愉悦外，更重要的是，由于意象本身的隐喻性、象征性和多义性，接受者对譬喻性解释的理解也必然是祈向多元的。换言之，在对譬喻阐释的接受与理解过程中，不可能形成一个与原初阐释者相同的统一理解。这样看来，中国古典诗歌以及对诗歌的象喻性解释最终都是以多元理解向度为指归的。毫无疑问，这种双重的共同路向更加说明了中国诗学解释学的根本理解与阐释取向只能是多元论。

参考文献

Abrams, M. H. (1999): *A Glossary of Literary Terms*, Harcourt Brace.

〔德〕狄尔泰（2006）：《诠释学的起源》，载洪汉鼎主编《理解与解释：诠释学经典文选》，东方出版社。

〔德〕伽达默尔（2004）：《真理与方法》上卷，洪汉鼎译，上海译文出版社。

〔美〕朗格，苏珊（1983）：《艺术问题》，滕守尧、朱疆源译，中国社会科学出版社。

〔法〕利科尔，保罗（2006）：《存在与解释学》，载洪汉鼎主编《理解与解释：诠释学经典文选》，东方出版社。

〔德〕施莱尔马赫（2006）：《1819 年讲演纲要》，载洪汉鼎主编《理解与解释：诠释学经典文选》，东方出版社。

（汉）刘向（1987）：《说苑校证》，向宗鲁校，中华书局。

（梁）钟嵘（1981）：《诗品》，载何文焕辑《历代诗话》（上），中华书局。

（唐）杜牧（1977）：《李长吉歌诗叙》，载王琦等注《李贺诗歌集注》，上海人民出版社。

（唐）孔颖达（1980）：《礼记正义·学记第十八》，载《十三经注疏》下册，中华书局。

（唐）司空图（1981）：《二十四诗品》，载何文焕辑《历代诗话》（上），中华书局。

（宋）敖陶孙（1979）：《臞翁诗评》，载郭绍虞主编《中国历代文论选》第2册，上海古籍出版社。

（宋）胡仔（1962）：《苕溪渔隐丛话》后集，廖德明校点，人民文学出版社。

（宋）司马光（1981）：《温公续诗话》，载何文焕辑《历代诗话》（上），中华书局。

（明）王世贞（1983）：《艺苑卮言》，载丁福保辑《历代诗话续编》（中），中华书局。

（明）谢榛（1983）：《四溟诗话》，载丁福保辑《历代诗话续编》（下），中华书局。

（明）徐祯卿（1981）：《谈艺录》，载何文焕辑《历代诗话》（下），中华书局。

（清）汪继培笺（1985）：《潜夫论笺校正》，中华书局。

（清）吴雷发（1978）：《说诗菅蒯》，载丁福保辑《清诗话》下册，上海古籍出版社。

（清）叶燮（1978）：《原诗》，载丁福保辑《清诗话》下册，上海古籍出版社。

（清）朱鹤龄（1979）：《辑注杜工部集序》，载《愚庵小集》第7卷，上海古籍出版社。

邓新华（2008）：《中国古代诗学解释学研究》，中国社会科学出版社。

郭绍虞（1979）：《中国文学批评史》，上海古籍出版社。

李建中（2005）：《古代文论的诗性空间》，湖北人民出版社。

李有光（2016）："论道家语言哲学与中国诗学多元理解之关联"，《福建论坛》，第6期。

刘明今（2000）：《中国古代文学理论体系：方法论》，复旦大学出版社。

罗根泽（1984）：《中国文学批评史》，上海古籍出版社。

罗宗强（1986）：《隋唐五代文学思想史》，上海古籍出版社。

余嘉锡（1983）：《世说新语笺疏》，中华书局。

叶维廉（1992）：《中国诗学》，生活·读书·新知三联书店。

张伯伟（2002）：《中国古代文学批评方法研究》，中华书局。

张利群（2001）：《中国诗性文论与批评》，人民文学出版社。

张隆溪（2006）：《道与逻各斯》，冯川译，江苏教育出版社。

Study on the Multi-interpretation of Chinese Poetics Aestheticism and Its Causes

Li Youguang

Abstract：Interpretation of Chinese poetics aestheticism was established by various schools of thought before Qin Dynasty, which has been formed in Wei, Jin and Six Dynasties, come to maturity in Tang Dynasty, and finalized the stereotype in the Song Dynasty by combination of review with metaphor of poetic and the complementary each other. The scholars think that the abstract explanation of logical derivation may suffocate the understanding of the poetics, and it will suppress and even destroy the vitality of the poetry. Only by "poem by poem" and having an aestheticism attitude to interpreting the poetry, can stimulate and release the aesthetic impulse and vitality of the understanding maximally, and the aesthetic feeling and the sense of life can be preserved and displayed intact as well. In other words, the readers can obtain the dual pleasure from poetry text and interpretation by compounding rules of poetic quality, which just is the special charm and value of the multi-interpretation of aestheticism. Of course, there is a casual connection between the characteristics of interpretations and the dual identity of Taoism and poetical theorists, and the non-utilitarian of criticism and interpretation.

Keywords: Chinese Poetics; Aestheticism; Poetic Hermeneutics; Understanding and Interpretation

About the Author: Li Youguang (1968 –), Ph. D. , Professor at College of Liberal Arts, Hubei Normal University. Research interests and specialties: Chinese and foreign literature theories. Magnum opuses: *Study on Multi-interpretation Idea of Chinese Poetics*, etc. E-mail: liyouguang1968@163. com.

跨文化交流视角下的日本假名文学"中国性"考

——以《白氏文集》为例

〔日〕海村惟一 著　海村佳惟 译*

摘　要:由出土实物（金印）、文献《后汉书》记载以及传世日藏写本文献三重印证的日中跨文化交流可以追溯到公元 57 年汉光武帝赐予倭的奴国王金印之际。在跨文化交流的过程中，日本诞生了真名（汉字）文献：日本汉文。首次出现的就是 604 年圣德太子制定的《宪法十七条》，这是 600 年日本首次派遣使者渡海进行跨文化交流所带来的结果，《宪法十七条》显示的"中国性"涉及十多种中国古典文献。日本文学有真名（汉字）文学和假名文学之分。真名文学直接受容中国古典文学，显示"中国性"这一跨文化交流的文学现象几乎已经成为日中两国学界所关注的热点。本文从跨文化交流的视角对假名文学的和歌、物语、谣曲、随笔四种主要文学样式如何受容《白氏文集》进行实证考察，以验证其包含的"中国性"。

关键词:《白氏文集》　和歌　物语　谣曲　随笔

---

* 海村惟一（1956—），福冈国际大学名誉教授，惟精书院理事长兼汉字文化研究所所长，文学博士，研究方向：汉字文化、东亚汉学、比较文学。海村佳惟（1984—），中国教育部人文社会科学重点研究基地华东师范大学中国文字研究与应用中心客座研究员，北京大学文学博士，惟精书院院长，研究方向：东亚汉字学及其应用、比较文学、翻译学。

序 言

由出土实物（金印）①、文献《后汉书》② 记载以及传世日藏写本文献③的三重印证④的日中跨文化交流可以追溯到公元 57 年汉光武帝赐予倭国的奴国王金印时代。

在跨文化交流的过程中，日本诞生了真名（汉字）文献：日本汉文。首次出现的就是 604 年圣德太子制定的《宪法十七条》，这是 600 年日本首次派遣使者渡海进行跨文化交流所带来的结果，《宪法十七条》显示的"中国性"涉及十多种中国古典文献。（海村惟一、海村佳惟，2017；海村惟一，2018）此后不久，中国由唐代隋，文化也随之进入空前繁荣的时代。唐代对日本文学影响最大的是《白氏文集》。

《白氏文集》是 74 岁的白居易（772—846）在 845 年 5 月完成的自编诗文集（75 卷）。（花房英树，1960）而一年前的 844 年留学唐朝的日本僧侣惠萼带回了 67 卷本的《白氏文集》，顿时对当时的日本贵族文坛产生了巨大影响。据说白居易对此也有所耳闻。（内田泉之助，1968）当时，白居易的诗文不仅在其所处地方广受欢迎，更是受到朝鲜半岛、日本列岛等读者的喜爱、追捧、模仿，尤其是在日本，《白氏文集》与《文选》（昭明太子编撰）一起成了日本文学形成的重要基石。《白氏文集》在跨文化交流中所起的作用无法估量，对此所作的研究还远远不够。日本文学对《白氏文集》的受容⑤，可以从日本文学的两大支柱，即真名（汉字）文

---

① 此金印于 1782 年出土于黑田藩（现在的福冈市）志贺岛，经黑田藩学者龟井南溟考证，其乃汉光武帝于公元 57 年赐给来朝贡的倭国的奴国使者带回给国王的金印，其白文为"汉委奴国王"，汉印之"委"通"倭"。并以《后汉书》以证之。

② 按，『後漢書·卷八五·列傳卷七五·東夷傳』有"建武中元二年，倭奴國奉貢朝賀，使人自稱大夫，倭國之極南界也，光武賜以印綬"之记载。

③ 日藏他写本『翰苑』有"中元之際，紫綬之榮"之记载。与『後漢書·卷八五·列傳卷七五·東夷傳』"建武中元二年，倭奴國奉貢朝賀，使人自稱大夫，倭國之極南界也，光武賜以印綬"的记载一致。

④ 笔者在二十多年前研究日本禅林文学时就提出并使用的方法：日本活字文献、中国活字文献以及敦煌写本或日藏传世写本三重印证法。

⑤ 关于"受容"，详参海村惟一（2011：131）。

学和假名文学来考察。① 日本学界已经对《白氏文集》进行了全面深入细致的研究，本文通过对这些学术成果的初步调研，从跨文化交流的视角来考察和分析假名文学的和歌、物语、谣曲、随笔四种主要文学样式是如何受容《白氏文集》而进行创作的，并对具体实例进行分析和考证，以揭示假名文学的受容方式及其所包含的"中国性"。日本文学中的"中国性"这一学术命题是笔者在十多年前提出并加以论证的。②

一　和歌的"中国性"之考

本部分从《句题和歌》、"和歌题咏"和"和歌题材"三个视角来考察"和歌"这种假名文学样式如何受容《白氏文集》，并验证"和歌"所包含的"中国性"。

（一）《句题和歌》的"中国性"

《句题和歌》是以汉诗诗句作为和歌题目的和歌。平安时代前期的贵族、歌人大江千里（生卒不明，参议大江音人之子）于宽平年间奉宇多天皇之命编辑家集《句题和歌》，亦谓《大江千里集》。句题的出典多源于白乐天之诗。（日本大辞典刊行会，2001：879）据大江匡衡《江吏部集》："夫江家之为江家，白乐天之恩也。故何者？延喜（901—923，醍醐天皇）圣代，千古、维时父子共为《文集》（即《白氏文集》）之侍读。天历（947—957，村上天皇）圣代，维时、齐光父子共为《文集》之侍读。天禄（970—973，圆融天皇）御宇，齐光、定基父子共为《文集》之侍读。"而知自大江千里的弟弟大江千古至大江定基四代担任历代天皇的《白氏文集》侍读；大江维时（887—963）在侍读之余还编辑了《千载佳句》，收录了唐诗七言佳句1083联，有诗人153位，但其中白乐天一人的诗句就有507联，约占其总数的1/2。由此可见，大江

---

① 本研究曾受畏友北京师范大学古籍与传统文化研究院院长韩格平教授的盛情邀请，2011年10月14日至16日，在由北京师范大学古籍与传统文化研究院、中国社会科学院历史研究所、香港理工大学中国文化学系联合举办的"第二届中国古文献与传统文化国际学术研讨会"上作过口头报告，又从"影响"的视角撰文发表在《福冈国际大学纪要》2013年第30号。

② 关于日本文学的"中国性"论文，详参海村惟一（2005：105）。

家在真名文学方面传承《白氏文集》的贡献是巨大的。894 年遣唐使被终止，三年后，大江千里奉旨编著家集《句题和歌》，把白诗融入和歌，则开启了和歌受容《白氏文集》之先河。此处尽量广泛调研，舍点重面，考察《句题和歌》（类从本）①受容《白氏文集》的现状，同时验证其包含的"中国性"。

（1）《白氏文集·卷三·讽喻三·杂言·上阳白发人》有 10 句诗为《句题和歌》的原始"句题"，故录此诗之全文如下：

> 上陽人　紅顏暗老白髮新
> 綠衣監使守宮門　①一閉上陽多少春
> 玄宗末歲初選入　入時十六今六十
> 同時采擇百餘人　零落年深殘此身
> 憶昔吞悲別親族　扶入車中不教哭
> 皆云入內必承恩　臉似芙蓉胸似玉
> 未容君王得見面　已被楊妃遙側目
> 妒令潛配上陽宮　②一生遂向空床宿
> ③秋夜長　夜長無睡天不明
> ④耿耿殘灯背壁影　⑤蕭蕭暗雨打窗聲
> ⑥春日遲　日遲獨坐天難暮
> ⑦宮鶯百囀愁厭聞　梁燕雙栖老休妒
> 鶯歸燕去長悄然　⑧春往秋來不記年
> ⑨唯向深宮望明月　東西四五百迴圓
> 今日宮中年最老　天家遙賜尚書號
> 小頭鞋履窄衣裳　青黛畫眉眉細長
> ⑩外人不見見應笑　天寶末年時勢粧
> 上陽人　苦最多
> 少亦苦　老亦苦　少苦老苦兩如何
> 君不見　昔時呂向美人賦
> 又不見　今日上陽白髮歌（冈村繁，2017：572）

---

① 《千人万首·资料编·白居易》是本文的基础资料库。

下面来考察《句题和歌》是如何受容此诗的，并考察其包含的"中国性"，及其受白诗的启发所表达、抒发和吟唱的"日本心"。

①白诗「一闭上陽多少春」→《句题和歌》「一閇上陽多少春」：

そこばくの 年つむ春に とぢられて 花見る人に なりぬべきかな
（藤原高远《大贰高远集》，其封面如图 1 所示。）①

和歌的"そこばくの 年つむ春に"以关键字"春"融化了句题的"多少春"。受白诗"多少春"的启发，藤原高远吟唱出"花見る人になりぬべきかな"的"日本心"，此可谓"显性融化型"的"中国性"。和歌通过此法强化了句题"閇"，即白诗的"闭（とぢられて）"字的意象。

②白诗「一生遂向空床宿」→《句题和歌》「一生遂向空床宿」：

图1　《大贰高远集》封面

① 藤原高远生于 949 年，卒于 1013 年 6 月 26 日。据《日本纪略》其卒日有异：《中古歌仙三十六人传》6 日；《尊卑分脉》11 日；《御堂关白记》17 日。藤原高远是平安时代中期的公卿、歌人。藤原北家小野宫流、参议藤原齐敏之子。官位正三位大宰大贰。中古三十六歌仙之一。《枕草子》230 条："一条天皇之笛师。"《百炼抄》永祚二年（990）1 月11 日条："叙之三位乃因笛之妙曲。"《敕撰作者部类》："《拾遗和歌集》（1 首）以下的敕撰和歌集有 27 首入集。"家集有《大贰高远集》。

うちはへて　空しき床の　さびしさに　しばしまどろむ　時ぞ少なき（藤原高远《大贰高远集》）

和歌的"うちはへて　空しき床の　さびしさに"以关键字"空""床"对应了句题的"空床"。受白诗"空床宿"的启发，藤原高远吟唱出"しばしまどろむ　時ぞ少なき"的"日本心"，此可谓"显性融化型"的"中国性"。和歌通过此法强化了"空（さびしさに）"字的意象。

③白诗「秋夜長　夜長無睡天不明」→《句题和歌》「秋夜長夜長無寐天不明」：

秋の夜の　長き思ひの　苦しきは　寝ぬには明けぬ　ものにぞありける（藤原高远《大贰高远集》，其内页如图2所示。）

图2　《大贰高远集》内页

和歌的"秋の夜の　長き思ひの　苦しきは"以隐性关键字"苦"悟化了句题的"秋夜長"。受白诗"秋夜長"的启发，藤原高远引发并吟唱出和歌的"長き思ひの　苦しきは　寝ぬには明けぬ"的"日本心"，可谓"隐性悟化型"的"中国性"。和歌通过此法挖掘出隐约在句题"夜長夜長"中的"寝ぬには明けぬ　ものにぞありける"的意象。

さらぬだに　明くる久しき　秋の夜を　物思ふ人の　心づよさ

よ（藤原隆房《朗咏百首》）①

　　和歌的"明くる久しき　秋の夜"以隐性关键字"明"悟化了句题的
"秋夜长"。受白诗"秋夜长"的启发，藤原隆房渲染并吟唱出和歌的
"物思ふ人の　心づよさよ"的"日本心"，可谓"隐性悟化型"的"中
国性"。和歌通过此法挖掘出隐约在句题"夜长夜长"中的"物思ふ人の
心づよさよ"的意象。

　　④白诗「耿耿残灯背壁影」→《句题和歌》「耿耿残灯背壁影」：

　　　　ともしびの　火影にかよふ　身を見れば　あるかなきかの　世
にこそありけれ（藤原高远《大贰高远集》，其正文如图3所示。）

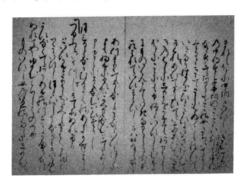

图3　《大贰高远集》正文

　　和歌的"ともしびの　火影にかよふ"以关键字"影"融化了句题的
"影"，受白诗"背壁影"的启发，藤原高远吟唱出"身を見れば　ある
かなきかの　世にこそありけれ"的"日本心"，可谓"显性融化型"的
"中国性"。作者通过此法深化了和歌"影"字的意象。

　　⑤白诗「萧萧暗雨打窗声」→《句题和歌》「萧萧暗雨打窗声」：

　　　　恋しくは　夢にも人を　見るべきに　窓うつ雨に　目をさまし
つつ（藤原高远《大贰高远集》）

---

①　藤原隆房，久安四年（1148）—承元三年（1209），平安时代末期至镰仓时代初期的公
　　卿。藤原北家善胜寺流出身的权大纳言藤原隆季的长男。母亲是大藏卿藤原忠隆之女。
　　正二位权大纳言。也称四条隆房、冷泉隆房。其作品有《朗咏百首》。

和歌的"見るべきに　窓うつ雨に"以关键字"雨"融化了句题的"雨",受白诗"暗雨打窓聲"的启发,藤原高远创新地吟唱出"恋しくは　夢にも人を　見るべきに"的"日本心",可谓"显性融创型"的"中国性"。作者通过此法把句题的"听觉"改为和歌的"视觉",强化了和歌"雨"字的意象。

⑥白诗「春日遅　日遅獨坐天難暮」→《句题和歌》「春日遅遅獨坐難天暮」:

> ひとりのみ　ながむる空の　春の日は　とく暮れがたき　ものにぞありける（藤原高远《大贰高远集》）

此句题对白诗作了日本汉文式的受容。和歌的"ながむる空の　春の日は"以关键字"春""日"融化了句题的"春日",受白诗"日遅獨坐"的启发,藤原高远创新地吟唱出"ひとりのみ　ながむる空の　春の日は"的"日本心",可谓"显性融创型"的"中国性"。作者通过此法改句题之"天"为和歌之"空",深化了和歌"春の日"的意象。

⑦白诗「宮鸎百囀愁厭聞」→《句题和歌》「宮鶯百囀愁猒聞」:

> 物思ふ　時はなにせん　鶯の　聞きいとはしき　春にもあるかな（藤原高远《大贰高远集》）

和歌的"鶯の　聞きいとはしき"以关键字"鶯"融化了句题的"鶯",受白诗"愁厭聞"的启发,藤原高远创新地吟唱出"物思ふ　時はなにせん"的"日本心",可谓"显性融创型"的"中国性"。作者通过此法改句题之"聞"为和歌之"思",深化了和歌"物思"的意象。

⑧白诗「春往秋來不記年」→《句题和歌》「春往秋来不記年」:

> 春秋の　ゆきかへり路も　知らなくに　何をしるしに　年を数へむ（藤原高远《大贰高远集》）

和歌的"春秋の　ゆきかへり路も"以关键词"春秋"简化了句题的"春往秋来",受白诗"不记年"的启发,藤原高远创新地吟唱出"知らなくに　何をしるしに　年を数へむ"的"日本心",可谓"简性融创型"的"中国性"。作者通过此法改句题之"記"为和歌之"数",深化了和歌"年を数へむ"的意象。

⑨白诗「唯向深宮望明月」→《句题和歌》「唯向深窓望明月」：

　　　見る人も　なき宿てらす　月かげの　心細くも　見えわたるかな（藤原高远《大贰高远集》）

和歌的"なき宿てらす　月かげの"以关键字"月"融化了句题的"月",受白诗"望明月"的启发,藤原高远创新地吟唱出"見る人も　なき宿てらす　月かげの　心細くも　見えわたるかな"的"日本心",可谓"显性融创型"的"中国性"。作者通过此法改句题之"明"为和歌之"照（てらす）",深化了和歌"心細"的意象。

⑩白诗「外人不見見應笑」→《句题和歌》「外人不見見応咲」：

　　　玉だれの　御簾の間うとく　人は見む　見えなんのちはくやしかるべく（藤原高远《大贰高远集》）

和歌的"人は見む　見えなんのちは"以关键字"見"融化了句题的"見",受白诗"外人不見見應笑"的启发,藤原高远创新地吟唱出"見えなんのちは くやしかる べく"的"日本心",可谓"显性融创型"的"中国性"。作者通过此法把句题之"咲"改为和歌之"悔（くやし）",深化了和歌"不見（見えなん）"的心象。

就上面所列的10种11首《句题和歌》的句题和白诗之句而言,其诗语和用字基本是一致的;略有不同的,如"閉"和"閇"、"殘"和"残"、"厭"和"猒"、"深宮"和"深窓"、"應笑"和"応咲"等,则有其他原因,另文再论。应句题而吟或悟句题而吟的和歌,其内容便是句题的日本式文学性的发挥。其中的"中国性",就上述分析而言,有"显性融化型""隐性悟化型""显性融创型""简性融创型"四种类型,各约占总数的 27%、18%、46%、9%。这里的"中国性"可以说是日本歌人在读白诗时的一种灵感，也可以说是日本歌人与白诗的共鸣。11 首中有 10 首是平安时代中期的公卿、歌人藤原高远的佳作。与其说此诗对藤原高远的影响之大，还不如说藤原高远对白居易的心仪程度之高以及受容程度之深。由此可见，《白氏文集·卷三·讽喻三·杂言·上阳白发人》不仅对当时的诗坛，而且对于歌坛来说，其影响都是非常深远的。

（2）《白氏文集·卷五·闲适一·古调诗·秋山》有 3 句诗为《句题和歌》的原始"句题"，故录此诗之全文如下：

久病曠心賞　今朝一登山　①山秋雲物冷　稱我清羸顏
白石臥可枕　青蘿行可攀　意中如有得　盡日不欲還
②人生無幾何　如寄天地間　心有千載憂　身無一日閑
③何時解塵網　此地來掩關　（冈村繁，2007：70）

此诗影响了平安、镰仓、室町三个时代，对三个时代的慈圆①、藤原定家②、寂身③、三条西实隆④的影响甚大。因字数的关系，仅列举下面几例来考察一下白诗是如何成为《句题和歌》句题，及其包含的"中国性"的。

①「山秋雲物冷」的《句题和歌》：

---

① 慈圆，久寿二年（1155）—嘉禄元年（1225），平安末期镰仓时代的天台宗僧侣。著有历史书《愚管抄》。谥号为慈镇和尚。一般称吉水僧正，在《小仓百人一首》里称前大僧正慈圆。慈圆乃关白藤原忠通和加贺局（藤原仲光之女）的第六子，九条兼实之弟。有名的歌人，家集有《拾玉集》，有作品被选入《千载和歌集》。

② 藤原定家，应保二年（1162）—仁治二年（1241），镰仓时代初期的公家、歌人。藤原北家御子左流的藤原俊成的二男。最终官位为正二位权中纳言。亦称京极殿、京极中纳言。法名为明静。歌人寂莲乃其从兄、太政大臣西园寺公经乃其义弟。作为御子左家的歌道家的地位是不动的，乃新古今调的代表歌人，驰名于世。进一步深化藤原俊成"幽玄"，提倡"有心"，对后世的歌坛有极大的影响。代表作有《拾遗愚草员外》《拾遗愚草》。

③ 寂身，镰仓时代的歌人，僧侣。原来乃院近习的武士。有 6 首歌被选入《新敕撰和歌集》。家集有《寂身法师集》。

④ 三条西实隆，康正元年（1455）—天文六年（1537），室町时代的公家。内大臣三条西公保的次男。官位为正二位内大臣。名公世、公延。号逍遥院。汉文日记《实隆公记》有史料价值。歌集有《雪玉集》《闻雪集》，著作有《咏歌大概抄》《高野山参诣记》等。信仰净土宗。

秋山の 岩ほの枕に たづねても ゆるさぬ雲ぞ 旅心ちする（藤原定家《拾遗愚草员外·文集百首·山家五首其五》）

和歌的"秋山の 岩ほの枕に たづねても"以关键字"秋"融化了句题的"秋"，受白诗"山秋云物冷"的启发，藤原定家创新地吟唱出"ゆるさぬ雲ぞ 旅心ちする"的"日本心"，可谓"显性悟化型"的"中国性"。作者通过此法从句题的"云物"悟化出和歌的"旅心"，深化了和歌"秋"的心象。

心なき 雲とは誰か いは木にも 思ひあれなと 秋ぞ知らるる（三条西实隆《雪玉集》）

和歌的"心なき 雲とは誰か いは木にも"以关键字"云"融化了句题的"云"，受白诗"山秋云物冷"的启发，三条西实隆创新地吟唱出"思ひあれなと 秋ぞ知らるる"的"日本心"，可谓"显性悟化型"的"中国性"。作者通过此法从句题的"山秋"悟化出和歌的"思ひあれなと 秋"，深化了和歌"云"的心象。

②「人生無幾何　如寄天地間　心有千載憂　身無一日閑」的《句题和歌》：

なかむれは 天つみ空に 風立ちて ただ何事も 夕くれの空（慈圆《拾玉集·卷二·咏百首和歌·述怀十首其十》）

和歌的"なかむれは 天つみ空に 風立ちて"以关键字"天"融化了句题的"天"，受白诗"身無一日閑"的启发，慈圆创新地吟唱出"ただ何事も 夕くれの空"的"日本心"，可谓"显性悟化型"的"中国性"。作者通过此法从句题的"天地"悟化出和歌的"天つみ空"，深化了和歌"空"的意象。

「人生無幾何　如寄天地間　心有千載憂　身無一日閑」的《句题和歌》：

　　したむせぶ 色やみどりの 松風の 一日やすめぬ 身をしをり つつ
（藤原定家《拾遺愚草員外·文集百首·述怀十首其十》）

　　和歌的 "一日やすめぬ身をしをり つつ" 以关键字 "身" 融化了句题的 "身"，受白诗 "如寄天地間" 的启发，藤原定家创新地吟唱出 "したむせぶ 色やみどりの 松風の" 的 "日本心"，可谓 "显性悟化型" 的 "中国性"。作者通过此法从句题的 "天地" 悟化出和歌的 "松風"，深化了和歌 "身" 的心象。
　　③「何時解塵網　此地來掩關」的《句题和歌》：

　　いつよりか 住むべき 山の 庵ならむ かつがつとまる わが心かな
（慈圓《拾玉集·卷二·山家五首其五》）

　　和歌的 "いつよりか 住むべき 山の 庵ならむ" 以关键字 "何時（いつ）" 融化了句题的 "何時"，受白诗 "何時解塵網" 的启发，慈圓悟出 "かつがつとまる わが心かな" 的 "日本心"，可谓 "显性悟化型" 的 "中国性"。作者通过此法从句题的 "解塵" 悟出了和歌的 "心"，深化了和歌 "山" 的心象。

　　みねにゐる 雲のさかひは 遠けれと いるへき 山と 松風そふく
（寂身《寂身法师集·题文集诗·山家部》）

　　和歌的 "みねにゐる 雲のさかひは 遠けれと" 以隐性关键字 "雲" 悟化了句题的 "塵"，受白诗 "此地來掩關" 的启发，寂身悟出 "いるへき 山と 松風そふく" 的 "日本心"，可谓 "隐性悟化型" 的 "中国性"。作者通过此法从句题的 "掩關" 悟出了和歌的 "松風"，深化了和歌 "雲" 的心象。
　　生活在镰仓时代的藤原定家和生活在室町时代的三条西实隆两位公家尽管时代不同，但都能从白诗 "山秋雲物冷" 无 "心" 之处感悟到 "心" 的存在，又引其 "山、秋、雲""秋、雲" 等关键字入和歌，如上所析，其所包含的"中国性"都可谓"显性悟化型"。

同样时代不同的慈圆、藤原定家也都能从白诗"人生無幾何，如寄天地間。心有千載憂，身無一日閑"无风之处领悟到风，虽然天的风和松的风不一样，又分别引其"天""一、日"等关键字入和歌，如上所析，其所包含的"中国性"亦可谓"显性悟化型"。

不同时代的僧侣慈圆和寂身能分别地从白诗"何時解塵網，此地來掩關"无心、无风之处体悟到心、风，不引白诗之关键字而展示"何時解塵網，此地來掩關"之意象，如上所析，其所包含的"中国性"实可谓"显性悟化型"和"隐性悟化型"。

白诗的这些诗句里也许和歌人的"物哀"有相通的灵感，所以，在这两者之间有"以心传心"的可能。这些和歌里包含的"中国性"不管是"显性"的，还是"隐性"的，也许都是"以心传心"的结果。

(3)《白氏文集·卷十·感伤二·秋夕》有 3 句诗为《句题和歌》的原始"句题"，故录此诗之全文如下：

①葉聲落如雨　月色白似霜
②夜深方獨臥　③誰爲拂塵牀

【补记】此诗乃元和六年（811）之后的三年间，在服母丧住渭村时所作。吟其自身独寝之侘，故平安王朝歌人们为"誰爲拂塵牀"句之所动，成为咏闺怨之情的句题。（海村惟一、海村佳惟，2017；海村惟一，2018）

①「葉聲落如雨　月色白似霜」的《句题和歌》：

夜もすがら　月に霜おく　槙の屋に　ふるか木の葉も　袖ぬらすらむ
（慈圓《拾玉集》）

和歌的"夜もすがら　月に霜おく　槙の屋に"以关键字"月"融化了句题的"月"，受白诗"葉聲落如雨"的启发，慈圆感悟地吟唱出"ふるか木の葉も　袖ぬらすらむ"的"日本心"，可谓"显性悟化型"的"中国性"。作者通过此法从句题的"如雨"悟化此和歌的"袖濡（ぬらす）"，改句题的"听觉"为和歌的"触觉"，深化了和歌"霜"

的意象。

> こゑばかり 木の葉の雨は 古郷の 庭もまがきも 月の初霜（藤原定家《拾遗愚草员外》）

和歌的"こゑばかり 木の葉の雨は 古郷の"以关键字"雨"融化了句题的"雨"，受白诗"月色白似霜"的启发，藤原定家创新地吟唱出"庭もまがきも 月の初霜"的"日本心"，可谓"显性融创型"的"中国性"。作者通过此法把句题的"似霜"融创为和歌的"初霜"，改句题的"虚景"为和歌的"实景"，深化了和歌"月"的意象。

②「夜深方獨臥 誰為拂塵牀」的《句题和歌》：

> 見せばやな 塵も はらはぬ 枕より 夢の絶えぬる 片敷きの袖（慈圆《拾玉集》）

和歌的"見せばやな 塵も はらはぬ 枕より"以关键字"塵"融化了句题的"塵"，受白诗"夜深方獨臥"的启发，慈圆感悟地吟唱出"夢の絶えぬる 片敷きの袖"的"日本心"，可谓"显性悟化型"的"中国性"。作者通过此法从句题之"夜"悟化出和歌之"夢"，深化了和歌"袖"的意象。

> ふす床の 涙の塵は つもれども よそにふけゆく 片敷きの袖（寂身《寂身法师集》）

和歌的"ふす床の 涙の塵は つもれども"以关键字"床"融化了句题的"牀"，受白诗"夜深方獨臥"的启发，寂身感悟地吟唱出"よそにふけゆく 片敷きの袖"的"日本心"，可谓"显性悟化型"的"中国性"。作者通过此法从句题之"獨"悟化出和歌之"涙"，深化了和歌"袖"的意象。

③「誰為拂塵牀」的《句题和歌》：

> 荒れはてぬ 払はば袖のうき 身のみ あはれ幾よの 床のうら風

（藤原定家《拾遗愚草员外》）

和歌的"あはれ幾よの 床のうら風"以关键字"床"融化了句题的"床"，受白诗"誰為拂塵牀"的启发，藤原定家创新地吟唱出"荒れはてぬ 払はば袖のうき身のみ"的"日本心"，可谓"显性融创型"的"中国性"。作者通过此法把句题动词之"拂"融创为和歌名词之"袖"，深化了和歌的"物哀"的意象。

白诗之句、句题之歌，这两者之间，我们可以感觉到有"物哀"在联动，藤原定家在深化藤原俊成"幽玄"之后，正是由白诗"山秋雲物冷"的句题，吟咏出"秋山の 岩ほの枕 たづねても ゆるさぬ雲ぞ 旅心ちする"之歌，感悟到白诗之句的"心"，这与藤原定家提倡"有心"是否有关联将是笔者日后的研究课题，但藤原定家"有心"的概念对后世的日本歌坛有着极大的影响是毫无疑问的。

（二）"和歌题咏"的"中国性"

白诗之句为和歌提供的题目称"句题"，白诗之句为和歌提供题目的同时还把题目转换为题材，这便称为"题咏"。"题咏"是和歌的创作方法之一，即与现实体验无关，凭预先获得的题目而咏之作，与触发事物获得直接感触而咏之作"咏物"相反。先行研究结果表明，"题咏"虽然被认为起源于《万叶集》（759?）大伴家持之歌，但是，在进入平安时代之后，出现了以汉诗之句为题的《句题和歌》接受汉文学影响的同时，"题咏"也伴随着屏风歌、歌合等的流行而日益兴盛，至平安中期诞生了类题和歌集的《古今和歌六帖》（976?），到了院政期吟咏四季、恋爱等100题的《堀河百首》（1104?）的问世，才确立了和歌的创作方法之一的"题咏"。

这里举两例《上阳人》的题咏。

（1）《上阳人》的题咏：

知らざりき 塵も払はぬ床の 上にひとり 齢の つもるべしとは
（藤原定家《拾遗愚草》）

（2）《上阳人》的题咏：

> 眉墨もう つりかはり てあらぬ世のうとき人には見えんものかは
> （三条西实隆《雪玉集》）

以此来考察白诗对和歌的深层影响。

《上阳人》的题咏出自《白氏文集·卷三·讽喻三·杂言·上阳白发人》，此诗全文前引。为了分析题咏的形成过程，再引有关部分来印证。先看第一例的《上阳人》的题咏，这是出自镰仓时代初期的公家、歌人藤原定家之手：

> 知らざりき 塵も 払はぬ 床の上に ひとり 齢 (よわい) の つもる べしとは（藤原定家《拾遗愚草》）

题咏《上阳人》的题目在白诗《白氏文集·卷三·讽喻三·杂言·上阳白发人》里出现过两次。而《上阳人》的题材来自白诗《白氏文集·卷三·讽喻三·杂言·上阳白发人》的下面四句：

> 未容君王得見面，已被楊妃遥側目。
> 妬令潜配上陽宮，一生遂向空床宿。

藤原定家题咏《上阳人》的和歌以关键字"床"融化了白诗的"床"，并受白诗"未容君王得見面，已被楊妃遥側目。妬令潜配上陽宮，一生遂向空床宿"题材的启发，创新地吟唱出"知らざりき 塵も 払はぬ 床の上に ひとり 齢 (よわい) の つもる べしとは"的"日本心"，此可谓"显性融创型"的"中国性"。藤原定家的题咏通过此法强化了"空 (さびしさに)"字的心象。

再看第二例的《上阳人》的题咏，其出自室町时代的公家、歌人三条西实隆之手：

> 眉墨も う つりかはり て あらぬ世のうとき 人には 見えんものか

は（三条西实隆《雪玉集》）

与上述的第一例相同，题咏的《上阳人》是白诗《白氏文集·卷三·讽喻三·杂言·上阳白发人》里出现过两次的诗句，而《上阳人》的题材则来自白诗《白氏文集·卷三·讽喻三·杂言·上阳白发人》的下面四句：

> 小頭鞋履窄衣裳，青黛畫眉眉細長。
> 外人不見見應笑，天寶末年時勢粧。

三条西实隆题咏《上阳人》的和歌以关键字"眉""人""见"对应了白诗的"眉""人""見"，并受白诗"小頭鞋履窄衣裳，青黛畫眉眉細長。外人不見見應笑，天寶末年時勢粧"题材的启发，创新地吟唱出"眉墨もうつりかはりてあらぬ世のうとき人には見えんものかは"的"日本心"，此可谓"显性融创型"的"中国性"。三条西实隆的题咏通过此法打通了"世"字的时空意象。"室町时代（1336—1573）"与"天宝（742—756）"相差很多年，但是，天宝末年的"时势妆"却在日本的室町时代被模仿，成为贵族阶层的时尚。白诗不仅影响了当时日本两个时代的文学，而且还引导了日本社会的文化走向，社会文化中亦出现了"中国性"，关于此说另文专论。

综上所述，"和歌题咏"的"中国性"以"显性融创型"为多。就"和歌题咏"而言，某一首白诗不仅为其提供了题目还提供了题材。同时白诗的影响还从日本的文学层面扩大到文化层面。

（三）"和歌题材"的"中国性"

白诗不仅为和歌提供了"句题"，还提供了"题咏"。更值得一提的是还给和歌提供了"题材"。此部分把焦点对准白诗给和歌提供题材这一点，举三例来详细考察。

第一例《白氏文集·卷三·讽喻三·杂言·上阳白发人》，此诗前面已经引过，略之。

《和汉朗咏集·卷上·秋·秋夜》以《白氏文集·卷三·讽喻三·杂

言·上阳白发人》"<u>秋夜</u>長，<u>夜</u>長無睡天不<u>明</u>。耿耿<u>殘灯背壁影</u>，蕭蕭<u>暗</u>
<u>雨打窗聲</u>"为题材。从此白诗通过《和汉朗咏集》的平台给和歌创作提供
了一个巨大的题材天地。列举下面诸例来考察和歌题材是如何受容《白氏
文集·卷三·讽喻三·杂言·上阳白发人》"秋""夜""明""灯""壁"
"影""暗""雨""打""窗""聲"等关键字，抒发和歌的"日本心"，
呈现和歌的"中国性"的：

　　　　<u>夜</u>もすがら 何事をかは 思ひつる <u>窗</u>うつ（<u>打</u>）<u>雨</u>の <u>音</u>をききつ
つ（和泉式部① 《和泉式部集》）

　　　　思ひ出でぬ ことこそなけれ つれづれと <u>窗</u>うつ（<u>打</u>）<u>雨</u>を 聞き
あかしつつ（藤原清辅② 《清辅朝臣集》）

　　　　つくづくと <u>明</u>けこそやらね <u>秋</u>の<u>夜</u>は <u>窗</u>うつ（<u>打</u>）<u>雨</u>の <u>音</u>ばか
りして（藤原公重③ 《续词花集》）

　　　　今はただ 憂き身うき世に ありかねて <u>窗</u>うつ（<u>打</u>）<u>雨</u>ぞ 友とな
りぬる（慈圆 《拾玉集》）

　　　　春の<u>夜</u>を <u>窗</u>うつ（<u>打</u>）<u>雨</u>に ふしわびて 我のみ鳥の <u>声</u>を待つか
な（藤原定家 《拾遗愚草》）

　　　　<u>暗</u>き<u>夜</u>の <u>窗</u>うつ（<u>打</u>）<u>雨</u>に おどろけば 軒ばの松に <u>秋</u>風ぞ吹く
（藤原良经④ 《新续古今集》）

　　　　年へたる 思ひはいとど 深き<u>夜</u>の <u>窗</u>うつ（<u>打</u>）<u>雨</u>も <u>音</u>しのぶな
り（宫内卿⑤ 《水无濑恋十五首歌合》）

　　　　<u>秋</u>の<u>雨</u>の <u>窗</u>うつ（<u>打</u>）<u>音</u>に ききわびて 寝覚むる<u>壁</u>に ともし火
のかげ（西园寺公宗女⑥ 《风雅集》）

---

① 和泉式部（987—1048），平安时代中期歌人。越前守大江雅致之女。中古三十六歌仙之
　一、女房（夫人）三十六歌仙之一。
② 藤原清辅（1104—1177），平安时代末期的公家、歌人。藤原北家鱼名流左京大夫藤原显
　辅二公子。拜官正四位下太皇太后宫大进。初名隆长，号六条。其不仅确立六条藤原家
　歌学，而且还是平安时代歌学的集大成者。传世之家集有《清辅朝臣集》，歌学之作有
　《袋草纸》《奥义抄》《一字抄》等。
③ 藤原公重（1118—1178），平安时代末期的官吏、歌人。传世之家集有《风情集》。
④ 藤原良经（1169—1206），镰仓时代初期的公家、摄政太政大臣、歌人。
⑤ 宫内卿，镰仓时代初期的歌人。新三十六歌仙之一、女房（夫人）三十六歌仙之一。
⑥ 西园寺公宗女，西园寺公宗之公主。西园寺公宗是镰仓时代末期的公家。

いにしへを　思へば身さへ　ふりにけり　窗うつ（打）雨の　夜半の
寝覚に（平贞文①《新续古今集》）

きえねただ　身は光なき　闇のうちに　暗き雨聞く　窗の燈（正彻②
《草根集》）

人ならぬ　身を梁の　つばめだに　心やすめて　ならひやはせぬ（正
彻《草根集》）

燈の　壁にそむける　影深けて　くらき窗うつ（打）秋の夜の雨
（大内政弘③《拾尘集》）

上引的 12 首和歌是出自平安、镰仓、室町三个时代歌坛的 11 位歌人
（两位是女歌人）之手。这些作品虽然横跨了平安、镰仓、室町三个时代
（794—1573），历经 780 年，但是在融化白诗的"秋""夜""明""灯"
"壁""影""暗""雨""打""窗""聲"等关键字，抒发和歌各自的"日
本心"，呈现和歌的"显性融创型"的"中国性"上，却有着惊人的一致
性。其中，唯有室町时代禅宗歌僧正彻的两首中的一首感悟白诗、超越白
诗，把白诗的所有关键字都悟化到"心"里，即"人ならぬ　身を梁の　つば
めだに　心やすめて　ならひやはせぬ"，此和歌把白诗的关键字的"秋"
"夜""明""灯""壁""影""暗""雨""打""窗""聲"具象符号都悟
化为和歌的意象符号"心"，可谓"隐性悟创型"的"中国性"。

第二例《白氏文集·卷四·讽喻四·牡丹芳》，录此诗如下：

牡丹芳　美天子憂農也

牡丹芳　牡丹芳　黄金蕊綻紅玉房

千片赤英霞爛爛　百枝絳焰燈煌煌

照地初開錦繡段　當風不結蘭麝囊

仙人琪樹白無色　王母桃花紅不香

---

① 平贞文，镰仓时代中期的歌人。歌作收入《新续古今集》。
② 正彻（1381—1459），镰仓时代中期临济宗的歌僧。道号清岩。留世之歌有 20000 首之
多。室町时代最大的歌人。
③ 大内政弘（1446—1495），室町时代守护大名，大内氏第 14 代当主。文化造诣颇深，为
日后山口称为西京做出贡献。和歌、连歌的造诣亦颇深，编撰私家集《拾尘集》，有 1100
余首作品传世。

　　宿露輕盈泛紫艷　　朝陽照耀生紅光
　　紅紫二色間深淺　　向背兩態隨低昂
　　暎葉多情隱羞面　　臥叢無力含醉粧
　　低嬌笑容疑掩口　　凝思怨人如斷腸
　　穠姿貴彩信奇絶　　雜卉亂花無比方
　　石竹金錢何細碎　　芙蓉芍藥苦尋常
　　遂使王公與卿士　　游花冠蓋日相望
　　庳車軟轝貴公主　　香衫細馬豪家郎
　　衛公宅靜閉東院　　西明寺深開北廊
　　戲蝶雙舞看人久　　殘鶯一聲春日長
　　共愁日照芳難駐　　仍張帷幕垂陰涼
　　<u>華開花落二十日</u>　　一城之人皆若狂
　　三代以還文勝質　　人心重華不重實
　　重花直至牡丹芳　　其來有漸非今日
　　元和天子憂農桑　　卹下動天天降祥
　　去歲嘉禾生九穗　　田中寂寞無人至
　　今年瑞麥分兩歧　　君心獨喜無人知
　　無人知　　　　　　可歎息
　　我願暫求造化力　　減却牡丹妖艷色
　　少迴士女愛花心　　同助吾君憂稼穡（冈村繁，2017：684）

　　此诗的"華開<u>花落二十日</u>（華が咲いて花が落ちる、その間二十日）"
的震撼力度，将通过下面诸例和歌来验证：

　　咲きしより 散りはつるまで 見しほどに 花のもとにて 二十日経
にけり（藤原忠通[①]《词花集》）
　　植ゑたつる 籬（まがき）のうちの 茂りあひて 二十日に見ゆる

---

　① 藤原忠通（1097—1164），平安时代后期至末期公卿、太政大臣，藤原忠实的长子。文学
　　造诣颇深，《金叶集》等敕撰集有 58 首入选。若是汉诗则优于菅原道真。

深见草かな（源师光①《正治初度百首》）

　二十日まで 露もめかれじ 深见草 さきちる花の おのが色々（藤原重家②《重家集》）

　见る人の 心ぞうつる 红（くれない）の たまの花ぶさ 咲きそめしより（藤原政范③《政范集》）

　咲き散るは 程こそなけれ 深见草 二十日の月ぞ おそく 出でぬる（顿阿④《续草庵集》）

　夏のうちは 花に色こき ふかみ（深见）草 二十日の露は 月や待ちけん（三条西公条⑤《称名院集》）

　行く春を したふ心の ふかみ（深见）草 花も 二十日に なりぬと思へば（三仓宜隆⑥《大江户倭歌集》）

上引的 7 首和歌出自 7 位歌人之手，其中有的是官至右大臣的歌人、有的是僧侣歌人、有的是学者型歌人，可见白诗的震撼力度之广；这些作品横跨平安、镰仓、室町、江户四个时代，历时千年，可谓白诗的震撼力度之长；在融化白诗的"華開花落二十日"的基础上，均悟化此"花"为"深见草"（牡丹的别名），其共鸣度之深，可谓"显性悟创型"的"中国性"。尽管他们所抒之情并不相同，抒情的方式里却有着共同的"中国

---

① 源师光（1131—1204），平安时代后期至镰仓时代的官吏、歌人。村上源氏大纳言源师赖之子，拜官正五位霞右京权大夫。和歌造诣尤深，但是九条兼实谓其为"和歌之外无他艺"。作为敕撰歌人《千载和歌集》收有 6 首，其他的敕撰和歌集收有 26 首。家集有《师光集》传世，私撰集有《花月集》传世。

② 藤原重家（1128—1181），平安时代后期的公卿、歌人。六条藤原显辅之子，清辅之弟，季经之兄，经家、有家、保季等之父。《千载和歌集》以下的敕撰和歌集收有其 30 首。家集有《重家集》传世。

③ 藤原政范，生卒不明。平安时代后期的公卿、歌人。家集有《政范集》传世。

④ 顿阿（1289—1372），镰仓时代后期的歌僧。师事二条为世，并在歌坛大显身手，被视为二条派（歌道）再兴之祖。20 多岁时便与庆运、净弁、吉田兼好一起被称为四天王。二条为明编《新拾遗和歌集》中途而亡，后由顿阿编完。《续千载集》以下的敕撰和歌集收有其 44 首。其著述有《井蛙抄》《愚问贤注》传世。

⑤ 三条西公条（1487—1563），日本战国时代的公卿、歌人和学者。官拜正二位右大臣。事主后柏原天皇、后奈良天皇、正亲町天皇三世。作为当代一流文人被重用，古典注释用力极大。有家集《称名院集》传世。

⑥ 三仓宜隆，生卒不明。源光世编《大江户倭歌集》（6 卷，据跋而知乃 1860 年刊行）收其作品。

性"。

第三例《白氏文集·卷四·讽喻四·杂言·陵园妾》，先录此诗如下：

> 陵園妾　　憐幽閉也
>
> 陵園妾　　陵園妾　　顏色如花命如葉
>
> 命如葉薄將奈何　　一奉寢宮年月多
>
> 年月多　　春愁秋思知何限
>
> 青絲髮落拔鬢疎　　紅玉膚銷繫裙慢
>
> 憶昔宮中被妬猜　　因讒得罪配陵來
>
> 老母啼呼趁車別　　中官監送鎖門迴
>
> 山宮一鎖無開日　　未死此身不合出
>
> <u>松門到曉月徘徊</u>　　柏城盡日風蕭瑟
>
> 松門柏城幽閉深　　聞蟬聽鶯感光陰
>
> 眼看菊蕊重陽淚　　手把梨花寒食心
>
> 手把梨花無人見　　綠蕪牆遶青苔院
>
> 四季徒支粧粉錢　　三朝不識君王面
>
> 遙想六宮奉至尊　　宣徽雪夜浴堂春
>
> 雨露之恩不及者　　猶聞不啻三千人
>
> 三千人　　我儕君恩何厚薄
>
> 願令輪轉直陵園　　三歲一來均苦樂（冈村繁，2017：722）

《白氏文集·卷四·讽喻四·杂言·陵园妾》"<u>松門到曉月徘徊</u>（門墙をなす松林に、夜すがら月は徘徊し）"的震撼力和感染力之大，将通过下面诸例和歌来验证：

> 松の戸を さしてかへりし 夕べより あけるめもなく 物をこそ思へ（登莲法师①《续词花集》）

---

① 登莲法师，平安时代后期的歌僧。有家集《萤雪集》，已散逸。传现存《登莲法师集》把《中古六歌仙》收录的登莲作品分离使之独立成篇，初出于《词花集》，《新敕撰和歌集》入选 19 首，《中古六歌仙》《歌仙落书》亦以歌仙之名采编了 8 首。《续词花集》亦收有其作品。

山ふかく やがてとぢにし 松の戸に ただ有明の 月やもりけん（式子内亲王①《式子内亲王集》）

菊の露 なみだ落ちそふ 松の戸に また袖ぬらす 有明の空（源有长②《秋风抄》）

とぢはつる 深山のおくの 松の戸を うらやましくも 出づる月かな（源光行③《新敕撰集》）

とぢはつる 松のとぼその 光とて たのむもかなし 菊のうへの露（冷泉为秀④《新续古今集》）

思ひきや 松の戸ぼそに 身をとぢて 独りうき世を 嘆くべしとは（后崇光院⑤《沙玉集》）

月もまた いかに見ざらむ 松の門 いでやと思へど 消えはてぬ身を（三条西实隆《雪玉集》）

松の門 月にたたずむ 暁も 空のひかりを なほ思ふかな（大内政弘《拾尘集》）

松の門 さしもいく 世か へにけらし もろき木の葉を 身のたぐひにて（村田春海⑥《琴后集》）

上引的 9 首和歌出自 9 位歌人之手，其中，有的是皇族歌人，有的是公卿歌人，有的是僧侣歌人，有的是文人歌人，有的是学者歌人，可见白

---

① 式子内亲王（1149—1201），平安时代后期的皇女贺茂斋院。《新古今和歌集》收入其大量的作品，当时代表性的女歌人，在当时歌坛与九条良经、慈圆齐名。《式子内亲王集》等传世著作甚多。

② 源有长（1792—1881），江户时代的公卿、著名歌人。官拜正二位权大纳言。歌作被收入《秋风抄》。

③ 源光行，平安时代末期至镰仓时代初期的官吏、文学者、歌人。也是《源氏物语》的研究者，河内派的创立者。有《百咏和歌》《蒙求和歌》《新乐府和歌》等著作传世。《新敕撰集》等都收有其作品。

④ 冷泉为秀（？—1372），镰仓时代后期至室町时代前期的公卿、歌人，冷泉家第二代当家，其子为邦、为尹。官拜从二位权中纳言。《新续古今集》收其作品。

⑤ 后崇光院（1372—1456）为尊号，伏见宫贞成亲王，室町时代的皇族，世袭亲王家之一。伏见宫第三代当家。有《看闻日记》《椿业记》传世。《沙玉集》收其和歌作品。

⑥ 村田春海（1746—1811），江户时代中期至后期的国学者、歌人。号织锦斋、琴后翁。贺茂真渊门下的县居学派四天王之一。与国学者、歌人加藤千荫为江户派歌人之双璧。有《琴后集》传世。

诗的感染力之广；这些作品横跨了平安、镰仓、室町、江户四个时代，历时千年，可谓时空的震撼力之强；白诗《白氏文集·卷四·讽喻四·杂言·陵园妾》"松門到曉月徘徊"的"松""門""曉""月"关键字以及"松門"诗语在 9 位歌人的和歌里均已超越时空融化为各自的思、山、露、山、光、身、思、空、世等意境，以表心声和情怀，可谓共感的影响力之大；尽管他们所示之景、所吟之情不尽相同，但是其包含的"中国性"是相同的，即"显性悟创型"的"中国性"。

二　物语的"中国性"之考

本部分以《源氏物语》（1008）、《狭衣物语》（1061?）、《平家物语》（1309?）三种物语来考察"物语"这种日本文学样式对《白氏文集》的受容状况，以验证"物语"中包含的"中国性"的深度和广度。

（一）《源氏物语》的"中国性"

《源氏物语》① 有 54 帖，这里仅举 6 帖来考察其对《白氏文集》的受容，及其所包含的"中国性"。按帖之顺序进行如下的考证。

第十帖《源氏物语·贤木》受容于《白氏文集·卷十七·律诗五·蔷薇正开，春酒初熟。因招刘十九、张大、崔二十四同饮》，其诗全录于此：

<blockquote>

甕頭竹葉經春熟　　階底薔薇入夏開
似火淺深紅壓架　　如錫氣味綠粘臺
試將詩句相招去　　儻有風情或可來
明日早花應更好　　心期同醉卯時盃（冈村繁，1990：57）

</blockquote>

《源氏物语·贤木》"階のもとの薔薇けしきばかり咲きて、春秋の花盛りよりもしめやかにをかしきほどなるに、うちとけ遊びたまふ"之文

---

① 中西進『源氏物語と白楽天』岩波書店、1997、大佛次郎賞受賞第 24 回。此书是此主题的最前沿的研究。此外，根据原文的完译本有丰子恺翻译的《源氏物语》（上、中、下），还有林文月翻译的《源氏物语》（上、下）。另参海村惟一、海村佳惟（2017）、海村惟一（2018）。

的构思，很明显是来自白诗的"甕頭竹葉經春熟，階底薔薇入夏開"。"階のもとの薔薇けしきばかり咲きて"融化了白诗"階底薔薇入夏開"。《源氏物语》受容《白氏文集》的态度是十分明确的，其所包含的"中国性"可谓"显性融化型"。

第十二帖《源氏物语·须磨》受容于《白氏文集·卷十七·律诗五·十年三月三十日别微之于沣上十四年三月十一日夜遇微之于峡中停舟夷陵三宿而别言不尽者以诗终之因赋七言十七韵以赠且欲记所遇之地与相见之时为他年会话张本也》，其诗全录于此：

澧水店頭春盡日	送君上馬謫通川
夷陵峽口明月夜	此處逢君是偶然
一別五年方見面	相攜三宿未迴船
坐從日暮唯長歎	語到天明竟未眠
齒髮蹉跎將五十	關河迢遞過三千
生涯共寄滄江上	鄉國俱抛白日邊
往事渺茫都似夢	舊遊流落半歸泉
醉悲灑淚春盃裏	吟苦支頤曉燭前
莫問龍鍾惡官職	且聽清脆好文篇
別來只是成詩癖	老去何曾更酒顛
各限王程須去住	重開離宴貴留連
黃牛渡北移征棹	白狗崖東卷別筵
神女臺雲閑繚繞	使君灘水急潺湲
風淒暝色愁楊柳	月弔宵聲哭杜鵑
萬丈赤幢潭底日	一條白練峽中天
君還秦地辭炎徼	我向忠州入瘴煙
未死會應相見在	又知何地複何年（冈村繁，1990：123）

《源氏物语·须磨》"夜もすがらまどろまず、文作りあかしたまふ。さ言ひながらも、ものの聞こえをつつみて、急ぎ帰りたまふ。いとなかなかなり。御かはらけまゐりて、「醉ひの悲しび涙そそく春の盃のうち」ともろ声に誦じたまふ。御供の人も涙をながす。おのがじしはつかなる

别れ惜しむべかめり"的一幕融化了此诗的意境，而吟诵的"酔ひの悲しび涙そそく春の盃のうち"，即"醉悲灑涙春盃裏"的日语训读。第十二帖亦可谓"显性融化型"的"中国性"。

第四十四帖《源氏物语·竹河》受容于《白氏文集·卷十八·律诗六·春江》，其诗全录于此：

炎涼昏曉苦推遷　　不覺忠州已二年
閉閣只聽朝暮鼓　　上樓空望往來船
鶯聲誘引來花下　　草色勾留坐水邊
唯有春江看未厭　　紫砂遶石渌潺湲（冈村繁，1990：186）

《源氏物语·竹河》"内より 和琴さし 出でたり。かたみに讓りて手触れぬに、侍従の君して、尚侍の殿、「故致仕の大臣の御爪音になむ通ひたまへると聞きわたるを、まめやかにゆかしくなん。今宵は、なほ鶯にも 誘はれたまへ」と、のたまひ出だしたれば、あまえて爪食ふべきことにもあらぬをと思ひて、をさをさ心にも入らず、掻きわたしたまへるけしき、いと響き多く 聞こゆ"之文融化了此诗的意境。第二联的"朝暮鼓"被异化为"内より 和琴"。第三联的"鶯聲誘引"被训读为"鶯にも 誘はれた"。第四十四帖的"中国性"可谓"隐性融化型"。

第四十七帖《源氏物语·总角》受容于《白氏文集·卷十六·律诗四·香炉峰下，新卜山居，草堂初成，偶题东壁，重题》，其诗全录于此：

其三
日高睡足猶慵起　　小閣重衾不怕寒
遺愛寺鐘欹枕聽　　香鑪峯雪撥簾看
匡廬便是逃名地　　司馬仍爲送老官
心泰身寧是歸處　　故鄉何獨在長安（冈村繁，1988：423）

《源氏物语·总角》"雪のかきくらし降る日、ひねもすにながめ暮らして、世の人のすさまじき事に言ふなる十二月の月夜の、曇りなくさし出でたるを、簾捲き上げて見たまへば、向ひの寺の鐘の声、枕をそばだ

（歆）てて、今日も暮れぬ、とかすかなるを聞きて、おくれじと空ゆく
月をしたふかなつひにすむべきこの世ならねば"一幕间接融化此诗意
境，只不过用了一个"时空转换"的方法。"簾捲き上げて見たまへば、
向ひの寺の鐘の声、枕をそばだてて、今日も暮れぬ、とかすかなるを聞
きて"则直接融化于白诗的"遺愛寺鐘歆枕聽，香鑪峯雪撥簾看"。《源氏
物语·总角》对"遺愛寺鐘歆枕聽"的受容是首先隐去空间名词"遺愛
寺"，故"鐘"已经成为"向ひの寺（对面的寺）"的"鐘"，白诗的"歆
枕"虽然被显示，但"聽"已被融化为"聞"，还自创"声"作为"聞"
的对象，而白诗"聽"的对象则为"鐘"。《源氏物语·总角》对"香鑪
峯雪撥簾看"的受容是首先隐去空间名词"香鑪峯"，融白诗的"撥簾"
之"撥"为"簾捲"之"捲"，变白诗之"看"为"见"；白诗的"雪"
虽然显示了，但是"见"的对象已经被融创为"月"了。故第四十七帖的
"中国性"可谓"半隐半显性融创型"。顺便提一下，就此个案而言，中日
词语"看"和"见"以及"聽"和"聞"的分用始于平安时代。

第五十二帖《源氏物语·蜻蛉》受容于《白氏文集·卷十四·律诗
二·暮立》，其诗全录于此：

黄昏獨立佛堂前　　滿地槐花滿樹蟬
大抵四時心總苦　　就中腸斷是秋天（冈村繁，1988：181）

《源氏物语·蜻蛉》"夕かげなるままに、花のひもとく御前のくさむ
らを見わたし給ふ、もののみあはれなるに、中についてはらわたたゆる
は秋の天といふことをいと忍びやかに誦じつつ居給へり"一幕受容于此
诗，"夕かげ"源于"黄昏"，"花のひもとく"源于"滿地槐花"。所吟
诵的"中についてはらわたたゆるは秋の天といふこと"即"就中腸斷是
秋天"的日语训读。故第五十二帖可谓"显性融化型"的"中国性"。

第五十三帖《源氏物语·手习》受容于《白氏文集·卷四·讽喻四·杂
言·陵园妾》，其诗前引。

《源氏物语·手习》"松門に暁到りて月徘徊すと、法師なれど、いと
よしよししく恥づかしげなるさまにてのたまふことどもを、思ふやうに
も言ひ聞かせたまふかなと聞きゐたり"一幕的"松門に暁到りて月徘徊

す", 即白诗 "松門到曉月徘徊 (松門暁に到るまで月は徘徊し)" 之句的日语训读。故第五十三帖可谓 "显性融化型" 的 "中国性"。

综上所证, 仅举 6 帖的《源氏物语》对《白氏文集》的受容方式大致有两种: 其一, 把白诗融化到物语里去; 其二, 在物语里引用白诗的训读。其所显示的 "中国性" 大致有这样三种: 其一可谓 "显性融化型", 其二可谓 "隐性融化型", 其三可谓 "半隐半显性融创型"。例如, 第十帖《源氏物语·贤木》、第十二帖《源氏物语·须磨》、第五十二帖《源氏物语·蜻蛉》、第五十三帖《源氏物语·手习》为 "显性融化型"; 第四十四帖《源氏物语·竹河》可谓 "隐性融化型" 的; 第四十七帖《源氏物语·总角》为 "半隐半显性融创型"。

(二)《狭衣物语》的 "中国性"

源赖国女的《狭衣物语》是平安时代末期的物语, 共四卷。现就其中的两卷来考察《狭衣物语》是如何受容《白氏文集》而包含 "中国性" 的。

《狭衣物语·卷一》受容于《白氏文集·卷十三·律诗一·秋雨中赠元九》, 其诗全录于此:

> 不堪紅葉青苔地　又是涼風暮雨天
> 莫怪獨吟秋思苦　比君校近二毛年 (冈村繁, 1988: 32)

《狭衣物语·卷一》"雨少し降りて、霧りわたる空のけしきも、常よりことにながめられたまひて、「またこれ涼風の夕べの天の雨」と、口ずさみたまふを、かの、常磐の森に秋待たん、と言ひし人に見せたらば、まいて、いかに早き瀬に沈み果てん" 一幕中所哼吟的 "またこれ涼風の夕べの天の雨", 即此诗 "又是涼風暮雨天" 的日语意译之句, 乃此幕的主题意象。《狭衣物语·卷一》的 "中国性" 可谓 "显性融化型"。

《狭衣物语·卷四》受容于《白氏文集·卷十五·律诗三·燕子楼》, 其诗全录于此:

其一

满窗明月满簾霜　被冷燈殘拂臥牀

燕子樓中霜月夜　秋來只爲一人長（冈村繁，1988：283）

《狭衣物语・卷四》"文のけしきなども、ただおほかたに思はせたる なつかしさをば、おろかならぬさまに言ひなさせ給へるさまなども、さ し向かひ聞こえさせたる心地のみせさせ給ひて、いとど御とのごもるべ うもなければ、「燕子樓の中」とひとりごたれ給ひつつ、丑四つと申す までになりにけり"一幕中的"「燕子樓の中」とひとり（一人）ごたれ 給ひつつ"一文融化了白诗的"燕子樓中霜月夜，秋來只爲一人長"之 句，乃此幕的主题意象。《狭衣物语・卷四》的"中国性"可谓"显性融 化型"。

就仅此两例而言，《狭衣物语》对白诗的受容方式大致和《源氏物语》 相同，也是这两种：其一，把白诗融化到物语里去，如《狭衣物语・卷 四》；其二，在物语里引用白诗的训读，如《狭衣物语・卷一》。其所显示 的"中国性"则只有一种"显性融化型"。

（三）《平家物语》的"中国性"

《平家物语》是镰仓时代的军记物语，由十二卷本和灌顶卷组成。现 举其中的三卷来考察《平家物语》是如何受容《白氏文集》而显示其包含 的"中国性"的。

《平家物语・卷第三・城南之离宫》"大寺の鐘の声、遺愛寺の聞を驚 かし、西山の雪の色、香爐峰の望を催す"之文直接融化于《白氏文集・卷 十六・律诗四・香炉峰下，新卜山居，草堂初成，偶题东壁，重题》第二 联的"遺愛寺鐘欹枕聽，香鑪峯雪撥簾看"之句。由此个案可见，"看" "望"词组的中日分用也许起源于镰仓时代，唐代的"看"为镰仓时代的 "望"之源。《平家物语・卷第三・城南之离宫》所包含的"中国性"则 可谓"显性融化型"。

《平家物语・卷第六・红叶》受容于《白氏文集・卷十四・律诗二・ 送王十八归山寄题仙游寺》，其诗全录于此：

> 曾於太白峯前住　數到仙遊寺裏來
> 黑水澄時潭底出　白雲破處洞門開
> 林閒暖酒燒紅葉　石上題詩掃緑苔
> 惆悵旧遊無復到　菊花時節羡君廻（冈村繁，1988：110）

《平家物语·卷第六·红叶》"残れる枝、散れる木の葉をば掻き集めて、風すさまじかりける朝なれば、縫殿の陣にて、酒爓めてたべける薪にこそしてげれ。（中略）天機殊に御快げに打ち笑ませ給ひて、「林間に酒を爓めて紅葉を焼くと云ふ詩の心をば、さればそれらには誰が教へけるぞや。優しうも、仕つたるものかな」"一幕中的"林間に酒を爓めて紅葉を焼く"之文，就是引用此诗第三联的上句"林閒暖酒燒紅葉"的日语训读。其所包含的"中国性"则可谓"显性引用型"。

《平家物语·卷第七·青山之沙汰》"村上の聖代応和のころほひ、三五夜中新月の色白くさえ、涼風颯颯たりし夜中"一幕受容于《白氏文集·卷十四·律诗二·八月十五日夜禁中独直对月忆元九》（冈村繁，1988：119）第二联"三五夜中新月色，二千里外故人心"。"三五夜中新月の色"乃白诗"三五夜中新月色"的日语训读；"村上の聖代応和のころほひ"则融化"二千里外故人心"之句。其所包含的"中国性"则可谓"半显半隐性融引型"。

就仅此三例而言，《平家物语》受容白诗而包含的"中国性"有三种：其一，显性融化型，即明显地把白诗融化到物语里去，如《平家物语·卷第三·城南之离宫》；其二，显性引用型，即明显地把白诗引用到物语里去，如《平家物语·卷第六·红叶》；其三，半显半隐性融引型，即半明显地把白诗引用到物语里去又半隐约地把白诗融化到物语里去，如《平家物语·卷第七·青山之沙汰》。

三　谣曲的"中国性"之考

关于谣曲，中国学者在其所著的《中国题材的日本谣曲》里作了这样的解释："能乐是日本古代的假面具，至今仍然活跃在世界戏剧舞台。作为一门古老的戏剧，能乐有一部分是中国题材的作品，这一部分被称为唐事能。在此登场的是千古以来吟颂不已的中国历史人物、文人墨客，也有飘逸神仙，狰狞鬼怪。他们一起表演了中国历史文化的一幕幕画卷，讲述了一串串的故事。他们是中国的人物，也是日本的人物，这里有中国文化的呈现，更有日本古代作家的思想与情感。"（张哲俊，2005）其对自身著作作了这样的介绍："本书主要考证研究了日本唐事能的题材来源与变异，研究了题材来源与想象的关联。"（张哲俊，2005）本部分的考察对象并非"唐事能"，而从表现日本文化的《右近，吉野夫人》①（见图 4）、《樱川》②（见图 5）、《鼓滝》③、《松虫》（见图 6）四种谣曲来考察"谣曲"这种日本文学样式对《白氏文集》的受容状况，以验证《白氏文集》对"谣曲"的影响深度和广度，及其包含的"中国性"。

图 4　吉川家旧藏车屋本　图 5　《能之本》的《樱川》　图 6　《能之本》的《松虫》
　　《右近，吉野夫人》

　　《和汉朗咏集》④ 卷上《春兴》引《白氏文集·卷十三·律诗一·酬哥舒大见赠》，白诗通过《和汉朗咏集》对谣曲的《右近，吉野夫人》《樱川》《鼓滝》《松虫》产生了很大影响，其诗全录于此：

---

① 见于吉川家旧藏车屋本，《日本古典文学大系：谣曲集》（上、下）未收。
② 《樱川》（为尊重原文献，此处用原字"桜"）见于日本的国文研藏《能之本》第 15 册，《日本古典文学大系：谣曲集》（上、下）未收。
③ 《鼓滝》（为尊重原文献，此处用原字"滝"）见于《乱曲集》（梅若卫门景行，1800，有"橘景行印""榊原家藏"之印），《日本古典文学大系：谣曲集》（上、下）未收。
④ 《和汉朗咏集》是藤原公任所编，集汉诗、汉文、和歌为一集，于宽仁二年（1018）问世。

去歲歡遊何處去　曲江西岸杏園東
花下忘歸因美景　樽前勸酒是春風
各從微宦風塵裏　共度流年離別中
今日相逢愁又喜　八人分散兩人同（冈村繁，1988：28）

　　《右近，吉野夫人》的"げにや花の下に帰らんことを忘るるは美景によりて花心馴れ馴れそめて眺めん"文学意境中所包含的"中国性"可谓"显性融创性"，即"花の下に帰らんことを忘るるは美景によりて"直接源于白诗"花下忘歸因美景"的"训读文（書き下し文）"的"花下（かか）に歸（かえ）るを忘（わす）るるは美景（びけい）に因（よ）り"。《右近，吉野夫人》把音读的汉语词"花下（かか）"变为训读的和语词"花（なは）の下（もと）"。这种"训读文"是在保持汉字字形不变的情况下把"汉文"转换为"和文"，即把"汉文"的动宾关系倒置成"和文"的宾动关系。"训读文"是一种机制，同时这种机制可以把"和文"百分之百地还原为"汉文"。"谣曲"通过"和文"吸取或融化其所需的"中国性"。《右近，吉野夫人》"忘归"的"花下""美景"时空已变；"花"也由"杏花"变成"樱花"。《右近，吉野夫人》通过"训读文"的"花下（かか）に歸（かえ）るを忘（わす）るるは美景（びけい）に因（よ）り"融合并创新成"花心馴れ馴れそめて眺めん"的"日本心"，其所包含的"中国性"可谓"显性融创型"（见图 7）。

图 7　花の下に帰らんことを忘るるは美景によりて

　　《桜川》的"シテ上：花の下に帰らんことを忘れ水の、上地：雪を受けたる花の袖"的文学意境直接取之于白诗"花下忘归"之句的"训读文",融合并创新成"雪を受けたる花の袖"的"日本心",其所包含的"中国性"可谓"显性融创型"。(见图8)

《鼓滝》的"花の下に帰らんことを忘るるは美景によ(因)りてなり、樽の前に醉を勧めては是春の風をさまつて、枝を鳴らさぬ花の粧"的文学意境直接取之于白诗的"花下帰帰因美景,樽前勧酒是春風"之句的"训读文",把"酒"字隐化为"醉",而形成了"春风醉人"的独特意境,并融合创新成"枝を鳴らさぬ花の粧"的"日本心",其所包含的"中国性"可谓"隐性融创型"。

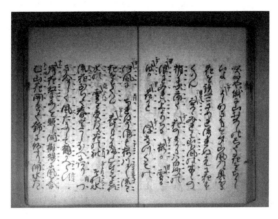

图 8　花の下に帰らんことを忘れ

《松虫》的"シテ①:仰せまでもなしなにとてか、この酒友をば見捨つべき、古き詠にも花の下に、ワキ②:帰らんことを忘るるは、シテ:美景によると作りたり、シテ・ワキ:樽の前に醉を勧めては、是春の風とも言へり"③的文学意境直接取之于白诗"花下忘帰因美景,樽前勧酒是春風"之句的"训读文",把"酒"字隐化为"醉"而形成其"春风醉人"的独特意境,其所包含的"中国性"可谓"隐性融创型"(见图9、图10)。

---

① 主角。

② 配角。

③ 《松虫》第三幕,见《日本古典文学大系41:谣曲集》(下)第338页,也见于日本的国文研藏《能之本》第8册。

图 9 仰せまでもなしなにとてか、この**酒友**をば**見**
捨つべき、**古**き**詠**にも**花**の**下**に、

图 10 たり、シテ・ワキ：**樽**の**前**に**醉**を**勧**
めては、**是春**の**風**とも**言**へり

综上所考，谣曲受容《白氏文集》而包含的"中国性"有两种："显性融创型"和"隐性融创型"。《右近，吉野夫人》和《樱川》所包含的是"显性融创型"的"中国性"；而《鼓滝》和《松虫》所包含的则是"隐性融创型"的"中国性"。

四　随笔的"中国性"之考

本部分将以《枕草子》（1001 年）、《方丈记》（1212 年）、《徒然草》

（1331 年）日本三大随笔来考察"随笔"这种日本的假名文学样式对《白氏文集》的扬弃状况，以验证"随笔"中包含的"中国性"。

（一）《枕草子》的"中国性"

《枕草子》是支撑平安中期的王朝女流文学黄金时代的三大文学样式之一的名著，开日本随笔文学之先河。《枕草子》与同时代的日本假名文学经典《源氏物语》，被喻为日本平安时代假名文学的双璧。作者为清少纳言（966？—1025？），其真实姓名不详。"清"取之于家族姓氏"清原"，"少纳言"为宫中官职。清少纳言出身于书香门第，其父乃著名歌人清原元辅。清少纳言汉学修养深厚，与当时的紫式部、和泉式部并称平安时代的"王朝文学三才媛"。其《枕草子·卷十一·二五六段·宫中的夜半》受容于《白氏文集·卷十六·律诗四·香炉峰下，新卜山居，草堂初成，偶题东壁，重题》，其诗全录于前，此仅录第二联：

遺愛寺鐘欹枕聽　香鑪峯雪撥簾看

《枕草子·卷十一·二五六段·宫中的夜半》"雪のいと高う降りたるを、例ならず御格子まゐりて、炭櫃に火おこして、物語などして集まりさぶらふに、少納言よ、香爐峯の雪いかならんと仰せらるれば、御格子あげさせて、御簾を高くあげたれば、笑はせ給ふ。人々も、さることは知り、歌などにさへ歌へど、思ひこそよらざりつれ、なほ此の宫の人にはさべきなめりといふ"的文学意象融合于白诗的"遺愛寺鐘欹枕聽，香鑪峯雪撥簾看"之句，并以"仰"隐化了"看"使"香爐峯の雪"的虚景衬托着眼前实景的"雪"，其包含的"中国性"可谓"隐性融创型"。

《枕草子·卷五·八二段·乳母大辅》受容于《白氏文集·卷十七·律诗五·庐山草堂夜雨独宿寄牛二李七庚三十二员外》，其诗全录于此：

丹霄攜手三君子　白髮垂頭一病翁
蘭省花時錦帳下　廬山雨夜草庵中
終身膠漆心應在　半路雲泥迹不同
唯有無生三昧觀　榮枯一照兩成空（冈村繁，1990：81）

《枕草子·卷五·八二段·乳母大辅》（岩濑文库藏本）"蘭省花時錦帳下と書きて、末はいかに、いかにとあるを、いかにかはすべからん、御前おはしまさば、御覧ぜささすべきを、これが末を知り顔に、たどたどしき真名に書きたらんも、いと見ぐるしと、思ひまはす程もなく、責めまどはせば、ただその奥に、炭櫃に消えたる炭のあるして、草の庵を誰かたづねんと書きつけて、取らせつれど、また返りごともいはず"（冈村繁，1990：83）之文直接引用白诗第二联前句"蘭省花時錦帳下"之原文，可谓大手笔。此举不仅表明作者的汉学功底深厚，而且还展示了当时读者的汉学素养。此文的"草の庵を誰かたづねんと書きつけて"还融化第二联后句"廬山雨夜草庵中"。此文所包含的"中国性"可谓"显性引用融创型"，即"显性引创型"。

仅就上述两例而言，作为假名文学的《枕草子》对《白氏文集》的受容程度已经到了细致入微的阶段。《枕草子》所包含的"中国性"既有"隐性融创型"（《枕草子·卷十一·二五六段·宫中的夜半》）的，也有"显性引创型"（《枕草子·卷五·八二段·乳母大辅》）的。

（二）《方丈记》的"中国性"

《方丈记》（见图 11）的作者是鸭长明（1155—1216），平安时代末期

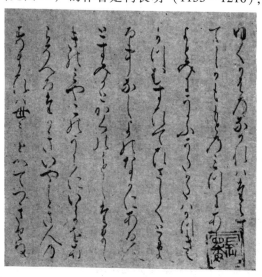

图 11　前田家本《方丈记》（镰仓末期至室町初期写）

至镰仓时代初期的歌人、随笔家。由中宫叙爵，位阶从五位下，元久元年（1204）50 岁前后出家成为僧侣，先后在东山、大原、日野过着闲居的生活。其《方丈记·日野山闲居》受容于《白氏文集·卷十三·律诗一·题李十一东亭》，其诗全录于此：

相思夕上松臺立　　蛩思蟬聲滿耳秋
惆悵東亭風月好　　主人今夜在郵州（冈村繁，1988：98）

《方丈记·日野山闲居》"秋は日ぐらしの声耳に充てり，うつせみ（空蝉）の世をかな（悲）しむかと聞ゆ"之文，虽然直接受容于白诗的"蛩思蟬聲滿耳秋"之句，但却悟化了全诗；以"空""悲"对"相思""蛩思""惆悵"，作了隐性悟化创新。

仅就上述一例而言，《方丈记》所包含的"中国性"是"隐性悟创型"。

（三）《徒然草》的"中国性"

吉田兼好（1283—1352）是日本南北朝时的著名歌人，又称兼好法师。吉田兼好精通儒、佛之学，还是有名的随笔家。《徒然草》（1331）与清少纳言的《枕草子》被并称为日本随笔文学的双璧。

《徒然草·第五十四段》受容于《白氏文集·卷十四·律诗二·送王十八归山寄题仙游寺》，其诗全录于前，此仅录第三联：

林閒暖酒燒紅葉　　石上題詩掃綠苔

《徒然草·第五十四段》"うれしと思ひて、ここかしこ遊びめぐりて、ありつる苔のむしろに並みゐて、「いたうこそ困じにたれ。あはれ紅葉を燒かん人もがな。……」"之文受容于白诗的"林閒暖酒燒紅葉，石上題詩掃綠苔"之句。吉田兼好以"思""遊"融化了白诗的"林閒暖酒""石上題詩"，其包含的"中国性"可谓"隐性融创型"。

《徒然草·第一百三十七段》受容于《白氏文集·卷十四·律诗二·八月十五日夜禁中独直对月忆元九》，其诗第二联录于此：

三五夜中新月色　二千里外故人心

《徒然草·第一百三十七段》"望月のくまなきを千里の外まで眺めたるよりも、暁ちかくなりて待ち出でたるが、いと心ぶかう、青みたるやうにて、深き山の杉の梢にみえたる木の間の影、うちしぐれたるむら雲がくれのほど、またなくあはれなり"之文，受容于白诗的"三五夜中新月色　二千里外故人心"之句。《徒然草》的"望月"即白诗的"三五夜中新月"的日语表达，而以"くまなき"对"色"所作的认同却极有深意。在《徒然草·第一百三十七段》里还有一处"花はさかりに、月はくまなきをのみ見るものかは"也是对"色"所作的日本古语认同。其包含的"中国性"可谓"隐性融创型"。

仅就上述两例而言，《徒然草》所包含的"中国性"都是"隐性融创型"的。

结　语

综上所证，本文对日本学界的《白氏文集》进行研究，尤其对恩师冈村繁博士译注的《白氏文集》的研究成果所进行的初步调研（全面细致的调研正在进行中）、梳理和验证的结果表明：和歌的"中国性"有"显性融化型""显性融创型""显性悟化型""显性悟创型""隐性悟化型""简性融创型""隐性悟创型"七种类型；物语的"中国性"有"显性融化型""显性引用型""隐性融化型""半隐半显性融创型""半显半隐性融引型"五种类型；谣曲的"中国性"有"显性融创型"和"隐性融创型"两种类型；随笔的"中国性"有"隐性融创型""显性引创型""隐性悟创型"三种类型。

总而言之，和歌、物语、谣曲、随笔等假名文学的重要样式通过"训读"[①] 对《白氏文集》的受容方式大致有"融化型"、"融创型"、"融引型"、"悟创型"、"悟化型"、"引创型"和"引用型"七种；假名文学所

---

① 关于"训读"，详参海村惟一（2006：52—80）。

包含的"中国性"大致有"显性"、"隐性"、"半显半隐性"（或"半隐半显性"）和"简性"四种；假名文学表达的"日本心"（此心即"文学心象"之"心"）均有其自身时空的特征。

顺便还要指出的是这里所用的"显性融化型"、"显性融创型"、"显性悟化型"、"显性悟创型"、"显性引用型"、"显性引创型"、"隐性融化型"、"隐性融创性"、"隐性悟化型"、"隐性悟创型"、"半隐半显性融创型"、"半显半隐性融引型"和"简性融创型"等学术概念名词，都是笔者的首创之术语。日后还将不断完善这一术语系统的论证。因为时间仓促，本文还非常粗糙，容日后加以逐步改善。

附　录

日本对白乐天及《白氏文集》的研究成果（仅一部分）。

1. 文本的保存

神田喜一郎氏藏《白氏文集》第 3 卷［藤原茂明（知明）手写；第 2 回（完），古典保存会，1927］

白居易著，平冈武夫、今井清校定《白氏文集》（底本为那波本；第 3 卷，第 4 卷，第 6 卷，第 9 卷，第 12 卷，第 17 卷，第 21 卷，第 22 卷，第 23 卷，第 24 卷，第 27 卷，第 28 卷，第 31 卷，第 33 卷，补遗，第 38 卷，第 41 卷，第 52 卷，第 54 卷，第 65 卷，第 68 卷，第 70 卷；京都大学人文科学研究所，1971）

2. 白乐天的传记性研究成果

• Arthur David Waley（アーサー・ウェイリー，1889 – 1966）是英国的东洋学者。

• *The life and times of Po Chiüi*，1961，The Macmillan，New York 花房英樹訳注『白楽天』、みすず書房、1969、新装版 2003。

• 花房英樹『白居易研究』世界思想社、1971、新版 1990。

• 花房英樹『白樂天─人と思想』清水書院、1990。

• 埋田重夫『白居易研究─閑適の詩想』汲古書院、2006。

• 下定雅弘『白樂天の愉悦─生きる叡智の輝き』勉誠出版、2006。

• 川合康三『白樂天─官と隠のはざまで』岩波新書、2010。

3.《白氏文集》的注释性研究的成果

● 铃木虎雄『白樂天詩解』弘文堂、1926。此书乃《新乐府》及《秦中吟》的全译本，附有解说和年谱，以解释精确而驰名。

● 佐久節『白樂天詩集』全 4 册、續國譯漢文大成本、明治書院、1928－1930。此书乃汪本《白香山诗集》的全译本，截至 1968 年日本唯一的白诗全译本。

● 简野道明『白詩新譯』明治書院、1932。此书选 380 篇作品，分五言、七言绝句及律诗，五言、七言古诗，施于摘解通译。

● 高木正一『白居易』全上下 2 册、中國詩人選集本、岩波書店、1958 上册收讽谕中的《新乐府》，下册收《秦中吟》，并选译闲适诗、感伤诗、律诗。32 年后有新装版《中国詩人選集 12.13 白居易》岩波書店、1990。

● 田中克己『白樂天』漢詩大系本、集英社、1964。此书以创作年代为序配列选诗。

● 内田泉之助『白氏文集』中国古典新書、明德出版社、1968。此书始用《白氏文集》之名，以汪本《白香山诗集》为底本，正之于那波本及诸本，以原著排列为序，施于注、译。

● 岡村繁『白氏文集』全 16 卷、新釈漢文大系、明治書院、1988、已刊 11 卷此书可谓白诗全译注之集大成，以那波本为底本，白氏自注以北京图书馆藏南宋绍兴刊本（北京文学古籍刊行社景印，1955）补之，每首诗以解题、通释、语释、余说。

● 石川忠久『白楽天 100 選』日本放送出版協会、2001。

● 川合康三『白樂天詩選』岩波文庫、上卷：2011 年 7 月、下卷：2011 年 9 月。

● 田中克己『白樂天』中國詩人選本、集英社、1966。此书所选尽量避免与前著的重选、异趣以及容易理解的作品。30 年后，有新装版田中克己『漢詩選 10 白居易』集英社、1996。

4.《白氏文集》的训点性研究索引的成果

● 宇都宮睦男『白氏文集訓点の研究』溪水社、1984。

● 平岡武夫·今井清编『白氏文集歌詩索引』上册、中册、下册、同朋舍、1989。

5. 《白氏文集》的比较性研究的成果

- 水野平次『白樂天と日本文學』目黒書店、1930。
- 金子彦次郎『平安朝文學と白氏文集』目黒書店、1930。
- 金子彦二郎『平安時代文学と白氏文集—句題和歌・千載佳句研究篇』増補版、培風館、1955。
- 丸山キヨ子『源氏物語と白氏文集』東京女子大学学会研究叢書、東京女子大学学会、1964。
- 菅野禮行著『平安初期における日本漢詩の比較文学的研究』大修館書店、1988。
- 中西進『源氏物語と白楽天』岩波書店、1997、大佛次郎賞受賞第24回。
- 近藤春雄著『新楽府・秦中吟の研究：白氏文集と国文学』明治書院、1990。
- 新間一美『源氏物語と白居易の文学』和泉書院、2003。
- 日向一雅編『源氏物語と漢詩の世界：白氏文集を中心に』青簡舎、2009。
- 静永健『漢籍伝来：白楽天の詩歌と日本』勉誠出版、2010。

6. 《白氏文集》的文本性研究的成果

- 太田次男・小林芳規著『神田本白氏文集の研究』勉誠社、1982。
- 太田次男『旧鈔本を中心とする白氏文集本文の研究』勉誠出版、1997。
- 花房英樹『白氏文集の批判的研究』朋友書店、1974。

参考文献

〔日〕冈村繁（2017）：《白氏文集》第 1 卷，明治书院。
——（2007）：《白氏文集》第 2 卷上，明治书院。
——（1988）：《白氏文集》第 3 卷，明治书院。
——（1990）：《白氏文集》第 4 卷，明治书院。
〔日〕海村惟一（2005）：《关于"日本汉学（日本汉文学）"的"中国性"：以〈翰林五凤集〉的汉诗为例》，载叶国良、陈明姿主编《日本汉学研究续探：文学篇》，台湾大学出版中心。
——（2006）：《日中文化交流与翻译的关系——试论日中比较文学与翻译研究》，载王秀文主编《中日语言翻译与跨文化交际》，世界知识出版社。

—— （2011）：《"受容"与"反思"——世纪之交的日中文化交流的剪影》，载邵东方、夏中义编《王元化先生九十诞辰纪念文集》，上海文艺出版社。

—— （2018）："古代日本对《论语义疏》的扬弃——以圣德太子《宪法十七条》为主"，《孔学堂》（中英双语），第 1 期。

海村惟一、海村佳惟（2017）："从皇室到民间：日本受容《论语》的路径及其效能"，《深圳大学学报》（人文社会科学版），第 5 期。

〔日〕花房英树（1960）：《白氏文集的批判性研究》，汇文堂。

〔日〕日本大辞典刊行会（2001）：《日本国语大辞典》第 2 版，小学馆。

〔日〕内田泉之助（1968）：《白氏文集》，明德出版社。

张哲俊（2005）：《中国题材的日本谣曲》，百度百科，https://baike.baidu.com/item/日本谣曲/7753112? fr = aladdin。

On Chineseness in Japanese Kana Literature from the Perspective of Cross-cultural Communication: A Case Study on *hakushimonzyō* (*Collection of Poems by Bai Juyi*)

by Amamura Yuiji, trans. Amamura Kai

Abstract: Sino-Japanese cross-cultural communication which are identified by the unearthed gold seal Kin-in, documentary records in *History in Eastern Han* and some enduring works, can be traced back to 57 years A. D. in which Emperor Guangwu of Chinese Han Dynasty granted the Kin-in to the king of Kannowanonanokokuō. During the cross-cultural communication, Mana, or Japanese Kanji are used in documents and the case in point kenpōzyunanazyō proclaimed by Prince Syōtoku in 604 proves the impact of Sino-Japanese cross-cultural communication over the previous 600 years and more than 10 classic Chinese works engaged in kenpōzyunanazyō suggests the clear Chineseness. Mana Literature, with Kana Literature which makes Japanese Literature as a whole, indicates direct impact from Chinese classic literature; thus the study on Chineseness in Mana literature from the perspective of cross-culture has become a hot topic among both Chinese and Japanese academic circles. In this article, some samples from Japanese poems, stories, Noh song and informal essays in Kana Literature show undeniable Chineseness through the investigation on how they are influenced by *Collection of Poems by Bai Juyi* from the perspective of cross culture.

Keywords：*hakushimonzyō* （*Collection of Poems by Bai Juyi*）；Waka （Japanese poems）；Monogatari （Stories）；Yōkyoku （Noh songs）；Zuihitu （Informal essays）

About the Author：Amamura Yuiji （1956 – ）, Professor Emeritus of Fukuoka International University, Chairman of Isei Academy, Director of Kanji Culture Research Institute, Doctor of Literature, Research Directions Kanzi Culture, Comparative Literature.

About the Translat：Amamura Kai （1984 – ）, Visiting Researcher of the Chinese Character Research and Application Center of East China Normal University, Ministry of Education, Humanities and Social Sciences, Ministry of Education, Ph. D. , Peking University, Dean of Isei Academy, research direction is Chinese character, comparative literature, translation.

夏竦年谱新编

谭新红*

摘　要：夏竦及其《文庄集》对于研究宋代前期的文学及政治生态具有重要价值，但受"奸邪"之说的影响，学界长期以来对其关注度较低，现有研究缺乏对夏竦生平进行全面准确梳理的成果。本年谱以夏竦《文庄集》为基础，参考宋人文集、正史等资料，梳理夏竦生平，以推动进一步的研究。

关键词：夏竦　《文庄集》　年谱

基金项目：教育部规划基金项目"北宋文编年系地考"（13YJA751043）

夏竦是考察北宋前期政治生态和文学成就的一个关键人物，关于其生平，孙刚撰有《夏竦年谱简编》（孙刚，2014），大致考证出夏竦一生行迹。然此谱问题不少。一是错误较多，如作者编夏竦于庆历六年（1046）七月知并州，依据的是《续资治通鉴长编》（后简称《长编》）卷一五九中的一句话："（庆历六年七月）乙酉，诏判大名府夏竦知并州。"然此则材料引用完整应为："乙酉，诏判大名府夏竦、知并州郑戬、知永兴军程琳并兼本路计置粮草事，从拱辰之言也。"（李焘，2004：3839）很显然，是说判大名府夏竦计置本路粮草，夏竦知并州另有时间。又如《长编》卷一五七云："（庆历五年九月）丁酉，诏判并州夏竦，军事不及中覆者，听便宜行之。"（李焘，2004：3801）作者又据此编夏竦判并州的时间为庆历五年（1045）九月，然此则材料说的是朝廷下诏书让并州通判夏竦在军事

---

* 谭新红（1970—），博士，武汉大学文学院教授，研究方向：唐宋文学、词学。电子邮箱：xinhongtan@126.com。

上享有自主权，并不是记载夏竦判并州的时间。此文引用材料有时不充分，如编夏竦生年时所据为王珪所撰《夏文庄公竦神道碑铭》（后简称《神道碑》）："皇祐三年秋……（夏竦）以疾请归于京师。天子方忧思公，饬太医驰视，又以肩舆往迓之，而公疾浸剧矣。既就第，未几，以薨闻。"（曾枣庄、刘琳，2006b：196）然后云："从卒年可知，夏竦生于此年（按指宋太宗雍熙二年）。"只知卒年而不知享年，是推不出生年的。又如，作者考证夏竦为丹阳县主簿是景德元年（1004），所据材料为《神道碑》中"初，魏公死，朝廷录孤，以公为润州丹阳县主簿"这句话，然作者并未考证出魏公即夏竦父亲夏承皓卒年的具体时间，实际上是没法据此知晓夏竦被授丹阳县主簿的具体时间的。此外，孙刚此谱只是简编，夏竦生平中一些重要的节点，如其父殉国、夏竦通判台州、迁秘书省著作郎、召直集贤院、迁户部员外郎等，《夏竦年谱简编》都没有编年。有鉴于此，本文重新给夏竦进行编年，以期为学术界提供一部较为完整准确的夏竦年谱。

夏竦，字子乔。

子乔之字，始见于王珪《夏文庄公竦神道碑铭》："公讳竦，字子乔。"曾巩《隆平集》卷一一、司马光《涑水记闻》卷三、王称《东都事略》卷五四等所载同。

清张英《渊鉴类函》卷三一三云"宋夏竦字学乔"（张英，1983），当属误书。

夏竦籍贯，曾巩《隆平集》卷一一云"江州人"（曾巩，2012：321），陈思《两宋名贤小集》卷二二、王称《东都事略》卷五四、《宋史》卷二八三等均云"江州德安人"，详于《隆平集》所记。《神道碑》则云"其先九江人"，九江即江州。

宋太宗雍熙二年乙酉（985），一岁

是年，夏竦生于江州德安（今江西德安县）。

《神道碑》云："其薨，盖（皇祐三年）九月乙酉也，享年六十七。"根据卒年及享年，可推算出夏竦生于雍熙二年（985）。

《长编》卷一七一则云："（皇祐三年九月）乙卯，武宁节度使、兼侍中夏竦卒，赠太师、中书令，赐谥文献。"（李焘，2004：4108）岳珂《愧郯录》卷六（岳珂，2016：77）、元佚名《宋史全文》卷九（汪圣铎，

2016：498）上所载同。按，皇祐三年（1051）九月无乙酉日，《神道碑》所记日期有误，当如《长编》等所记为"乙卯"。杨仲良《皇宋通鉴长编纪事本末》卷三七又云："三年九月丁卯，夏竦卒，赠太师中书令，谥文庄。"（杨仲良，2006：661）杨氏此书乃据《长编》编成，《长编》所记为乙卯，非丁卯，杨仲良误。

宋太宗端拱元年戊子（988），四岁

开始从师读书。

夏竦《上知润州陈天丽书》云："伏念某四岁结发从师，执铅椠者十五余载矣。"（曾枣庄、刘琳，2006a：136）其《上开封府廉献书》亦云："伏念某四岁从师读书，七岁学诗，九岁学赋，十有一而学文，奈何天陋其辞，不能脱颖而出。"（曾枣庄、刘琳，2006a：137）

夏竦幼时曾从古文家姚铉学习写赋。姚铉，进士，官至两浙路转运使，善文辞，编有《唐文粹》一百卷。司马光《涑水记闻》卷三云："竦幼学于姚铉，使为《水赋》，限以万字。竦作三千字以示铉，铉怒不视，曰：'汝何不于水之前后左右广言之，则多矣。'竦又益之，凡得六千字，以示铉，铉喜曰：'可教矣。'"（司马光，2007：804）

宋真宗咸平四年辛丑（1001），十七岁

侍父夏承皓监通州（今江苏南通）狼山盐场。善诗文，所作为时人所称。

王辟之《渑水燕谈录》卷七云："夏文庄公竦初侍其父监通州狼山盐场，《渡口》诗曰：'渡口人稀黯翠烟，登临尤喜夕阳天。残云右倚维扬树，远水南回建业船。山引乱猿啼古寺，电驱甘雨过闲田。季鹰死后无归客，江上鲈鱼不直钱。'时年十七，后之题诗无出其右。"（王辟之，2007：1280）司马光《涑水记闻》卷三云："年十七，善属文，为时人所称。"（司马光，2007：804）

宋真宗景德元年甲辰（1004），二十岁

是年秋，夏竦父夏承皓与契丹战，殁于河朔。

夏竦《上章圣皇帝乞应制举书》云："景德二年十一月……去年秋荐名天府，属边障多故，羽书蜂午，陛下临遣宰臣，折冲河朔。先臣供传遽之职，立矢石之地，忘家殉国，失身行阵。陛下哀臣孤幼，任之州县。"（曾枣庄、刘琳，2006a：78）知夏竦父卒于景德元年（1004）秋。

夏竦因父亲死于国事而恩授三班差使。

魏泰《东轩笔录》卷二云："夏郑公竦以父殁王事，得三班差使，然自少好读书，工为诗。一日，携所业，伺宰相李文靖公沆退朝，拜于马首而献之。文靖读其句，有'山势蜂腰断，溪流燕尾分'之句，深爱之，终卷皆佳句。翌日，袖诗呈真宗，及叙其死事之后，家贫，乞与换一文资，遂改润州金坛主簿。"（魏泰，2007：2695）

按，《神道碑》云："初，魏公死，朝廷录孤，以公为润州丹阳县主簿。"《涑水记闻》卷三亦云："竦以奉职行父丧，服终，换丹阳主簿。"（司马光，2007：804）实则夏竦初授武职三班差使，后投《野步》诗于宰相李沆并得其赏识才得以改换文职。

宋真宗景德二年乙巳（1005），二十一岁

四月，改授润州丹阳县（今江苏丹阳市）主簿。

夏竦任丹阳县主簿，诸书皆系于景德元年（1004），实应为景德二年（1005）。夏竦《重修润州丹阳县门楼记》云："今年夏初，予视厥职，悯夫斯楼积有年所，墙败于左，木隳其右，风雨所陵，埃墢所侵，官而弗省，其谁治之？乃役工百余指，伐木十余本，易其数梁，替其数楹，涂其墉，赭其栏。"（曾枣庄、刘琳，2006a：171）由"今年夏初，予视厥职"之语可知夏竦于某年夏初赴丹阳任。由前考证可知，夏竦因父亲死于国事而得三班差使之职，想改换文职，于是向宰相李沆献《野步》诗，得到李沆赏识而改任丹阳主簿。夏竦父亲卒于景德元年（1004）秋，因此夏竦任职丹阳不可能是景德元年（1004），而只能是景德元年（1004）之后的某一年。夏竦《上章圣皇帝乞应制举书》一文又云"景德二年十一月，将仕郎、守润州丹阳县主簿臣夏竦谨斋戒昧死再拜"，景德二年（1005）十一月，夏竦已自称"守润州丹阳县主簿"，故知夏竦任丹阳主簿在景德二年（1005）夏初。

宋真宗景德四年丁未（1007），二十三岁

闰五月，夏竦应贤良方正能直言极谏科，对策入第四次等，擢光禄寺丞。

《神道碑》云："景德四年，登贤良方正、能直言极谏科，擢光禄寺丞、通判台州，迁著作佐郎。"《长编》卷六五亦云："（景德四年闰五月）壬申，御崇政殿试贤良方正著作佐郎陈绛、溧水县令史良、丹阳县主簿夏竦。……绛、竦所对入第四次等，擢绛为右正言，竦为光禄寺丞。"（李

焘，2004：1460）

宋真宗大中祥符元年戊申（1008），二十四岁

夏竦通判台州。

《方舆胜览》卷八云："夏竦，大中祥符元年为通判。"（祝穆，2003：143）黄远《台州通判厅题名记》亦云："夏郑公在大中祥符间以著作佐郎来倅是郡，今郡人犹能道之。"（林表民，1983：629）

宋真宗大中祥符四年辛亥（1011），二十七岁

六月，夏竦迁秘书省著作郎，诏直集贤院。

《神道碑》云："召还，迁秘书丞、直集贤院、同编修国史、判三司都磨勘司，迁右正言。"《宋会要辑稿》之《选举三一》云："（大中祥符）四年六月二十五日，学士院试秘书丞夏竦，赋优、诗稍优，诏直集贤院。"（徐松，2014：5853）

夏竦为编修官，修太祖太宗二朝正史。

《玉海》卷四六云："景德四年八月丁巳二十四日，诏修太祖太宗正史。……祥符四年，又取夏竦为编修官。"（王应麟，1987：908）《涑水记闻》卷三亦云："竦以奉职行父丧，服终，换丹阳主簿，举贤良方正及第，拜大理评事、通判台州，秩满，迁光禄寺丞、直史馆。顷之，奉诏修史，俄知制诰，时年二十七。"（司马光，2007：804）

宋真宗大中祥符六年癸丑（1013），二十九岁

八月，《册府元龟》修成，竦以是迁左正言，依前充职殿中丞。

程俱《麟台故事》卷三下云："初命钦若、亿等编修，……凡九年，至大中祥符六年成一千卷上之。总三十一部，部有总序，一千一百四门，门有小序，又目录、音义各十卷。上览久之，赐名《册府元龟》，召钦若等赐坐。钦若等表请制序，上谦挹再三，辅臣继请，从之。丙子，诏……秘书丞直集贤院夏竦为左正言，依前充职殿中丞。"（程俱，2000：296）《长编》卷八一亦云："（大中祥符六年八月）壬申，枢密使王钦若等上新编修君臣事迹一千卷，上亲制序，赐名《册府元龟》，编修官并加赏赉。"（李焘，2004：1845）

宋真宗大中祥符七年甲寅（1014），三十岁

是年春，宋真宗驾幸亳州，夏竦为东京留守推官。

《神道碑》云："车驾幸亳，为东京留守推官。"宋真宗驾幸亳州谒太清宫，时在大中祥符七年（1014）春。《长编》卷八二云："（大中祥符六年七月）丁巳，文武群臣上表请车驾幸亳州谒太清宫，诏许之。"（李焘，2004：1843）"八月庚申朔，诏以来春亲谒亳州太清宫，先于东京置坛，回日恭谢天地，如南郊之制。"（李焘，2004：1844）

三月，太子赵祯封庆国公，宰相王旦谏竦教太子书。夏竦与路振同修起居注。

《长编》卷八二云："（三月）丁未，以皇子受益为左卫上将军，封庆国公。"（李焘，2004：1868）《长编》卷八三云："王旦之为景灵宫朝修使也，竦实掌其笺奏，竦尝卧病，旦亲为调药饮之，数称其才，因使教庆国公书，（竦传云教书资善堂。按资善堂明年乃置，今年未也，故但云教庆国公书。）又同修起居注。"（李焘，2004：1903）《宋史》卷四四一《列传第二百》云："七年，同修起居注，张复、崔遵度以书事误失降秩，择（路）振与夏竦代之。"（脱脱等，1985：13062）

十一月，竦为玉清昭应宫判官。

《长编》卷八三云："（大中祥符七年十一月）己酉，置玉清昭应宫判官、都监，以左正言、直集贤院夏竦为判官，内殿承旨、入内押班周怀政为都监。"（李焘，2004：1903）

夏竦迁知制诰。

宋敏求《春明退朝录》卷上："知制诰，……夏文庄三十。"（宋敏求，1936）李心传《建炎以来朝野杂记》甲集卷九云："本朝未三十知制诰者：苏太简二十六，吴元中二十七，晏元献、宋宣献、王懿恪、张安国皆二十八，王文正、夏文庄皆三十。"（李心传，2000：177）

按，宋代有文献记载夏竦二十七岁知制诰，如《涑水记闻》卷三云："竦……奉诏修史，俄知制诰，时年二十七。"（司马光，2007：804）《宋朝事实类苑》卷三四所载同。今考夏竦二十七岁至三十一岁并未见有制书，其最早所作制书《起复云麾将军解州刺史本州岛团练使郭崇仁可检校工部尚书加食邑二百户制》作于大中祥符八年（1015），故编其知制诰于大中祥符七年（1014）。

宋真宗大中祥符八年乙卯（1015），三十一岁

九月，夏竦管勾景灵宫会灵观公事。

徐松《宋会要辑稿》之《职官五四》云："（祥符八年）九月，令玉

清昭应宫判官、右正言、直集贤院夏竦同管勾景灵宫会灵观公事。"（徐松，2014：4465）

宋真宗大中祥符九年丙辰（1016），三十二岁

二月，因修两朝国史成，竦迁户部员外郎。

《长编》卷八六云："（大中祥符九年二月）丁亥，监修国史王旦等上两朝国史一百二十卷，优诏答之。戊子，加旦守司徒，修史官赵安仁、晁迥、陈彭年、夏竦、崔度并进秩、赐物有差。"（李焘，2004：1972）《玉海》卷四六《艺文》云："景德四年八月丁巳二十四日，诏修太祖太宗正史。……祥符四年，又取夏竦为编修官。……九年二月十二日丁亥史成。……修史官赵安仁、晁迥、陈彭年、夏竦、崔遵度，并进秩赐物。"（王应麟，1987：908）夏竦所进之秩乃迁户部员外郎。《神道碑》即云："国史成，迁户部员外郎。"

三月，与刘筠为宗正寺修玉牒官。

《长编》卷八六云："（三月）癸亥，宗正卿赵安仁言：'……又请以知制诰刘筠、夏竦并为宗正寺修玉牒官。'从之……"（李焘，2004：1980）

五月，景灵宫建成，竦迁礼部郎中。

《神道碑》云："景灵宫成，迁礼部郎中。"宋真宗"推本世系，遂祖轩辕"，以轩辕黄帝为赵姓始祖。大中祥符五年（1012）闰十月，下诏兴建景灵宫奉祀黄帝，九年（1016）五月建成。《玉海》卷一〇〇《郊祀》云："（大中祥符）五年闰十月戊寅，兖州寿邱建道宫，奉圣祖名曰景灵，道观奉圣祝母名曰太极。九年四月己亥，御书额，赐王旦等七言诗。五月丙辰十三日，宫成，总千三百二十区，群臣称贺。丁巳行告成之礼。（向敏中为庆成使。）"（王应麟，2016：1861）

宋真宗天禧元年丁巳（1017），三十三岁

十二月，因与妻杨氏不睦，竦贬知黄州。

《神道碑》云："天禧初，坐闱门之故，左迁职方员外郎，知黄州。"《长编》卷九〇云："（天禧元年十二月）庚寅，玉清昭应宫判官、礼部郎中、知制诰夏竦责授职方员外郎、知黄州。竦娶杨氏，颇工笔札，有钩距。竦浸显，多内宠，与杨不睦。杨与弟倡疏竦阴事，窃出讼之。又竦母与杨氏母相诟骂，皆诣开封府，府以闻，下御史台置劾而责之，仍令与杨

离异。"（李焘，2004：2090）

宋真宗天禧三年己未（1019），三十五岁

夏竦再任礼部郎中，知邓州，又徙襄州。

《神道碑》云："天禧初……后二年，复其礼部郎中，徙邓州，又徙襄州。"《宋史》卷二八三《列传第四十二》云："又竦母与杨母相诟詈，偕诉开封府，府以事闻，下御史台置劾，左迁职方员外郎、知黄州。后二年，徙邓州，又徙襄州。"（脱脱等，1985：9571）

宋真宗天禧四年庚申（1020），三十六岁

四月，襄州岁饥，夏竦发公廪，募富人出粟，全活四十余万人，受奖谕。

夏竦《谢皇太后表》云："天禧四年中民食荒歉，贼盗相乘，臣在任劝诱得斛斗一十一万石，救济得饥民四十六万一千三百余。"（曾枣庄、刘琳，2006c：411）《长编》卷九五云："（四月壬辰）京西转运使言，知襄州夏竦劝部民出粟八万余石赈济饥民，诏奖之。"（李焘，2004：2188）《宋史》卷二八三《列传第四十二》云："徙襄州。属岁饥，大发公廪，不足，竦又劝率州大姓，使出粟，得二万斛，用全活者四十余万人。"（脱脱等，1985：9571）

六月，夏竦知襄州时因抚俗有方、莅事无滞而受嘉奖。

《长编》卷九五云："（天禧四年六月）丙午，姜遵自陕西还，言知襄州夏竦抚俗有方，莅事无滞，诏奖之。"（李焘，2004：2199）

宋真宗天禧五年辛酉（1021），三十七岁

宋祁以文投夏竦。

宋祁《宋景文公笔记》卷上云："余少为学，本无师友，家苦贫无书，习作诗赋，未始有志立名于当世也，愿计粟米养亲，绍家阀耳。年二十四，而以文投故宰相夏公，公奇之，以为必取甲科。"（宋祁，2003：47）宋祁生于真宗咸平元年（998），年二十四以文投夏公，则为此年。此时夏竦知襄州。

宋真宗乾兴元年壬戌（1022），三十八岁

六月，夏竦迁寿州、安州。

《神道碑》云："仁宗即位，迁户部郎中，又徙寿、安、洪三州。"《宋史》卷二八三《列传第四十二》、《隆平集》卷一一、《东都事略》

卷五四《列传第三十七》诸书所载同，然均未指明夏竦徙寿、安、洪三州的具体时间。

按，《宋史》卷一二二《礼志第七十五》云："乾兴元年二月十九日，真宗崩，仁宗即位。"（脱脱等，1985：2851）章献太后摄政，六月命吏部铨选州县官员："（乾兴元年）六月己亥朔……吏部流内铨言，天下州县官期满而未代者八百员。辛丑，诏免守选人拟以代之。又谓大臣曰：'比闻川广幕职、州县官有过期未代者，岂人情所乐耶？其令吏部流内铨亟选代。'"（李焘，2004：2281）夏竦天禧三年（1019）徙襄州，至此三年，符合宋代地方官三年转官的要求，故极有可能即于此次州县官员调整中调任寿州、安州。

宋仁宗天圣元年癸亥（1023），三十九岁

任洪州知州。

《长编》卷一〇一云："（天圣元年十一月戊戌）先是，知洪州夏竦言：'左道乱俗，妖言惑众……'"（李焘，2004：2340）知天圣元年（1023）十一月夏竦已知洪州。

知洪州时，禁鬼巫，毁淫祠，令巫师改归农业。

《宋史》卷二八三《列传第四十二》云："洪俗尚鬼，多巫觋惑民，竦索部中得千余家，敕还农业，毁其淫祠以闻。诏江、浙以南悉禁绝之。"（脱脱等，1985：9571）《舆地纪胜》卷二六云："竦之为此举，有益于治。"（王象之，1992：1175）

宋仁宗天圣三年乙丑（1025），四十一岁

元月，夏竦生母盛氏去世，竦回籍守丧。

《神道碑》云："天圣三年，丁越国太夫人忧。"夏竦《免奉使启》云："然念顷岁先人没于行阵，春初母氏始弃孤遗。"（曾枣庄、刘琳，2006a：117）知夏竦母亲卒于天圣三年（1025）元月。

七月，服丧未满，起复尚书户部郎中、知制诰。

《隆平集》卷一一云："天圣三年，竦丁母忧，以宰相王钦若素与厚善，乃微服至京，钦若主之，遂复起居西掖。"所谓"复起居西掖"，意即重新到中书任职。《长编》卷一〇三云："（七月）壬寅，以前户部郎中夏竦起复知制诰。……丁母忧，潜至京师，求起复，依内官张怀德为内助，而王钦若雅善竦，因左右之，故有是命。"（李焘，2004：2385）

九月，辞契丹生辰使之命。

《长编》卷一〇三云："（天圣三年）九月庚辰朔，以户部郎中、知制诰夏竦为契丹生辰使，内殿承制、合门祗候史方副之；……竦自言，父承皓与契丹战没，母表未期，义不可行。改命工部郎中、龙图阁待制马宗元。"（李焘，2004：2388）

宋仁宗天圣四年丙寅（1026），四十二岁

二月，夏竦拜翰林学士，兼龙图阁学士。

洪遵《翰苑群书》卷一〇《学士年表》云："（天圣四年）二月以起复户部郎中知制诰拜（翰林学士）。"（洪遵，1983）《神道碑》云："天圣三年……明年，以左司郎中召，入翰林为学士，同勾当三班院，寻兼侍读学士、知审官院，又兼龙图阁学士……"

宋仁宗天圣五年丁卯（1027），四十三岁

正月，夏竦升为右谏议大夫、枢密副使。

《长编》卷一〇五云："（天圣五年正月）戊辰，翰林学士、兼侍读学士、龙图阁直学士夏竦为右谏议大夫、枢密副使。"（李焘，2004：2435）《东都事略》卷五《本纪五》、《宋宰辅编年录》卷四所载同。

按，《神道碑》云："天圣三年……明年，以左司郎中召，入翰林为学士，同勾当三班院，寻兼侍读学士、知审官院，又兼龙图阁学士，遂拜右谏议大夫、枢密副使。"以天圣四年夏竦拜枢密副使，误。夏竦为枢密副使，乃代晏殊之任。《宋史》卷九《本纪第九》云："五年春正月……己未，晏殊罢。戊辰，以夏竦为枢密副使。"（脱脱等，1985：183）知晏殊之免枢密副使在天圣五年（1027）春。

二月，同吕夷简、宋绶、刘筠、陈尧佐修《真宗国史》。

《长编》卷一〇五云："二月癸酉，命参知政事吕夷简、枢密副使夏竦修《真宗国史》，翰林学士宋绶、枢密直学士刘筠、陈尧佐同修，宰臣王曾提举。"（李焘，2004：2436）《玉海》卷四六、《宋通鉴长编纪事本末》卷三二所载同。

陈振孙《直斋书录解题》卷四记此事于天圣四年（1026）："天圣四年，吕夷简、夏竦、陈尧佐修真宗正史，王曾提举，八年上之。"（陈振孙，1987：105）误。

宋仁宗天圣六年戊辰（1028），四十四岁

三月，夏竦加给事中，兼权发遣宣徽院公事。

《长编》卷一〇六云："（天圣六年三月辛亥）枢密副使夏竦加给事中。"（李焘，2004：2468）《宋宰辅编年录》卷四云："（天圣）六年三月，兼权发遣宣徽院公事。"（徐自明，1986：177）

宋仁宗天圣七年己巳（1029），四十五岁

二月，夏竦拜参知政事。

《长编》卷一〇七云："（天圣七年二月）丁卯，以枢密副使、给事中夏竦为参知政事。"（李焘，2004：2496）与夏竦同时参知政事的尚有薛奎。《宋史》卷九《本纪第九》云："（七年二月）丁卯，以夏竦、薛奎参知政事。"（脱脱等，1985：186）

闰二月，夏竦请复制举。

《长编》卷一〇七云："夏竦既执政，建请复制举，广置科目，以收遗才，上从之。"（李焘，2004：2500）陈均《皇朝编年纲目备要》卷九所载更详："（闰二月）复制举等科。……初，盛度请于真宗，请设科以取士。景德二年，遂设六科，盖因度之议也。及议封禅，吏部科目皆废，夏竦既执政，建请复置，上从之。"（陈均，2006：192）

八月，因与宰相吕夷简不和，夏竦由参知政事改刑部侍郎，复为枢密副使。

《长编》卷一〇八云："（八月）辛卯，枢密使张旻改山南东道节度使，参知政事夏竦加刑部侍郎，复为枢密副使，枢密副使范雍、姜遵、陈尧佐并加给事中，尧佐改参知政事。竦与夷简不相悦，故以尧佐易之。"（李焘，2004：2520）

宋仁宗明道元年壬申（1032），四十八岁

十一月，夏竦进尚书左丞。

《长编》卷一一一云："（十一月）夏竦为尚书左丞。"（李焘，2004：2592）

十二月，为桥道顿递使。

《长编》卷一一一云："（十二月）甲辰，以……枢密副使夏竦为桥道顿递使。"（李焘，2004：2596）

宋仁宗明道二年癸酉（1033），四十九岁

四月，仁宗亲政，两府大臣皆罢。夏竦罢为礼部尚书，知颍州。

《长编》卷一一二云："（夏四月己未）枢密副使、尚书左丞夏竦罢为礼部尚书、知襄州，寻改颍州。"（李焘，2004：2612）与夏竦同时被贬的尚有吕夷简等多人。《长编》卷三六九云："仁宗明道二年四月，亦执政俱罢者六人，宰相吕夷简，参知政事陈尧佐、晏殊，枢密副使夏竦、范雍、赵稹是也。"（李焘，2004：8920）

被罢原因，杨仲良《皇宋通鉴长编纪事本末》卷三七云："明道二年四月己未，枢密副使、尚书左丞夏竦罢为礼部尚书、知襄州，寻改颍州，以竦等皆太后所任用罢之也。"（杨仲良，2006：655）

七月，知青州，兼京东灾伤州军体量安抚使。

《长编》卷一一二云："（明道二年七月）丙戌，徙知隶州夏竦知青州，兼京东灾伤州军体量安抚使。"（李焘，2004：2626）

按，《神道碑》云"景祐元年，徙青州"，误，因其于景祐元年（1034）正月初一已在青州作《青州州学后记》。

宋仁宗景祐元年甲戌（1034），五十岁

八月，夏竦罢京东安抚使，加刑部尚书。

《长编》卷一一五云："（景祐元年）八月己未，罢京东安抚使，知青州、礼部尚书夏竦加刑部尚书。"（李焘，2004：2692）

宋仁宗景祐二年乙亥（1035），五十一岁

夏竦徙应天府兼南京留守。

《神道碑》云："景祐元年，徙青州。明年，徙应天府，兼南京留守。"

宋仁宗宝元元年戊寅（1038），五十四岁

三月，夏竦为三司使。

《长编》卷一二一云："（宝元元年三月）户部尚书、知应天府夏竦为三司使。"（李焘，2004：2866）

按，《隆平集》卷一一云夏竦景祐三年（1036）为三司使："景祐三年，为三司使。"（曾巩，2012：321）《神道碑》则云："景祐元年徙青州，明年徙应天府，兼南京留守，后二年，以户部尚书入为三司。"《东都事略》卷五四《列传三十七》亦云景祐四年（1037）为三司使："章献崩，罢为礼部尚书，知颍州，徙青州，又徙应天府，后二年，以户部尚书入为三司使。"均误。夏竦《永兴谢上表》云:"况臣自忝三司,始逾八月。"(曾枣庄、刘琳,2006b:198)《永兴谢上表》作于宝元元年(1038)十二月,则其入为三司使当在宝元元年(1038)。

十二月,元昊反,夏竦被任命为奉宁军节度使、知永兴军。梅尧臣作诗送行。

《神道碑》云:"赵元昊反,陕西用兵,乃拜公奉宁军节度使、知永兴军。"《长编》卷一二二云:"(宝元元年十二月)丙寅,鄜延路都钤辖司言赵元昊反。……癸酉,命三司使、户部尚书夏竦为奉宁节度使、知永兴军。"(李焘,2004:2886)

刘攽《中山诗话》云:"景祐末,元昊叛,夏郑公出镇长安,梅送诗曰:'亚夫金鼓从天落,韩信旌旗背水陈。'"

十二月己卯,诏夏竦兼本路都部署,提举乾、耀等州军马、泾原秦凤路安抚使。

《长编》卷一二二云:"(宝元元年十二月)己卯诏以知永兴军夏竦兼本路都部署,提举乾、耀等州军马、泾原秦凤路安抚使。"(李焘,2004:2888)

宋仁宗宝元二年己卯(1039),五十五岁

七月,改知泾州(今甘肃泾川北)。

《长编》卷一二四云:"(宝元二年七月)戊午,徙判郑州陈尧佐判永兴军,知永兴军夏竦知泾州、兼泾原秦凤路缘边经略安抚使、泾原路都部署。"(李焘,2004:2919)

宋仁宗宝元三年、康定元年庚辰(1040),五十六岁

五月,夏竦改忠武军节度使。

《神道碑》云:"康定元年,改忠武军节度使,知泾州。"《长编》卷一二七云:"(康定元年五月丁巳)奉宁节度使夏竦为忠武节度使。"(李焘,2004:3010)

五月,竦为经略安抚使,知永兴军。范仲淹、韩琦副之。

《宋会要辑稿》之《兵八》云:"(宝元三年)五月二十六日,遂除夏竦充陕府西路马步军都总管、兼经略安抚使、沿边招讨使、知永兴军,以葛怀敏知泾州代领其事;韩琦、范仲淹并为经略副使,仍同管勾都总管司事。"(徐松,2014:8766)《长编》卷一二六所记相差一天:"葛怀敏,(康

定元年）五月二十五日知泾州，夏竦同日知永兴。"（李焘，2004：2996）

宋仁宗康定二年、庆历元年辛巳（1041），五十七岁

正月，竦进宣徽南院使。

《神道碑》云："康定元年，改忠武军节度使、知泾州。明年，拜宣徽南院使、兼陕西四路经略安抚招讨等使。"《长编》卷一三〇云："（正月）丁丑，夏竦为宣徽南院使。"（李焘，2004：3085）

四月，奏言好水川之败，责不在韩琦，而是任福贪利轻进所致。

《长编》卷一三一云："任福军败，琦即上章自劾，谏官孙沔等请削琦官三五资，仍居旧职，俾立后效。会夏竦奏琦尝以檄戒福贪利轻进，于福衣带间得其檄，上知福果违节度，取败罪不专在琦，手诏慰抚之。"（李焘，2004：3113）

四月，判永兴军。

《长编》卷一三一云："（夏四月甲申）仍诏夏竦判永兴军如故。"（李焘，2004：3115）

五月，因与陈执中议边事不合，诏竦移屯鄜州（今陕西富县），执中屯泾州。

《长编》卷一三二云："（五月辛未）诏陕西经略安抚招讨使、判永兴军夏竦屯鄜州，同陕西经略安抚招讨使、知永兴军陈执中屯泾州。时两人议边事不合，故分任之。"（李焘，2004：3129）《宋会要辑稿》之《兵八》云："庆历元年命夏竦屯鄜州，陈执中屯泾州。"

十月，竦因丰州之败改判河中府（今山西永济）。

《长编》卷一三四云："（十月）甲午，徙判永兴军、宣徽南院使、忠武节度使、陕西马步军都部署、兼经略安抚缘边招讨使夏竦判河中府。"（李焘，2004：3190）

庆历二年壬午（1042），五十八岁

徙蔡州，任通判。

《神道碑》云："庆历二年，徙蔡州。"夏竦《乞守旧官表》云："今蒙圣恩，移判蔡州。"（曾枣庄、刘琳，2006c：388）

庆历三年癸未（1043），五十九岁

三月，夏竦为枢密使。

《宋宰辅编年录》卷五云："同日（三月戊子），夏竦枢密使。"（徐自明，1986：243）《宋史》卷二一一《表第二》云："（庆历三年）三月戊子，夏竦自宣徽南院使判蔡州迁户部尚书，除枢密使。"（脱脱等，1985：5466）

四月，因御史中丞、谏官等交相弹劾，竦罢枢密使，诏还本镇蔡州。

《长编》卷三七一云："四月八日用御史中丞王拱辰、谏官欧阳修等十一疏，追竦枢密使敕。"《长编》卷一四〇云："（四月）乙巳，枢密副使、吏部侍郎杜衍依前官充枢密使，宣徽南院使、忠武节度使夏竦赴本镇。"（李焘，2004：3364）

四月，石介作《庆历圣德颂》，斥夏竦为"妖魃""奸邪"。

《隆平集》卷一五云："宰相吕夷简以疾罢，而杜衍代夏竦枢密使，范仲淹、富弼、韩琦枢密副使，欧阳修、余靖、蔡襄为谏官，介曰：'此盛事也，歌诵吾职，其可已乎？'乃作《庆历圣德诗》，分别邪正，专斥夏竦。"（曾巩，2012：445）

七月，徙知亳州，上万言书自辩。改授吏部尚书。岁中，加资政殿学士。

《长编》卷一四二云："（七月）己巳，徙宣徽南院使、忠武节度使夏竦判亳州。竦之及国门也，上封章疏示焉。竦既还镇，言者犹不已。会韩亿致仕，竦请代之，故有是命。竦又自请纳节还文资，仍不带职。乃除吏部尚书、知亳州。（改除吏部，在此月二十一日丙戌，后此十七日，今并书之。）既至亳州，因上书自辩，几万余言。"（李焘，2004：3396）《宋史》卷二八三《列传第四十二》云："章累上，即日诏竦归镇，竦亦自请还节。徙知亳州，改授吏部尚书。岁中，加资政殿学士。"（脱脱等，1985：9575）

在亳州修儒学堂。有政声。

赵宏恩《（乾隆）江南通志》卷八九云："亳州儒学旧在州治东，唐故址也。宋庆历间，节度使夏竦重修。"（赵宏恩，2006：719）李贤《明一统志》卷七云："夏竦，……又知亳州，立保伍法，有政声，盗贼不发，田里晏然。"（李贤，1983）

庆历四年甲申（1044），六十岁

二月二十四日，上《古文四声韵》。

《玉海》卷四五云："（庆历四年二月）二十四日，知亳州夏竦上新集《古文四声韵》。"

四月，夏竦造为党论，指责欧阳修、范仲淹、杜衍等结党。

《皇宋通鉴长编纪事本末》卷三七云："四年四月，造为党论，目杜衍、范仲淹、欧阳修为党人。"（杨仲良，2006：657）《长编》卷一四八云："仲淹等皆修素所厚善，修言事一意径行，略不以形迹嫌疑顾避。竦因与其党造为党论，目衍、仲淹及修为党人。"（李焘，2004：3580）

六月，夏竦伪造书信，诬陷石介、富弼撰废立诏书。范仲淹宣抚陕西、河东，庆历新政失败。

《皇宋通鉴长编纪事本末》卷三七云："六月，伪作石介为富弼撰废立诏。"（杨仲良，2006：657）《长编》卷一五〇云："先是，石介奏记于弼，责以行伊、周之事，夏竦怨介斥己，又欲因是倾弼等，乃使女奴阴习介书，久之习成，遂改伊、周曰伊、霍，而伪作介为弼撰废立诏草，飞语上闻。帝虽不信，而仲淹、弼始恐惧，不敢自安于朝，皆请出按西北边，未许。适有边奏，仲淹固请行，乃使宣抚陕西、河东。"（李焘，2004：3637）

十二月十二日，竦为资政殿大学士。

《长编》卷一五三云："（十二月）癸卯，吏部尚书、知亳州夏竦为资政殿大学士。"（李焘，2004：3725）

庆历五年乙酉（1045），六十一岁

元月，竦拜节度使。

司马光《涑水记闻》卷三云："庆历五年正月一日，见任两制以上官……节度使、中书门下平章事：军知陈州章得象，军知澶州王德用，军北军留守夏竦。"（司马光，2007：804）

八月庚午，拜宣徽南院使、河阳三城节度使及判并州。

《长编》卷一五七云："（八月）庚午，资政殿大学士、吏部尚书、知亳州夏竦为宣徽南院使、河阳三城节度使、河东都部署、经略安抚使、判并州。"（李焘，2004：3798）

十一月，孔直温谋叛，于其家得石介书，夏竦因诬石介诈死，诏访石介存亡。

《长编》卷一五七云："（十一月）辛卯，诏提点京东路刑狱司，体量太子中允，直集贤院石介存亡以闻。先是，介受命通判濮州，归其家待次。是岁七月病卒。夏竦衔介甚，且欲倾富弼，会徐州狂人孔直温谋叛，搜其家得介书，竦因言介实不死，弼阴使入契丹谋起兵，弼为内应。执政入其言，故有是命，仍羁管介妻子于它州。"（李焘，2004：3805）

庆历六年丙申（1046），六十二岁

二月，竦判大名府。

《长编》卷一五八云："（二月癸丑）宣徽南院使、河阳三城节度使、判并州夏竦加同平章事、判大名府。"（李焘，2004：3820）《东都事略》卷五四所载同。

庆历七年丁亥（1047），六十三岁

三月，夏竦为枢密使。

《宋史》卷一一《本纪第十一》云："（三月）乙未，贾昌朝罢，以陈执中为昭文馆大学士，夏竦同中书门下平章事、集贤殿大学士，吴育为给事中归班，文彦博为枢密副使。罢出猎。丁酉，以夏竦为枢密使，文彦博参知政事，高若讷为枢密副使。"（脱脱等，1985：223）

十二月戊申，竦封英国公。

《长编》卷一六一云："（十二月）戊申，加恩百官，枢密使王贻永封遂国公，夏竦英国公。"（李焘，2004：3892）

庆历八年戊子（1048），六十四岁

五月，罢竦枢密使，判河南府。

《长编》卷一六四云："（五月）辛酉，枢密使、河阳三城节度使、同平章事夏竦罢枢密使，判河南府。"（李焘，2004：3951）《宋会要辑稿》之《职官七八》云："八年五月二十四日，枢密使、河阳三郡节度使、同中书门下平章事夏竦罢枢密使，判河阳府。"（徐松，2014：5198）

皇祐元年己丑（1049），六十五岁

七月，竦兼侍中。

《神道碑》云："皇祐元年，加兼侍中，赴三城。"《长编》卷一六七云："（七月）壬寅，河阳三城节度使、同平章事夏竦兼侍中。"（李焘，2004：4006）

八月丙子，告假寻医。

《长编》卷一六七云："（八月）丙子，前判河阳、武宁节度使、兼侍中夏竦言：'已离本任，就长假于东京，寻求医药，救疗残生，直至致仕

已来，除寻求医药外，更不敢有纤毫希望干烦朝廷。'从之。"（李焘，2004：4010）

皇祐二年庚寅（1050），六十六岁

十月，封郑国公。

《长编》卷一六九云："冬十月丙辰，……河阳三城节度使、兼侍中英国公夏竦为武宁节度使，进封郑国公。"（李焘，2004：4062）

皇祐三年辛卯（1051），六十七岁

九月十六日，夏竦卒，赠太师中书令。

《神道碑》云："（皇祐三年秋）以薨闻。乘舆临其丧，视公形容槁瘁，嗟悼者久之。赠太师中书令，谥曰文庄。"《宋会要辑稿》之《礼四一》"亲临宗戚大臣丧"云："武宁军节度使、兼侍中夏竦，皇祐三年九月十六日。"（徐松，2014：1633）

初谥文献、文正，因王洙、司马光、刘敞反对，定谥文庄。

《皇朝编年纲目备要》卷一三："皇祐三年秋，议赐竦谥曰'文献'，知制诰王洙当行制，封还其目，曰：'臣下不当与僖祖同谥。'遂改曰'文正'。同知礼院司马光言：'谥之美者，极于"文正"，竦何人乃得此谥？'考功刘敞言：'谥者，有司之事也。竦奸邪，而陛下谥之以正，不应法，且侵臣官。'光疏再上，敞疏三上，乃诏更谥曰'文庄'。"（陈均，2006：307）

宋仁宗皇祐五年癸巳（1053）

七月，竦葬于许州（今河南许昌市），诏王珪为其撰墓志铭。

《神道碑》云："五年七月辛酉，葬公于许州阳翟县三封乡洪长之原。既葬，有诏史臣珪、论次公之世系，与夫行事，以刻其墓碑。"

参考文献

（宋）陈均（2006）：《皇朝编年纲目备要》，许沛藻、金圆、顾吉辰、孙菊园点校，中华书局。

（宋）陈振孙（1987）：《直斋书录解题》，徐小蛮、顾美华点校，上海古籍出版社。

（宋）程俱（2000）：《麟台故事》，张富祥校证，中华书局。

（宋）洪遵（1983）：《翰苑群书》，载《文渊阁四库全书》第595册，台湾商务印书馆。

（宋）李心传（2000）：《建炎以来朝野杂记》，徐规点校，中华书局。

（宋）李焘（2004）：《续资治通鉴长编》，上海师范大学古籍整理研究所、华东师范大学古籍整理研究所点校，中华书局。

（宋）林表民（1983）：《赤城集》，载《文渊阁四库全书》第 1356 册，台湾商务印书馆。

（宋）司马光（2007）：《涑水记闻》，载《宋元笔记小说大观》第 1 册，上海古籍出版社。

（宋）宋敏求（1936）：《春明退朝录》，载《丛书集成初编》，商务印书馆。

（宋）宋祁（2003）：《宋景文公笔记》，载《全宋笔记》第 1 编第 5 册，大象出版社。

（宋）王辟之（2007）：《渑水燕谈录》，载《宋元笔记小说大观》第 2 册，上海古籍出版社。

（宋）王象之（1992）：《舆地纪胜》，中华书局。

（宋）王应麟（1987）：《玉海》，上海书店、江苏古籍出版社。

——（2016）：《玉海》，广陵书社。

（宋）魏泰（2007）：《东轩笔录》，载《宋元笔记小说大观》第 3 册，上海古籍出版社。

（宋）徐自明（1986）：《宋宰辅编年录校补》，王瑞来校补，中华书局。

（宋）杨仲良（2006）：《皇宋通鉴长编纪事本末》，李之亮校点，黑龙江人民出版社。

（宋）岳珂（2016）：《愧郯录》，中华书局。

（宋）曾巩（2012）：《隆平集校证》，王瑞来校证，中华书局。

（宋）祝穆（2003）：《方舆胜览》，祝洙增订、施和金点校，中华书局。

（元）脱脱等（1985）：《宋史》，中华书局。

（明）李贤（1983）：《明一统志》，载《文渊阁四库全书》第 472—473 册，台湾商务印书馆。

（清）徐松（2014）：《宋会要辑稿》，刘琳等校点，上海古籍出版社。

（清）张英（1983）：《渊鉴类函》，载《文渊阁四库全书》第 982—993 册，台湾商务印书馆。

（清）赵宏恩（2006）：《（乾隆）江南通志》，载《文津阁四库全书》第 172 册，商务印书馆。

孙刚（2014）："夏竦年谱简编"，《古籍整理研究学刊》，第 5 期。

汪圣铎（2016）：《宋史全文》，中华书局。

曾枣庄、刘琳（2006a）：《全宋文》第 17 册，上海辞书出版社、安徽教育出版社。

——（2006b）：《全宋文》第 53 册，上海辞书出版社、安徽教育出版社。

——（2006c）：《全宋文》第 16 册，上海辞书出版社、安徽教育出版社。

A Newly Organized Chronicle of Xia Song

Tan Xinhong

Abstract：Xia Song and his *Wen Zhuang Ji* are of great value for studying the literature and political ecology in the early Song Dynasty. However, because of the bad reputation, the academic circle has paid less attention to him and the work for a long time. Therefore, there is no complete and precise chronicle of Xia Song in current study. Based on *Wen Zhuang Ji*, this chronicle has introduced Xia Song's life by referencing the selected works of Song people and the history of Song, so as to promote further research.

Keywords: Xia Song; *Wen Zhuang Ji*; Chronicle

About the Author: Tan Xinhong (1970 –), Ph. D. , Professor in College of Chinese Language and Literature, Wuhan University. Research interests and specialties: Tang and Song literature and Ci study. E-mail: xinhongtan @ 126. com.

简论宋太祖石刻

王　星*

摘　要： 石刻传媒是宋代重要的传播媒介之一，在宋代政治、文化生活中占有重要的地位，并得到宋朝历代帝王的积极运用。宋太祖充分运用了石刻的政治宣传功能，成功宣扬了天命属赵的观念与抑武崇文的右文国策，力图移风化俗，扭转五代民不知教的陋习，对于宋初社会文化的建构实有重要的作用，并对宋代重文轻武的政治文化特征产生了深远的影响。

关键词： 宋太祖　宋代石刻　宋代文学

基金项目： 国家社科基金一般项目"宋代石刻功能的多元透视与文学个案研究"（12BZW038）

加拿大学者伊尼斯（Harold Adams Innis）在其《帝国与传播》一书中曾深刻地论述了传播媒介与社会变迁之间的关系，认为一种传播媒介不仅左右个人视听，而且有极大的力量创造看不见的新环境，甚至足以摧毁原有的文化形态，虽然这主要针对现代大众传播媒介立论，但深刻揭示了传播媒介对社会文化的重大影响。石刻这一使用时间极为长久、使用范围极为广泛的传播媒介，发展到宋代，越来越成为一种即时发表的重要传播媒介，对宋代精神文化生活产生了深刻的影响。那么宋代的帝王对这一传播媒介是否关注呢？他们又是怎样来运用这一传播媒介，又对当时的政治文化生活有着怎样的影响呢？他们对石刻传媒的运用有无规律性？换句话说，石刻在他们手中有着怎样的政治功能？而所有这一切，对宋代文学

---

* 王星（1972—），博士，湖北大学文学院副教授，研究方向：宋代石刻与文学、词学。电子邮箱：xwx2003@sina.com。

的发展会有些什么样的影响呢？带着这些问题，笔者发现在宋代三百年中，每代帝王都使用过石刻传媒，但对石刻使用得更多的是宋太祖、宋真宗、宋徽宗、宋高宗和宋理宗，他们对石刻的运用各有所重，对当时社会政治文化生活产生的影响也各不相同。限于篇幅，本文以宋太祖石刻文字为探讨对象，简略阐述宋太祖对石刻的运用情况及其对宋代政治文化的影响。

宋太祖因陈桥兵变，骤得周世宗之基业，但其扫平天下，实非一蹴而就。继位之初即讨李筠，平李重进，定扬州。进而于乾德元年（963）平荆湖，收高继冲、周保权之地。乾德二年（964）十二月伐蜀，虽只用六十六日即克之，但因王全斌等治军不严，激起全师雄兵变，蜀中大乱，数年始平。至开宝四年（971）三月平南汉，开宝八年（975）始收南唐。次年八月攻北汉至太原城下，终不能克。太宗登基后，于太平兴国三年（978）取吴越，四年（979）二月亲征北汉，至五月始下太原，随即北向幽蓟，欲复汉唐故疆，却大败于高梁河。雍熙三年（986）令曹彬、潘美等再次伐辽，又大败于岐沟关。其后宋辽边事未断，直至真宗澶渊之盟，始暂得安宁。

宋太祖得天下能守而传之后代，其成功在于他一反五代残暴，始终推行仁政德治，而在这一过程中石刻则成为他开基定鼎中有力的政治宣传工具与辅政工具。这些石刻可以分为两类：其一是宋太祖亲自撰写的石刻文字，其二是宋太祖令文臣撰写刻石的碑刻。试详叙之。

一　宋太祖亲撰石刻与右文国策

宋太祖亲自撰写的石刻文字，比较确凿的只有四种，其一为《宋太祖御制天王堂碑》，其碑早已不知去处，乾隆丁丑《滑县志补遗》载有仅存的两句碑文，云"眷兹白马之津，是我潜龙之地"。（国家图书馆善本金石组，2003c：453）考其文意，该碑当为宋初所立，且为宋太祖成功之后，告祭于当年潜龙之地而立，实为一纪念性碑刻，因与宋太祖行政关系不大，其文又不传，此不赘述。

宋太祖另一亲自撰写的石刻文字，则是后来争议极大的所谓太庙密室《戒碑》。由于此碑载有宋太祖"不杀士大夫"的誓约，故南宋以来的许多史书如《三朝北盟会编》《建炎以来系年要录》《挥麈后录》《避暑漫抄》等，都有详略不等的记载。但此石刻不见于任何金石类书籍的记录，实从曹勋口中得来。建炎元年（1127）曹勋从金国南归，传徽宗之语于高宗曰："艺祖有誓约，藏之太庙，誓不杀大臣及言事官，违者不祥。"（李心传，1988：114）而潘永因《宋稗类钞》所记最详（潘永因，1985：1）。《全宋文》亦收录此碑，碑文内容与《宋稗类钞》相同。其全文如下：

> 柴氏子孙有罪，不得加刑；纵犯谋逆，止于狱中赐尽，不得市曹刑戮，亦不得连坐支属。不得杀士大夫及上书言事人。子孙有渝此誓者，天必殛之。（曾枣庄、刘琳，1988a：197）

民国时张荫麟曾撰文认为该碑俱为伪造（张荫麟，1941），20世纪80年代杜文玉又曾撰文再申此论（杜文玉，1986）。杜文认为：中国封建社会对史官不存在保密问题，誓碑之事亦不例外，但日历、实录中皆无反映；且当时守汴的宗泽、杜充及奉迎神主的官吏皆无报告；誓约所言之事宋太祖及宋代其他帝王并未遵守；若真有此约，宋太祖早应公之于世，以示其仁德宽厚，来收买人心；故此碑可能为宋高宗与曹勋共同作伪。

但是杜文所证，并无一确凿之证据，皆为推理之辞。虽然宋太祖乘人之危、夺取帝位是人所共知的事实，但"黄袍加身"之说正为隐晦此事，设若公布此碑，明确表示要优待柴氏子孙，岂非自动承认对不起柴氏？再者，若公布此碑并真正遵守"不得杀士大夫及上书言事人"的誓约，则宋太祖岂不是将权力拱手让给士大夫，设若士大夫为非作歹，则以何驭下？故此碑之立本为提醒自己与约束后代嗣君而作，而其内容实不便公开，则立于密室，合乎情理。而宋代人则因事涉宋太祖，且非美事，故除曹勋受徽宗授命，其他人皆绝口不提。又考《宋史纪事本末》谓"太祖建隆元年春正月乙卯，遣使分镇诸州。是月视学，诏增葺祠宇，塑绘先圣先贤像，自为赞书于孔颜座端，令文臣分撰余赞。屡临视焉。尝谓侍臣曰：'朕欲尽令武臣读书，知为治之道'，于是臣庶始贵文学"（陈邦瞻，1977：37）。《宋史·太祖本纪》载，建隆二年（961）及三年（962）正月、二月三幸国子监，三年（962）二月壬午"上谓侍臣曰：'朕欲武臣尽读书以通治道，何如？'左右不知所对"（脱脱等，1977：11）。周密《癸辛杂识》载北宋太学"先圣先师各有片石，镌宋初臣所为赞，独先圣赞，太祖御制也"（周密，1988：217）。《全宋文》据《古今图书集成》及方志录有上述《孔子赞》及《颜子赞》（曾枣庄、刘琳，1988a：186）。参考上面诸种材料可知，宋太祖建隆初即大兴文教，多次幸国子监，亲撰孔颜二赞，并于建隆三年（962）刻石，同时还将"右文"思想披露给执政大臣，宰执竟一时语塞，无以为对。这正是因为五代时武人专断杀伐，积习太深，文人一向无甚地位，为之所轻。《宋史·太祖本纪》载太祖"晚好读书，尝读《二典》，叹曰：'尧、舜之罪四凶，止从投窜，何近代法网之密乎！'谓宰相曰：'五代诸侯跋扈，有枉法杀人者，朝廷置而不问。人命至重，姑息藩镇，当若是耶？自今诸州决大辟，录案闻奏，付刑部覆视之。'遂著为令"（脱脱等，1977：50）。在这种武人专治的文化环境下，宋太祖立此誓碑以戒后代嗣君抑武兴文，实有必要。而宋太祖常好微服私访，观其行事，立此《戒碑》亦实有可能。宋太祖在《与赵普书》中曾很自豪地说："朕与卿平祸乱以取天下，所创法度，子孙若能谨守，虽百世可也。"（曾枣庄、刘琳，1988a：185）立太庙《戒碑》实此可传百世的制度之一。我们不能因正史没记录《戒碑》，且他人少有提及，而断然否认其真实性。而此一石刻之内容，实涉祖宗家法，充分反映了宋太祖弃武右文的施政理念。

宋太祖亲撰的另两种石刻文字，则为《孔子赞》与《颜子赞》。这两种石刻都刻于建隆三年（962），建隆三年（962）宋太祖还令刘从义撰《重修文宣王庙碑记》，于八月二十五日刻石。这三种石刻与《戒碑》一样，主要为右文而设，且影响宋代君王十分深远。宋太宗曾敕令吕蒙正撰《兖州文宣王庙碑》（国家图书馆善本金石组，2003b：48），宋真宗曾亲撰《御制文宣王赞》并下诏书一起刻石（国家图书馆善本金石组，2003a：1058），宋理宗曾于"万几余闲博求载籍，推迹道统之传，自伏羲迄于孟子，凡达而在上其道行，穷而在下其教明，采其大指，各为之赞"作有《道统赞》（国家图书馆善本金石组，2003b：557）。特别是宋高宗，不仅亲撰先圣及七十二弟子赞，并配以李伯时所绘图像，刻石立碑，规模宏大，对于宋朝右文尚理风气的形成有重大促进作用。由此可以看出，石刻一直是宋代帝王借以宣传右文国策的有力工具，宋太祖为开创者，其影响极其深远。

二 宋太祖的崇祀石刻与天命宣传

但是宋太祖将石刻更多运用于崇祀前代帝王勋臣烈士及祭祀五岳四渎的大规模兴庙修祠活动之中。宋太祖登基之后，即开始有意识地保持并修葺前代帝王陵墓，并在开宝四年（971）平南汉之后大规模刻石立碑，此举前代未见，后世亦无，实深可参究。兹先据《宋史·太祖本纪》、《宋史·礼志》、《文献通考》、清毕沅《续资治通鉴》与《全宋文》等书，将相关事迹以时间为序，汇总罗叙于下：

1. 建隆二年四月壬寅，下诏令所属州府遣近户守视先代帝王陵寝，修葺前贤冢墓堕坏者。（毕沅《续资治通鉴》之《宋纪二》，《文献通考》卷一〇三，《宋史·礼志八》）

2. 建隆三年八月诏修武成王庙，与国学相对。（毕沅《续资治通鉴》之《宋纪二》，《宋史·礼志八》）

3. 建隆四年六月，幸武成王庙，以白起杀降不仁，特下《武成王庙从祀神像事诏》。（毕沅《续资治通鉴》之《宋纪三》，《全宋文》）

4. 建隆四年十月，诏前代帝王三年一享。（《全宋文》）

5. 乾德元年三月丁亥，幸国子监，遂幸武成王庙。六月立汉光武、唐太宗庙。（《宋史·太祖本纪》）

6. 乾德二年下诏令吴越王钱俶祭夏禹陵。（《全宋文》）

7. 乾德四年　冬十月癸亥，诏前代帝王太昊、女娲等十六帝，各给守陵五户，蠲其他役，长吏春秋奉祀；商中宗等十帝各给三户，岁一享；秦始皇等十五陵，各给二户，三年一祭；周桓王等三十八帝陵，州县常禁樵采。仍诏吴越国王钱俶修奉禹墓，三年一享。（《宋史·太祖本纪》，《文献通考》卷一〇三，《全宋文》）

8. 开宝三年九月，下诏重葬并致祭周文王等二十七陵。十月复下诏，令前代勋臣烈士置守坟户。（《文献通考》卷一〇三，《全宋文》）

9. 广南平，遣司农少卿李继芳祭南海。开宝五年六月，下《五岳四渎庙长史每月点检，令兼庙令尉兼庙丞诏》。各以本县令兼庙令，尉兼庙丞，专管祀事。十一月庚辰，诏翰林学士李昉及宗正丞洛阳赵孚、卢多逊、王佑、扈蒙等分撰岳渎祀及历代帝王碑，遣翰林待诏孙崇望等，分诣诸庙书而刻石，凡五十二首。（参《宋史·礼志五十四》，《全宋文》）

10. 开宝九年秋七月丁亥，命修先代帝王及五岳、四渎祠庙。（《宋史·太祖本纪》）

从上面的记载，足见宋太祖对前代帝王奉祭之勤谨，特别是宋太祖于开宝五年（972）十一月庚辰的大规模刻石活动。此事亦见于李焘《续资治通鉴长编》的记载："诏翰林学士李昉及宗正丞洛阳赵孚等，分撰岳渎并历代帝王新庙碑，遣使刻石庙中，凡五十二首。"（李焘，1980：292）可见当时刻石之规模相当宏大。这批石刻在明代赵崡《石墨镌华》、清王昶《金石萃编》、陆增祥《八琼室金石补正》中皆有部分著录，今汇总诸书及《全宋文》中有关篇目，制为表1，尚得16种。

表1　宋太祖开宝五年（972）下诏刻石篇目表

序号	碑名	作者	书者	刻石时间	资料来源
1	《黄帝庙碑序》	李昉	不详	开宝五年（972）	《全宋文》
2	《帝尧庙碑记》	李昉	不详	开宝五年（972）	《全宋文》
3	《新修成汤庙碑铭并序》	李莹	不详	不详	《全宋文》
4	《大宋新修商中宗庙碑铭》	梁周翰	司徒俨	开宝七年（974）四月	《金石萃编》卷一二四，又《全宋文》
5	《大宋新修周武王庙碑铭并序》	卢多逊	孙崇望	开宝六年（973）十月	《石墨镌华》卷五，又《全宋文》
6	《大宋新修周康王庙碑铭并序》	黄逊淳	孙崇望	开宝六年（973）二月	《金石续编》卷一三，又《全宋文》
7	《大宋新修后汉光武皇帝庙碑铭并序》	苏德祥	孙崇望	开宝六年（973）	《金石萃编》卷一二四，又《全宋文》
8	《新修唐高祖庙碑记》	扈蒙	张仁愿	开宝六年（973）七月	《金石萃编》卷一二四，又《全宋文》
9	《大宋新修唐太宗庙碑铭并序》	李莹	孙崇望	开宝六年（973）十月	《金石萃编》卷一二四，又《全宋文》

续表

序号	碑名	作者	书者	刻石时间	资料来源
10	《大宋新修唐宪宗庙碑铭并序》	赵宁	张仁愿	开宝六年（973）五月	《石墨镌华》卷五，又《全宋文》
11	《大宋新修女娲庙碑铭并序》	裴丽泽	张仁愿	开宝六年（973）十一月	《山右石刻丛编》卷一一，又《全宋文》
12	《大宋新修嵩岳中天王庙碑铭并序》	卢多逊	孙崇望	开宝六年（973）十二月	《金石萃编》卷一二四，又《全宋文》
13	《修西岳庙碑》	杨昭俭	不详	不详	《全宋文》
14	《重修济渎庙碑》	卢多逊	不详	开宝六年（973）	《全宋文》
15	《新修江渎庙碑》	苏德祥	不详	不详	《全宋文》
16	《大宋新修南海广利王庙碑铭并序》	裴丽泽	韩溥	开宝六年（973）十月	《金石续编》卷一三，又《全宋文》

如此大规模地立石刻碑，目的何在呢？我们不妨先节选几例，看看这些碑文的内容。李昉《黄帝庙碑序》云：

> 天下暴乱，圣人用干戈而靖之；天下宁静，圣人用道德而化之。昔有蚩尤肆残毒，孰能去焉？涿鹿有氛祲，孰能平焉？黄帝所以镇神威而大定也。云官纪符瑞，孰能享焉？土德成运数，孰能兴焉？黄帝所以神明德而致太平也。披史册览五帝之旧记，阅经籍稽百王之大典，以治世之法为师范，以严祀之礼立教化。大宋阐统之十有三祀，开宝纪号之五载，彝伦攸叙，万国咸宁。……受天命，为亿兆之主，居九重之尊。静则端拱凝旒，来八方之琛赆。动则灵旗萃辂，荡六合之妖孽。圜丘展礼，天地享其至诚；万物效灵，人神协其佳瑞。所谓登三皇而迈五帝也。一日御便殿，顾谓辅臣曰："前代帝王有功德昭著，泽及生民者，宜加崇奉，岂可庙貌堕而享祀寂寞乎？当命有司，遍加兴葺。"辅臣承命，拜称万岁，即日颁旨，洋洋德音，……臣昉谨摭旧史而扬言曰：昔者炎帝道衰，诸侯未制，惟力是恃，伊民何依。黄帝于是神聪明之德，振威武之气。雕虎一啸，猛暴不觉震惊；神龙未起，陆梁先知悚惧。始以兵法治其乱，次以帝道柔其心。寰海尘飞，一朝尽息，修德振旅，劝农务稿。……为司牧者能以皇帝修身理国之道，以御今之世，而生灵不登仁寿之域者，未之有也。（曾枣庄、

刘琳，1988b：17）

裴丽泽《大宋新修女娲庙碑铭并序》云：

闻羲帝之先，大朴未散。太古巳降，淳风尚扇。玄黄之极虽设，高卑之义孰分。及乎大道丧而庶类生，圣人作而万物睹。指龟文而画卦，以龙图而纪官。乃服衣裳，始有文字。由是君臣之道渐著，仁义之风聿兴……今我应天广运圣文神武明道至德仁孝皇帝抚天下也，功业冠乎邃古，睿圣通于神明。祥瑞荐臻，向应交感。……皇帝尚或日慎一日，虽休勿休，以为受命上玄，庇民下土。弗矜弗伐，惟将百姓为心；无怠无荒，故使九功惟叙。尝谓侍臣曰："朕以道莅四海，恩临万邦。非先王之德教不敢行，非先王之谟训不敢道。念风雨之咸若，而灾害之不生。……因思前代帝王，尝牧黎庶，居万人之上，为一代之君，盛德神功，民到于今受其赐者，岂可千载之下寂寥无闻？"……乃诏诸郡县，应境内有先代帝王陵寝之处，俾建祠庙。……我后事天明，事地察。神道设教，孝治天下。布无为之化，施不测之功。行前王不行之恩，成近代难成之事。化孚区外，泽渗地中。与夫汉武帝起通天之台，惟求羽化；陈后主造迎春之阁，止事荒游。商榷圣宫，何啻九牛毛之远矣！（曾枣庄、刘琳，1988b：136）

这两篇碑文，结构其实极为相似，先叙天下大乱，必有圣人应天而生，继而颂宋太祖功业与仁德，实乃应天受命之真龙天子，所谓"受天命，为亿兆之主，居九重之尊"是也。再叙宋太祖命崇祀前代帝王，诏立庙刻碑之事，颂扬宋太祖超越前代，实亘古未有之君王也。正如卢多逊所云："乃建祠庙，用崇祀典。先王不能有其制，前代未能行其事，出自我应天广运圣文神武明道至德仁孝皇帝冠绝古今之圣德也。"（卢多逊，2003）李莹《新修成汤庙碑铭并序》亦是同一手法，开篇即云："天不以大宝钟于汤，则愆亢之灾孰为恤？汤不以至仁救其弊，则盛明之道孰为彰？旱者天之数也，仁者汤之行也。数既有时，虽大圣而不可挽。行有于已，虽上天而不可违。则知旱不作，无以施汤之仁；仁不施，无以救时之旱。华夷万国，嗷嗷咸迫于焦劳；寒暑七年，扰扰终逃于殄绝者，则汤大有造于天下也。"（曾枣庄、刘琳，1988a：733）此文明显为赵姓天下张本，言天命属汤，乃是授汤以命来拯救百姓于亢旱之中。而汤以仁救弊，遂使天之道大张，进入盛明之世。此无非说宋太祖代周实用天之命，而宋太祖又以仁孝治天下，合乎天道，故宋太祖大有造于天下也。现存的其他碑文，虽然所祭的帝王各不相同，但结构与主旨皆十分相近，这些碑文的目的不外三个方面：第一，证明宋太祖为应天广运之真命天子；第二，讴歌宋太祖之功绩与仁德，实为圣文神武、明道至德之英主与圣王；第三，宣传宋太祖"推诚心以待天下"及"弗矜弗伐，惟将百姓为心"的仁孝治国方略。

这些碑刻颇有特点。

其一，数量众多且分布广泛。乾德四年（966）诏书中所提及的首批春秋两祀的十六帝为：太昊、女娲、炎帝、黄帝、颛顼、高辛、唐尧、虞舜、夏禹、成汤、周文王、周武王、汉高祖、后汉世祖、唐高祖、唐太宗，而所涉及的葬地则有陈州宛丘、晋州赵城、潭州长沙、坊州桥山、澶州临河县与濮阳县、郓州阳穀林、永州九嶷山、越州会稽、河中府汾阴县、京兆府咸阳县、河南洛阳县、耀州三原县等地（马端临，1986：938）。

其二，宋太祖假神道设教并不是空造出神符瑞宝，而是利用国人重祭祀的传统和老百姓祀以求福的心理与信仰而推行教化。国之大事在祭与戎，《祭法》云："夫圣王之制祭祀也，法施于民则祀之；以死勤事，则祀之；以劳定国，则祀之；能御大灾，则祀之；能捍大患，则祀之。"（马端临，1986：937）朱子谓："问'祭先贤先圣如何？'曰：'有功德在人，人自当报之。古人祀五帝，只是如此。后世有个新生底神道，缘众人心向它，它便盛。'"（黎靖德，1986：53）宋太祖虽然声称自己只是"以人民受赐而推谢于神贶，为人民祈福而严奉于神府"（杨昭俭，1988：227），但是却正如卢多逊所言"古者圣人体乾坤，树道德，功济天下，法施生民，历代咸欲称其名，美其事，或乐章以歌之，或画像以赞之，亦以为宣扬前烈，敦厚王化"（卢多逊，2003：26），这实际是顺应了民心，故其影响力极大。

其三，宋太祖不仅仅因传统而成事，而且辅之以政令，积极推行。乾德四年（966）诏前代帝王分等祭祀有差，或春秋两祀，或一年一祀，或三年一祀。而开宝五年（972）六月又下诏，令"各以本县令兼庙令，尉兼庙丞，专管祀事"。这样就使祭祀之事历官有常，成为仁孝之政的一种象征仪式，而"仪式作为象征性的行为与活动，不仅是表达性的，而且是建构性的；它不仅可以展示观念的、心智的内在逻辑，也可以是展现和建构权威的权力技术"（郭于华，2000：1）。我们不难设想，在那个信息交流不发达的时代，一年又一年，地方官吏的祭祀活动将成为当地百姓日常生活中的重要部分。而且所崇祀的前代帝王，实多有功德于民者，故而这种祭祀无形中就是对仁德的一种加强与召唤，其影响人心、移风化俗的力量实为不小。从某种意义上说，这批石刻实参入了宋初政治和文化奠基工程，宣传了宋太祖"惟将百姓为心"的仁孝治国理想，并将此治国理念落实到县级行政生活之中。范仲淹"先天下之忧而忧，后天下之乐而乐"的名言，正是从这一文化土壤中孕育出来的。

这批石刻除了上述三大主要目的，还有没有其他的目的与作用呢？扈蒙的《新修唐高祖庙碑记》露出了一些信息，该文先盛赞唐高祖开疆拓宇的丰功伟绩，后颂宋太祖之德，谓"我宋后仪天立极，稽古临人。苍璧黄琮，屡瑾圜丘之祀；金泥玉检，将行岱岳之封"（曾枣庄、刘琳，1988a：593）。该文旨在为宋太祖颂德，却透露出宋太祖行将封禅泰山的信息，由此可见这次大规模的刻石运动实为封禅作准备，有着明确的政治目的。此碑刻于开宝六年（973）七月二十一日，潘美早已克服南汉，南唐与吴越俱在宋太祖掌握之中，此时为封禅作准备，可谓一举多得。一方面通过大量的立庙刊石，为自己树立了师法三代的圣明天子形象，尤其是将天命属赵的观念深深植于百姓心中，利用民间信仰来塑造自己的形象，以新修庙宇、重树丰碑的方式进行了一场声势浩大的政治宣传；另一方面又借机发诏吴越，令其祭夏禹而树立大宋朝的威信。最主要的是当时南唐、吴越都在掌握之中，而大量立庙刊石树碑，实起到政治宣传的效果，此不战而屈人之兵也，对于开宝八年（975）的曹彬下江南与吴越归地都有相当大的促进作用。

历史上借名禅让而实则篡位者，实不乏人，如王莽、曹丕、司马炎等，但是逼宫篡位而能保其社稷传之后世且名声不坠者，实不多见，宋太祖乃其中之一，他的成功在于他的胸怀广阔，推诚心以待天下，得到百姓拥护。王夫之《宋论》云："凡所降德于民以靖祸乱，一在既有天下之后。……夫宋祖受非常之命，而终以一统天下，底于大定，垂及百年，世称盛治者，何也？唯其惧也。"（王夫之，1964：2）而立庙刻石实为宋太祖降德于民以靖祸乱的一种重要手段，也是对石刻政治宣传功能与辅政治民功能的成功运用。

但是宋太祖却没等到天下鼎定之日，明赵崡跋《修唐宪宗庙碑》云："宋祖以谈笑得天下，而于古帝王陵庙，尽加崇饰，忠厚开国，规模宏远矣。其事在开宝六年，未几鼎成。使得竟其志，幽燕何足烦一举也。惜也！"（赵崡，1985：65）此论可发千古同慨。

宋太祖以兴庙修祠、刻石立碑的方式辅助政教，宣扬了天命属赵的观念，树立了圣明天子的形象。并用石刻文字宣传右文国策，移风化俗，力图扭转五代民不知教的陋习，对于宋初社会文化的建构实有重要的作用，并对宋代重文轻武的政治文化特色产生了深远的影响。通过深入分析宋太祖的石刻文字，进而分析宋代历朝君王的石刻文字，我们可以从一个特殊的角度去把握宋代政治历史的大趋势，深入了解宋代文学艺术滋生发展的土壤。

参考文献

（宋）黎靖德（1986）：《朱子语类》，王星贤点校，中华书局。

（宋）李焘（1980）：《续资治通鉴长编》，中华书局。

（宋）李心传（1988）：《建炎以来系年要录》，中华书局。

（宋）卢多逊（2003）：《新修周武王庙碑》，载国家图书馆善本金石组编《宋代石刻文献全编》第 3 册，北京图书馆出版社。又《全宋文》作《大宋新修周武王庙碑铭并序》。

（宋）马端临（1986）：《文献通考》，中华书局。

（宋）杨昭俭（1988）：《修西岳庙碑》，载曾枣庄、刘琳编《全宋文》第 1 册，巴蜀书社。

（宋）周密（1988）：《癸辛杂识》，吴企明点校，中华书局。

（元）脱脱等（1977）：《宋史》，中华书局。

（明）陈邦瞻（1977）：《宋史纪事本末》，中华书局。

（明）赵崡（1985）：《石墨镌华》，载《丛书集成初编》，中华书局。

（清）潘永因（1985）：《宋稗类钞》，刘卓英点校，书目文献出版社。

（清）王夫之（1964）：《宋论》，舒士彦点校，中华书局。

杜文玉（1986）："宋太祖誓碑质疑"，《河南大学学报》，第 1 期。

郭于华（2000）：《仪式与社会变迁》，社会科学文献出版社。

国家图书馆善本金石组（2003a）：《宋代石刻文献全编》第 2 册，北京图书馆出版社。

—— （2003b）：《宋代石刻文献全编》第 3 册，北京图书馆出版社。

—— （2003c）：《宋代石刻文献全编》第 4 册，北京图书馆出版社。

曾枣庄、刘琳（1988a）：《全宋文》第 1 册，巴蜀书社。

—— （1988b）：《全宋文》第 2 册，巴蜀书社。

张荫麟（1941）："宋太祖誓碑及政事堂刻石考"，《文史杂志》，第 7 期。

On the Stone Inscriptions of Taizu of Song Dynasty

Wang Xing

Abstract：The stone inscriptions in Song Dynasty became increasingly prominent and played an important role in politics and culture, becoming an important media of literary communication, which was actively used by the emperors of Song Dynasty. Song Taizu used the political-propaganda function of stone successfully. So the inscriptions factually joined the political and cultural foundation project in the early Song and played an important role in reconstructing the social order and moral standards destroyed by five generations war in the late of Tang. Also, the inscriptions advocated the managing state strategy with virtue and morality.

Keywords：Taizu of Song Dynasty; The Stone Inscriptions of Song Dynasty; The Literature of Song Dynasty

About the Author：Wang Xing （1972 – ）, Ph. D. , Associate Professor in School of Chinese Language and Literature, Hubei University. Research interests and specialties：the stone inscriptions and literature of Song Dynasty, studies of Ci poetry. E-mail：xwx2003@ sina. com.

21 世纪明代戏曲与科举研究述评

卢晶晶[*]

摘　要：在科举文学研究领域，明代戏曲与科举关系的研究较为薄弱。21 世纪其相关研究主要集中在"八股文与明代戏曲"和"明代戏曲中科举元素研究"两大领域。其目前相关研究涉及面过窄，同质化现象突出，未能展现明代戏曲与科举关系之全貌。"明代戏曲和科举生态与士人心态"是明代戏曲与科举研究领域中被忽视但却十分重要的论题。研究科举生态与士人心态，能够推进对明代戏曲现象的认识。

关键词：明代　戏曲　八股文　科举

文学与科举之关系历来为学术界所关注，且已取得了相当可观的成果，程千帆《唐代进士行卷与文学》、傅璇琮《唐代科举与文学》皆为学界公认的力作。但与人们对科举之于唐代文学关系的积极肯定不同，科举对明清文学的影响则历来受到更多否定。自 20 世纪 80 年代起，学界开始对明清科举有了理性的认识，对其不再仅仅以戕害士人心性的封建糟粕简单视之，而是客观辩证地对其相关制度进行深入研究。

在此基础上，21 世纪以来，科举研究逐渐走向兴盛。厦门大学刘海峰教授提出"科举学"以及"科举文学"的概念："科举与中国古代文学息息相关，当今科举研究也与古代文学研究密切相关，两者关联互动。从科举学进入文学，主要是为科举制平反的大环境，为重新认识科举文学的价值提供了舆论与理论支撑；由文学进入科举学，则是从文学领域为科举学

---

* 卢晶晶（1983— ），湖北大学文学院博士研究生，延安大学文学院讲师，研究方向：古典戏曲。电子邮箱：155102366@ qq. com。

开拓一个广阔的学术空间，使科举学更为繁荣。"（刘海峰，2012）

在科举文学研究领域，科举制度达到顶峰的明代之科举与文学研究，成为其中热点。然而现有研究成果，大多集中在科举与诗文乃至小说关系的探讨之上，明代戏曲与科举关系的研究相对而言较为薄弱。目前尚未有关于明代科举与戏曲的研究专著问世，相关研究成果多为单篇论文，且主要集中于以下三个方面。

一　八股文与明代戏曲研究

得益于文体学的发展兴盛，从科举中的八股文文体角度来探索其与戏曲之关系，是戏曲与科举关系研究之一大热点，成果也较多。

黄强是较早关注八股文与明清戏曲关系的学者。他于 20 世纪 90 年代初在《文学遗产》上发表了《八股文与明清戏曲》一文。（黄强，1990）黄强的研究，有开天辟地之功。文章的三种研究思路——"将戏曲与八股文类比以提高戏曲地位""八股文与戏曲代言共性与交互影响""戏曲理论借鉴八股文章法"——指引了三种研究路径，为之后的此类研究开创了先导。

黄强的第二种研究思路在21世纪八股文与明代戏曲研究中为最多人所沿袭与发展。其中出现较早的研究成果，如汪小洋、孔庆茂《科举文体研究》一书，即是对黄强第二种研究思路的承袭与发展。该书认为，"代圣贤立言"是八股文最大的文体特点，"代言"是八股文与戏曲、小说等文学体裁共通之处。此外，该书还关注到文体思维定式对文学创作的影响："八股把文学格式化为广泛套用的公式，科举又把八股功利化为人们思维的习惯，八股文对文学影响的深广是任何文学样式所不及的。"（汪小洋、孔庆茂，2005：128）另外，包海英《试论科举与古代戏曲之关系》一文，也是对黄强第二种研究思路的借鉴与延伸。文章不但注意到"代言体"这一文体特性使戏曲与八股文的创作互相影响，而且还注意到其创作论上的意义：八股文要求应试者完全放弃自己的思想为之代言，而戏曲作家在思想和心灵上则有着更大的自由，因此许多失意文人把戏曲作为抒情言怀的最佳工具。（包海英，2007）

马琳萍《从"代言"看明清戏曲创作对八股文的借鉴——以〈香囊

记〉的"二重代言"为个案》一文，是同时对黄强第一种研究思路的借鉴和第二种研究思路的延续。文章对戏曲人物塑造进行研究分析，认为"以《香囊记》为代表的八股化明传奇对八股文的借鉴体现在'二重代言'上，即代言主体通过演员为剧中人物和经史中的圣贤两个对象立言"。作者认为："二重代言"带给《香囊记》人物塑造上的诸多恶果，是"以邵灿为代表的一批明代传奇曲家想要借八股文之力提升传奇品味的八股化创作观的具体体现。其艺术创作局限性，不言自明"。（马琳萍，2015）马琳萍的"二重代言"概念，颇具新意，对理解和把握戏曲"代言"之特色有所助益。借鉴继承黄强第一种、第二种研究思路的还有王田田《论八股文与明清戏曲小说之关系》一文。其文由"以时文为南曲"和"以时文为小说"两部分组成，以之分析八股文与明清戏曲、小说的交互影响。文章思路与研究方法，受黄强之影响至深。（王田田，2006）

陈维昭《明清曲学的"代言"与八股文法的"入口气"》一文，是对黄强第三种研究思路的延续与深化。文章以"代言"为切入点，关注到明清曲学与八股文理论影响的交互性："明清曲学的建立，不仅取法于经史传统、诗学传统、乐学传统，而且也取法于作为时代强势话语的八股文法。另一方面，八股文理论在其历史演进的过程中也存在着从戏曲学之中汲取养分的现象。"（陈维昭，2017）在目前的相关研究中，除了沿此思路从曲学与八股文法上深入挖掘外，亦有将此思路进行拓展，转移到探讨八股文论评与戏曲评点关系之上者，如张伟、潘峰《明代八股论评对戏曲评点的影响》一文，"从评点观念及具体范畴演变的不同层面，论述明代八股论评对戏曲评点的影响"，从而达到"更好的（地）认识八股论评在中国古代文论体系中的重要位置"的认知目的。（张伟、潘峰，2009）

除了黄强的研究之外，学者们还在不断尝试开拓更为广阔的研究天地。邱江宁便是其中之一。在《八股文与中国传统文学的演进——以明清戏曲创作为例》一文中，邱江宁对汤显祖《紫钗记》、李渔《闲情偶寄》、高明《琵琶记》以及孔尚任《桃花扇》进行具体分析，认为："曾经地位卑弱的戏曲在八股制艺的影响下，历经深为八股制艺浸染的文人的改进，艺术创作由粗转精。"在充分肯定八股文对明清戏曲创作产生积极影响的同时，邱江宁也从《桃花扇》的创作中看到这种影响背后的危机："《桃花扇》创作上的成功以及它所暗含的创作危机正有力地表明八股制艺在推动戏曲创作艺术由粗转精、向前演进的同时，其负面的因素也深刻地牵制了艺术创作的继续辉煌和深入发展。"（邱江宁，2007）而在《八股文"技法"与明清戏曲、小说艺术》一文中，邱江宁对八股文之于戏曲影响这一问题的思考则更加系统深入，形成一套理论化体系。她从八股文"尊题"手法对戏曲创作品位的提升、八股文"结构"技法对戏曲"章法"的磨炼、八股文"代言"对戏曲人物语言"本色"的影响三方面入手，进行了理论的建构，以发掘八股文作为"学文的方法"而对戏曲创作所产生的积极影响。（邱江宁，2009）

除了研究八股文技法之于戏曲创作的具体影响外，八股文对明清传奇文人化的影响，也成为近些年学者们关注的热点。明清传奇文人化现象直观可感的体现首先是传奇创作的骈俪化。吴志达《明代文学与文化》一书对这一现象进行了否定与批评。他认为："这时的传奇创作，出现一股以劝忠劝孝为宗旨、形式讲究骈俪的潮流。实际上是八股时文在戏曲创作领域中的表现。"（吴志达，2010：197）马琳萍、朱铁梅《八股文对明代前期戏曲创作的影响——以〈香囊记〉的骈俪倾向为例》一文，亦关注到了这一现象。文章通过对《香囊记》与八股文文本的对比分析，印证了徐渭有关《香囊记》的对偶是从八股文移植而来之论。文章同时还认为，邵灿通过对前腔体制创造性的改造，实现了这种文体间的移植。（马琳萍、朱铁梅，2011）汪超《论明清文人传奇戏曲与八股文的文体交互》一文，从创作分析角度进行研究，认为对于八股文风和文法的借鉴参考，是文人传奇发展中的着色点。汪超关注到"以时文为南曲"现象中八股制艺对传奇文辞的改造，这种改造影响，从《香囊记》始，流及清代传奇的创作。（汪超，2014）除了从创作层面关注到传奇语言的文人化影响外，研究者还从其他角度对明代传奇文人化问题剖析进行尝试。朱伟明在《略论明代八股科举传奇文人化之关系》一文中，从戏曲观念层面、创作层面与批评层面三方面，较为系统全面地论述了明代八股对传奇文人化过程的深刻影响。正如朱伟明所言："八股文体的影响与八股术语的运用，已不仅成为明代剧坛的一种新常态，而且也成为明代传奇文人化的重要标志之一。"（朱伟明，2017）

游戏八股文这一为明清正统文士所不屑的游戏文字，在近年来得到了一些研究者的重视。先后出现了两部研究性专著——龚笃清《雅趣藏书——〈西厢记〉曲语题八股文》和王颖、黄强《中国科举文化通志：游戏八股文研究》，以及一部博士论文——田子爽《游戏八股文研究》。龚笃清《雅趣藏书——〈西厢记〉曲语题八股文》一书，在以《西厢记》曲语为题的八股文欣赏基础上，解析当时八股文评点戏曲文学的风尚。（龚笃清，2008）田子爽《游戏八股文研究》与王颖、黄强《中国科举文化通志：游戏八股文研究》两作，除了关注到《西厢记》制艺这一文学现象外，还注意到明传奇中形式独特之作——《东郭记》。田子爽论文第九章"八股文要素与戏曲要素的融合——《东郭记》（下）"，从《东郭记》与八股文两者的"标题""虚构""格调""语言"四方面展开分析，作者认为《东郭记》虽然取材于《孟子》，但并没有如八股文般代圣贤立言，而是以戏说的方式重新组织情节。（田子爽，2012）在游戏笔墨中寄寓严肃的内容，将沉重的现实以嬉笑怒骂的手法表现出来，洋溢着与八股文庄严风格相反的诙谐格调。与"以时文为南曲"之作相比，《东郭记》在语言上并无八股气息，可以说是雅俗兼得之作。田子爽《论八股文与戏曲创作的嫁接——以〈东郭记〉为考察文本》一文，继续延续并深化了这种观点。（田子爽，2014）王颖、黄强《中国科举文化通志：游戏八股文研究》一书，即以《东郭记》之研究作为全书第一章"八股韵味的荒诞剧：《东郭记》"。（王颖、黄强，2015）二人在对"以时文为南曲"的时代风尚及讽刺古圣贤的历史剧传统的解析之后，分别从《东郭记》的八股式文题、八股结构、"代人立言"的多重表现方式入手，深入解读《东郭记》这部明清传奇史上的独特之作。龚笃清、黄强、田子爽等人的游戏八股文研究，有助于人们对八股文与明清戏曲关系形成新的认识并进行不同角度的探索。

对于明代戏曲与科举研究中最热门，相关成果也最多的八股文与戏曲之关系，明清时人其实早有评述。明人徐渭认为《香囊记》"以时文为南曲"，开传奇文人化之风气，是南戏之厄的始作俑者。（徐渭，1959：243）清人李渔将八股文技法与明清传奇创作理论相结合，有如"予谓词曲中开场一折，即古文之冒头、时文之破题，务使开门见山，不当借帽覆顶"（李渔，1959：66）等表述。焦循在其《易余籥录》中明确提出：八股文出于金元曲剧，且曲剧不仅文备众体，结构体制也与八股文相通。明清之人对八股文与戏曲之"代言"关系亦有关注，如来集之评论杂剧曰："其法一事分为四出，每出则一人畅陈词旨，若今制业之'某人意谓'云者。"（来集之、周次修，1994：46）袁枚对此问题也有阐发："从古文章皆自言所得，未有为优孟衣冠，代人作语者。惟时文与戏曲皆以描摹口吻为工。"（袁枚，同治间刻本）总体而言，21 世纪以来有关八股文与明代戏曲的研究成果虽不在少数，但大体依然未能跳出明清之人的论述范围。

二 明代戏曲中科举元素研究

近些年来，有关明代戏曲中科举相关元素的研究是明代戏曲与科举研究中仅次于八股文与戏曲之关系的研究热点，相关成果亦为数不少。

李子广《科举文学论》第八章"明清科举文学概观"第四节"戏曲小说与科举的关联"涉及明清戏曲与科举的关系。李子广认为，明清戏曲与科举的关联方式体现在题材内容上对科举士人的关注，以及对科举文化的反思。这种关注与反思，是由于明代科举文人戏剧作家的大量介入，明代具有雅化的传奇作品得以兴盛。从戏曲内容上更具有文人意识，而对社会政治及士人本身多所关注。（李子广，2012：119）

在目前的研究成果中，有关明代戏曲在题材内容上对科举现象与士人生活具体表现的关注较多。许多硕士论文选择了此角度开展研究，如王晓靖《论古典戏曲里的科举社会》（王晓靖，2002）、程梅芳《明代戏曲中举子形象研究》（程梅芳，2012）、王卓《〈六十种曲〉中的科举与婚恋情节研究》（王卓，2012）、吴婉婷《〈六十种曲〉的科举场景研究》（吴婉婷，2016）等。

对科举制度本身在明代戏曲中之书写展开研究的，有杨骥的两篇论文。其《明清戏曲中的"武科举"及其文学意蕴》一文，以明清戏曲中的武科举书写作为对象进行研究，从而探讨此种书写现象所蕴含的丰富艺术意味。（杨骥，2013）而《明代戏曲与科举冒籍——以江南为考察中心》一文，则以科举兴盛的江南地区为考察中心，以此观照明代社会中较为普遍的科举冒籍现象在戏曲中的书写情况。（杨骥，2017）杨骥从科举制度本身出发，选取"武科举"与"科举冒籍"两个切口，研究其在特定文体中的书写表现，并发掘其艺术意味，具有新意与借鉴意义。

除了对科举制度元素的书写外，科举制度下所形成的特殊科举文化在明代戏曲中的体现，也成为研究者关注的对象，如何英英、樊艳艳、苏思涵《明传奇中的吴地科举文化——以沈璟的戏曲作品为例》一文，即以沈璟的戏曲作品作为考察对象，从"士子们向往与热衷科举活动的有关描写""科举考试题目的两类内容""科举功名与婚恋生活的紧密联系"三方面入手展开研究。通过对沈璟戏曲中这三个方面的书写分析，由点及面地勾勒出吴地的科举文化特质。（何英英、樊艳艳、苏思涵，2016）

学者既有对戏曲中明代科举制度书写与文化现象进行分析总结研究的，也有对戏曲中明代科举进行反思研究的，后者如朱红昭《明代中后期杂剧对于科举制度的反思》一文。文章认为，明代中后期的杂剧中产生了之前不曾有的新主题——对科举考试制度的揭露与反思。在从冯惟敏《不伏老》中对于科举考试的执着到王衡《郁轮袍》、孟称舜《残唐再创》中对科举制度的揭露与反思的分析中，朱红昭认为这反映出明代中后期义人心态的转变。正是在这种心态的转变下，文人对人生道路重新思索的同时，也对科举制度产生了反思。（朱红昭，2009）朱红昭的思考启示当不仅限于明杂剧之中，而且可以为明传奇中此类论题的研究提供借鉴。

李军对明代戏曲中科举元素的书写模式进行了总结。其博士论文《明代文官制度与明代文学》第二章"进士出身——授任制度与明代文学"第六节"科目考选与明代戏剧"认为，《西厢记》与《琵琶记》中科举元素的书写模式为明代曲家所借鉴模仿，在明代戏曲中形成一种较为固定的书写模式，是传统书写模式。在这一传统书写模式之外，李军也注意到明代戏曲中逐渐出现对士子考选出身经历进行直接表现的新书写模式——"进士出身剧"。李军除了对这种新模式进行梳理总结外，还对其背后的创作心理进行了合理的分析。李军创新性地提出明代"进士出身剧"这一概念，并对其从创作模式、题材内容到创作心理进行了较为充分的梳理与分析。（李军，2013）

除了单纯着眼于明代戏曲中科举元素书写的研究外，还有一些将科举元素与戏曲本体相联系进行研究的成果。目前可见的此类研究成果多以总论的形式呈现，尚未见到有专门针对明代戏曲进行的专论研究。周柳燕《中国古典戏曲的科第情结》一文，将戏曲中大团圆结局与科第情结相结合进行研究分析。（周柳燕，2000）徐雪辉《科举场面与戏剧效果》一文，以戏曲效果之考量作为研究视角，在对相关作品分析后认为："科举考试是中国古代戏曲中经常出现的场面。与实际科考相比，剧作家在处理这些场面时，显示了其造'戏'的艺术才能。他们一般只关注进士科考试，截取最高级别的殿试场面，并把正规、严肃的科考形式加工成戏谐、滑稽的故事。在角色设置上多增设净、丑一类滑稽角色，以增强戏剧的趣味性并起到调节气氛的效果。这是舞台演出的需要，也是以观众为中心的戏剧创作观念的体现。"（徐雪辉，2008）周慧梅《娱乐与教化：古典戏曲中的科举社会》一文，从戏曲所具有的娱乐与教化两种不同功用分别切入展开研究，注意到"戏曲中的科举社会有明显两种不同的意识走向"这一有趣现象。文章认为，戏曲中的科举社会，"一方面高度颂扬，是君子事业，'遂大丈夫平生愿'之所；一方面却大力鞭挞，是藏污纳垢之地，败坏士风之源。朝廷、戏曲作者及民众共同参与，使得两种意识走向各有市场，互见发展，营造了娱乐与教化融合的最佳空间"。（周慧梅，2009）这种立足于文体特点所采用的双重甚至多重视角的研究，为发现同一载体中相同书写元素背后的不同意义世界提供了思路与操作方法上的可行性解释。

明代戏曲中含有科举元素的作品占有相当庞大的比例。发掘其书写表现并阐释其价值意义，不但是可行而且是必要之事。然而目前此类相关研究开展不足，研究关注点较为集中而不够全面。现有成果不仅数量较少，并且大多将书写元素与文体特点相割裂，不但未能将科举相关元素与明代戏曲本体特点相结合进行研究，而且所达到的深广度不够理想。

三　明代戏曲和科举生态与士人心态研究

在科举文学研究中，科举视域下的科举生态与士人心态之研究是少有人开垦的学术田地，研究成果中直接相关的只有期刊论文、会议论文与硕士论文各 1 篇，间接相关的期刊论文 1 篇。

陈平原主编的《科举与传播：中国俗文学研究》（2013 年 11 月武汉大学召开的"俗文学中的科举与民间社会国际学术研讨会"会议论文选集）中所收录的江俊伟《科举生态与明清戏曲创作——以李渔及其传奇〈怜香伴〉为例》一文，是目前为止仅见地从科举生态视域对明清戏曲创作进行研究的论文。文章通过对李渔及其传奇《怜香伴》的分析研究后认为："明清戏曲创作至少在以下两方面与科举生态存在关联：就生存样态来说，明清时期的戏曲作者在身份归属与社交脉络等层面受到来自科举背景的影响；就文本风貌来说，明清时期的戏曲作品对科举人物、事件等科场元素的展现，在深度与真切感等层面与前代作品不尽相同。"（江俊伟，2015：266）其文所言之关联第一方面特别值得注意，而这一点也是目前戏曲与科举研究中的缺失之处。虽然江俊伟其文"以李渔及其传奇《怜香伴》为例"进行分析，从一部作品总结两个时代科举生态下的戏曲创作，难免有以小统大之感，但其研究思路，值得重视与借鉴。

在科举生态研究中，特别值得注意的是蒋寅《科举阴影中的明清文学生态》一文。其文虽非就科举与戏曲之关系进行专门论述，但其中有关科举制度下士风与文学生态的思考对拓宽科举与明代戏曲关系的研究思路颇有贡献。文章通过明清时人的自述，探讨了科举对士风的影响，重构了当时的文学生态。蒋寅在阐明举业给文学创作带来巨大伤害的同时，也注意到明清"文学最繁荣的江浙一带也正是科举最成功的地方"这一客观事实。（蒋寅，2004）受此启发，江浙一带独特的科举生态与戏曲创作之关系，值得关注与深入研究。

关于科举社会士人心态与戏曲创作之相关研究，李洁是涉足较早的一位。其硕士论文《戊子顺天乡试案与万历四曲家——王衡、陈与郊、沈璟、汤显祖》以戊子顺天乡试案作为核心事件，以此牵系出王衡、陈与郊、沈璟、汤显祖四位万历时期的曲家。并由此科场案为切入点，分析四人不同的人生经历、心态与戏曲创作的关系。（李洁，2008）读文不可不知人，知人不可不论事。李洁的研究具有学术价值与启发意义。此类相关研究，可供展开的空间很大。明代乡会试中有不少科场案发生，部分曲家或曾以士子身份参与其中，或曾以考官身份牵扯其中。科场案作为曲家的一种特殊人生经历，深刻影响到其个人心态，而心态又影响其戏曲之创作。此环环相扣之内在关联，是戏曲研究中不可忽视之处。

赵伯陶《明清八股取士与文学及士人心态》一文认为，作为一种文体，八股文不属于文学范畴，只是为科举考试而制定的功令文字。在八股文的耳濡目染下，读书人不但思维方式与心态受八股文影响，而且撰文吟诗也受到八股文潜移默化的影响。在分析八股取士制度下士人心态所受到的影响时，赵伯陶将关注点放在当时社会产生的各种应试心态，诸如命数观、果报论、堪舆说等之上。文章虽尚未深入科举制度下士人其他创作心

态的影响与文学创作的变化，但这种对士人心态与文学创作多向交互联系的探讨尝试，殊为不易，亦颇有意义。（赵伯陶，2009）

除以上四篇外，其他有关明代戏曲和科举生态与士人心态研究之相关研究成果尚未得见。目前，明代科举视域下科举生态与士人心态的相关研究明显不足，在所取得的成果数量有限的同时，深广度亦有限。此研究领域，亟待开垦的领地很多，是应该且可以大有作为的学术沃土。

综上，在科举平反和文体学等相关研究发展繁荣的基础上，21 世纪迎来了科举文学研究逐渐兴盛的局面。然而，相较于对明代文学与科举的研究已经颇具规模而言，明代戏曲与科举之相关研究尚未能受到足够重视。现有研究成果大多依附或缠杂于"明代文学与科举"的母课题或"明清戏曲与科举"的非断代研究之中。同时，目前明代戏曲与科举之相关研究涉及面过窄，同质化研究现象突出。研究成果依然主要集中在从文体学角度分析八股文与戏曲之交互影响、戏曲中科举元素书写分析等领域。此类研究大多为线性研究，或关注于八股文与戏曲两者文体间的交互影响，或关注于戏曲作品中科举元素书写的表现，均未能较为全面地展现明代戏曲与科举关系之全貌。

理想的明代戏曲与科举研究，不但要有纵向或横向的单维线性研究，也要有纵横交织的多维立体性研究。例如，"明代戏曲与科举文化生态"是明代戏曲与科举研究领域中被忽视但十分重要的论题之一。而对科举文化生态的研究，能够推进人们对明代戏曲现象的认识。正如陈文新教授在发表于《光明日报》理论版的《明代文学与科举文化生态》一文中指出："在厘清文学发展基本事实的前提下，关注科举体制下知识精英的经学素养、文章素养和职业取向，关注科举考试所建构的各种社会层级、人际关系，关注中试者与落榜者的不同经济状况、物质生活条件，有助于深化对明代文学现象的认识。"（陈文新，2016）陈文新教授此话虽就整个明代文学而言，但具体到明代戏曲上，依然具有深刻的启示意义。突破现有研究模式，开拓多维研究视域，开展并深化科举文化生态与士人心态对明代戏曲影响等方面的研究，应是明代戏曲与科举研究题中应有之义。相信在不久的将来，随着多元研究视角的建立和明代文学与科举文化生态、士人心态研究相关理论的突破，明代戏曲与科举领域将迎来更加全面、深入的研究，收获丰硕的研究成果。

参考文献

（明）徐渭（1959）：《南词叙录》，载中国戏曲研究院编《中国古典戏曲论著集成》第 3 集，中国戏剧出版社。

（明）臧晋叔（1958）：《元曲选》（全二册），中华书局。

（清）来集之、周次修（1994）：《〈冯骦市义〉剧序》，载袁行云《清人诗集叙录》第 2 卷，文化艺术出版社。

（清）李渔（1959）：《闲情偶寄》，载中国戏曲研究院编《中国古典戏曲论著集成》第 7 集，中国戏剧出版社。

（清）袁枚（同治间刻本）：《答戴敬咸进士论时文》，载《随园三十种·小仓山房尺牍》第 3 卷。

包海英（2007）："试论科举与古代戏曲之关系"，《天府新论》，第 4 期。

程梅芳（2012）：《明代戏曲中举子形象研究》，硕士学位论文，安徽大学。

陈维昭（2017）："明清曲学的'代言'与八股文法的'入口气'"，《杭州师范大学学报》（社会科学版），第 3 期。

陈文新（2016）：《明代文学与科举文化生态》，《光明日报》7 月 7 日。

陈文新、付一冰（2015）："明代文学与科举关系研究述评"，《考试与教育》，第 1 期。

龚笃清（2008）：《雅趣藏书——〈西厢记〉曲语题八股文》，湖南人民出版社。

何英英、樊艳艳、苏思涵（2016）："明传奇中的吴地科举文化——以沈璟的戏曲作品为例"，《语文学刊》，第 7 期。

黄强（1990）："八股文与明清戏曲"，《文学遗产》，第 2 期。

——（2005）：《八股文与明清文学论稿》，上海古籍出版社。

江浚伟（2015）：《科举生态与明清戏曲创作——以李渔及其传奇〈怜香伴〉为例》，载陈平原主编《科举与传播：中国俗文学研究》，北京大学出版社。

蒋寅（2004）："科举阴影中的明清文学生态"，《文学遗产》，第 1 期。

李洁（2008）：《戊子顺天乡试案与万历四曲家——王衡、陈与郊、沈璟、汤显祖》，硕士学位论文，中国社会科学院研究生院。

李军（2013）：《明代文官制度与明代文学》，博士学位论文，南开大学。

李子广（2012）：《科举文学论》，中国社会科学出版社。

刘海峰（2012）："科举学与科举文学的关联互动"，《厦门大学学报》（哲学社会科学版），第 6 期。

马琳萍（2005）：《〈香囊记〉与八股文关系之研究》，硕士学位论文，河北师范大学。

——（2015）："从'代言'看明清戏曲创作对八股文的借鉴——以《香囊记》的'二重代言'为个案"，《河北学刊》，第 2 期。

马琳萍、朱铁梅（2011）："八股文对明代前期戏曲创作的影响——以《香囊记》的骈偶倾向为例"，《河北学刊》，第 2 期。

邱江宁（2007）："八股文与中国传统文学的演进——以明清戏曲创作为例"，《社会科学辑刊》，第 4 期。

——（2009）："八股文'技法'与明清戏曲、小说艺术"，《文艺研究》，第 5 期。

任青（2011）：《明代科举对明代戏曲的影响》，硕士学位论文，广西师范学院。

田子爽（2012）：《游戏八股文研究》，博士学位论文，扬州大学。

——（2014）："论八股文与戏曲创作的嫁接——以《东郭记》为考察文本"，《求索》，第 4 期。

汪超（2014）：《论明清文人传奇戏曲与八股文的文体交互》，载胡晓明主编《古代文学理论研究：中国文化的价值论与文体论》第 39 辑，华东师范大学出版社。

汪小洋、孔庆茂（2005）：《科举文体研究》，天津古籍出版社。

王田田（2006）："论八股文与明清戏曲小说之关系"，《楚雄师范学院学报》，第 11 期。

王晓靖（2002）：《论古典戏曲里的科举社会》，硕士学位论文，扬州大学。

王颖、黄强（2015）：《中国科举文化通志：游戏八股文研究》，武汉大学出版社。

王卓（2012）：《〈六十种曲〉中的科举与婚恋情节研究》，硕士学位论文，山西大学。

吴婉婷（2016）：《〈六十种曲〉的科举场景研究》，硕士学位论文，福建师范大学。

吴志达（2010）：《明代文学与文化》，武汉大学出版社。

徐雪辉（2008）："科举场面与戏剧效果"，《齐鲁学刊》，第 2 期。

杨骥（2013）："明清戏曲中的'武科举'及其文学意蕴"，《北方论丛》，第 5 期。

——（2017）："明代戏曲与科举冒籍——以江南为考察中心"，《戏剧》（中央戏剧学院学报），第 2 期。

张伟、潘峰（2009）："明代八股文评对戏曲评点的影响"，《山东社会科学》，第 12 期。

赵伯陶（2009）："明清八股取士与文学及士人心态"，《深圳大学学报》，第 1 期。

周慧梅（2009）："娱乐与教化：古典戏曲中的科举社会"，《华东师范大学学报》（教育科学版），第 4 期。

周柳燕（2000）："中国古典戏曲的科第情结"，《理论与创作》，第 2 期。

朱红昭（2009）："明代中后期杂剧对于科举制度的反思"，《语文学刊》，第 10 期。

朱伟明（2017）：《略论明代八股科举传奇文人化之关系》，载《曾永义先生学术成就与薪传国际学术研讨会论文集》，第 3 期。

A Review on the Study of the Ming Dynasty's Opera and Imperial Examinations in the Twenty-first Century

Lu Jingjing

Abstract: In the field of imperial examination literature, the study of the relationship between the opera and the imperial examination in the Ming Dynasty is relatively weak. Since twenty-first Century, the related research has mainly concentrated on the two fields of "the eight-part essay and Ming Dynasty opera" and

223

"the imperial examination writing in the Ming Dynasty opera". The study is too narrow, and the phenomenon of homogenization is outstanding, which fails to show the full picture of the relationship between the Ming Dynasty opera and the imperial examination. "The opera and the ecology of the imperial examination in the Ming Dynasty and the mentality of the scholars" is a very important topic which has been neglected in the study of the opera and imperial examination in the Ming Dynasty. Through the study of the cultural ecology of the imperial examination, we can promote the understanding on the phenomenon of the Ming Dynasty opera.

Keywords: The Ming Dynasty; Traditional Opera; Eight-part Essay; Imperial Examination

About the Author: Lu Jingjing (1983 –), Ph. D. Candidate at School of Chinese Language and Literature in Hubei University, Lecturer at School of Literature in Yan'an University. Research interests and specialties: classical opera. E-mail: 155102366@ qq. com.

"五四"研究

胡适在中国话剧形成期的贡献

胡德才[*]

摘　要： 在中国话剧的形成期，胡适以《易卜生主义》为现代话剧运动鸣锣开道，以易卜生剧作的翻译为"五四"剧坛提供学习的范本，以《终身大事》的创作开启了借鉴"西剧"编创新剧的中国话剧发展新篇章。回首百年，纪念"五四"，我们对开风气之先的胡适更加肃然起敬。

关键词： 胡适　《新青年》　中国话剧

1918 年，于中国现代文学来说是影响深远的年份，文苑处处波浪涌，于无声处听惊雷。仅从"五四"时期影响最大的杂志，也是发动新文化运动、首倡新文学的期刊《新青年》来看，一年之内，举措频仍，新变迭出，惊雷盈耳，风生水起。1918 年 1 月《新青年》第 4 卷第 1 号改版，改用白话和新式标点符号，同期开始发表第一批白话新诗，同时编辑部扩大；3 月第 4 卷第 3 号策划发表钱玄同、刘半农的"双簧信"以彰显"文学革命之反响"；4 月第 4 卷第 4 号率先开辟"随感录"专栏，形成颇有声势的杂文创作浪潮，开现代杂文创作之先河，同期发表胡适的《建设的文学革命论》；5 月第 4 卷第 5 号发表第一篇现代白话小说《狂人日记》，是谓"铁屋中的呐喊"，振聋发聩，鲁迅因此被誉为"中国现代小说之父"；6 月第 4 卷第 6 号"易卜生号"出版，是为中国现代期刊出版史上第一个外国作家专号，也拉开了中国现代戏剧运动的序幕；12 月第 5 卷第 6 号发表周作人的《人的文学》，从思想内容和精神实质上为新文学的发展指明

*　胡德才（1962—），博士，中南财经政法大学新闻与文化传播学院教授，研究方向：中国现当代文学与戏剧。出版有《中国现代喜剧文学史》《喜剧论稿》等著作。电子邮箱：decaihu@163.com。

方向，提升了中国现代文学理论和文学批评的水准，周作人因此成为
"'五四'时期最有影响力的理论先导者和批评家"（钱理群，2016：21）。
由此看来，无论是中国现代文学四大体裁小说、诗歌、散文、戏剧的兴
起，还是文学理论与批评及外国文学翻译的重大突破都与1918这个年份和
《新青年》这本杂志密不可分。1918年，中国文学向着现代化的道路迈出
了最坚实的第一步；1918年，中国现代文学获得了全方位的历史性进步。

一 《易卜生主义》：中国现代
话剧运动的理论宣言

　　在1918年所发生的一系列文学事件中，并非文学家的胡适却是关键人
物之一。他是扩大的《新青年》编辑部成员之一，他是《新青年》发表的
第一批白话新诗的作者之一，他是新文学初期最有影响的理论建设者之
一。而在此之前，他在《新青年》发表《文学改良刍议》，成为"五四"
文学革命的第一个发难者；在此之后，他出版了中国现代文学史上第一本
白话诗集《尝试集》。

　　而特别值得一说的是，在1918年《新青年》的"易卜生号"上，胡
适也是先锋和主力。"易卜生号"刊载了胡适的《易卜生主义》、袁振英的
《易卜生传》和易卜生三部戏剧的翻译。胡适的《易卜生主义》是国内第
一篇系统介绍易卜生思想及剧作的长篇论文，就对中国现代戏剧发展的影
响而言，无异于一篇中国话剧运动的理论宣言；而同期发表的他和罗家伦
合译的《娜拉》则是易卜生剧作的第一个完整的中译本，也是中国现代第
一代戏剧家学习外国戏剧的第一个优秀的范本，易卜生因此成为中国新文
学运动初期最受欢迎的一位西方作家之一，《玩偶之家》则是当时中国剧
坛影响最大的一部西方戏剧之一。

　　中国话剧的萌芽可上溯至19世纪末上海一些教会学校的学生演剧，随
后经历了20年的摸索，从春柳社国内外的演剧活动到南开新剧的理论与实
践，经过无数先驱者的努力，逐渐完成了文明新戏向现代话剧的过渡。中
国现代戏剧观念和话剧文体的正式确立则是在"五四"文学革命时期。其
中的一个关键人物就是胡适。

　　"五四"文化观念的两大特点：一是对外来文化的开放与吸收，二是

对传统封建文化的否定与批判。作为"舶来品"的话剧正是在批判中国传统旧戏和学习西洋戏剧的浪潮中诞生于"五四"文学革命的。"如其要中国有真戏,这真戏自然是西洋派的戏。"(钱玄同,1918)钱玄同的这句话基本上代表了"五四"时期旧戏批判者的观点。自"五四"以来中国话剧的每一步发展都留下了外国戏剧影响的痕迹,中国现代话剧史从某种意义上来说也是一部现代中西戏剧关系史。

胡适早在留学美国时期,就一方面大量阅读现代西方著名戏剧家的作品,另一方面关注国内文坛、剧坛动向。他对易卜生情有独钟,当时即有翻译其《玩偶之家》《国民公敌》以为国内剧界之"范本"的意图。而且,那时胡适对易卜生已有独到的研究,1914年,他写成了《易卜生主义》的英文稿,并曾在康奈尔大学哲学会上宣读过。胡适回国后于1918年在《新青年》发表的那篇《易卜生主义》中文稿就是对英文稿的改写。

在《易卜生主义》一文中,胡适认为,"易卜生主义"的精华概括起来就是四个字:写实主义。他说:"易卜生的文学,易卜生的人生观,只是一个写实主义。""易卜生把家庭社会的实在情形都写了出来,叫人看了动心,叫人看了觉得我们的家庭和社会原来是如此黑暗腐败,叫人看了觉得家庭社会真正不得不维新革命——这就是易卜生主义。"胡适认为,易卜生戏剧的批判锋芒所向,一方面是家庭的"四种大恶德",一曰自私自利,二曰倚赖性、奴隶性,三曰假道德、装腔做戏,四曰懦怯没有胆子;另一方面是社会上的"三种大势力:一是法律,二是宗教,三是道德"。《玩偶之家》《群鬼》《社会支柱》正是他抨击腐败黑暗的家庭与社会的代表作品。对于易卜生的现实主义创作精神及其"写实派的文学",胡适给予了高度评价,并针对当时的中国社会和文坛,大声呼吁国人直面现实,睁开眼来看世间:

> 人生的大病根在于不肯睁开眼睛来看世间的真实现状。明明是男盗女娼的社会,我们偏说是圣贤礼义(仪)之邦;明明是赃官污吏的政治,我们偏要歌功颂德;明明是不可救药的大病,我们偏说一点病都没有!却不知道:若要病好,须先认有病;若要政治好,须先认现今的政治实在不好;若要改良社会,须先知道现今的社会实在是男盗女娼的社会!易卜生的长处,只在他肯说老实话,只在他能把社会种

种腐败龌龊的实在情形，写出来叫大家仔细看。（胡适，1982：246）

从易卜生那里，胡适所接受的首先就是现实主义精神，文学的写实方法。胡适认为，这是"易卜生所作文学的根本方法"。通过胡适的全面介绍和倡导，"易卜生主义"不仅对"五四"时期的话剧运动和创作向现实主义方向发展产生了深刻的影响，而且对整个新文学现实主义理论的确立起到了积极的推动作用。

胡适受易卜生影响的另一个重要方面就是"个人主义"人生观。胡适认为，易卜生抨击了家庭与社会的黑暗腐败，但因"社会的病，种类纷繁"，他只说病情，不开药方。不过，"易卜生生平也有一种完全积极的主张。他主张个人要充分发达自己的才性，需要充分发展自己的个性"。易卜生在给友人的信中写道："你要想有益于社会，最好的法子莫如把你自己这块材料铸造成器……有时候我真觉得全世界都像海上撞沉了船，最要紧的还是救出自己。"（胡适，1982：256）在胡适看来，易卜生的"救出自己"和孟轲所说的"穷则独善其身"的意思相同，因此这种"为我主义"，"其实是最有价值的利人主义"。《玩偶之家》里出走的娜拉，就是一个"救出自己"的典型。易卜生戏剧对个人与社会的关系的描写，其价值即在于写出了"社会最大的罪恶莫过于摧折个人的个性，不使他自由发展"。后来，胡适在《介绍我自己的思想》里谈到《易卜生主义》一文时曾说："易卜生最可代表十九世纪欧洲的个人主义的精华，故我这篇文章只写得一种健全的个人主义的人生观。"（胡适，1981：341—342）这一人生观对胡适的影响是深刻的：

> 把自己铸造成器，方才可以希望有益于社会。真实的为我，便是最有益的为人。把自己铸成了自由独立的人格，你自然会不知足，不满于现状，勇于说老实话，敢攻击社会上的腐败情形，做一个"贫贱不能移，富贵不能淫，威武不能屈"的斯铎曼医生。（胡适，1981：341—342）

从这里，我们可以清晰地看到"易卜生主义"在胡适思想上所打下的深深的烙印。从历史的角度看，个人主义思想在"五四"时期中国反封建思想斗争中无疑起到了巨大的积极作用。正如胡适所说，《易卜生主义》在当时"所以能有最大的兴奋作用和解放作用，也正是因为它所提倡的个人主义在当时确是最新鲜又最需要的一针注射"。（胡适，1991：275）

胡适在全面介绍易卜生及其问题剧的同时，又在《文学进化观念与戏剧改良》（1918）、《建设的文学革命论》（1918）等文章里一方面指出传统戏曲的内在弊端，另一方面积极向国人介绍西方各流派戏剧，为中国话剧的振兴作理论上的宣传与倡导。他认为，要改良中国的戏剧，应该虚心去研究、学习西洋的戏剧。只有"采用西洋最近百年来继续发达的新观念，新方法，新形式，如此方才可使中国戏剧有改良进步的希望"。他建议"国内真懂得西洋文学的学者……公共选定若干种不可不译的第一流文学名著……三百种戏剧"（胡适，1918），他与罗家伦合译易卜生名剧《玩偶之家》即是躬行他自己所倡导的理论。而随后创作的《终身大事》即是对《玩偶之家》的直接模仿。

从胡适发表《易卜生主义》到翻译《玩偶之家》再到创作《终身大事》，标志着中国现代戏剧运动正式拉开帷幕，也是中国现代话剧正式形成的标志。

二 《终身大事》：中国第一部具有 现代意义的话剧剧本

胡适于1919年3月在《新青年》第6卷第3号发表独幕喜剧《终身大事》，这虽是他借鉴"西剧"的"游戏"之作，但无心插柳柳成荫，该剧在"五四"高潮时期应时而生，影响甚巨。作为中国第一部具有现代意义的话剧文学剧本，它成为中国话剧史上的第一个名篇。

《终身大事》原是胡适应朋友的要求为晚会编写的一个英文短剧，随后因为有一个女学堂要排演，作者又把它译成中文，但由于剧中的田女士跟人跑了，这出戏当时竟没有人敢演（胡适，1984：1、11）。所以到了1919年3月《新青年》发表了该剧的中文译本以后，该剧才开始被搬上舞台并产生广泛影响。据《鲁迅日记》记载，1919年6月19日晚，他曾和周作人去北大第一舞台观看《终身大事》的演出，同时上演的还有南开学校剧本《新村正》，这是已知的《终身大事》演出的最早记载。到1924

年，洪深把它搬上舞台之后，接着又有不少艺术团体纷纷上演这个剧目，从而进一步扩大了它的影响。20 世纪 30 年代，洪深编选《中国新文学大系·戏剧集》时将它作为第一篇选入，并认为，在当时，"理论非常丰富，创作却十分贫乏。只有胡适的《终身大事》一部剧本，是值得称道的"（洪深，1981：22）。这一看法已成为有代表性的文学史家的公允评价。20 世纪 40 年代，欧阳予倩等主持全国戏剧界在桂林举办的"西南剧展"的过程中，话剧工作者为了"表示今日剧工者对剧运前辈之崇敬及作一具有历史意义暨有系统之演出展览，缅怀过去缔造之艰辛，加强今后工作之决心"，决定"精选中国戏剧运动前期代表作……作各种风格之演出"，胡适的《终身大事》亦名列榜首。（广西戏剧研究室、广西桂林图书馆，1984：149）20 世纪 80 年代，美国学者冈恩编译的《二十世纪的中国戏剧》选译了 15 个中国现代剧本（其中话剧 12 个），力图体现出"编者对八十多年来中国戏剧史发展的看法"，入选的第一篇也是胡适的《终身大事》，编者认为："胡适在 1919 年发表的那些关于戏剧的议论和他创作的《终身大事》，正是中国戏剧运动发展的分水岭。和在他之前的那些先行者如春柳社及许多文明戏相比，他的作品是第一次的严肃的理论和实践。"（冈恩，1985）这样的评价也是经得住历史检验的。

"五四"时期的话剧创作是以易卜生式的社会问题剧为主流的。作家们几乎不约而同地以描写家庭、婚恋题材来反映社会问题。胡适的《终身大事》则是第一部。它的剧情很简单。女主人公田亚梅在留学日本时与陈先生自由恋爱，回国后希望家庭支持她与陈先生结合。但其母田太太迷信，她先向观音菩萨求签，签诗："夫妻前生定，姻缘莫强求。逆天终有祸，婚姻不到头。"接着她又请算命先生算命，算命先生说田女士和陈先生的"八字"正合着命书上说的"蛇配虎，男克女。猪配猴，不到头"。因此田太太坚决不同意女儿的婚事。于是田女士只得把希望寄托在"开明"的父亲田先生身上，因为田先生是坚决反对迷信的。可谁知田先生把田太太批评了一顿之后，与田太太殊途同归，他也断然反对女儿的婚事。他根据的则是"中国的风俗规矩"和"祖宗定下的祠规"：同姓不能结婚。因为两千五百年前，陈田二姓原是一家。最后，田女士听从陈先生的意见，毅然决断自己的终身大事：她留下字条，坐陈先生的汽车走了。田女士的行为，在今天看来，当然不是什么壮举，但在"五四"时期，却可以说是惊世骇俗。当时没有女学生敢扮演田女士，也就正说明了这出戏的社会意义。因为剧作所反映的是千千万万青年男女从封建婚姻制度下争取终身大事的自主权的问题，是迫切的现实问题，所以，虽然一时没有人敢扮演田女士，但就像易卜生笔下的娜拉告别丈夫的关门声震醒了广大中国妇女的自我意识一样，田亚梅的出走也唤起了广大青年的反抗意识，并坚定了他们追求婚恋自由的信心和决心。同时，胡适的这一短剧也极大地启迪了新文学作家的灵感，一时涌现出大量"终身大事型"剧本和"田亚梅型"的英雄，虽然很多作家都曾直接受到易卜生《玩偶之家》一剧的启示，但作为《玩偶之家》在中国的第一声回响，《终身大事》的影响也不可低估，这只要从当时众多的"娜拉剧"几乎是写恋爱问题（而非婚姻问题）这一事实，就可以得到一些说明。像余上沅反映青年恋爱问题的独幕喜剧《兵变》，结尾处女主人公钱玉兰不满封建家长的管束，最后留下字条，与恋人方俊搭车远去。在这里，《终身大事》的影响是再明显不过的了。

《终身大事》的思想倾向，其进步的社会意义无须多加说明。它所涉及的反对封建迷信，反对愚昧落后的旧风俗，反对封建宗法制度，反对包办婚姻，追求个性解放和婚恋自由的主题正是"五四"时代一种具有普遍意义的进步思想潮流，充分体现了"五四"时代精神。

《终身大事》作为新文学运动中的第一个具有现代意义的话剧剧本，也取得了较高的艺术成就。话剧艺术首先表现为结构的艺术，而优秀独幕剧尤以精巧的结构取胜。该剧篇幅短小，剧情紧凑。开场直截了当，中间不失波澜起伏，结尾意味深长。全剧除略缺少喜剧的风趣外，在结构技巧上是颇见功力的，因此至今读来仍能引人入胜。剧情从田太太找人算命揭幕，开场第一句就点出作为中心事件的"终身大事"，同时通过田太太的求问和算命先生的"据命直言"，一方面交代了幕前情节，另一方面则摆出了自由婚姻的第一个障碍物——封建迷信。田女士出场，正面冲突得以展开。迷信的田太太坚决反对女儿的婚事，田女士据理力争却不能说服母亲，于是寄希望于和她一样反对迷信的父亲。田先生就要回来了，他会支持女儿还是会站在田太太一边呢？这便是剧情发展中的悬念。与此同时，作者又插入田女士叫女佣送信给陈先生的情节，因为陈先生正开车等在街口，这又为后来田女士的出走埋下了伏笔。田先生上场后，先是批评田太太的糊涂，认为对女儿的终身大事，去相信那泥塑木雕的菩萨和算命先生，真是笑话。这使田太太又急又怒，田女士则如获救星，喜不自胜。可是田先生并不是她的真正救星，而是她追求自由婚姻的第二个也是更大的障碍物。作者在这里采用了欲抑先扬的手法。田先生也一样反对女儿和陈先生结合，他不相信菩萨和算命先生，但却相信"中国的风俗规矩"和"祖宗定下的祠规"。他引经据典，要说服女儿。其反对态度之坚决，绝不亚于田太太。这样，矛盾激化，已无缓解余地。曾留学日本的田女士，自然是新时代之女子，自己的终身大事，在家里遇到重重阻挠，据理力争、苦苦哀求均不见效，最后便有反抗之举动。全剧矛盾冲突发展至高潮并出现了一个令人惊诧而又令人满意的结局。在台上片刻的冷场之后，田女士从女佣那儿读了陈先生的来信，于是留下字条，坐陈先生的汽车走了。最后是田先生夫妇看了女儿留言后的惊恐和迟疑。《终身大事》的结构是精巧而完整的，有头有尾，自成起讫，起承转合，层次分明，其间运用悬念、延宕、突转、对比、穿插、埋伏、呼应等手法，恰到好处。作为胡适的第一部也是唯一的一部话剧剧本，能做到这样是难能可贵的。而作为"五四"新文学中的第一部话剧文学剧本，也说明我国现代话剧文学的创作有着一个较高的起点。

胡适自称《终身大事》是一出"游戏的喜剧"，作者在剧情安排、人物描写上都适当运用了喜剧手法。田先生和田太太在对待女儿终身大事的态度上，初看似乎针锋相对，后来实则殊途同归。他们反对女儿婚事的理由，无论是"命相""八字"，还是"祖宗祠规"，都是荒唐可笑的。正如洪深所说，对这两个人物性格的夸张描写，是富有喜剧性的。（洪深，1981：23）田太太深受封建迷信思想的束缚，相信命运，相信天意，认为"菩萨总不会骗人"，通过向观音娘娘求签和请算命先生占卜来决定女儿的终身大事。田先生初看似乎是新派人物，而实则满脑子旧的伦理观念，念念不忘祖宗祠规，时时想到那帮老先生的笑骂。他是一位中西合璧、半新半旧、貌新实旧、迂腐可笑的新时代的旧家长。剧作对这两个人物给予了有力的嘲讽和批判。由于作者巧妙安排剧情，塑造了喜剧人物形象，语言亦较风趣，再加上离家出走的喜剧结局，整个剧作显得轻松幽默，具有较浓烈的喜剧色彩，从而开了中国现代喜剧创作的先河。

三 胡适：中国现代话剧史上开一代风气的先驱

在中国现代话剧的形成期，胡适以《易卜生主义》为现代话剧运动鸣锣开道，以易卜生剧作的翻译为"五四"剧坛提供学习的范本，以《终身大事》的创作开启了借鉴"西剧"编创新剧的中国话剧发展新篇章。

在中国话剧史上，以胡适的《终身大事》为滥觞，易卜生式的"社会问题剧乃跟着'新潮'而流行一时"（罗芳洲，1933：序），成为 20 世纪 20 年代话剧创作的主流。捷克学者高利克指出："易卜生经常是中国作家的创作灵感的来源。作为证据，我们可以提到胡适的独幕剧《终身大事》。他是在阅读和翻译《玩偶之家》时的印象的影响下写作此剧的。创作此剧显然是他对于他所谓的'易卜生主义'的反映。"（高利克，1990：336）作为中国现代文学史上仿效《玩偶之家》而写下的第一个问题剧，《终身大事》的模仿与借鉴也是值得总结并具有启发意义的。

影响客观存在，模仿也不可否认。但国际文学影响的发生不会是无缘无故的，不同民族文学的模仿也具有研究的价值。高利克在《中西文学关系的里程碑》里曾引用一位外国学者的话：

> 文学影响的种子必须落到待开发的大地上，作家和传统必须准备好去接受、去转化，对影响作出回响，来自各种影响的种子可能落下，但是只有落在作好接受准备的土壤上的种子才会萌芽，每一颗种子将受它扎根在那里的土壤和气候的影响，或者改变形象，在被移植的过程中伸展出去。

《玩偶之家》在"五四"时期的中国之所以能产生巨大的社会反响并出现了为数众多的仿效之作，是因为有适合它的气候和土壤。鲁迅曾指出："何以大家偏要选 Ibsen 来呢？……因为要建设西洋式的新剧，要高扬戏剧到真的文学的地位，要以白话来兴散文剧，还有，因为事已亟矣，便只好先以实例来刺戟天下读书人的直感：这自然都确当的。但我想，也还因 Ibsen 敢于攻击社会，敢于独战多数，那时的绍介者，恐怕是颇有以孤军而被包围于旧垒中之感的罢，现在细看墓碣，还可以觉到悲凉，然而意气是壮盛的。"（鲁迅，1981a：163）事实上，鲁迅是最早介绍易卜生的中国作家，在《新青年》刊出"易卜生号"之前 10 年，鲁迅在《摩罗诗力说》里指出："伊氏生于近世，愤世俗之昏迷，悲真理之匿耀，假《社会之敌》以立言，使医士斯托克曼为全书主者，死守真理，以拒庸愚，终获群敌之谥。"（鲁迅，1981b：79）而在"易卜生号"刊出 10 年之后，即易卜生百年诞辰之际，鲁迅又和郁达夫、林语堂等翻译了一组文章在所编的《奔流》杂志发表以纪念这位"曾经震动一时的巨人"（鲁迅，1981a：164）。鲁迅认为，易卜生及其戏剧之所以在"五四"时期产生这样大的影响，原因主要有三点：一是为新型话剧建设输入范本，二是高扬文学的现实主义精神，三是个性独立的叛逆意识与批判社会的战斗精神。还应该补充一点，就是妇女解放运动的展开。"《新青年》'易卜生专号'曾把这位北欧的大文豪作为文学革命、妇女解放、反抗传统思想等等新运动的象征。"（沈雁冰，1925）

如果说易卜生进入中国并对"五四"时期的中国社会和文学产生其他外国作家所无法比拟的巨大影响是历史的必然，那么在对易卜生的接受过程中，历史再一次选定胡适充当一个重要角色，也不是偶然的。

首先，胡适是一位具备创业者品质的文化伟人，尝试新形式，开拓新领域，创建新观念，是他在中国现代文学史上的突出表现。在中国新文学发展史上，胡适不止一次地扮演了历史"中介物"的角色。因此，在传播易卜生主义、发展中国话剧的又一领域，时代又一次选择了胡适。

其次，胡适早在美国留学时期就对易卜生有较深入的研究，并有翻译其名剧以救济国内戏剧界之"饥荒"的夙愿，到"五四"时期，他成了中国新文学运动的主要发难者和倡导者，时代和历史发展的要求与他早年的愿望正好合拍，这就为他提供了一次全面引进、宣传易卜生主义的历史机遇。

最后，胡适仿效《玩偶之家》创作《终身大事》，有更深层的心理的创作动因。那就是对自己的终身大事发自心底的不满，对自由自主婚姻的渴求。胡适于 1917 年 9 月留美归来就任北大教授，12 月遵母命回安徽绩溪老家完婚。胡适在当时被誉为最新式的激进人物，但他按照中国最古老的程序，娶了一位农村小脚姑娘。胡适在 1914 年留美时曾为中国旧的婚姻制度辩护，"认为中国婚制较西方更尊重女子人格，使女子不必为求偶而求悦人媚人之术"（耿云志，1985：339）。但同时他亦有自由恋爱、自主婚姻之愿望与行动。（藤井省三，1998）回国后，因深受传统文化的束缚，因尊重孝顺母亲，牺牲了自己爱的权利，但内心的痛苦是巨大的。和有相似经历的鲁迅、徐志摩等人相比，胡适在自己的婚姻大事上是一个妥协者。在结婚一年后创作的《终身大事》里，胡适表明了他对婚姻大事的看法，也算是吐露了他的心声。正如有学者指出："田亚梅作为作者笔下最理想的女性形象，的确凝结着胡适那曾在太阳底下所做过的'白日梦'。""正因为他失去过爱的权利，他才把自己无法实现的理想倾注到艺术形象之中，使它光辉照人；也正因为田亚梅的不幸遭遇中蕴藉着作者对社会人生的真切体验，才使这个艺术形象撞开了读者与观众的心扉大门，引起强烈的社会共鸣！"（宋剑华，1989）

因此，《终身大事》的诞生，作为《玩偶之家》在中国的第一个摹本，田亚梅成为中国文学中的第一个娜拉，胡适由此拉开了中国现代话剧文学运动与创作的序幕，这都不是偶然的。

《终身大事》对《玩偶之家》的借鉴与模仿主要体现在三个方面。

首先是妇女解放的主题。美国学者克勒曼指出："易卜生至少被戏剧界公认为今日所谓的'妇女解放'的先驱。"（克勒曼，1985：135）《玩偶之家》是易卜生"社会问题剧"的代表作，剧本所反映的也主要是妇女解放问题，这也是该剧在中国现代影响深远的原因之一。《终身大事》里田亚梅争取婚姻自主，遭到父母反对。但她认定"这是孩儿的终身大事，孩儿该自己决断"，这正是"五四"时代觉醒的中国妇女的独立宣言，和《玩偶之家》里娜拉宣称"首先我是一个人"一样，具有划时代的意义。有评论曾指出："在五四运动时代，一切妇女解放的口号，莫如易卜生的《娜拉》和胡适之的《终身大事》的上演之能号召人了。"（彭慧，1944）

其次是"娜拉型"人物和"离家出走"剧情。田亚梅是典型的"娜拉型"人物，她的最后离家出走正是娜拉告别丈夫的关门声在中国的第一声回响。不同的是，田亚梅所反抗的不再是虚伪的丈夫，而是貌似开明、实则保守的中国社会转型期的封建家长。胡适将《玩偶之家》里"历史性的碰门声"换成了中国式的留言条，并直接启发和影响了20世纪20年代问题剧的创作。

最后是戏剧创作技巧。萧伯纳曾在《易卜生主义的精华》一书里指出：“易卜生《玩偶之家》里的讨论部分吸住了整个欧洲，…… 并且是他的剧本兴趣的真正中心。”《玩偶之家》里的“讨论部分”，指的是该剧第三幕的后一半，娜拉和丈夫海尔茂的一场讨论，涉及夫妻关系问题、妻子对丈夫和儿女的责任问题、宗教问题、法律问题等。“讨论部分”使娜拉的最后离家出走有了内在的心理思想依据，从而使那“楼下砰的一响传来关大门的声音”更沉重有力。因此，在剧中提出并讨论某些问题，并使讨论戏剧化，给读者和观众以更多的思考，这是易卜生社会问题剧的显著特色。胡适的《终身大事》以及随后的一批问题剧也大多借鉴了这种形式与技巧。胡适在剧本里安排了田亚梅和父亲田先生的一场关于要不要“中国的风俗规矩”和“祖宗定下的祠规”的讨论。讨论的过程，就是思想交锋的过程，也是戏剧冲突激化的过程，田亚梅和父亲观点分歧，讨论破裂，最后导致田女士和家庭决裂，自己决断终身大事，和陈先生出走。和《玩偶之家》相比，《终身大事》留有明显的模仿痕迹。在内容的深沉、“讨论部分”的戏剧化以及技巧的圆熟方面，《终身大事》有所不足。

虽然《终身大事》只是一个独幕剧，并留有明显的模仿易卜生问题剧的痕迹，但我们不能不肯定它为中国现代话剧创作所提供的历史经验和开创性的贡献。鲁迅也曾对“汲 Ibsen 之流的剧本《终身大事》”给予充分肯定，他指出“伊孛生的剧本的绍介和胡适之先生的《终身大事》的别一形式的出现”，给了鸳鸯蝴蝶派文学以有力的打击。（鲁迅，1981c：294）

胡适虽然不是以文学家著称，但中国现代文学史却绕不过胡适；胡适虽然不是戏剧家，但他对中国现代戏剧的发展功不可没。胡适发表《易卜生主义》、翻译《玩偶之家》、创作《终身大事》，已过去整整百年。百年前，中国现代戏剧的确立和形成，是以世界现代戏剧之父易卜生为榜样和前导的，这应该不是简单的巧合，而有历史的必然。而完成这一历史选择的却是并非戏剧家的胡适。回首百年，纪念“五四”，谨以此文向开风气之先的胡适致敬。

参考文献

〔捷〕高利克，马立安（1990）：《中西文学关系的里程碑》，伍晓明、张文定译，北京大学出版社。

〔美〕冈恩，爱德华·M.（1985）："二十世纪的中国戏剧"，《中外文学研究参考》，第 3 期。

〔美〕克勒曼，哈罗德（1985）：《戏剧大师易卜生》，蒋嘉、蒋虹丁译，湖南人民出版社。

〔日〕藤井省三（1998）：《恋爱中的胡适——留学美国与中国现代化理论的形成》，载吴俊编译《东洋文论——日本现代中国文学论》，浙江人民出版社。

耿云志（1985）：《胡适研究论稿》，四川人民出版社。

广西戏剧研究室、广西桂林图书馆（1984）：《西南剧展》（上），漓江出版社。

洪深（1981）：《中国新文学大系·戏剧集》，上海文艺出版社。

胡适（1918）："建设的文学革命论"，《新青年》，第 4 卷第 4 号。

——（1981）：《介绍我自己的思想》，载葛懋春、李兴芝编《胡适哲学思想资料选》（上），华东师范大学出版社。

——（1982）：《易卜生主义》，载王永生主编《中国现代文论选》第 1 册，贵州人民出版社。

——（1984）：《〈终身大事〉的"序"与"跋"》，载《中国现代独幕话剧选》第 1 卷，人民文学出版社。

——（1991）：《介绍我自己的思想》，载广州南方图书公司、天津人民出版社组编《胡适选集》，天津人民出版社。

鲁迅（1981a）：《〈奔流〉编校后记》，载《鲁迅全集》第 7 卷，人民文学出版社。

——（1981b）：《摩罗诗力说》，载《鲁迅全集》第 1 卷，人民文学出版社。

——（1981c）：《上海文艺之一瞥》，载《鲁迅全集》第 4 卷，人民文学出版社。

罗芳洲（1933）：《现代中国戏剧选》，上海亚细亚书局。

彭慧（1944）：《"班门弄斧"》，《力报》2 月 5 日。

钱理群（2016）：《中国现代文学三十年》，北京大学出版社。

钱玄同（1918）："随感录"，《新青年》，第 5 卷第 1 号。

沈雁冰（1925）："谈谈《傀儡之家》"，《文学周报》，第 176 期。

宋剑华（1989）："论胡适对中国话剧运动的贡献"，《中国现代文学研究丛刊》，第 3 期。

Contributions of Hu Shi Towards Chinese Spoken Drama in Its Formation Stage

Hu Decai

Abstract：During the formation stage of Chinese spoken drama, Hu Shi paved the way for modern spoken drama movement with his *Ibsenism*, set the trend for the May Fourth spoken drama with his translations of Ibsen's dramas, and broke fresh ground with *The Greatest Event in life* for the development of Chinese spoken drama by imitating Western dramas to produce new dramas. Hu Shi is highly venerated in a centennial celebration of the May Fourth.

Keywords: Hu Shi; *New Youth*; Chinese spoken drama

About the Author: Hu Decai (1962 –), Ph. D. , Professor in School of Journalism and Cultural Communication, Zhongnan University of Economics and Law. Research interests and specialties: modern Chinese literature and drama. Magnum opuses: *A History of Modern Chinese Comedy Literature*, *Essays on Comedy*, etc. E-mail: decaihu@ 163. com.

五四新文化运动时期中国的婚姻
制度与女性的地位[*]

〔日〕高桥保 著　黄凤琴 译　梁艳萍 校[**]

摘　要: 本文以五四新文化运动为历史背景,探讨这一时期的妇女在婚姻制度中的地位与妇女解放进程。本文主要分为四个部分:第一部分分析清朝末期(1911)基于中国传统的儒教伦理的婚姻制度以及女性的从属地位,认为在鸦片战争后中国开始进入现代进程之后,已经出现了对于儒教思想的批评以及反对性别歧视的活动;第二部分考察辛亥革命后军人政权下的婚姻制度依然是维持妇女低下地位的保守性制度;第三部分审视在新文化运动的发生与《新青年》杂志出版的时间阶段,对于儒教的批判与女性解放的历史实存;第四部分重点考察了五四新文化运动时期妇女在婚姻制度中的地位,发现大城市的青年知识分子在运动的影响下开始选择爱情婚姻,而在农村偏远地区,传统的婚姻制度仍然继续维持,基于儒家伦理的妇女地位依然非常低下。

关键词: 五四新文化运动　婚姻制度　女性地位

---

[*] 本文刊载于《国际文化研究纪要》1996 年 8 月第 2 卷。因篇幅原因,本文刊发时有所删减。

[**] 高桥保,日本城西国际大学教授,研究员。黄凤琴(1972—),湖北大学外国语学院讲师,主要研究日本近代文学与批评。梁艳萍(1960—),湖北大学文学院教授,主要研究方向为东西方美学与文论、文艺美学与文学批评,著有《漫游寻美》等,电子邮箱:1006000146@ qq. com。

一　清朝末期中国的婚姻制度与女性的地位

（一）传统中国社会中的家族制度与女性

中国的传统社会直至清末（1911）都是以儒家社会为特征的。这种儒家社会的基本特征因严格的父系原理而显现，儒家社会构成单位是家族及其被扩大的父系亲族集团——宗族，在宗族内部从父到子血缘上的系谱关系（宗族系统）的存续是至高的命题，一切家族的功能皆从属于宗族。这在儒教中表现为对父母的"孝"的德行。因此，在儒家社会中，"孝"是优于任何德行的最高的道德实践。

在家庭中父亲具有绝对的权威，父亲作为家长对妻子、儿子、孙子们进行垂直的一元化的支配——祭祀、婚姻，财产的管理。继承，围绕家族再生产的一切规则必须基于父系血缘关系进行处理、认定。在这样的社会里，女性常常处于劣势地位。传统的中国社会结婚的主要目的就是要生出能祭祀祖先和继承家业的男孩。结婚不是一个男性与一个女性的单纯结合，而是男性的家族与女性的家族的联合。结婚的决定权在父母亲的手中（包办婚姻），媒妁之言非常重要，个人的意志被无视。

从古代到清末，这种以祭祀祖先与继承家业为主要目的的婚姻制度在整体上一直支配着中国人的婚姻生活，在其后的长时期内也具有相当大的影响力。在这种婚姻制度下，女性的地位十分低下是不容置疑的。（村松暎，1968；伊斯特曼，1994：33—53；沟口雄三[1]等，1995：216—219；张萍，1995）维持这一建立在牺牲女性基础上的婚姻制度得以长期存续的三大支柱为：其一，作为世俗伦理的儒学教育的普遍性；其二，各个时代王朝、政府制定的法律；其三，女性在经济上、社会上、家庭中的低下地位。

（二）对儒教伦理，特别是对女性歧视的早期批判

儒教社会正式提出异议，是中国在鸦片战争（1840—1842）中失败，

---

[1]　沟口雄三，译作沟口雄三。

被西方列强半殖民地化以后，尤其是太平天国大规模的反清民众叛乱（1851—1864）发生以后。早期太平军的核心宗教团体是拜上帝会，基于上下、男女无差别的大同思想，他们将村庄的孔子像及传统神佛造像当作"邪教"的偶像破坏尽。太平军内部还严厉禁止当时中国社会早已普遍化的女性缠足。对中国男性来说，缠足女子会唤起一种独特的性欲，这实质上是将男性对女性的支配变为切实可以导致女性身体畸形的实相。尽管太平天国早期对儒教批判异常激烈，但南京建都之后，北上的太平天国却逐渐沦为儒教伦理的拥护者。（沟口雄三等，1995：233—234）

中法战争（1883—1885）、甲午中日战争（1894—1895）失利之后，对体制日益严重不满的康有为等年轻的下层官僚、乡绅认为：除了对既存体制的彻底改革（变法）之外，别无他法。康有为等向政府提出了设置议会、改革官制等跨越广泛社会阶层、领域的体制改革计划。康有为等变法派主张，要全面否定汉代以来已经国教化的儒教与宋代以后的新儒教。只有孔子的学说才是真正的儒教，应该以孔子的思想为精神内核来推行中国的统一与近代化。康有为倡导大胆导入西方文化与日本式的君主立宪的改革主张。（竹内弘行，1995：68—165）1898年的戊戌变法运动是其结果，但此次变法运动仅100余日就因西太后的政变而遭到挫折。

进一步导致中国在国际上居于从属地位的是义和团运动的打击，义和团运动将保守的清政府推上了改革的道路。始于1901年的庚子新政实为戊戌变法改革计划的翻版，是清政府为了应对无法挽回的体制的总体性危机苟延残喘的策略。社会习俗的改革也是新政的重要目标之一。新政开始不久的1902年2月1日，清政府就发布了"奉劝汉民妇女摈除缠足的积习"的指令。（沟口雄三，1995：240—241）这个时期，反对缠足成为席卷农村的大规模社会运动，长期折磨女性的陋习被逐渐废止。

义和团运动之后，不仅仅是缠足，长期以来从未被怀疑的儒教传统的习惯、制度都与吸食鸦片、赌博一起，被认为是中国野蛮、落后的原因，遭到社会的严厉批判。但是，儒教伦理本身遭遇正面攻击还是在清朝覆灭、辛亥革命以后发生的。

二 中华民国初期的婚姻制度与女性地位

（一）五四运动的历史意义

五四运动是在第一次世界大战（1914—1918）后的和谈会议召开期间，1919 年 5 月 4 日北京各大学学生反对日本对中国的"二十一条"要求举行的示威游行，其后以反帝反封建为目标，以上海为首的各大城市工人、商人也罢工、罢市，最终在 6 月 10 日至 28 日，中国政府决定拒签《巴黎和约》、罢免亲日派要人，取得了一定成果。（今井骏等，1984：112—115）狭义上的五四运动，是中国革命史上从旧民主主义革命向新民主主义革命转变的标志，是带来统一战线结成机缘的重要事件。如今中国史学会将五四运动视为中国现代史的开端，也是不无道理的。

（二）民国初期的军阀政权与婚姻制度的保守性

辛亥革命虽然推翻了清王朝，但是中华民国的实体却是与共和国不相匹配的，是依赖军阀势力的保守的专制政治。从孙文手中夺得革命政权的实权，就任中华民国第一任大总统的袁世凯强化了以尊崇孔子为中心的道德教育。1913 年 10 月的《中华民国宪法草案》规定"国民教育，以孔子之道为修身大本"，显然当时的女性活动家们热切期盼的有关男女平等的规定并未纳入其中。1914 年 9 月，在天坛举行的大总统祭天仪式，极尽复古。出现这种结果不外乎是源于袁世凯的复辟帝制。

民国初期，《中华民国民法草案》、清末刑法的民事有效部分、大理院的判例，都具有法律效力，所以婚姻方面的法律规定非常复杂，有诸多矛盾与遗漏。例如，《中华民国民法草案》规定，若夫妇一方犯重婚罪则另一方可以提出申请离婚，但在大理院民国四年（1915）的判例中却规定"婚约时如被判明已有妻子，则后结婚者（女性）不被允许离婚，只可为妾"。还有民国六年（1917）的判例规定"后娶者（女性）如不希望离婚则只可为妾"（中华全国妇女联合会，1995：85—87；迈耶，1995：217—219）。让后娶的女性为妾就是事实上的重婚。只要纳妾为合法，重婚罪就无从探讨。

1915 年的民法草案第 1358 条规定："妻子在结婚时所有的财产以及结婚后所得的财产是妻子固有的财产。但丈夫对其财产具有管理、使用、收益的权利。"（中华全国妇女联合会，1995：85—87；迈耶，1995：217—219）这可以说是在实质上剥夺妻子的财产权。

另外，这一民法草案还规定："关于妻子的行为能力，日常家务以外的行为必须在得到丈夫许可之后才有效，如果得不到丈夫的许可，其行为无效。因此在就职时，妻子必须获得丈夫的许可，才能独立经营一种或多种事业。"《商人通则》第 2 章第 6 条规定："女性在自营商业，或负担社会的无限责任时，必须获得法定代理人或丈夫的许可。须取得许可证明书，本人及法定代理人或丈夫署名盖章后向相关部门申请登记。"（中华全国妇女联合会，1995：85—87；迈耶，1995：217—219）这些条例意味着家庭及丈夫在法律上具有干涉女性就业的权利。我们换个视角来看，虽有诸种附加条件，但女性参与商业或是从事其他社会性职业也可以视作被允许的。

关于继承问题的规定为亲生女儿的继承顺位排在第 5 位，这实际上等于女儿没有继承权。

关于离婚，此民法草案规定，义绝（与当事人的意志无关，只要有一定的原因依法强制性离婚）或不和的情况下，准许离婚。但同时又规定，如果妻子通奸丈夫可以请求离婚，但妻子请求离婚时，则必须丈夫"因通奸罪获得有罪判决"。（中华全国妇女联合会，1995：85—87；迈耶，1995：217—219）不得不说这是不平等的规定，对丈夫有利，对妻子明显不利。

1921 年，民国政府相关部门进一步制定了限制离婚的法令，表示"如不加以适当的限制，对将来的风俗将产生严重的影响"，命令各地法院"对离婚请求的受理应严加管理，对于双方手续不完备的，不允许离婚"。（中华全国妇女联合会，1995：87）可以看出北洋政府在竭尽全力维护传统的家庭制度。

在这个时代，人们还维持着寡妇不应再婚，当守护贞洁遭遇危机则应自杀的观念。1914 年，中华民国大总统袁世凯颁布了《褒扬条例》，"固守贞洁，堪为世之楷模的女性"被当作 9 种"褒扬"对象之一。在细则上规定，寡妇从 30 岁以前守节达 50 岁者，寡妇 50 岁以前去世、守节 6 年以上者，不从男人的性暴力被杀或自尽者，夫死而殉死之妻，皆受"褒扬"。

（中华全国妇女联合会，1995：55）由此，北洋政府通过法令规定对长期守节的寡妇进行表彰，以期维持儒教伦理。

三　新文化运动带来的女性思想解放与婚姻制度改革

（一）五四运动以前——儒教批判与女性解放

《新青年》的创刊人陈独秀直面民国五年（1916）的思想政治问题，以《新青年》作为舞台发起了对孔教运动的正面进攻。陈独秀认为：孔教才是帝制思想的根本，它与民国的理念格格不入，不根除孔教，中国的危机最终无可解救。

陈独秀在其论文《宪法与孔教》中指出："则根本问题，不可不首先输入西洋式社会国家之基础，所谓平等人权之新信仰；对于与此新社会新国家新信仰不可相容之孔教，不可不有彻底之觉悟，猛勇之决心……"（陈独秀，1916）与陈独秀同为儒教批判急先锋的吴虞在题为《家族制度为专制主义之根据论》的论文中指出，孔子说教的中心是"孝"，"孝"的教育从"家庭"到"国家"，形成了贯穿儒家社会的恭顺伦理，"儒家以孝弟二字为二千年来专制政治与家族制度相联结之根干，而不可动摇。……其流毒诚不减于洪水猛兽矣。……夫孝之义不立，则忠之说无可附。家庭之专制既解，君主之压力亦散"。（吴虞，1917）这样一来，他们是将儒家的忠孝伦理、家族制度作为违背社会进化的礼教社会的遗物来批判的。

新文化运动还以批判封建旧礼教、旧道德对女性的精神的、肉体的压迫，促进女性的觉醒为主要目的之一。在运动初期，《新青年》在女性问题上，首先集中批判"三纲五常""三从四德"的封建伦理对女性的压迫——具体来说就是包办婚姻带来的苦恼，对再婚的偏见，男尊女卑的思想，等等。提倡恢复女性独立人格。陈独秀在《新青年》创刊号的开头，列举了近代史的特征之一，就是"发起女性参政运动，谋求解放被男性独占的权利"，并指出女性的"解放"是"解除对奴隶的束缚，保全其自主自由的人格"。

《新青年》第4卷第5号刊登了周作人翻译的谢野晶子的《贞操论》。

文中指出，贞操是男女双方因自由恋爱生成的肉体与精神上的一致性的"一种信仰"，如果夫妇间没有爱情，相互憎恶，还要求女性对丈夫守贞节，那么这种道德是虚伪的，对女性来说是巨大的痛苦（谢野晶子，1918）。

《贞操论》刊登不久后，《新青年》又刊登了胡适的《贞操问题》和鲁迅的《我之节烈观》，展开了抨击古老伦理观的论阵。胡适在《贞操问题》中介绍了当时各地盛行的在报刊上对节妇烈女的赞美报道，尖锐指出，贞操是男女双方的相互态度，男性将贞操观强加于女性，自己却公然嫖妓、纳妾，"整天扎在女人堆里"，没有比这更不平等的了。胡适逐一批判了继前文所述北洋政府1914年《褒扬条例》之后，1917年中华民国代理大总统冯国璋颁布的《修正褒扬条例》中节妇烈女表彰规定。① 1917年的《修正褒扬条例》与1914年条例相比，自30岁前至50岁守节的寡妇，其守节期限由6年改为10年。《修正褒扬条例》还将贤妻良母列为表彰对象。胡适反对以国家法律法规的形式表彰节妇烈女，指出"褒扬烈妇烈女杀身殉夫，都是野蛮残忍的法律"，"罪等于故意杀人"，并且"这种法律，在今天没有存的地位"（胡适，1918）。鲁迅的《我之节烈观》更加激烈地抨击北洋政府颁布节烈褒扬条例的虚伪和丑恶，谴责在帝国主义的压力之下，当时中国"国将不国"的危机状况下，长期以来蔑视女性人格的封建军阀政府似乎认为：只要女性是节烈的，"世道人心便好，中国便得救了"，将"救世的责任"完全让女性来承担。鲁迅同时也批判了中国男性的自私任性、不负责任与厚颜无耻。

上述所表达的"节烈是完全无意义的行为"的见解，粉碎了虚伪的旧道德，揭露了旧礼教的假面目，对将新的平等的道德观念注入青年人的心灵起到了巨大的作用。

1918年《新青年》编辑出版了"易卜生号"，将挪威作家易卜生和他的名作《娜拉》（现在一般译为《玩偶之家》）介绍到中国。从此，《新青年》以个性解放为武器，展开了对封建专制及其奴隶伦理的斗争，向青年男女发出为自由而斗争的呼喊。（沟口雄三等，1995：59—60）由此，广大年轻的女性知识分子受到娜拉生活方式的启发，获得了与旧道德斗争的勇气。

---

① 实际上，胡适批判的是1914年的旧《褒扬条例》，参见沟口雄三等（1995：51）。

（二）五四运动之后——《新青年》的左倾化与女性思想解放的普及

狭义的五四运动并不是一个持续时间很长的运动，但其对中国社会发展产生的影响是难以估量的。1915 年以来，以《新青年》为中心的新文化运动倡导的反对帝国主义、反对封建主义（儒教批评）的思想得到民众运动的支持，迅速得以传播，对大多数中国人的社会生活产生了直接影响。

为新文化运动发挥了指导性作用的《新青年》杂志，在俄国十月革命之后，以刊载李大钊的《庶民的胜利》《布尔什维主义的胜利》《我的马克思主义观》（李大钊，1918a，1918b，1919）为契机，宣示其主张与内容的变化。五四运动之后，包括陈独秀在内，都在逐渐向马克思主义倾斜。另外，他们与共产国际（成立于 1919 年 3 月）的交往得到深化。由此，《新青年》杂志的主张，清算了以前在"民主与科学"的立场上进行的儒教批判，开始在马克思主义理论中寻找新的方向。以五四运动为界，新文化运动向文化革命发展。1920 年 5 月《新青年》第 7 卷第 6 号刊载了长篇论文《俄罗斯苏维埃政府》。（张慰慈，1920）

在狭义的五四运动以后，随着新文化运动的深化及马克思主义的渗透，有关女性解放的各种问题日益得到重视。女性解放运动也从此进入一个新的阶段，越来越多觉醒的女性青年知识分子为女性自身的解放而呼喊、斗争，社会进步舆论更加重视女性问题。高等教育的男女平等、女性在经济领域的发展、女性劳动者的解放、传统婚姻制度的打破（后文详述）、女性参政权的获得、女性参加赴法勤工俭学活动等一系列运动，由于女性自身的积极参与都取得了进展。（沟口雄三等，1995：72—98；中国女性史研究会，1984）

五四运动之后，中国面向一般女性的杂志如雨后春笋般纷纷出版。以《妇女杂志》为首，从 1919 年中到 1920 年末，杂志的数量达到 30 种之多。这些杂志上刊登有关近代的恋爱、离婚问题的文章，通过这类文章与内容，妇女杂志对中国的女性思想解放启蒙起到了重要的作用。（张竞，1995：215—219）一个动向是《新青年》杂志从 1919 年后半期开始有关恋爱的报道显著减少，只是在介绍妇女运动与苏俄女性现状的论文中稍有提及。到了 1920 年则几乎不见了。

因此，讨论婚姻问题的场所完全改变了。稍做思考，我们就会发现，数年前《新青年》提及的"恋爱"属于新思想，只在进步知识分子之间被探讨，但在五四运动之后，"恋爱"通过大众杂志已成为被中高等学校女学生及家庭主妇们接受的主题。

20 世纪 20 年代新传入的瑞典女性思想家爱伦·凯伊的自由恋爱（结婚）论、厨川白村的《近代的恋爱观》等欧美、日本的恋爱观，与其说是新思想不如说是启蒙大众强化民众的思想。婚姻问题进入了以思想普及为目标的时代。这一点是五四运动以前时代与五四运动以后时代的根本性区别。

四　五四新文化运动时期的婚姻制度与女性地位

（一）以知识青年为中心的婚姻的新动向

五四新文化运动时期，西方文化传入，中国的青年男女尤其是受到新传入的近代婚姻思想影响的城市知识分子对封建婚姻制度日益不满，开始与封建家族制度进行斗争，为追求婚姻的自由行动起来。以下介绍的是与中国青年婚姻新动向相关的几个事例，意在探讨其意义之所在。

1. 自由的男女交往

中国传统社会，特别重视"男女有别"。如前所述，男女之间直接的物品授受都是不被允许的。辛亥革命时，曾发出了女性应有交友的权利、出入自由的权利的声音，但不久即受到陈曾寿等持封建保守派观念论者的集中攻击。

新文化运动初期，陈独秀等歌颂男女交往的自由引发舆论关注，说"今日文明社会，男女交际率以为常"。五四运动中，各地女学生以解决民族危机为己任，打破"男女有别"的封建束缚，与男学生一起参加斗争，获得了社会进步势力与舆论的支持。

五四运动时期，关于男女交往的自由的论争非常盛行，但在具体实践男女交往的自由方面，长沙的新民学会和天津的觉悟社具有相当大的影响力。（中华全国妇女联合会，1995：74—75）

2. 自由（恋爱）结婚的实行

首先来看知识青年，尤其是女性决心自由恋爱结婚，并将其付诸实施的例证。

宋庆龄1913年从美国留学回国，途经日本与流亡中的孙文再相会，后成为孙文的秘书，并且倾心于资产阶级革命家孙文的革命精神与崇高人格，对其产生了感情，遂不顾父母和亲人的强烈反对，于1915年10月，在东京与孙文举行婚礼。（エプシュタイン，1995：52—67）二人在日本生活了6个月后，回到袁世凯猝死后的中国，开展革命活动。

先进女性向警予，在故乡湖南的时候，不顾父母的反对，当面拒绝了湖南省西部军阀周则范的求婚。她为了忠于自己的教育事业本打算终身不婚，但在1919年参加赴法勤工俭学运动后，遇到了志同道合的蔡和森并与其相爱，于1920年5月在当地结婚。蔡和森的妹妹蔡畅也在法国，与同为勤工俭学的学生李富春结婚。此外，周恩来与邓颖超在五四运动中相识，邓颖超也因与周恩来在欧洲期间的通信而加深了爱情，于周恩来回国后的1925年和他在广州结婚。（中国女性史研究会，1984：75、146、154）

五四运动之后不久，1919年11月，发生了长沙女子赵五贞被父母逼婚，反抗不成，出嫁途中在花轿里用剃刀割喉自杀的事件。这一事件给社会带来很大的冲击。长沙《大公报》连续刊载了关于此事的20余篇文章，毛泽东在12日内连续写了9篇文章。当时，毛泽东就是拒绝了与父亲为自己选的妻子结婚而离家出走，并与杨开慧恋爱，所以对这一事件感同身受。在《对于赵女士自杀的批评》一文中，毛泽东指出，这事件背后是婚姻制度的腐败，社会制度的黑暗，意想的不能独立，恋爱不能自由。毛泽东还在《婚姻上的迷信问题》一文中控诉道，必须废止有关婚姻的各种迷信行为，他认为最重要的是打破婚姻宿命论。此论一旦被打破，父母的包办政策将失去护身符，不久社会上就会发生"夫妇关系的不稳定"现象。夫妇关系不稳定了，家庭革命军会一拥而上。随之，婚姻自由、恋爱自由的大潮将在中国大地全境泛滥。（中国女性史研究会，1984：88—89）《女界钟》杂志出了有关赵五贞自杀事件的特刊，认为她是"婚姻制度改革的牺牲品"，她在花轿中选择自杀是对专制魔王的宣战，将普通人从梦中唤醒，宣告了强制性买卖婚姻、金钱婚姻的死刑。

1920年春，同样是在长沙，发生了名为李欣淑的年轻女性因反对父母包办的婚姻而离家出走的事件。李欣淑自幼订婚，因未婚夫去世，其父母打算按传统习惯，让她作为寡妇度过一生，但这样下去在经济上不合算，于是打算让她再嫁到有钱的人家。在自治女子学校上学的李欣淑，受到新文化运动的影响，在报纸上刊登了与父母决裂的声明："我在婚姻问题上要尊重我个人的人格，积极地与环境作斗争，向着光明的人生大道坚决前进。"并且"为了一边工作一边学习前往北京"。（中国女性史研究会，1984：89）

鲁迅1923年12月在北京所做的《娜拉走后怎样》的演讲，委婉地表达了对于恋爱的疑问，1924年在上海的《妇女杂志》发表的小说《幸福的家庭》中，对恋爱进行了明确的批判。这大概是由于鲁迅对当时中国泛滥的恋爱小说中描述的空想的"恋爱"抱有不满与厌恶。（鲁迅，1964：206）在这里我们可以看到，对于还没有准备好接受"恋爱"的基础条件的中国，仍有着让西方文化先行的疑问（对无视现实的模仿的弊害的指摘），以及对于西方"恋爱"本身再斟酌（对近代合理主义的反省）的意图。

3. 反对一夫多妻制、蓄妾制

五四运动时期，中国的城市居民，尤其是知识阶层及学生之间，反对一夫多妻制与蓄妾制的气氛非常浓厚。1923年梅朗在中国的高中学生、大学学生及中产阶级中进行的调查显示，大多数的被调查者反对蓄妾制，还有1925年上海的《时事新报》对读者进行的调查显示，317名回答者中的大部分人（女性的84%，男性的79%）都表示反对一夫多妻制。（兰格，1953：39—43）

4. 婚姻制度废止论的展开

这一时期的中国，还出现了婚姻制度废止论，在此也稍作阐述。

1920年5月，在上海的《民国日报》副刊《觉悟》上，展开了有关废除婚姻制度的讨论。这次讨论是以邵力子抛出"反对强制婚姻，婚姻自由是绝对的真理"观点之后，青年们纷纷阐述自己的婚姻见解的方式进行的。"婚姻制度废止论"在此时登场。马哲民首先提议废除婚姻制度，围绕这个问题发表了数十篇文章。这里将婚姻制度废止论者的观点进行梳理，大致有如下观点。（中国女性史研究会，1984：90—91）

第一，他们认为婚姻制度是阻碍社会进步的一大障碍。有婚姻就必然会存在夫妇制度，有夫妇制度的存在就会有各种不平等阶级出现，对于女性人格的轻视就不可避免；第二，个人拥有绝对的自由，在主张不受政治权力、宗教、形式等一切束缚的前提下，婚姻也就是男女相互独占（对方）的利益制度，与自由的人格不相符合；第三，他们的理想是"无父子，无夫妇，无家庭，无名分之类的种种无谓的束缚，男女自由结合，遗产为社会共有，儿童由全社会共同教育，老人进入公共养老院"的大同社会。

（二）婚姻制度改革的界限

1. 婚姻制度改革对下层女性劳动者的有限影响

下层女性劳动者即便同是生活在城市，但与前述知识女性相较，受到五四新文化运动影响的程度可以说极为有限。下层女性劳动者在当时的女性解放运动中几乎是被无视的。这一层面的问题，与当时一般工人及女工招募及雇用时采取的包工（包干）制有很大的关系。

在当时城市工厂里，无论是从农村招募工人还是在工厂的劳务管理中，都是采用的由工头（劳动承包人）利用同乡关系、亲族关系进行承包的制度体系，下层工人们并没有斩断与农村社会的联系，他们在工厂的劳动中也受工头的支配，从属于帮会（同乡者的互助组织）。下层工人的农民意识比近代工人意识更为浓重地残留在他们头脑中。他们总是听从工头的指挥。工厂里的工会运动的组织化、政治斗争的展开都受到很大的制约。例如，上海缫丝女工 1922 年的罢工，因为有女工头的协助获得了成功，但 1924 年再次举行罢工时，资方在前次罢工后对女工头采取怀柔政策组建了御用工会，压制女工的罢工，导致罢工的失败。（中国女性史研究会，1984：77—78）

不过，即使有这样的压制，处于城市下层工人阶级的女性，在进步知识分子的指导下，联起手来开始反抗国内外资本家的压制也是不争的事实。1922 年 2 月至 11 月在上海发生女工罢工 15 次。在近代工厂劳动的妇女、少女，她们忍受着恶劣的劳动条件和低工资之苦，即使这样，她们微薄的薪酬也是维持农村老家家计的重要经济来源。与此同时，这些青年女工在农村老家逐渐拥有发言权，其父母也不像过去那样，早早地就为他们年轻的女儿确定婚事。（伊斯特曼，1994：284）

2. 传统婚姻制度在农村的维持与女性极低的地位

当时农村民间实行的婚姻制度，一般都是按传统习惯来进行的。当时在中国农村，还盛行着女性缠足，至于婚姻制度我们从卡尔普 20 世纪 20 年代初期在广州市附近的凤凰村进行的关于婚姻习俗的调查中知道，当时买卖婚姻盛行，"市场上可以看到人们以购买家畜一般冷淡的态度，购买到他们的新娘"（伊斯特曼，1994：163）。

在 20 世纪 20 年代前半期的中国农村，儒教社会的规制依然严格存在，在那里周围善意的人们也以共犯者的关系参与其中，寡妇被社会排斥，暴露于无法拯救的悲惨命运中。在毫不留情地揭露这没有出路的绝望的"吃人的礼教"社会的自欺欺人方面，鲁迅的小说《祝福》和《离婚》一道将五四新文化运动的儒教批判推向更深的层次。

在改变旧婚姻制度方面，第一次国（国民党）共（共产党）合作（1924—1927）下的国民革命运动具有重要意义。1926 年 1 月，中国国民党第二次全国代表大会在广东召开，通过了制定包括结婚与离婚的自由、女性的财产继承权等内容的婚姻法的决议。（中华全国妇女联合会，1995：181—182）但由于同年 7 月开始的国民革命军北伐与翌年 4 月国民党右派蒋介石发动的武装政变，国共合作破裂，那部婚姻法也无疾而终。

作为社会革命的一环，真正将广泛的农村社会也卷入其中，是在国共合作破裂（1927）以后，中国共产党被赶出城市到农村建立根据地，开展新的社会革命，这是以后的事了。

参考文献

エプシュタイン（1995）：『宋慶齢』上下、久保出博子訳、サイマル出版会。

溝口雄三等（1995）：『中国という 視座』平凡社。

〔英〕伊斯特曼，罗德·E.（1994）：《中国的社会》，上田、深尾译，平凡社。

〔法〕迈耶，查尔斯（1995）：《中国女性的历史》，辻由美译，白水社。

〔英〕兰格，奥尔加（1953）：《中国的家庭与社会》第 2 卷，小川修译，岩波书店。

〔日〕村松暎（1968）：《中国列女传》，中央公论社。

〔日〕今井骏等（1984）：《中国现代史》，山川出版社。

〔日〕谢野晶子（1918）："贞操论"，周作人译，《新青年》，第 4 卷第 5 号。

〔日〕中国女性史研究会（1984）：《中国女性解放的先驱者们》，日中出版。

〔日〕竹内弘行（1995）：《中国的儒教式近代化论》，研文出版。

陈独秀（1916）："宪法与孔教"，《新青年》，第 2 卷第 2 号。

胡适（1918）："贞操问题"，《新青年》第 5 卷第 1 号。

李大钊（1918a）："庶民的胜利"，《新青年》，第 5 卷第 5 号。

—— (1918b)："布尔什维主义的胜利",《新青年》, 第 5 卷第 5 号。

—— (1919)："我的马克思主义观",《新青年》, 第 6 卷第 5 号。

鲁迅：(1964)：《鲁迅选集》第 3 卷, 岩波书店。

吴虞 (1917)："家族制度为专制主义之根据论",《新青年》, 第 2 卷第 6 号。

张竞 (1995)：《近代中国与"恋爱"的发现——西方的冲击与日中文化交流》, 岩波书店。

张萍 (1995)："中国的结婚的概念",《书斋之窗》, 第 10 期。

张慰慈 (1920)："俄罗斯苏维埃政府",《新青年》, 第 7 卷第 6 号。

中华全国妇女联合会 (1995)：《中国妇女运动史：1919—1949》, 中国女性史研究会编译, 论创社。

Women's Status in Chinese Marriage System During the Period of May Fourth New Cultural Movement

by Tamotsu Takahashi , trans. Huang Fengqin , rev. Liang Yanping

Abstract: This paper examines women's status in the marriage system during the period of May Fourth New Cultural Movement in terms of women's liberation. To acquire the historical background, the first chapter examines women's subordinate status in the marriage system based on Confucian ethics in traditional Chinese society at the end of the Qing Dynasty (1911), and introduces some criticism against Confucian ideas and against sexual discrimination appearing in China's modern movement after the Opium War. The second chapter examines the marriage system under the military regime after the Revolution of 1911, finding out that the conservative nature of the system kept women's status very low. The third chapter examines criticism against Confucian ideas and women's liberation in the New Culture Movement taking place with the publication of the journal *New Youth*. The fourth chapter which is the main section of this paper, examines women's status in the marriage system during the period of May Fourth New Cultural Movement. It was found that love marriages were taking place among intelligent youths in big cities who were influenced by the movement, whereas in rural areas traditional marriage system was maintained, keeping women's status, based on Confucian ethics, very low.

Keywords：May Fourth New Cultural Movement； Marriage system； Women's status

About the Author：Tamotsu Takahashi, Professor and Researcher at Josai International University.

About the Translator：Huang Fengqin（1972 – ）, Lecturer at School of Foreign Languages, Hubei University. Research interests and specialties：Japanese modern literature and criticism.

About the Proofreader：Liang Yanping（1960 – ）, Professor of the Chinese Language and Literature, Hubei University. Research interests and specialties：aesthetics, literature theory. Magnum opuses：*Roaming and Seeking Beauty*, etc. E-mail：1006000146@ qq. com.

沙湖论坛

敬畏历史、穿透历史、感悟历史

——出入史坛 50 年之点滴感悟

葛金芳*

摘　要: 历史有真相吗? 搞清真相有用吗? 史学家的价值导向对研究工作之意义有影响吗? 笔者结合毕生治史的深切体会对上述疑问层层推进, 以敬畏历史的情怀、穿透历史的胆识、感悟历史的睿智, 在理性审视历史与现实的隐秘联系中, 叩问历史真相、探究史学功能、重构历史研究的价值导向, 提出: 思辨历史学仍可存在, 但批判历史学应该登场! 由此, 进一步讨论历史著述和教学应该遵循的原则, 由浅入深、由小到大步步深入历史底蕴。

关键词: 历史真相　史学功能　价值导向　教学原则　学史门径

我这辈子走上史学研究之路, 可以说是机缘巧合加误打误撞的结果。小学毕业时, 上海音乐学院附中招生要我, 可以免试入学, 却被父亲一句话挡住: "唱歌有什么学头? 那是戏子!" 高中毕业时, 我原在理科班复习冲刺, 却被班主任和语文老师动员到文科班去复习。高考志愿填的是各校中文系, 却被录取到兰州大学历史系。这是 1963 年 9 月, 从此我走上学史

---

* 葛金芳 (1946—), 湖北大学历史文化学院教授, 首都师范大学特聘教授, 杭州社会科学院南宋史研究中心兼职研究员, 研究方向: 宋代经济史。在《历史研究》《中国史研究》《社会学研究》《民族研究》《中国经济史研究》《中华文史论丛》《光明日报》等刊物, 发表学术论文 130 余篇, 其中多篇被《新华文摘》、人大书报资料中心全文转载。出版《宋辽夏金经济研析》、《中华文化通志·土地赋役志》、《中国经济通史》(第 5 卷)、《唐宋变革期研究》、《南宋手工业史》、《两宋社会经济研究》及《中国近世农村经济制度史论》等学术著作 17 部。电子邮箱: ge0219@126.com。

之路。屈指算来，迄今已有 55 个年头。需要说明的是，1968 年，毕业即失业，在"知识青年到农村去接受贫下中农再教育"的伟大号召下，在甘肃通渭农村待了 10 年，直至 1978 年考上先师赵俪生的研究生，才又回到母校，重拾旧业。所以 1968—1978 年的这 10 年理应扣除，如此算来只有 45 年。题云"出入史坛 50 年"，是举其整数而已，非为自矜也。数十年积累下来，虽有 10 多本论著和 100 多篇拙文问世，然而心中的种种疑惑，似乎不减反增，只恨自己读书太少，资质愚钝。

回首往事，我这辈子可以说只做了学史、教史和治史这些事。疑惑虽多且挥之不去，但也不能说一点感悟也没有；这些感悟和体会往往和种种疑惑纠缠在一起，剪不断、理还乱。此文所言，偏颇和错误之处肯定不少。写出来或对青年学子有点滴之用，是所愿也；若有学界先进、友朋看到此文，并愿纠错批谬，有以教我，亦大幸也。

一　历史与真相：追寻历史真相是否可能，如何可能？

历史论著写作的主要依据是史料，就是以书籍形式留存至今的各种文献资料。自 20 世纪初，王国维"两重证据法"提出之后，地下出土的各种考古文物资料亦成一大渊薮。无可奈何的是，今天我们可以看到的文献资料只是一小部分，大部分已散佚在历史的长河之中。例如，明朝初年编纂的《永乐大典》，这是我国古代最大的一部类书，收录宋元以前的重要古籍接近 8000 种，装订成 11000 余册，总字数有 3 亿 7000 余万，然至清末民初只剩 64 册。后经国内外多方搜罗，2003 年上海辞书出版社出版此典之残存本，一共只有 813 卷，只及原书篇幅的 4%。许多历史真相，已经湮灭在缥缈的历史烟云中了，今人无法得而知之。更重要的是，历史多半是胜利者、掌权者写就的，为了给自己脸上贴金，为了增加自己登上权力宝座的合法性，往往隐恶扬善、粉饰太平，甚至曲解历史、伪造历史。你越是要恢复信史、剔除伪史，掌权者及其御用文人就越是讳莫如深，越是要掩盖真相。所以有人说，对掌权者而言，历史不过是黑板上的字，不喜欢就随时擦掉，后悔了再重新写上！如此一来，还有什么信史可言？更有人据此判断，很多人自豪于我们历史悠久，其实我们早已来历不明！

当然，上述看法或显偏激，但相关事实却无法否认。不过与此同时也应看到，事情还有另外一面，这就是"以史为鉴，可以知兴替"。五千年文明史，云谲波诡、波澜壮阔，学史者、读史者又凭什么相信历史这一面镜子？凭什么要花毕生精力去追寻历史、叩问历史、解读历史？答案之一就是在浩如烟海的史籍背后，在历代史官和文人学者中均有一批以死相争、不惜用鲜血捍卫历史真相的人。众所周知的先例，就是晋有董狐、齐有太史氏。今日重温，不无益处。

《左传·宣公二年》载，公元前 607 年，"晋赵穿弑灵公于桃园。赵盾为正卿，亡不出境，反不讨贼，太史董狐直书'赵盾弑其君'，以示于朝"。

赵盾身为晋国正卿，是国家肱股之臣，忠诚恭敬，但受昏聩的晋灵公之迫害，赵盾只好逃亡。此时赵穿杀了晋灵公，赵盾却背了"弑君"的黑锅，原因是赵盾既未逃出国境，返朝后又未讨伐赵穿，所以史官认为是赵盾杀了晋灵公。孔子认可这个说法，他说："董狐，古之良史也，书法不隐。赵子宣（赵盾），古之良大夫也，为法受恶，越境乃免。"赵盾因此未能逃脱"弑君"之罪责。

齐国太史氏兄弟数人，为记录历史不惜献出生命，更是直笔书史之典范。《左传·襄公二十五年》载，公元前 548 年，齐国权臣崔杼杀害齐庄公后，太史书曰："崔杼弑其君。"崔杼杀之。"其弟嗣书而死者二人。其弟又书，乃舍之。南史氏闻大史尽死，执简以往，闻既书矣，乃还。"《史记·齐太公世家》亦记载此事。春秋史家皆是世家承袭，齐国太史伯、仲、叔三人直书权臣之恶而相继被杀，其弟季仍不畏斧钺，必书之而后已。南史氏闻讯，以为太史令数兄弟尽数被杀，又背上竹简赶赴京城，准备接替太史兄弟、继续直书崔杼之罪；在听说太史季未被杀害且已记下了史实后，才返回家中。面对慷慨赴死之浩然正气，权臣崔杼被迫中止杀戮。

此类史官历代皆有，不必多举。良史直笔，客观记录，如朗镜悬空，光耀千秋。他们为后世史家竖起历史书写的第一面大旗，上面有两个熠熠生辉的大字：直笔！就是不虚美，不隐恶，以记录历史真相为最高使命！后世史家要做的工作，就是从抵牾扞格的各种史料记载中，扶隐发微，读出客观真实的历史真相来，再用自己的笔告诉大家。这是真历史与伪历史、好历史与坏历史之间的生死搏杀，没有刀光剑影，却时常鲜血淋漓；这场斗争到今天仍在我们面前上演，一幕接一幕，永无休止之时。

我在《七十琐忆》中说过一段话，表达对于真历史、好历史的倾情向往之意：

> 如果真的有"来世"，我愿意从头再学一遍历史，因为历史是一切知识和智慧的出发点。人类之所以比任何动物都高明，就是因为人类发明了文字，文字记录了历史，历史是各行各业取之不尽的智慧宝库。否则，为什么学哲学的需要读哲学史，学数学的要读数学史，学天体的要读天体学说史，学法律的要读中外法律史，学经济的要读中外经济史呢？只有一个解答，"历史使人聪明"——这是近代启蒙思想家培根的名言。当然，"历史使人愚蠢"的事例，在中外历史上也并不少见，这是因为他们读的不是真实的历史，而是充满谎言的历史。这当然不是读史人的错，而是制造谎言的有权者以及匍伏（匐）在他们脚下的御用文人的错。所以读历史的一个首要前提是必须去读真实的历史。史学从业者、历史编纂者的首要职责是留下事实、发掘真相。同时用尽一切可能和手段，与掩饰真相、歪曲真相的人、书、事做斗争——这是英国马克思主义史学家埃里克·霍布斯鲍姆在《史学家：历史神话的终结者》这本书中反复强调的首要原则。你要不认同这个原则，那就请从历史学家的队伍中滚出去，去做戈培尔之类的宣传家、蛊惑家吧！人类之需要历史真相，犹如一切生命体需要呼吸一样，是性命攸关之事，须史不可或缺！真相，是人类文明立足之基，是严肃思考由以出发之起始点。失去真相，人类将失去地基，无法思考，陷入迷惘、混沌无知之幕，不知自己从何而来，又向何处去？就像沙漠中的旅人，最终因找不到维系生命的清泉而死去！（葛金芳，2016：63—64）

对于严肃的史学从业者来说，历史学首先是一门"求真"的学问。学问的核心特征即是具有科学性，而科学性则奠基在真相和事实基础之上。没有真相就没有历史学。在科学史学的门口，竖着一块石碑，正面写着：

"尊重历史，请从尊重史实、掘发真相开始！"反面写着："伪造历史、曲解历史、掩盖历史真相者禁止入内。"假如我们决定此生要从事史学研究，让我们记住公元 2 世纪古希腊作家卢西安（Lucian）的话："假如他着手研究历史，就必须献身于真理，而不是献身于上帝。"（Lucian，1905：129）史学工作者毕生的追求，就是从扑朔迷离的记载中寻找历史真相的蛛丝马迹，从纷繁复杂的史据中理出事件演进的大致轨迹。所以研究历史、书写历史，必须首先敬畏历史。

二 历史真相与史学功能：是思辨 史学还是批判史学？

人类是千万年生命演进史中的最高级生命体，其基本特征是有思维能力，这些思维的总方向是真、善、美，因为真、善、美是最有利于人类自身及其后代生存发展的根本规则。但是，人又是从动物界而来，难免带有动物为一己之生存而胡作非为之劣根性。这种劣根性固然可以获得一己、一时、一地、一事之利，却代价甚大，最终得不偿失。所以从人类整体发展而言，人类总是在不断克服动物性、不断纠错中蹒跚前行。

当然我们必须承认，人性是不完美的。"人非圣贤，孰能无过。"各种各样的"过"无非来自两个方面，一是认识能力不足，二是欲望常越界限。然而与此同时，人在求知欲望的驱使下会不断提升自己的认识能力，而因欲望越界受到的惩罚会迫使人们提高反思能力，从错误中吸取教训，逐步变得聪明起来。史学研究就是肩负着提高人的认识能力和反思能力这个崇高任务的神圣职业。

相信大家都承认，任何一个人、任何一个民族都会犯错，都犯过错误，有的错误还特别大。例如，挑起第二次世界大战的德国纳粹、意大利法西斯和日本军国主义分子；国内如"反右"、"大跃进"和"文化大革命"。历史不仅记载人类改造环境、改善自身组织方式的丰功伟业，同时也不断检讨人类自身的缺点、不足。正是在这种检讨之过程中，人类越来越聪明、越来越成熟、越来越伟大。数千年的文明史就是这样一部历史：人类从能力甚小到能力渐长，从知之甚少到知之较多，从常犯错误、犯大错误到少犯错误特别是少犯大错误，从只关心自己、家庭、家族、地方到关心整个民族、国家乃至整个世界，从极端贫困到相对富裕，从身受种种束缚到争得更多自由，从冲突走向和谐，从野蛮走向文明，如此等等。这个过程在某些时段、某些区域也会出现曲折、徘徊，甚至倒退，但终究是暂时的、局部的，而非永恒的。人类或快或慢，或迟或早，终究要从曾经犯过的错误中走出来，重新踏上朝向真、善、美的永恒征途。

这就是"理有固然"，但"势无必至"，即人类并非每时每刻都能迈开脚步、顺畅前行，而是时时处处受制于当时的具体情形和条件。所以美国总统杰斐逊，在写于 1787 年的《关于弗吉尼亚州的笔记》中说："历史，通过告知他们过去的事情，使他们有能力去判断未来。"（杰斐逊，2012/1787）100 多年后，美国历史学会 1961 年当选主席的塞缪尔·弗拉格·比米斯在就任演说中再次强调历史经验对未来的重要性：

> 历史研究的主要作用是回顾我们的经验，包括个别经验和普遍经验，使之超越我们的有生之年所及，使我们在对待和衡量（我不说决定）未来的希望时加强我们的判断。（中国美国史研究会，1990：1）

必须承认，我们永远也无法穷尽人类历史无比丰富的全景和底蕴，但是我们至少可以从人类对幸福生活、美好社会和有尊严的人生这个总目标出发，从历史经验中提取自己的思考和设想，以期少犯错误，以免重蹈覆辙。例如，2018 年 5 月 8 日在北美寓所中去世的刘泽华先生在其自传《八十自述：走在思考的路上》中说："现实是历史的延续和发展，而历史在很大程度上是现实的追溯，历史的脐带牵连着古今。"（刘泽华，2017：2）刘泽华先生是南开"王权支配社会"学派的创始人，他倾毕生精力总结出的历史经验是："整个中国历史有一个极重要的特点，即其运行机制是王权支配社会。辛亥革命在形式上结束了王权，但权力支配社会的运行机制，却远没有随即改观。相反，在某种新的环境中，却更加强化，权力崇拜达到历史的新高峰。"（刘泽华，2017：2）他对未来的展望是，中国只有跳出"王权支配社会"这个陷阱，才有可能获得新生。这是改革开放以来，中国史学家从"五种社会形态"说的"思辨历史学"，转向探索中国历史发展方向之"批判历史学"的成功案例，功莫大焉。

正是为了更好的未来，史学工作者们才不畏辛劳，不避艰险，反复质疑，上下求索。自两千年前太史公司马迁提出"究天人之际，通古今之变，成一家之言"的观点以来，无数史学流派出现，其优劣长短非本文所能细说。仅就当代中国史学而言，从"思辨历史学"（以探寻历史规律为目的）转向"批判历史学"（以总结经验教训为任务），则是清晰可见的一种发展趋势。这种趋势在近年来相继成为史界热点的"生态史学"、"环境史学"以及"口述史学"等分支中亦有表现。历史学家的责任感、使命感亦由此体现！

《圣经·旧约》记载，犹太王大卫在戒指上刻有一句铭文："一切都会过去。"俄国白银时代的作家契诃夫反其意而用之，在其小说人物的戒指上也有一句铭文："一切都不会过去。"这两句话各有自己的道理："一切都会过去"，这是说的历史过程，再伟大的人物，再重要的事件，都会消失在历史烟尘中，转瞬即逝、无可挽回；"一切都不会过去"，指的是人类的记忆，无论功绩还是罪恶，都将被后世之人发掘出来。这是我们敬畏历史的又一理据，也是感悟历史的重要表现。

三　史学研究与价值导向：能否为人类社会未来走向提供参考坐标？

人类对于真相的追求永远不会止步，然而从真相中引出何种认识，却又常常大相径庭，这就涉及史学从业者拥有何种价值导向的问题了。不同阶层、不同人群的价值观固然不相雷同，甚至差异颇大，但不是不能提取"公约数"。站在 21 世纪中华民族伟大复兴的历史制高点上，史学从业者的希冀和期望，无非走向一个更加自由平等、更加和谐文明、更加公平正义的未来。作为"底线共识"，绝大多数人都会认同这一点。仅就社会公正而言，按照原祖杰先生的说法，社会公正，至少包括政治公正、经济公正、法律公正、教育公正和媒体公正这五个方面：

　　　　首先是政治公正，尤其是作为公民基本政治权利的选举权和被选举权是否得到普及；其次是经济公正，主要包括经济活动的游戏规则是否公正，以及能否建立一个财富再分配机制以调剂初级财富分配中存在的不公正现象；第三是法律公正，能否保持司法独立，保证法律面前人人平等，是检验社会公正的最基本标准；第四是教育公正，保证每个人有平等的受教育机会，既是公正社会的重要尺度，也是培育公正社会的最好路径；第五是媒体公正，只有媒体拥有不受权力干预和驱使的独立性，才能保证对公共权力和公共资源使用的有效监督。（原祖杰，2017）

至于如何逐步接近这样一个公正社会，怎样推动公正社会的早日到来，显然存在不同的取径和设想，这里不是展开讨论的地方。然而这样一个社会的到来，需要每一个人的努力则是无疑的。史学从业者如能有此胸怀和追求，他的研究和教学工作必将汇入中华民族伟大复兴的洪流之中，而彰显其时代价值。这是因为"任何名副其实的历史学科，都试图准确地揭示那些社会中相互关系的格局、那些变革的机制及趋势、那些社会变革的方向"。（霍布斯鲍姆，2002：49）所以意大利历史学家克罗齐的名言为人熟知："一切历史都是当代史。"对于当代社会的未来走向，不同学术流派又有不同预设，所以英国史学家科林伍德又有"一切历史都是思想史"的断言。

前已述及，历史连接着过去、现在和未来，今天的现实就是明天的历史，过去、现在和未来是不可分割的时间连续体。事实上，作为学者，无论其浸润于何种学科，都会涉及对未来的思考。作为伟大的思想家，马克思认为人类从石器时代、青铜器时代、铁器时代走到蒸汽机时代，其前景是生产力高度发展和人的自由度极大扩展，将来的社会必定是"自由人的联合体"；在这样一个联合体中，"每一个个人的全面而自由的发展"（马克思，2004：683）是最理想的状态。获得诺贝尔奖的英国经济学家希克斯认为，人类经济从远古的"习俗经济"，发展到中世纪的"指令经济"，再从近代以来发展到"市场经济"，这是社会演进的必经阶梯，更是近代以来社会生产力爆炸性提升的根本原因。（希克斯，1987：12）我将马克思的说法概括为生产力演进方向，将希克斯的说法概括为经济体制（亦是运行机制）的演进方向。如果上述两个维度组合起来，就可以形成一个如图1所示的标示人类经济进步方向的二维模型。（葛金芳，2003，2005）

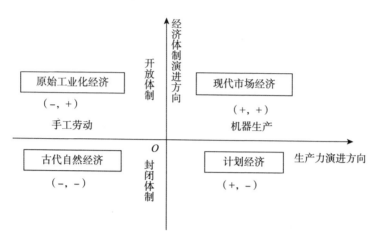

图 1　人类经济发展二维模型

这就是说，人类经济的发展道路，特别是从宏观层面和长时段看，无论是东方还是西方，都要从封闭的习俗经济、指令经济，逐步走上更加开放的市场经济这条道路；同时，伴随着经济运行体制的逐步开放，机器生产获得了日趋广阔的用武之地，在技术进步的有力推动下，逐步取代低效率的手工劳动。地无分中西，人无分南北，世界各地区的不同民族，若要进步、发展和提升生活质量，都要朝市场经济和机器生产这两个方向走。可以说，这是古今一理、中外皆同的大趋势和大规律。而计划经济因其不搞市场化而仅仅使用机器生产这一形式，所以并不具备现代经济的本质特征。这就是 20 世纪拥有十多个国家和十几亿人口的计划经济体制，终于不敌市场经济体制而全面崩盘的根本原因。这当然是我对当代世界格局和未来社会发展趋势的管窥蠡测，欢迎批评。

人们常说，一个健忘的民族是不会有前进方向的；又说一个选择性记忆的民族是十之八九会走向歧路的。这无疑表明，人类常识已经把过去和未来紧紧联系在一起。史学从业者的思考和著述就是为此提供一个真实可靠的知识基础。敬畏历史，就是要以学术良知直面历史真相，不管这个真相是令人惊悚还是令人难堪；穿透历史，就是要有全局意识，通古今之变，感受到历史的脉动和走向。只有在敬畏历史、穿透历史的过程中，我们才能真正感悟到历史老人赐给我们的智慧、信心和力量，和亿万人民群众一道走向更加美好的未来。

四 历史研究和历史教学：如何面对丰厚无比，又令人尴尬的纷繁史事？

在浸润史坛的半个世纪中，我用于读书写作和教书带大学生的时间，大致可以说是对半开。教书生涯中最令我向往和激动的是课堂上感受到的青年学子的求知欲望和青春锐气。我在读书中有点什么发现和心得，总是喜欢先在课堂上和学生交流。他们的质疑和批评，往往成为我完善自己想法的助力。我真诚地认为，如果自己教过的学生中间，能够多出几个学业有成、将来对社会作出贡献的人，远比自己多写几篇文章、多出几本书重要得多，贡献也大得多。

我的学生毕业后多半是到中学去当历史老师。向青少年一代普及真实可靠的历史知识、培养正当的家国情怀和公民理念是中学历史课程的基本功能；事实上长达6年的中学历史教学构建了绝大部分国人的历史观。这就涉及大学历史老师如何处理研究和教学的关系问题了。我的认识是，历史教学和历史书写一样，首先要坚持真实性原则。客观真实的历史，应当像康德所说的"物自体"一样，虽然不能完全达到之，但应尽量趋近之。令人尴尬的是，无论是本国历史还是外国历史，都有过不少暴力犯罪记录以及人为因素造成的巨大灾难。一味回避这些错误显然会重蹈覆辙，再次踏入地狱之门。事实上暴力肆虐既内在于人性结构之中，也内在于一切民族的历史和文化之中，必须正视并予以揭露。

其次要坚持公民教育原则。大学历史教材虽然较中学课本厚实不少，相较于中华民族数千年的厚重文明史仍是九牛一毛。教材既受篇幅制约，又有整体性要求，在内容上如何取舍，则应受公民教育原则之规限，即在尊重事实基础上，力求在培养公民自尊自信、培育国家认同与反省历史错误、总结经验教训这两者间达到平衡，以期让学生不仅保存对历史的敬意和尊重，同时也保持对历史的反省和批判。早在半个世纪前，钱穆先生就说过："中国新史学之成立，端在以中国人的眼光来发现中国史自身内在之精神，而认识其以往之进程和动向。"（钱穆，2001：156）这既是现代社会由以形成的必经环节，更是现代文明价值观赖以成长的智识基础！

最后，应当在教学过程中留下足够质疑空间，这既是不断趋近真实历史的必要条件，又是培养学生独立思考能力的关键一环。古希腊哲学家亚里士多德早就说过，历史是"通过不懈追问获得的知识"。追寻真实历史的过程本质上是一个开放的过程，教学中应当引导学生通过质疑、辩论和发掘新的史料来接近真实的过去。在此过程中，调动学生历史兴趣，并增长其独立思考的能力和深入分析的本领。只有在不断质疑、发问和自主探究的过程中，学生才体认到历史过程的复杂性和多样性，进而接触到对历史事件和历史人物的多重解释和不同评价，进一步打开视野、激荡思想、加深理解，得到自己独特的历史体认。说到底，就是让学生以更加博爱和宽容的胸怀接纳这个世界，并从中获得对人类未来的启迪和文明走向的感悟，是历史教育独具的社会功能。

以上三个原则是历史教学应当遵循的基本理念，无论是中学还是大学。若就教学方法而论，则大学显然不同于中学。如果说中学学的是现成的、有固定答案的知识，那么大学学的是流动的、随时更新的知识；如果说中学只需要认真听讲、会做作业就算完成任务，那么现在更多的学习内容是在期刊室、资料室、阅览室和图书馆中自己获取的；如果说中学只需要接受老师的解释和证明方法，那么现在需要质疑老师的说法，并在学术论文和书籍的海洋中寻找更多的答案或解答线索。这就是说，大学阶段需要学生自己去主动搜寻知识，在搜寻中学会联系、比较、鉴别和判断，在比较和鉴别中学会发现问题，从而在问题意识的驱动下再去搜寻更多的知识——这对大学新生来说，肯定是一种陌生的崭新的学习方法和思维方式，需要引导，需要训练。我的办法是在大学新生的第一学期，通过四五次作业来进行具体的学术和思维训练，帮助新生尽快完成从中学生到大学生的转变。第一次是做某一专题的"论著索引"，第二次是围绕某个学界争论做"学术综述"，第三次是把学生赶到图书馆去查阅原始史料，第四次是寻找自己感兴趣的论题并尝试写一篇小论文。每次批改作业后，会有一堂作业讲评课，除了讲述全班共性的优点外，着重分析作业中存在的问题，并指出改进的方向和方法。通过做作业和讲评，学生不仅知道了索引如何做，综述怎么写，更重要的是他们在资料室和图书馆中打开了视野，激发了兴趣：原来知识的天地如此广阔，学术讨论如此充满智慧撞击的乐趣。他们的学习积极性空前高涨。对于我的课，学生的反映是葛老师的课信息量大，又生动有趣，紧扣学术前沿，就是一学期下来三四次作业，很累。凡是跟我认真摸爬滚打一遍的学生，都觉得挺有收获，大学课堂果然与中学不同，不虚此行！

需要强调的是，中学和大学的历史教学形塑着一个民族"体制化记忆"的基本框架，担负着培养具有现代文明视野和价值观的合格公民的神圣使命，实在是马虎不得！

五 断代史、专门史与通史：如何抉择，怎样入门？

面对浩如烟海的史籍和层出不穷的中外文论著，史学从业者常常发出"吾生也有涯，知也无涯"的浩叹。个人的生命和精力终究是有限的，倾毕生之精力也只能在前人成果的基础上增添点滴新知而已。所以，学史者多半只能以断代史、专门史作为自己的专业方向，所谓"术业有专攻"也，此亦无可奈何之事。然若据守一端，则其弊端显而易见：只治断代史而不晓前后朝代之状貌形象，则易割断历史；只治政治、经济、社会、思想等专门史，则易于管中窥豹。割断历史不利于把握历史脉动的节律、气韵与走向；管中窥豹更不足以探测到历史全貌的底蕴与机理。这看似一个无解的课题，实则不然。

历史的长河奔流不息、延绵不绝；历史的内涵包罗万象、无所不容。生命有限和精力不济的个人只能从某一断代史或专门史入手，以期尽快熟悉一定范围内的文献史料和学术成果。但是无论是断代史还是专门史都必须放在历史的全局中观察，方能参透历史脉动的底蕴和机理。此点早为民国初期北京大学校长蔡元培先生所知晓，所以1923年北大史学系之《课程指导书》规定：

> 学史学者，先须习基本科学。盖现代之史学，已为科学的史学，故不习基本科学，则史学无从入门。所谓基本科学者，即生物学、人类学、人种学、政治学、经济学、法律、哲学、社会心理学等科，必须于二年以内，先行学完，乃可以言史学。而各种科学中，以社会学及社会心理学尤为重要。（欧阳军喜，2003）

　　如果说专治断代史、专门史是迫于个人生命短促，意在夯实史学研究之客观史事基础，追求史学之科学性，那么打通断代史，同时观照各专门史，是在"专"的基础上追求"通"，看重的是穿透古今的眼光和掌控全局的胸襟。"专"与"通"相辅相成，不可偏废。就个人而言，入手宜从断代史、专门史开始，以求奠定较为坚实的研究基础。但与此同时，应当放宽视野，经常浏览前后朝代和其他专门史的研究成果。随着自己专长领域的研究日趋深入，研究触角应向相关领域进一步延伸。正是在"专""通"对峙的张力场中，研究者的历史通感和全局视野，才会自然而然滋长蔓延开来。

　　我的实践体会是，做大问题要从小问题入手。比如20世纪80年代初，我做宋代土地政策研究时，先从屯田、官庄一项项做起，搞清楚官田政策；再从户绝田、逃退田，做到江涨沙田、湖田，搞清楚私田政策；再进入导致官私田土对流的地权流通政策；然后总结出主导宋代土地政策制定的核心原则；进而推求土地政策演进背后的推动力量。（葛金芳，1982）换句话说，做小问题要围绕着心中的一个大问题去思考、去把握，这时考证功夫才有意义、有价值。做小问题时考证要扎实，做重大问题时逻辑要严密。做几个小问题后，就可着手做一个与之相关的大问题了。如此交替前进，就像人走路一样。当然"术业有专攻"，任何人的研究都不可能面面俱到，总有与其个人能力相匹配的独擅功夫。先贤云，学术乃天下之公器，考据、义理、辞章皆学问也，不宜求全责备。

　　历史是一门深奥复杂且极富启迪性的学科。其中不仅沉淀着过去岁月中无数政权的荣辱兴衰和更相迭代，而且蕴藏着千百亿生灵的生命经验和生活智慧。历史记忆是整个民族精神生命之源泉，享有共同的历史记忆更是民族认同和国家认同的根基。史事纷繁复杂、云谲波诡，史笔庄严沉重、公正不阿。有幸从事史学著述和历史教学者，经常面临真相残酷之啃啮和褒贬对峙之撕扯，能不慎之又慎乎？

参考文献

Lucian (1905): *The Works of Lucian of Samosata*. Translated by Fowler, H. W. and Fowler, F. G. Clarendon Press.

〔英〕霍布斯鲍姆，埃里克（2002）：《史学家：历史神话的终结者》，马俊亚、郭英剑译，上海人民出版社。

〔德〕马克思（2004）：《资本论》第 1 卷，人民出版社。

〔英〕希克斯，约翰（1987）：《经济史理论》，历以平译，商务印书馆。

〔美〕杰斐逊，托马斯（2012/1787）：《关于弗吉尼亚州的笔记》，转引自〔美〕夏马《美国的未来：从开国元勋到巴拉克·奥巴马的美国史》，柏克、李心自译，商务印书馆。

葛金芳（1982）："关于北宋官田私田化政策的若干问题"，《历史研究》，第 3 期。

——（2003）："经济现代化的两层次说"，《中南财经政法大学学报》，第 6 期。

——（2005）："宋代经济：从传统向现代转变的首次启动"，《中国经济史研究》，第 1 期。

——（2016）：《七十琐忆》，载曾育荣主编《葛金芳教授七十寿庆文集》，中山大学出版社。

刘泽华（2017）：《八十自述：走在思考的路上》，生活·读书·新知三联书店。

欧阳军喜（2003）："论中国近代史学科的形成"，《史学史研究》，第 2 期。

钱穆（2001）：《略论治史方法》，载《中国历史研究法》，生活·读书·新知三联书店。

原祖杰（2017）：《美国社会公正观念的历史演变》，载赵学功编《美国历史的深与广：纪念历史学家杨生茂百年诞辰论文集》，商务印书馆。

中国美国史研究会（1990）：《现代史学的挑战：美国历史协会主席演说集》（1961—1988），王建华等译，上海人民出版社。

Respecting History, Looking Through History and Thinking about History: Perception on the Fifty Years Study on History

Ge Jinfang

Abstract: Does history have truth? Is it useful to find out the truth? Does the historian's value orientation influence the meaning of research work? The author of this article combined his profound experience in the treatment of his life to analyse the above questions. With a sense of respect for history, the courage of looking through history, the intelligence of thinking about history, and rationally examining the hidden connection between history and reality, the truth of history, the function of historical study and the reconstruction of the value guidance of historical study can be figured out. The conclusion is that critical historical study should be encouraged while keeping speculative historical study. Based on this conclusion, the author further discussed historical writings and the principles which teaching should follow, so as to explore history in depth from shallow to deep and from small to big.

Keywords: Historical Truth; Functions of Historical Study; Value Guidance; Teaching Principles; Ways to Learn History

About the Author: Ge Jinfang (1946 –), Professor in School of History and Culture, Hubei University, 985 Distinguished Professor of Beijing Normal University, and Part-time Researcher in Research Institute of Southern Song Study, Hangzhou Academy of Social Science. Research interests and specialties: economic history in Song Dynasty. Academic essays: academic essays have been published in many famous or authoritative journals like *Study of History*, *Study of Chinese History*, *Study of Sociology*, *Study of Ethnics*, *Study of Chinese History of Economy*, *Journal of Chinese Literature and History*, *Guangming Daily*, etc. , many of which were reprinted by *Xinhua Digest* and the Information Center for Social Science, RUC. Magnum opuses: 17 academic books have been published, including *Research and Analysis of Economy in Song*, *Liao*, *Jin and Xia Dynasties*, *Records of Land*, *Tax and Corvee*, *General History of Chinese Economy* (vol. 5), *The Study of Transition between Tang and Song*, *The History of Handicrafts in the Southern Song*, *Research on Society and Economy of Song Dynasty*, and *Historical Comments on the Country Economic System in Pre-modern China*. E-mail: ge0219@ 126. com.

午夜梦回

——非专业戏剧史研究的自我反顾

廖全京[*]

摘　要：本文围绕寻找戏剧史就是为自己寻找精神支撑这一中心题旨，回顾四十年来的治学经历，总结了一些个人的经验教训，其中包括对戏剧史实质上是综合的艺术史和特殊的思想史、中国话剧史在精神特质上存在两重性、20世纪40年代中国话剧史的研究原则等学科认知，以及"打通""互证"等中国话剧史研究与戏曲史研究的治学路径。

关键词：中国戏剧史　中国话剧史　戏曲史　打通　互证

"上苍赐予我们太多太多的反省自己和了解宇宙的机缘，可是我们却没有及时把握。"

——马可·奥勒留《沉思录》

那个夏天又热又闷。

半夜里，狂风大作，暴雨骤至。闪电驱赶着一串狂野的炸裂声，把我从梦中惊醒。那一刻，我梦见自己写的书被未来的一群读者批评指责，我羞愧难言，失声痛哭……

这个仲夏夜之梦，自然地进入了此刻您正在读着的这篇粗浅文字，并成为它的标题。

---

[*]　廖全京（1945—），四川省戏剧家协会研究员，研究方向：中国戏曲史、中国话剧史。主要著作有《大后方戏剧论稿》、《中国话剧艺术史》（9卷本之第4卷）、论文集《中国戏剧寻思录》、评论集《观剧者手记》等，发表论文、评论等300余篇。电子邮箱：jjong_momo@ qq. com。

一　愚钝的起步

说来惭愧，无论是就从业状态还是就学术水准而言，我都不是一个专业的戏剧学和戏剧史的研究人员。虽然从 1978 年起就与中国戏剧史密切地打上了交道，但在命运的捉弄下，我的所谓研究不得不呈现一种零敲碎打、断断续续的状态。其结果是所获相当有限，价值几乎全无。我常常这样宽慰自己：我在乎的是过程，我享受的也是过程。说是宽慰，实际上是一种尴尬。这不是我一个人的尴尬，在某种程度上几乎是一代人的尴尬。至于造成这种尴尬的原因，当然是多方面的。我寻思那些原因时，记起了 20 世纪 70 年代末一位年轻诗人的诗——《中国，我的钥匙丢了》。一度丢失了心灵的钥匙是一种什么样的感觉，也许只有我们这一代人有真切的体会。诗人最后写道："我在这广大的田野上行走，我沿着心灵的足迹寻找，那一切丢失了的，我都在认真思考。"这首诗的结尾，正是我们这一代人精神之旅的开端，也是我的学术长途的开端。从暗室中走到阳光下的那一刹那，我想得最多的是如何实现自我救赎。我学习和研究戏剧学和戏剧史之初，不是没有想过为名利计，为稻粱谋，但是，希望用知识学问拯救自己的灵魂似乎显得更为迫切。对我来说，寻找戏剧史就是寻找我自己。准确地说，是为自己寻找精神支撑，也就是寻找我们这个民族一度丢失了的文明的钥匙。

专业基础、知识结构和理论视野等诸方面的局限，决定了我起步时的愚钝。这里，仅举数端加以检讨。

先说我开始接触中国古代戏曲史研究时的两个没弄明白。我起步的时候也正是整个中国戏曲史研究重新启航的时候。仅凭着一股空前的治学热情投入中国戏曲史研究的年轻学子，往往是感性的或感性大于理性的。在这种情况下，我一心耽读元代杂剧和明清传奇，沉湎于《六十种曲》和《古本戏曲丛刊》，完全没有想过在作家作品之上和之外还有什么，这是我的第一个没弄明白。这里所说的之上和之外，是从实用理性或纯粹理性乃至终极关怀这个层面来说的。这种不明白在我身上的具体表现，就是所思所想只是围绕着某一特定的作家的某一部或某几部作品转圈圈，所有的工作都停留在校注、考释、文本解读、批评鉴赏的阶段，很少考虑这些具体作家作品与同时代和不同时代作家作品的联系，与彼时彼地的社会思潮、哲学思潮、文艺思潮的联系，与整个中国戏曲史、中国文化史乃至外国戏剧史、外国文化史的联系，等等。这些在今天看来纯属常识的问题，对于当年的我来说却相当陌生。与此密切相关的是，我没弄明白在从事戏曲史、艺术史、文化史等研究的人群中，有学术中人和问题中人的区分，学术中人不等于问题中人（虽然这种区分有时候并不特别明显，更不会加以标榜）。这里所说的学术，是指某一专业领域之内的学术，问题则既包括某一专业领域之内的问题，也包括相关的其他一些领域的问题。也许学界至今对于这样的划分存在争议，但多年来阅读和写作的经历告诉我，这种区分是一直存在的，只是我很晚才觉察到。总之，我除了几乎没想过在特定的戏曲作家作品之上和之外还应当研究什么，也几乎没想过在中国戏曲史之上和之外还应当思考什么。不怕您见笑，早先的我可谓痴容可掬。

再说我进入中国话剧史研究不久的两个没想清楚。20 世纪 80 年代初，我在一种相当被动的状态中承担了抗战时期大后方话剧研究这个课题。仓促之中，我只是习惯性地沿着此前研究戏曲史时摸索出来的治学路径，埋头往前走。那几年里，除了长期蹲在四川省图书馆的特藏部翻阅 20 世纪三四十年代的旧书、旧刊、旧报之外，我每年数次往返于成渝两地，在当时位于枇杷山的重庆图书馆（抗战时期的罗斯福图书馆）特藏部、北碚图书馆和重庆市档案馆，一蹲就是几天甚至十几天，与那些质地极差业已发黄破损的旧报刊、旧图书、旧资料亲密接触。其间，我读完了抗战时期重庆及其他地方出版或演出过的 240 多个大小剧目的剧本，查阅了几百万字的有关史料，做了数以千计的卡片，进行了对部分当时尚健在的抗战戏剧亲历者的走访，以纯粹的手工业劳动方式大抵完成了前期的准备工作。但是，我完全没意识到自己的抓小放大——眼光几乎百分之百地投往历史的细部（这当然是十分必要的），没有更多地超越作品和史料的丛林，作一些更深更广的阅读、观察和思考。可以说是一边孜孜矻矻，另一边糊糊涂涂。初涉话剧研究时的两个没想清楚，就充分说明了这一点。我当时的第一个没想清楚表现在对戏剧的外部关系的认知层面，具体地说就是没想清楚在抗日战争这个特定的时间和大后方这个特定的空间，民族战争与政党政治是一种什么关系，更具体地说，大后方话剧与政党政治是一种什么关系。当时在研究过程中多次涉及与此有关的戏剧现象、文化现象，可是我从未予以重视，从未进行深入的考察和思索。后来，我个人的话剧研究史告诉我，这是中国话剧史研究尤其是抗战时期大后方话剧史研究中的一个非常特殊、复杂又影响深远的现象与问题。我当时的第二个没想清楚表现在对戏剧的内部关系的把握层面，那就是没想清楚戏剧史是单一的戏剧文学史、戏剧运动史，还是戏剧文学史、戏剧思潮史、戏剧艺术史、舞台演出史等的戏剧综合史。对于真正的戏剧艺术研究者，尤其是有戏剧院校专业背景的研究者来说，这更是常识。然而，中文系毕业的我，却在初踏戏剧史研究之路时迷惑于繁花似锦的戏剧文学分支，迟迟未能向根深叶茂的戏剧大树以至戏剧大林莽进一步拓展。

岁月不居，时至今日，21 世纪的第 2 个 10 年也即将结束。偶尔翻翻自己在 20 世纪 70 年代末 80 年代初所写的那些关于戏剧的文字，深感当年的胸襟和目光的窄与浅。在出版于 20 世纪 80 年代中期的一本专著的后记中，我曾经写道："面对自己的劳动成果，与其说是兴奋，不如说是苦恼。不很年轻却很不成熟，不甘守旧又不善创新，这恰恰是我们这一代人的悲哀。"这段话，我现在读来心情依然是沉重的。

从那以后，我几乎花了 30 年的时间，才从混沌中逐渐走向并接近澄明。

二　无奈的流转

流转一词，是从一位剧作家那里借来的。这位著名的剧作家先写戏曲，后写话剧，在开始话剧创作的同时，又回去写戏曲。他把这种转换称为流转。我先研究戏曲，后研究话剧，在研究话剧的同时，没有放弃戏曲研究，也勉强称得上是在话剧研究与戏曲研究之间流转吧。惭愧的是，这种流转虽然给我带来若干启示，却未结出什么像样的学术果实，与那位我素来尊敬的剧作家在流转中佳作迭出且影响深远比起来，不可以道里计。

与进入戏曲领域的情况相似，我也是被推进话剧领域的。也就是说，当初多少有些无奈。所幸在日积月累的过程中，我对戏曲与话剧产生了渐浓渐深的感情，对戏剧研究有了日益强烈的兴趣（兴趣与人的生存和创造力密切相关，对于一个研究者来说，对研究对象缺乏兴趣或失去兴趣，往往是致命的）。如果说当初我的那些单篇的戏曲作家作品论和话剧作家作品论（如论关汉卿、孔尚任和论老舍、宋之的等人的剧作）大多是在被动和比较被动的状态下写就的，那么，后来收在我的《大后方戏剧论稿》《中国戏剧寻思录》《观剧者手记》等书中的大部分篇章，就是我主动乃至冲动的产物了。

这种有些无奈的流转给我的研究状态和研究中的阶段性结果带来了一些变化，其中的利弊得失还是值得玩味的。

流转的最大、最根本的好处，是在一定范围内和一定程度上明确了学术上"打通"的目标和路径。学界常说的"打通"，一般是指打破空间上的中外、时间上的古今，以及人文学科中各种学科之间人为的藩篱。我理解的是，"打通"须分大小，即有大"打通"，有小"打通"。大"打通"者，多是博学鸿儒、大师巨擘，如钱锺书。钱先生突破各种学术界限，打通了全部文艺领域，在此基础上调和中西文化，臻于"东海西海，心理攸同；南学北学，道术未裂"（钱锺书，1984：1）之境。此所谓"打通"者，大通也。还有一种小"打通"，即才疏学浅、功力不济、眼界胸襟有限，但又期冀在学问上略有长进者，只能将在极其有限的范围里推此及彼、触类旁通等作为力争达到的学术境界。两种"打通"，前者是实力的显现，后者是愿景的表达，不可同日而语。我能忝列于后者的队伍中，已深感荣幸。在戏曲研究与话剧研究之间流转，其中包括在古代戏曲与当代戏曲（主要是川剧）之间穿梭，在现代话剧研究与当代话剧批评（有限制地写一点戏剧时文）之间往返，在戏曲史与话剧史之间流连，几十年下来，我多少感悟到了一些传统文化在古代戏曲与当代戏曲之间的贯串与变异，不同程度地发现了中国戏曲与中国话剧在各自传统中的特色迥异和在特定文化背景下的审美趋同。最明显的收效是，经过对 20 世纪 30 年代以来的中国话剧与戏曲发展态势的考察，我在 20 世纪 90 年代中期提出了中国戏剧的整合趋势这一命题，并由此展开了对有关现象的尽可能深入的探讨（目前此课题仍在进行中）。在追求小"打通"的前提下，我始终坚持从彼时彼地的戏剧作品和戏剧现象出发，从细读文本、打捞史料入手。特别注意既不能轻视包括版本学、校勘学、考据学及作品作家评论这些非常重要的基础环节，努力避免学风的浮躁、文章的空疏，又不能仅仅停留在上述层面而忘却或规避在更宽广、更深厚的背景下进行不同程度的理论提升。在整个研究过程中，我常常提醒自己：一要在古典戏曲研究中避免酸腐的虫鱼气，二要在抗战话剧研究中突破狭隘的地域视野。

275

　　流转给我带来的另一个收获是，通过戏剧历史与戏剧现实的"互证"，深化了对戏剧历史与戏剧现实的认知。这里的"互证"，含有在相互比照中既证实也证伪的两层意思。英国现代历史学家霍布斯鲍姆曾经提出一个概念，叫作"后见之明"。他的意思是"时间是历史学家最后的武器"，随着时间的推移，历史学家最终会得出相对客观的结论（虽然这种结论也可能误导人）。他把历史的结论随时间而改变的现象称为"现在就是历史"（霍布斯鲍姆，2015），且不论他的这种判断是否恰当，其间透露出来的关于历史与现实之关系的表述，还是能给人启发的。这些年来，我通过对中国戏曲史与中国话剧史之间，尤其是中国现代话剧史与中国当代话剧史之间的某些现象的"互证"，对霍布斯鲍姆说的"后见之明""现在就是历史"有了一些切实的体会。这里，从诸多现象中选出一种，说明"互证"对于拓展思路、深化认知的作用。这现象就是话剧创作和演出中的概念化和公式化。著名中国话剧史学者田本相先生把概念化、公式化称为"中国话剧创作的顽症"（田本相，2006：299）。20 世纪 80 年代，戏剧舞台曾经出现剧作家和导演们思想解放、激情奔涌、灵感勃发、佳作迭出的境况。可是，进入 21 世纪以来，由于社会条件的转换，不仅好景不再，而且公式化、概念化倾向日趋严重，浮躁、虚假之风有增无减。这种局面令我这个以关注当代戏剧为职业的戏剧家协会的工作人员感到焦虑、失望。每每在散戏之后回到书斋，百感交集，叹息良久。这是怎么了？这是为什么？……正是带着这一连串的问号，我一次又一次从中国戏曲史走进中国话剧史，又从中国话剧史走进中国戏曲史，搜寻翻检，反复思索，并渐渐找到了部分答案。从话剧史的角度是可以厘清公式化和概念化的来龙去脉的。从源头上说，这个死结也许是从胡适误读易卜生开始打下的，在最早的"问题派剧本"中，就孕育着它的雏形。20 世纪 30 年代以后，中国话剧界相当一部分人把话剧艺术视为单纯的思想、主义的载体，单纯的阶级斗争、特定的政治的工具，撇开话剧自身的审美属性和特殊的艺术规律进行创作和演出。在抗战爆发至 1940 年以前，无论是占多数的小型话剧，还是为数不多的大型话剧，都相当普遍地存在概念化、公式化的现象。胡风当年在总结抗战以来文艺发展的基础上，将概念化、公式化的问题作为整个文艺界的几种倾向中的第一种倾向提出来："公式化是作家廉价地发泄感情或传达政治任务的结果，这个新文艺运动里面根深蒂固的障碍，战争以来，由于政治任务底（的）过于急迫，也由于作家自己过于兴奋，不但延续，而且更加滋长了。"他列举了下列现象："写将士的英勇，他的笔下就难看到过程的曲折和个性底（的）矛盾，写汉奸就大概说他得到差不多的报应，写青年就准会来一套救亡理论……"他进而从更高的理论层面上分析了造成公式化、概念化的原因："这不但因为对于形象的思维这个文艺的特质的认识不足或能力不够，也由于一般地应具体地认识生活，在现实生活里面把握政治任务的这个努力不够。"（胡风，1939）如果再进一步到中国戏曲史中去追溯，你会发现概念化、公式化古已有之。这是与封建社会中利益集团对于控制舆论以巩固政权的过于急切的需要分不开的。远的且不说，仅就中国文化影响甚大的明清昆剧传奇而言，其中的有些作品即带有相当严重的概念化、公式化倾向，比如明人邱濬的《五伦全备忠孝记》（简称《五伦记》），就是一部堆满概念的礼教图谱。它的图解概念、倾泻说教、背悖人情，已经到了让人忍无可忍的地步。由于几乎是人人厌恶，迄今为止，从戏曲学的角度对其进行深入剖析的论著基本没有。在明人传奇中，即使是至今被学界充分肯定的作品，也存在少数概念化倾向比较明显的现象，比如《清忠谱》。这部以万历年间著名士子周顺昌为主角的昆剧传奇是李玉、叶时章、朱素臣等苏州剧作家合作的产品。此剧自然有不少值得肯定的独到之处，然而，它在主要人物周顺昌这一艺术形象的处理上，却有明显的概念化的痕迹。现实生活中活生生的周顺昌，到了作者的笔下，变成了一个只有外在动作的单一性而缺乏内在心理的复杂可信性，只有对明王朝的愚忠却缺乏对民众痛苦和民族命运的关注的所谓"清中之清，忠中之忠"者，这不能不说是一个不小的遗憾。难怪有学者指出《清忠谱》的思想实质并未超越封建政治思想的范畴，它相比《牡丹亭》是一种历史性的倒退。看来，说中国戏剧的概念化、公式化问题是渊源有自来的，并非主观臆断。

从历史中反观现实，从现实中感悟历史，反复的流转给我带来了一定程度的认知度提升。我由此想到一些戏剧现象比如概念化、公式化形成的深层原因。如果说概念化、公式化是一种潜意识、集体无意识，那它是怎样的一种潜意识、集体无意识？作为一种戏剧创作思维定式，它又是怎样形成的？答案既在中国话剧史里，又在中国戏曲史里。目前可以说清楚的，起码有两点。一点是渗透在中国古典戏曲中的道德完美主义因素。我们历来高度赞扬在传统文化中伦理精神影响下形成的中国戏曲的道德化倾向，却对其中的道德完美主义的负面作用估计不足，甚至被其绑架。殊不知，对善恶分明、药人寿世等戏剧的教化功能的单一的过分强调和固执追求，往往导致将原本属于审美范畴的戏曲艺术无形中变成了高台教化的道德工具。还有一点是中国古代社会钳制言论、禁毁戏曲造成的戏剧从业者的心理阴影。在巨大的精神压力下，他们长期被动或主动地将戏曲创作和演出视为极力宣传帝制国家的政绩政纲和官方意识形态的"戏教"。这也是造成一些古代戏曲存在概念化、公式化现象的原因。可惜这一文化因素往往为人们所忽略。

凡事有利必有弊。对我来说，流转之弊是显而易见的。这主要表现在摊子铺大了（有相当长一段时期我还不得不承担一些四川作家研究的任务），难以集中精力，也就难以有突破性的进展，而且导致研究不深入、不充分。几十年下来，自己虽然在中国戏剧文学史、思潮史研究与戏剧作家作品评论方面小有所得，但中国戏剧史研究中的一些重要分支，如戏剧院团研究、戏剧报刊研究、演剧职业化研究等，却因无暇顾及而付之阙如，时至今日，已成无法弥补的遗憾。

三　迟到的醒悟

历史研究者是受时间限制的。

20世纪80年代将近结束时，我仍然处于混沌之中。戏剧史究竟是什么？研究中国戏曲史、中国话剧史，尤其是20世纪40年代中国话剧史应当把握什么样的基本原则？究竟什么是中国话剧的传统？对于这样一些根本性问题，我一直是迷茫的。

20世纪90年代刚刚揭幕之时，我就决定把手头大部分写作暂停下来，花了整整3年的时间，闭门读书—思索，思索—读书。经过一段时期的沉淀，在生活这位老师的引领下，我的思想逐渐变得清晰起来。我明确感受到这是一种醒悟，这让我又兴奋又羞愧，虽然这种醒悟来得晚了一些。那是一个反思的年代，所谓"精思所积，荒径渐开"（王元化语）。其实，有对"五四"的反思，有对东西方文化的反思，有对人文精神的反思，还有对戊戌变法的再反思，等等。在这个大的文化背景下，我对自己从事的中国戏剧史研究进行了反思。回想起来，在整个 20 世纪 90 年代里，我经过较长时间的认真思考，大致获得了以下几个"后见之明"。

第一，逐渐认识到了戏剧史的本质。如果说戏剧是一种超越剧本、超越演出、超越剧场的宏大社会文化形态，那么戏剧史就是对这种宏大社会文化形态的记录、描摹、判断。描摹要紧，判断更要紧。事关判断，必涉及思想（判断的标准源自思想），其中，主要是美学思想与哲学思想。所以，从本质上说，戏剧史首先是综合的艺术史，同时也是特殊的思想史、心灵史。这里，作为思想史这一判断的主要补充，我所说的心灵史，主要是强调戏剧史同时是戏剧研究者的主体拥抱研究对象的结果，是研究者理性与感性的个性化的结晶，或者说是研究者本人的心灵史书写。在某种程度上和一定范围内，戏剧史的思想史特征可能比艺术史特征更关键、更突出。《牡丹亭》的创作演出史、评述史就是典型的艺术史、思想史的缩影。汤显祖的同时代人尤其是许许多多的后来者，不仅从《牡丹亭》的人物、情节、词曲、结构、题旨、意蕴等方面获得各自不同的审美享受，而且从生命意识、生存境界等更高层面获得不同程度的富于哲理性的启迪。更有一些研究者或者从《牡丹亭》强悍、热烈、放达的情感逻辑背后看到无法抗拒的历史逻辑；或者引起对中国封建思想文化体制的时代性反叛的思考，并将其与欧洲类似时代性反叛加以对比，从而在前者的烟消云散和后者的基本胜利面前陷入沉思；或者对汤显祖自身的思想文化结构与明代的宗法一体化社会结构之间的关系予以揭示，指出汤显祖在思想上的自相矛盾和理想无法实现的精神痛苦，指出这一切皆因为当时的社会结构并不具备让他的能力和决心得以施展和实现的条件。由艺术史至思想史，其中的脉络和理路十分清晰。沿着这一脉络和理路还原到戏剧本身，得出的结论必然是也应该是：审美本身就会产生一种精神力量。文学如此，绘画如此，音乐如此，戏剧更是如此。然而，时至今日，这仍然未完全成为全社会的共识，甚至未完全成为戏剧界的共识。

戏剧作为人类最高层次的古老艺术样式，它在某种意义上形象地揭示了关于世界的深层次真理，并通过追求人性的可完善性去启发人的心智，因而具备了从宇宙角度来审视生活、思索生命、坚持价值的重要性的精神素质。从这一点出发，我把戏剧史视为某种意义上的特殊的思想史。杜兰特认为："思想是我们最直接感受到的事物，但也是人类最终极的秘密。"

（杜兰特，2004）戏剧正是巧妙而感人地将"我们最直接感受到的事物"与"人类最终极的秘密"连接起来，贯通起来，融合起来的魔法石。

第二，逐渐认识到了中国话剧史的特质。话剧这种源自西方的艺术样式，在20世纪初进入中国，在此前此后相互衔接的100年里，中国社会始终处于动荡之中。在当时的中国，所有的动荡首先的和根本的都是政治动荡，加上外族的入侵，可以说这个历史时期的中国基本处于战争状态和准战争状态。这种状态与中国话剧特质的形成是密切相关的。中国话剧尤其是20世纪40年代话剧的一些特点，如明确的政治功利性、被重视和强调的宣传职能（或称工具论）、简单二元对立的思维方式、以英雄主义或乐观主义取消悲剧和悲剧意识的倾向等，决定了中国话剧史尤其是20世纪40年代的中国话剧史，基本上是战争期文化形态中的特殊的意识形态史。所以，有一种比较正统也颇有影响的说法，叫"中国话剧的战斗传统"，这种提法也并非毫无根据。

然而，中国话剧史毕竟是一种复杂的文化存在，对它的考察可以在国家语境中进行（20世纪50年代至90年代的相当一部分关于中国话剧史的论著就是如此），也可以在生命语境中进行（近几十年已有这方面的成功尝试）。如果取后一种致思路径，你会发现，在20世纪40年代的种种戏剧现象中，除了以非常显眼的政治宣喻剧为代表的表现民族意识、集体记忆，强调即时性、时事性的作品和演出之外，还有一些比较注重个体的人的生命状态和基本需求的作品和演出，它们在心灵史的层面揭示了战争的创痛、灵魂的煎熬和人类的向往："消灭法西斯，自由属于人民！"比如曹禺的《北京人》和《家》、夏衍的《芳草天涯》、吴祖光的《风雪夜归人》等。这一现象起码提醒我要注意一点：既要看到中国话剧的主流是现实主义，又要看到在缤纷繁复的现实主义话剧现象背后存在两个不同流派，即相对封闭的政治化的现实主义和相对开放的诗化现实主义（诗化现实主义这一概念是田本相先生首先提出来的）。通过比较深入和系统的研究，我发现这两个流派之间，呈现着一种边缘模糊的状态——多数剧作家、导演等属于前者，少数属于后者，相当数量的人的动态表现处于这两个流派之间。从根本上说，诗化现实主义的戏剧现象体现了中国话剧对有文化价值的戏剧艺术的追求，对戏剧艺术的现代审美精神的追求。正是在这个意义上，中国著名话剧史学者董健先生认为："百年中国话剧的整体文化特征，就是它的现代启蒙主义精神，通过启蒙促进人的现代性，是它对现代化事业的最大贡献；同时，这也是它最可贵的传统。"（董健，2007）这是一种很有学术价值的看法。

同是给传统下判断，一说是"战斗"，一说是"启蒙"。孰是孰非？历史当会根据或者参照现在的判断作出未来的判断。这一现象促使我作进一步的思考并得出一个不成熟的结论。中国话剧史尤其是 20 世纪 40 年代的中国话剧史在精神特质上存在两重性。一重是由功利主义、宣传至上驱动的政治意识形态为主导的成分，另一重是由人文主义、审美为先左右的诗化戏剧观念为主导的成分。值得注意的是，这两种成分长期存在于中国话剧的发展过程中，并呈现一种相互纠缠、彼此碰撞的多变状态：忽而此消彼长，忽而彼消此长，云谲波诡，跌宕起伏。由于中国戏剧（包括话剧和戏曲）至今尚未能完成它本该完成的现代转型，这种特定的两重性还将继续保持并影响中国话剧今后的发展。历史的经验告诉我们，在探讨中国话剧史的特质或者传统的时候，最容易出现的偏颇或失误是对中国话剧史上的种种艺术现象自觉不自觉地运用政治学的概念或单一的社会学的方法加以推断。比如，20 世纪 80 年代初讨论抗战文艺和抗战戏剧的有关问题时，有些学者沿用 20 世纪 50 年代初文艺界某些领导人对国统区文艺和国统区戏剧的评价，指责它是右倾的。当时就有另一些学者对此予以批驳，认为不能用这种政治学的概念去随意地框范或推断文艺作品、文艺现象。虽然进入 21 世纪，但我至今不敢轻言此类现象再也不会出现。

第三，逐渐确立了自己研究 20 世纪 40 年代中国话剧史的原则。起于 1937 年止于 1949 年的 20 世纪 40 年代中国话剧史，是我在大约 20 年的时间里主要的研究对象。整个 20 世纪 40 年代戏剧，是从绵延不断的战争硝烟中走过来的。在前后 12 年的时间里，戏剧的生存环境中充满战争与和平、生存与毁灭、政治与文化、民族与民族、政党与政党、政府与民众、民众与民众之间种种尖锐、复杂的矛盾冲突。从这个意义上说，那是一个十分戏剧性的时代，同时，也是一个戏剧史研究者很容易被这种复杂的局面所迷惑的时代。表面的激昂往往遮蔽了内心的苍凉，浅层的热烈非常容易掩盖深处的落寞。要尽可能真切地把握这样一个特殊的生存时空和戏剧时空，十分需要的就是去蔽和祛魅。而要做到这一点，唯一的精神路径就是超越。人们抛弃仅仅将人和其他事物看成是相互对立、相互外在的有限眼光，而采取将人和其他事物看成是共处在息息相通的一个整体之中的无限的眼光，在哲学上，这种无限的眼光或无限的认识，就叫超越。时间让我越来越感悟到，研究20世纪40年代中国话剧史，必须采取一种无限的眼光，必须超越。不宜对特殊时段和地域尤其是抗日战争时期的中国这样一个特殊时段中的不同地域复杂的戏剧作品和戏剧现象，作简单划一的、相互对立的、外在的分析，而应当从种种戏剧作品和戏剧现象之间的内在联系中进行探讨。比如，对大后方戏剧中有一定影响的《屈原》和《野玫瑰》的演出引起的政治风波的探讨，对大后方、沦陷区、延安在1941年前后几乎同时上演宫廷戏、言情戏、经典戏等大戏现象的探讨，等等。经过一番认真的、反复的思考，我为自己的20世纪40年代中国话剧史研究拟订了如下几条原则：超越党派意识，警惕民族主义，多摆历史事实，少下主观结论。前面的两条涉及观念层面，后面的两条涉及技术层面。先说说前两条。全民族的抗日战争是一场挽救民族危亡的战争，大敌当前，民族至上，此时此地，民族利益大于和高于任何一个政党的利益（当时国民政府提倡的国家至上，实质上是国民党至上）。虽然当时有些戏剧作品和戏剧现象中存在不同程度的党派意识，但研究者必须超越党派意识，否则，不仅很难把有些戏剧作品和复杂的戏剧现象解释清楚，而且可能导致若干比较重要的剧作家、艺术家和戏剧作品被忽略或被曲解。这是我研究抗战时期戏剧最重要、最真切的体会之一。民族主义是一个相当复杂的概念，我这里所说的民族主义主要指狭隘民族主义。在某个国家或地区的某个特殊时段，比如中国的抗日战争时期，狭隘的民族主义思潮往往会有所抬头，甚至泛滥。确如有些学人所说，进入现代社会以后，民族主义不可能造就高质量的文化，它往往只是一种姿态，一种情绪。研究抗战时期的戏剧，尤其要善于从复杂的戏剧现象中辨别哪些是昂扬的、振奋的民族解放的激情，哪些是狭隘的民族主义情绪，特别要警惕那些导致坏的国家主义、法西斯主义的所谓民族主义倾向。至于后面的两条，其他学人也多是以此自律的。我的"多摆历史事实"，指努力捕捉、打捞、考订一些历史细节。"少下主观结论"，当然不是不下结论，只是要求自己凡结论性文字务必字斟句酌，三思而后下笔。

一路走来，也有风雨，也有阳光。感谢生活！所有的波折、阻挠和磨难，都是我往前走的动力。无论命运如何将我任意摆布，无论自己处在怎

样不堪的物质条件和精神氛围之中，我都坚持了以学术为第一生命，始终
让读书、思考、写作成为生存的常规与常态。生命的历程和戏剧的历程都
在反复告诫我：人生没有如果，但是有很多但是，万事万物只存在于偶
然，春和景明的日子不可能永在。于是，趁着眼下笔头未老，且将有些记
忆保留下来。写作本文时，我脑子里始终有几句诗在萦回，那是我青年时
期读过的诗人叶赛宁的《我不悔恨、呼唤和哭泣……》中的句子。现在，
我把它抄录在这里，作为结尾：

> 在世间我们谁都要枯朽，
> 黄铜色败叶悄然落下枫树……
> 生生不息的天下万物啊，
> 但愿你永远地美好幸福。

参考文献

〔美〕杜兰特，威尔（2004）：《历史上最伟大的思想》，王琴译，中信出版社。
〔英〕霍布斯鲍姆，埃里克（2015）：《论历史》，黄煜文译，中信出版社。
董健（2007）："现代启蒙精神与中国话剧百年"，《文学评论》，第 3 期。
胡风（1939）："民族革命战争与文艺"，《七月》，第 1 期。
钱锺书（1984）：《谈艺录》，中华书局。
田本相（2006）：《论概念化》，载《现当代戏剧论》，江西高校出版社。

Midnight Dreams: Retrospective Thoughts on Non-professional Drama History Research

Liao Quanjing

Abstract: This article focuses on the central theme "the search for the history of drama is to find the spiritual support", reviewing the academic experience of forty years to sum up some personal lessons. These include discussion on topics that the history of the drama is the comprehensive history of art and special thoughts, the Chinese drama history has duality in the spiritual traits, and the research principles of the Chinese drama history in the 1940s, as well as the study path of Chinese modern drama and Chinese traditional drama history such as "getting through" and "proving each other".

Keywords: Chinese Traditional Drama History; Chinese Modern Drama History; Drama History; Getting Through; Proving Each Other

About the Author: Liao Quanjing (1945 –), Researcher of Sichuan Dramatists Association. Research interests and specialties: Chinese history of traditional opera, Chinese history of modern drama. Magnum opuses: *Operas in Rear Area*, *The History of Chinese Modern Drama Art* (the 4th Volume), *Thoughts on Chinese Opera*, *Notes from an Opera Audience*. He has published more than 300 essays. E-mail: jjong_momo@ qq. com.

意在返本　功在开新

——评冯天瑜先生的历史书写

聂运伟[*]

摘　要： 冯天瑜先生是国内知名且在国际上有重要影响的文化史研究专家，其数十年的历史书写，既有贯穿古今与兼具中西的治学眼光，也有寻幽反思的睿智；既有宏观的人类文化史视野中的超俗命意，也从浩瀚史海中选择切关宏旨的微观问题，从第一手材料抓起，把自己探讨的专门问题置于纵横比较的网络之中；既以有限生命去了解无穷的中外古今，又在微观研究中借助"博大"而"即器求道""观象索义"。研习冯天瑜先生的治学理路，若置于100余年的中国历史书写的学术史语境里，不无启迪的意义。

关键词： 历史书写　意在返本　功在开新

冯天瑜先生的历史书写历程已有30余年，在近千万字的著述中，搭建其学术框架的主要构件有两个：一个是以辛亥革命为落脚点的明清史研究；另一个是思考中国文化逻辑走向的中国文化史研究。从研究对象看，前者是对一个客观历史事件来龙去脉的言说，言说的根据是史料，重在考镜源流，"文不己出"，目的在于让曾经被简单解释的历史事件展现出固有的复杂性、多样性；而后者，看似客观存在的对象却是歧义重重，仅言中国文化从何而来，地下文物的考证和纸上文献的释读，难解之谜何止万千！更何况对中国文化未来走向的言说，在当下全球文化剧烈动荡、学术思潮日新月异的背景下，谁能断言自己已看清历史的玄机？故今天做此等

---

* 聂运伟（1955—），湖北大学文学院教授，研究方向：美学、文学理论与思想史。主要著作有《爱因斯坦传》《思想的力量》等。电子邮箱：nieyw_55@126.com。

大文章的历史学家，想必已无法恪守章学诚"文人是要文必己出，史家却要文不己出"的训诫，在不计其数的历史事件中寻觅人类文化走向未来的逻辑指向，虽不乏西学中历史哲学的主观色彩，却也暗合太史公"究天人之际，通古今之变，成一家之言"的鉴史之胆识。在迥然有异的两种言说方式中寻觅内在的逻辑联系，是冯天瑜先生研究视域不断拓展、研究话语不断出新的学术动力，亦是他的研究个性及研究价值之所在，若从 100 余年的学术史层面予以考察，自有思想史的意义。

一

冯天瑜先生关于辛亥革命的研究，颇得学界好评。2011 年辛亥革命百年纪念之际推出的《辛亥首义史》，图文并茂，诸多饶有兴趣的史实考订给读者步入历史现场的强烈感受，还有新颖的"中国首次城市起义"的论断、打破单一革命史观的"历史合力说"等，都足以确证冯天瑜先生在辛亥革命研究领域里的成就与贡献。按治学领域分门别类地概述学者的著述及成就，已成学界驾轻就熟的惯例和书写方式，此种方法作为初学者登堂入室的门径，当有知识传授的教育学道理，但作为研究方法，却太平庸，无法从整体上贯通研究对象，进而难以道出研究对象使学术史血脉偾张的绝妙之处。冯天瑜先生主要著作出版的时序是：《明清文化史散论》（1984），《辛亥武昌首义史》（1985），《张之洞评传》（1985），《中华文化史》（1990），《中华元典精神》（1994），《"千岁丸"上海行——日本人一八六二年的中国观察》（2001），《晚清经世实学》（2002），《中国学术流变》（2003），《解构专制——明末清初"新民本"思想研究》（2003），《新语探源》（2004），《"封建"考论》（2006），《辛亥首义史》（2011），《中国文化生成史》（2013），《日本对外侵略的文化渊源》（2017）。这份著述目录直观地说明，看似多领域治学的冯天瑜先生，并非在荒原上开拓自家菜园，以时间（勤勉的书写）换取空间（学术领域的扩张），相反，他的研究自始至终都坚守着一"点"（辛亥革命史）一"面"（中国文化史），遍览其 30余年数百篇学术论文，笔者以为，给冯天瑜先生冠以各种名号——明清史研究专家、辛亥革命研究专家、中国文化史研究专家、地方志研究专家、国学大师等——的命名者，既不明了冯天瑜先生学术生长的内在理路，更难以在 100 余年中国学术谱系的断裂与承续中去思考冯天瑜先生的学术得失。以历史学家称谓司马迁足矣，按今人冠名之恶习，偏要称司马迁为中国上古史研究专家，春秋、战国断代史研究专家，秦史研究专家，早期汉代史研究专家，岂不滑天下之大稽？贯通古今中外，乃历史学家之本事，借可见之历史事件，说出常人未见之历史玄妙，道出当下难明之历史镜像，是历史学家的职责担当与学术道义。仰慕梁启超的冯天瑜先生深谙梁启超对王国维的评点："先生之学，从弘（宏）大处立脚，而从精微处著（着）力；具有科学的天才，而以极严正之学者的道德贯注而运用之"，他之所以在辛亥革命这个历史的"精微处"辛勤耕耘数十年，一是在学术上有着思虑中国文化由何而来又往何处去的"弘（宏）大"志向，二是"以极严正之学者的道德"叩问当下中国文化的种种乱象。所以，冯天瑜先生对辛亥革命的研究，一方面是通过史料发掘、爬梳、辨析，"领受某种历史现场感"（冯天瑜、张笃勤，2011：651）；另一方面则要求自己"于宏大处着眼，从精微处着力，方有可能成就'表征盛衰、殷鉴兴废'的良史"（吴成国，2010）。

在大众媒介的报道里，冯天瑜先生对辛亥革命深入研究的理论意义常常被有意无意遮蔽，媒介津津乐道的话题是"谁打响了辛亥革命的第一枪"、黎元洪是否是"床下都督"等，按章开沅先生的批评：辛亥革命这样的历史事件如今已变成文化消费的对象。（章开沅，2011）由于大众媒介的遮蔽，还有学界"重返乾嘉"的导向，我们似乎忽视了冯天瑜先生立足于史料之上的理论概括：

> 辛亥革命不同凡响的意义，不仅在于推翻 268 年的清王朝，更在于结束了沿袭两千余年的帝制，击碎了近古以降已成历史惰力的"宗法皇权专制"，开辟了近代文明的灿烂途程，堪称"古今一大变革之会"。由辛亥志士所弘扬的辛亥首义精神不朽！
>
> 推翻专制帝制的革命精神不朽！
>
> 开创共和宪政的建设精神不朽！（冯天瑜，2011a）

这段话写在辛亥革命百年纪念之际，此时的冯天瑜先生，回首自己的研究历程，万千感受化为如此言简意赅的表述，其间的意味不可不深查细究。"沿袭两千余年的帝制"——"宗法皇权专制",并不是一个僵死的历史过去时,而是一再阻碍中国文化前行的"历史惰力","推翻专制帝制的革命精神"与"开创共和宪政的建设精神"是辛亥革命遗产不可分割的统一体,但是,"这些既破且立的环节,都留下种种未竟之业"(冯天瑜,2011b)。笔者以为,正是在难以言说而又深刻体味历史悲凉的情感底色中,冯天瑜先生历史书写中的"精微"与"弘(宏)大"、具体的史料考据与宏观的逻辑分析、归纳,在"极严正之学者的道德"——思想之自由、人格之独立——的层面上,获得了真正学术上的统一性说明。就此"学术理路"① 而论,《"封建"考论》尽管是对一个术语进行一种穷尽史料式的历史考据,但因所选择的研究对象已不是一个书斋里面的抽象术语,而是如何认知世界文化之大势、中国文化之性质的概念生成史,其如同浓缩的铀元素,一旦被击穿,必将释放出巨大的由"点"到"面"的冲击波。

二

冯天瑜先生多次运用布罗代尔的理论框架解释辛亥革命发生的复杂原因,即短时段革命孕育于长时段文明积淀②。(冯天瑜,2011c)就辛亥革命研究史而言,此说显然突破了所谓"资产阶级革命"的权威解释,辛亥革命不是法国大革命,革命的对象并非"空名化""污名化"的"封建社会",革命的动力也不是法国的"第三等级",一句话,要说清辛亥革命史,就必须说清中国文化史,这就是冯天瑜先生历史书写中"点"与"面"、"精微"与"弘(宏)大"之间的逻辑关联。《"封建"考论》便是具体展现这种逻辑关联的产物:"'封建'作为近现代概念史上的重要案例和历史分期的关键词,释义纷纭,展现了思想文化领域错综的演绎状况,涉及'概念'与'所指'历史实在的关系问题,也即'名'与'实'的关系问题,其成败得失与历史学乃至整个人文社会科学的发展相关联。"(冯天瑜,2007:2)

在基于史料考据的辛亥革命史研究中,冯天瑜先生是带领读者重返历

---

① "以学术理路分析史家、史著的思路,具有重要的史学批评方法论意义,更具有重要的史学理论发展论的意义,值得学术史研究者仔细品味。"(何晓明,2011)

② 如何界定历史时空中的"时段"以及各"时段"间的关系,包括冯天瑜先生对布罗代尔"长时段"理论的运用,或许都还有值得商榷之处,对此,本文暂不详论。

史现场、触摸历史细节的讲述者，宛如一个资深的历史导游，娓娓道出许多不为人知的历史掌故，听者莫不叹其温文尔雅、博学多才。同样是基于史料考据的《"封建"考论》，却让冯天瑜先生俨然成为一个思想斗士，其思其论，石破天惊。"《"封建"考论》一书是史学研究的重大成果，它有可能打破泛化封建观对人们思想的长期束缚，从而引发一场中国史研究的'范式'革命，原来在泛化封建观的'范示'下所得出的一些结论可能被推翻，一部中国历史的宏大叙事或将重新书写。"（郑大华，2007）这种预判式的评价，是否准确，还有待于时间的检验，但冯天瑜先生慧眼独具，以一词之梳理，让学术界血脉偾张，却是不争之事实。"2006年，冯天瑜梳理'封建'概念的学术史著作《"封建"考论》由武汉大学出版社出版，引起较大反响，从而将对封建问题的讨论推向高潮。"（黄敏兰，2009）因《"封建"考论》引发的学术讨论可谓连绵不断，且步步深入，影响巨大。

2006年10月，以《"封建"考论》第1版的出版为契机，武汉大学举办了"'封建'及封建社会再认识"学术研讨会。

2007年10月11日至12日，中国社会科学院历史研究所主办，经济研究所和《历史研究》编辑部协办中国社会科学院2007年中国古代史论坛暨"'封建'社会名实问题与马列主义封建观"学术研讨会。

2008年《史学月刊》第3期："封建"译名与中国"封建社会"笔谈。

2008年12月，在苏州召开"封建"与"封建社会"问题学术研讨会。

2010年5月，《文史哲》杂志人文高端论坛之三"秦至清末：中国社会形态问题"学术研讨会在山东大学举行。

2011年《史学月刊》第3期："秦至清社会性质研究的方法论问题"笔谈。

从时间上看，这六次集中的讨论均由《"封建"考论》的出版而引发，且延续不断；从讨论主题看，"封建"名实辨析引发的中国古代社会的历史分期，特别是秦至清社会形态的命名及性质问题成为讨论或争论的聚焦点。这六次集中的讨论，均有综述性的文章，参与讨论的各种观点或以单篇文章发表在不同期刊，或结集出版。客观地看，每次活动的组织、话题的设置和活动综述文章的撰写，不仅在一定程度上反映出组织者的学术理念及意图，渐次凸显出《"封建"考论》引发史学界乃至思想界"地震"的理论缘由，而且让我们从一个侧面看到中国当下学术前行的艰难和努力。与肯定者的评论相比，否定者的意见更为尖锐和激烈：

> 封建社会的命名和时段判断，实际上是具有意识形态色彩的史学理论问题。马克思主义学者无论是西周封建论者、战国封建论者或魏晋封建论者，都是以马克思的社会经济形态学说理论指导的。但封建社会时段问题毕竟又是一个学术问题。建国以来，除了"文化大革命"时期那种不正常的情况以外，关于历史分期问题的讨论，各种学术观点都可以充分发表和互相诘难。冯天瑜硬要把主张秦汉至明清是封建社会的观点说成是基于政治需要的"泛封建观"，是苏俄及共产国际"以'封建'指称现实中国"的产物，是毛泽东"泛化封建观"支配史学界的结果，这就把大半个世纪以来的历史分期问题的讨论完全政治化了。冯天瑜的这种说法，既不符合事实，也不利于历史研究的百家争鸣，这也正是我们对《"封建"考论》一书不能不加以关注并予以评论的重要原因。（林甘泉，2008）

林甘泉先生的观点是自相矛盾的，他一方面说"封建社会的命名和时段判断，实际上是具有意识形态色彩的史学理论问题"，另一方面又批评冯天瑜"把大半个世纪以来的历史分期问题的讨论完全政治化了"。伴随政治事件缘起的中国社会史的论战，是客观的史实，《"封建"考论》以翔实的史料证明：由于列宁和共产国际的影响，泛化的"封建""封建制度""封建主义""封建时代"等史学术语，连同所包蕴的中国历史分期观念，逐步普及开来。林文并不否认这一点："我们承认列宁关于封建社会的论述和共产国际关于中国革命性质的意见，对中国共产党和马克思主义理论界有影响。"他不赞同冯天瑜先生的是"如果认为对'封建'概念的理解和对'封建社会'的认识完全是由某个政党或某些政治人物的'非学术性因素'决定的，这是对中国史学与政治关系的一种片面性的曲解"，"就史学界而言，主张秦汉以后是封建社会的马克思主义史学家，都是通过自己的独立研究而得出历史分期的认识，而不是由于受到列宁和共产国际的什么'泛封建观'的影响而形成自己的认识的"。依林文之见，政治事件与权力话语并没有左右中国社会史讨论的进程，其论据是："至于说《中国革命和中国共产党》提到'周秦以来的中国是封建社会'，众所周知，这种说法并没有成为中国史学界的共识。大半个世纪以来，不仅春秋战国封建论、秦汉封建论、魏晋封建论诸说不绝于耳，而且毛泽东本人对于封建社会始于何时也并无定见。他后来在肯定战国封建论的同时，还特别强调历史分期问题应该由历史学者来讨论。怎么能说 20 世纪 40 年代以后，郭沫若等许多历史学家都是以毛泽东关于'中国封建社会的名论'为'治史依凭'呢？""非学术性因素"——政治事件、权力话语从根本上左右了中国现当代思想史的走向，证明这样一个命题的史实材料难道还不充分吗？至于林文极为肯定的"除了'文化大革命'时期那种不正常的情况以外，关于历史分期问题的讨论，各种学术观点都可以充分发表和互相诘难"，我们不妨听听质疑的声音：

> 20 世纪 50 年代，史学界有所谓中国古代史分期问题、资本主义萌芽问题、农民战争问题、汉民族形成问题、土地所有制问题的讨论，以此为主题也确曾在中国的学术界掀起了轩然大波，一时被誉为"五朵金花"。其实，五朵金花的怒放，乃是在同一个历史背景下产生的学术，都是使用以五种生产方式说为基本构架的单一理论模式去观察和叙述中国历史。其间虽也有大量实证的研究，然而这些实证却不是为了从中发现实在的中国历史逻辑，并由此创立符合中国历史实际的理论分析范畴、概念，而恰是为了获得其既定理论预期的结果，并证明现成理论预设的正确。因之，其学术研究最终只能表现为削足适履的状态，而终日徘徊于五种生产方式说的既定框格之中。（张金光，2011）

显然，长期流行的"为了获得其既定理论预期的结果，并证明现成理论预设的正确"的学术研究，不可能有任何真正的创新性突破。对中国学术界教条主义的权力话语模式的厌倦、对研究者独立意识的渴求、对学术自由创新的企盼，是《"封建"考论》获得诸多好评的重要原因，也是引发一系列争论的重要原因，换言之，在冯天瑜先生对"封建"概念近代以来演化的梳理中，我们生动地看到政治事件、权力话语左右思想史进程的现代样板，"本书还举出不少事例证明，有些严肃而渊博的学者其所以改变自己对封建社会本义的正确看法，是由于他们顶不住当时政治大气候对他们的无理要求"（刘绪贻，2008）。由此视域观之，"封建"概念的泛化史，其起因、演进的行程与多重历史要素互相联系，意识形态、权力话语的要素卷入其中本属历史常态，问题在于历史学家仅仅是某种意识形态、权力话语的辩护士吗？"他们和几十年前比几乎没有任何改变和进步，仍然局限在他们自己所理解（其实是幻想）的教条主义框架内部，做自我陶醉式的概念游戏。"（谷川道雄、冯天瑜，2010）正因为此，"冯氏于'封建'这个与意识形态密切相关的问题产生疑问，并以巨大热情展开研究，其结论不管是否存在可商榷之处，其追求真理的自由精神都是难能可贵的。我们不敢说冯氏此著已臻至善至美、无懈可击之境，但至少可以说，作者所展现的自由精神和坚韧毅力，是弥足珍贵的，值得表示敬意"（张绪山，2007）。总之，《"封建"考论》的出版堪称一个典型的"有思想价值"的"思想史事件"。陈少明在《什么是思想史事件》中，把"思想史事件"分为两个类型，一是"有思想史影响的事件"，如秦始皇焚书坑儒、汉武帝"罢黜百家，独尊儒术"，这都是政治事件、权力话语左右思想史进程的样板，目的是"提供某种一致同意的价值取向"；二是"有思想价值的事件"，陈少明对此类"事件"举例甚多，笔者概括为对政治事件、权力话语左右思想史进程的反思与批判，"它呈现多种理解的可能性，成为激发后人思考的源泉"。①

---

① 笔者的概括源自下述引文。有思想价值的事件，则是未经反思的范畴。这类事件大多不是惊天地、泣鬼神的故事，没有令山河变色、朝代更替的后果。其人物情节可能睿智空灵，可能悲凉冷峻，更可能平和隽永，甚至看起来琐碎平庸，但都具有让人反复咀嚼回味的内涵。王弼以"圣人体无"答裴徽的问难，王阳明论花树解释其"心外无物"的说法，均系有高深的思想智慧的体现。而厄于陈、蔡的孔子，在遭受严重挫折的时刻，还要态度昂扬，面对弟子"君子亦有穷乎"的质疑。写下《声无哀乐论》的名士嵇康，被害临刑之际，索琴从容弹奏名曲《广陵散》，并宣告其从此成了绝响。这些都是悲凉冷峻的音调。但夫子"吾与点也"的赞叹，以及禅宗大师让弟子"吃茶去"的公案，更像闲适人生中的散文。至于"子见南子"以后的对天发誓，或者王阳明格竹的迷茫，咋（乍）看起来可能让人觉得有些平庸。上述事件，除嵇康之死，史家可用以作为魏晋政治黑暗的注脚外，其它（他）都平淡无奇。而从思想的角度打量，则只有王弼、阳明的言论直接表达其或精致或深刻的观念内容，其它（他）类型故事，思想蕴含在情节中，不是一般的阅读，而是用心解读，其思想价值才能显示出来。因此，其意义不是通过事件与事件之间的时空因果关系在经验上体现出来，而是心灵对经典的回应。这种回应是跨时代，有时可能是跨文化的，同时，这也意味着，回应的方式与深度是多样的。所以，有思想史影响的事件的判断是客观的，而有思想价值的事件，则与解读者精神境界及知识素养有关。只不过，有些事件经思想家的反复解读而深入人心，有些则在不同时代或不同观点的学者之间引起争论而引人注目，也有些仍然有待智慧的眼光的发现。（陈少明，2007）

三

"封建"名实辨析引发的争论，从学术上看，自然是20世纪关于中国社会性质大讨论的延续，但这个延续存在一个时间维度上的中断——20世纪50年代至80年代，真正的学术讨论中断了，有人把这个中断看成马克思主义史学观的"伟大胜利"，有人则认为是权力话语的"伟大胜利"。照前者看来，已经"解决"的问题被重新提出是"别有用心"的，而照后者看来，旧话重提就是对历史的误识进行颠覆。中国历史上不乏权力话语的"伟大胜利"：秦始皇的焚书坑儒、汉代的白虎观会议、乾隆时代的《四库全书》、"文化大革命"时期的"八个样板戏"，均属此列。有趣的是，被权力话语中断的中国社会性质的大讨论，再次重启的内在动力，恰恰是这种权力话语面临合法性危机的"局势"。所以，《"封建"考论》引发的讨论势必逻辑地发展成为对中国社会"结构"层面的学术研究，"关于'封建'问题讨论的重要性不仅在于要纠正几十年来社会大众对'封建'这个词的误解，拨乱反正、以正视听，而且还在于要纠正几十年来学术界研究社会历史的错误方法论。只有走出'五种社会形态'的误区，具体地、细致地分析研究各个时期的社会结构，才能真正科学地认识社会、理解历史和设计未来"（叶文宪，2011）。"重新研究'封建社会'问题，一方面是要发掘中国历史的特殊性，另一方面则是为了认识西欧封建主义的真实意义。总的目的是深化学术研究，改变过去那种从理论出发，证明某项理论'正确性'的目的和功能。以往的争论以定性和命名为主，现在的研究是为了认识社会，就应该超越定性和命名，以实证研究来推动理论探讨。"（黄敏兰，2008）

方法论上的突破，亦即研究视野的拓展，同时也是研究者主体性的确立，在这样一个全新的研究态势下，史学领域里解读中国社会"结构"层面特性的观点也就呼之欲出了，如2010年5月2日至3日，《文史哲》杂志举办"秦至清末：中国社会形态问题"高端学术论坛。"经过为期两天的研讨，20多位与会专家对秦至清末的社会形态基本形成了如下重要共识：在秦至清这一漫长的历史时期，与现代社会不同，权力因素和文化因素的作用要大于经济因素。与会学者着重把'国家权力'和'文化'的概念，引入了社会形态的研究和命名当中，认为自秦商鞅变法之后，国家权力就成为中国古代的决定性因素；不是社会塑造国家权力，而是国家权力塑造了整个社会。从秦至清末中国古代社会这一真正的历史基因出发，学者们各抒己见，提出了用诸如'皇权社会''帝制时代''帝国农民社会''郡县制时代''选举社会'等多个命名来取代'封建社会'的主张。这次会议不仅宣告了学术史上的一个旧阶段的正式结束，而且将成为一个'由破到立'、彻底解决这一重大学术问题的转折点。"（李扬眉、范学辉，2010）上述"共识"确实彰显出中国当下史学研究的新气象，冯天瑜先生的《"封建"考论》之所以成为"新气象"的开创者，重要原因是其"运用的是一种独创的新方法——'历史文化语义学'的方法，在中、西、日时空框架内，做跨语境的寻流讨源，由词义史之'考'导入思想文化史之'论'，层层展开，节节生发，令人耳目一新，豁然开朗"。（谷川道雄、冯天瑜，2010）

2013 年春节前后，冯天瑜先生在病床上还在做着《中国文化生成史》的定稿工作，我有幸拜读了未刊稿。有学者说："思想和学术史上的大家，从来都可分为两种类型。一种元气淋漓，自我作古，功在开新；一种切磋琢磨，精益求精，意在返本。"（张永义，2011）我以为冯天瑜先生的历史书写既"意在返本"，也"功在开新"，两者兼而有之，读着先生反复修改的文本，忽然感觉到，按布罗代尔的时段理论来看，《"封建"考论》的出版及引发的种种争论，至今也只能算是一个"短时段"的"事件"，其间蕴含的"中时段"的"局势"或"长时段"的"结构"问题，或许是在全球视域中观照中国文化生成的一个崭新思路，如同引力波的发现，我们找到了一个解释宇宙起源的新方向，但如何从引力波中解读其所携带的远古的能量信息，还需要艰苦的探索。我于是理解了冯天瑜先生在《中国文化生成史》中为何引用方以智的话："坐集千古之智，折中其间，岂不幸乎！"学术之事，旨在知古论今，所思所虑，虽有致用之情怀，然过于纠结思想史进程中的是非对错，思想者恐难以保持"了解之同情"的境界，也会失去思想本应具有的精神趣味。有了这点感受，我就更理解冯天瑜先生在介绍布罗代尔的理论后，特地补充的一段话："需要对这一理论加以补充的是：作为文化主体的人，在特定的'结构'与'局势'制约下，具有充满活力的能动性，是文化生成的积极参与者和有限度的主导者。"在正式出版的《中国文化生成史》中，此段话的定稿表述是："拥有自由意志的人是文化主体，其演出的'事件'固然受'结构'与'局势'的规范，但人的创造力和随机性不可低估，人所制造的'事件'对'结构'与'局势'会造成影响，并终究融入'结构'与'局势'之中。人作为文化生成的积极参与者和有限度的主导者，并未因结构性的历史必然性而消极无为。"（冯天瑜，2013：8—9）任何理论，都有着构建文化的能动性，又必然有着其无法克服的"限度"，哈贝马斯所说的"合法性危机"，照我理解，并非所谓从合理到不合理的运动过程，而是"合法性"与"合法性危机"始终纠缠在一起，伴随历史发展和解说历史发展的理论的整个行程，历史学家的职责不是对"合法性"的卑微论证，也不是对"合法性"的决绝否定。发掘历史真相，叙述自己对历史的理解，真正的历史学家应该是"最本质的人文主义者"，因为"历史学家致力于过去事实研究的行为满足了个人内在的非功利的求真情感；也为社会现实的公平正义提供了经验理性的意见。勇者并非无所畏惧，而是能够判断出比恐惧更重要的东西。当历史学家的视线被巨大的力量驱策聚焦至其深渊指向最广大的文化的最细微最具体的过去事件，并作出自己的陈述时，他个人的内心在当下是在承担绵延于今实存文化的整个社会的责任道义"（朱渊清，2009：6）。

学术要从权力化的制度约束中解放出来，知识分子不能依附于任何一个阶层。作为历史学家，必须打破权力化的历史幻象和制度幻象，老老实实、认认真真厘清中国社会的"结构"。笔者修订本文时，收到冯天瑜先生发来的一篇未刊的短文《看家书》，其中一段话颇值玩味：

　　　　顾炎武也有富于近代启蒙意义的观点，如他区分"天下"与"国家"，这也是纠谬归正的卓识。顾氏中年，明清鼎革，有些人因朱明王朝的覆灭痛不欲生。顾炎武也十分悲愤，他曾经冒死参加抗清活动，但是他的认识超乎一般，不赞成将"天下"与"国家"相混同。国家（朝廷）是李姓、赵姓或朱姓的，是为君为臣者的专利品，所以国家兴亡当由"肉食者谋之"（中国古代把吃肉的人喻为统治者），老百姓（"菜食者"）不必为某一朝廷的垮台如丧考妣。而"天下"则不然，天下（包括其文化）是天下人的，所以，天下（包括其文化）的兴亡"虽匹夫之贱，与有责焉"。到了近代，梁启超把顾氏语概括成很精练的一句话——"天下兴亡，匹夫有责"，指出一个微贱到没有任何功名、地位的匹夫，对于天下的兴亡都负有责任，因为天下是所有人的天下。现在有些影视剧把这句话给"阉割"了，说成"国家兴亡，匹夫有责"，这就忽略了顾炎武的苦心和深义。

像冯先生这样对历史细节的清理和辨识，是学者的本分，也是学者的职责，不为权力所迷惑，唯真唯实，才是学者社会角色的道德风范，今天的学人多怀念陈寅恪的学术人格，原因皆在于此。

参考文献

〔日〕谷川道雄、冯天瑜（2010）："关于中国前近代社会'非封建'的对话"，《史学月刊》，第 1 期。

陈少明（2007）："什么是思想史事件"，《江苏社会科学》，第 1 期。

冯天瑜（2007）：《"封建"考论》第 2 版，武汉大学出版社。

——（2011a）："辛亥首义百年祭"，《政策》，第 11 期。

——（2011b）："在'共和'的旗帜下——辛亥'首义'百年祭"，《社会科学论坛》，第 9 期。

——（2011c）："短时段革命孕育于长时段文明积淀——辛亥首义远因探究"，《湖北大学学报》（哲学社会科学版），第 5 期。

——（2013）：《中国文化生成史》上册，武汉大学出版社。

冯天瑜、张笃勤（2011）：《辛亥首义史》，湖北人民出版社。

何晓明（2011）："学术理路的梳理是学术史研究的核心"，《史学月刊》，第 1 期。

黄敏兰（2008）："超越定性和命名，从史实出发认识封建社会"，《史学月刊》，第 3 期。

——（2009）："'封建'：旧话重提，意义何在？——对'封建'名实之争的理论探讨"，《史学月刊》，第 8 期。

李扬眉、范学辉（2010）：《〈文史哲〉杂志举办"秦至清末：中国社会形态问题"高端学术论坛》，国学网，http://news.guoxue.com/article.php? articleid = 25189，5 月 6 日。

林甘泉（2008）："'封建'与'封建社会'的历史考察——评冯天瑜的《"封建"考论》"，《中国史研究》，第 3 期。

刘绪贻（2008）："读《"封建"考论》"，《读书》，第 12 期。

吴成国（2010）："'表征盛衰、殷鉴兴废'的文化史家——冯天瑜访谈录"，《中国文化研究》，第 5 期。

叶文宪（2011）："走出'社会形态'的误区，具体分析社会的结构"，《史学月刊》，第 3 期。

张金光（2011）："中国古代社会形态研究的方法论问题",《史学月刊》,第 3 期。

张绪山（2007）："拨开近百年'封建'概念的迷雾——读冯天瑜《"封建"考论》",《湖北社会科学》,第 1 期。

张永义（2011）：《折中其间：方以智和他的家师之学》,《中国社会科学报》12 月 6 日。

章开沅（2011）：《百年遐思：辛亥革命研究的省思》,转引自《记章开沅教授〈百年遐思：辛亥革命研究的省思〉演讲》,新浪博客, http://blog. sina. com. cn/s/blog_69e263860100u8x5. html, 7 月 1 日。

郑大华（2007）："史学研究的重大成果——读冯天瑜教授新著《"封建"考论》",《社会科学论坛》,第 4 期。

朱渊清（2009）：《书写历史》,上海古籍出版社。

Keep the Traditions and Seek for Innovation: Discussion on the Historical Writing of Prof. Feng Tianyu

Nie Yunwei

Abstract: Mr. Feng Tianyu is an expert in cultural history who is well-known in China and has significant influence in the international community. His decades of historical writing, not only embody the wisdom of reflection from ancient and modern perspectives as well as Chinese and Western perspectives, but also contain the supernatural desires from the perspective of the macroscopic human cultural history as well as the micro-problems which strike home. He has grabbed the first-hand materials and put the special issues into a network of cross-sectional comparisons, so as to understand the endless ancient and modern days in his infinite life and seek for the significance from microscopic researches. An exploration on Prof. Feng Tianyu's road to study is inspiring if put in the context of China's historical writing's academic history within hundred years.

Keywords: Historical Writing; Keep the Traditions; Seek for Innovation

About the Author: Nie Yunwei (1955 –), Professor of Chinese Language and Literature, Hubei University. Research interests and specialties: aesthetics, literature theory, and ideological history. Magnum opuses: *Biography of Einstein*, *The Power of Ideas*, etc. E-mail: nieyw_55@ 126. com.

《中文论坛》征稿启事

　　《中文论坛》（*Forum of Chinese Language and Literature*）由湖北大学文学院主持，旨在成为开展学科建设、展示学术成果、鼓励学术争鸣、深化学术交流、推动学术发展的平台。欢迎学界同人不吝赐稿。有关事项说明如下。

　　一、本刊为半年刊，定期在每年 7 月、12 月出版，投稿截止日期分别为每年 6 月底和 11 月底。

　　二、所有来稿请遵守学术规范和学术道德，请勿一稿两投。所有来稿均不退稿，请自留底稿。来稿若一个月未接到用稿通知，可自行处理。

　　三、来稿由湖北大学文学院组织专家评审，论文选用后本刊向作者支付稿酬及提供样刊两本。

　　四、一般稿件篇幅以控制在 15000 字以内为宜，特别约稿可在 20000 字左右。所有稿件均须为电子文本，请寄：nieyw_55@126.com。

　　五、稿件必备项：标题、作者简介、内容提要、关键词（以上四项均应包括中、英文两种形式）、正文、参考文献或注释。

　　六、作者简介一般应包括出生年、学位、职称、研究方向，亦可注明主要学术成果。

　　七、注释采用"作者－年份"制。书名（期刊名）、文章名、作者、年份、出版社等信息应该准确无误。

　　八、来稿文末请附上详细的通信方式，包括地址、邮编、手机、电子邮箱等。

《中文论坛》编辑部

图书在版编目（CIP）数据

中文论坛. 2018 年. 第 2 辑：总第 8 辑 / 湖北大学文学院，《中文论坛》编辑委员会编. —— 北京：社会科学文献出版社，2019.1

ISBN 978 - 7 -5201 - 3799 - 7

Ⅰ. ①中… Ⅱ. ①湖… ②中… Ⅲ. ①汉语 - 文集 Ⅳ. ①H1 - 53

中国版本图书馆 CIP 数据核字（2018）第 256654 号

中文论坛　2018 年第 2 辑　总第 8 辑

编　　者 / 湖北大学文学院　《中文论坛》编辑委员会

出 版 人 / 谢寿光
项目统筹 / 周　琼
责任编辑 / 周　琼　张　弦

出　　版 / 社会科学文献出版社·社会政法分社（010）59367156
　　　　　　地址：北京市北三环中路甲 29 号院华龙大厦　邮编：100029
　　　　　　网址：www. ssap. com. cn
发　　行 / 市场营销中心（010）59367081　59367083
印　　装 / 三河市龙林印务有限公司

规　　格 / 开　本：787mm × 1092mm　1/16
　　　　　　印　张：19　字　数：311 千字
版　　次 / 2019 年 1 月第 1 版　2019 年 1 月第 1 次印刷
书　　号 / ISBN 978 - 7 -5201 - 3799 - 7
定　　价 / 85.00 元